워터문

WATER MOON

Copyright © 2025 by Marina Samantha Sotto Yambao

All rights reserved

Korean translation copyright 2025 by Clayhouse Inc.

Arranged with Dystel, Goderich & Bourret LLC through EYA Co.,Ltd.

이 책의 한국어판 저작권은 EYA Co.,Ltd.를 통한 Dystel, Goderich & Bourret LLC와의 독점 계약으로 클레이하우스(주)가 소유합니다. 저작권법에 의하여 한국 내에서 보호를 받는 저작물이므로 무단 전재 및 복제를 금합니다.

서맨사 소토 얌바오 장편소설
이영아 옮김

워터문

Water Moon

클레이하우스
CLAYHOUSE

인생의 새로운 시작을 꿈꾸는
모든 이에게 이 책을 바칩니다

일러두기

· 주석은 모두 옮긴이의 주다.
· 본문 중 고딕체는 원서에서 이탤릭체로 강조한 부분이다.
· 단행본은 『』로, TV 프로그램·애니메이션은 〈〉로 표시했다.

목차

1부
떨어진 꽃잎은 가지로 돌아가지 못하고,
깨어진 거울은 다시 비추지 못하네   9

2부
눈은 입만큼 많은 말을 한다   125

3부
만남이 있으면 반드시 이별이 있으리니   235

4부
일곱 번 넘어지고 여덟 번 일어난다   439

작가의 말   482

1부

떨어진 꽃잎은 가지로 돌아가지 못하고,
깨어진 거울은 다시 비추지 못하네

후회와 미련을 사는 전당포

본디 시간에는 경계가 없다. 사람들이 만들어낸 것을 빼고는. 유난히도 추운 가을 아침, 이시카와 하나는 얇디얇은 한 켜의 피부로 그 경계를 만들어냈다. 이런 일에는 눈꺼풀이 유용하다. 눈을 꾹 감고 있는 한, 그녀의 인생을 둘로 분리해둘 수 있다. 지난 21년의 세월, 그리고 눈을 뜬 후 앞으로 펼쳐질 모든 나날로.

하나는 여전히 숙취에 시달리며 이불을 머리끝까지 끌어 올린 채 전당포 새 주인으로서 맞는 첫날이 아직 시작되지 않기를 바랐다. 이미 정신은 말똥말똥했고, 기억나지 않는 꿈의 헝클어진 실타래가 완전히 풀린 지도 한 시간은 훌쩍 지났지만 상관없었다. 평소보다 머리가 무겁고 입안이 바싹 마른 건 전날 밤 마셨던 술탓이 아니라 자신 앞에 기다리고 있는 일 때문이라는 걸 하나는 알고 있었다.

이제 곧 아버지 도시오가 하루의 시작을 알리며 그녀의 방문을 두드릴 터였다.

아버지의 은퇴를 기념하여 둘이서 지나치다 싶게 사케를 마셨으니, 하나는 아버지가 잠자리에서 조금 늦게 일어날지도 모른다는 아주 작은 희망에 고집스레 매달렸다. 크기를 감안하면 희망이라 부르기도 민망하지만, 이 희망은 이끼 낀 강돌보다 작고, 딱 그만큼 미끌미끌한 것이 영 미덥지 않았다.

도시오가 전당포를 운영하는 동안 제시간에 문을 열지 않은 날은 딱 이틀뿐이었다. 두 번 모두 손님을 받지 않았다. 하지만 하나와 아버지가 그 이틀을 입에 올리는 일은 없었다. 무슨 일이 있어도 절대.

그들의 전당포가 다이아몬드며 금이며 은을 거래하는 여느 평범한 전당포와 같았다면, 대대로 이곳을 운영해온 이시카와 가족은 몸이 안 좋은 날이나 주말에 휴무를 누릴 수 있었을 것이다. 하지만 하나가 도시오에게 훈련받은 것은 그보다 훨씬 더 귀한 보물을 감정하는 방법이었다.

여름이 지나간 뒤 밤이 더 싸늘해지고 더 길어지면 최고의 손님들이 찾아왔다. 이 계절의 애수는 그들 장사에 호재였다. 도쿄 아사쿠사의 한적한 골목에 숨어 있다시피 한 이름 없는 전당포여도 문제가 되지 않았다. 그 서비스가 필요한 사람이라면 어떻게든 이 전당포를 찾아냈다. 그래도 호기심 많은 누군가가 전당포 이름이 뭐냐고 묻는다면 하나는 당장에 답할 수 있었다. 이키가이, 삶의 보람. 이보다 더 어울리는 이름은 없었다.

하나는 한 살 즈음 전당포의 거무스름한 나무 바닥에서 걸음마를 배웠고, 그 후 한 발짝 한 발짝 뗄 때마다 아버지의 은퇴와 함께 가게를 물려받을 날에 점점 가까워졌다. 어머니가 돌아가셨으니 하나가 유일한 상속인이었다. 전당포는 하나의 인생길이자 유일한 목적이었다. 그녀의 이키가이. 그런데 그녀가 아버지 발치에서 아장아장 걸어 다닐 때도, 자라서 아버지와 함께 일할 때도, 전당포 이름을 물어보는 손님은 단 한 명도 없었다. 도시오가 공손하게 고개 숙여 손님을 맞으면 그들은 훨씬 더 다급한 의문들을 눈빛으로 보내왔다. 대개 가장 처음으로 묻는 질문은 '여기가 어디냐'였고, 그다음은 자기가 '어쩌다 여기에 왔느냐' 하는 것이었다.

하긴, 라멘 가게 문 뒤에 전당포가 있으리라 예상하는 사람은 없겠지.

인기 있는 이 노포 라멘 가게 앞에 줄을 선 사람이라면 누구나 여기 쇼유 라멘이 다이토구에서 최고라고 말할 것이다. 김이 모락모락 나는 짙은 갈색의 진한 사골 국물에 꼬불꼬불한 면발과 푹 삶은 돼지 뱃살 몇 점이 잠겨 있는 그릇에서 풍겨 나오는 향을 맡으며 기다림을 견디는 손님들도 있었다. 그런가 하면 오히려 그 향 때문에, 구불구불 이어진 줄이 두 배는 더 길게 느껴지는 사람들도 있었다. 그래도 모두가 숨을 깊이 들이마시며 공기 속에 감도는 향긋한 약속을 만끽하다 자기 차례가 되면 20년 전만 해도 최신식이라 여겨졌을 비좁은 식당으로 들어갔다. 유명인들의 사인이 박힌 사진들이 다닥다닥 붙은 누런 벽은 빈 좌석을 찾아 앉는 손님들로 금세 가득 찼다. 하지만 허기진 손님들 중에는 문을 지나고 나서도 식당 안으로 들어가지 못하는 이들이 있었다. 그들을 맞는 것은, 어두침침한 전당포 접객실과 문에 달린 조그만 구리종이 딸랑거리는 소리였다.

이불 밑에 몸을 웅크린 하나의 머릿속에서 딸랑딸랑 종소리가 울렸다. 그 소리는 마치 하나에게 얼른 일어나 불가피한 숙명을 받아들이라고 명령하는 듯했다. 하나는 손바닥으로 두 귀를 꼭 막고, 벌떡 일어나고픈 충동과 승산 없는 싸움을 벌였다. 마음만큼은 전당포 유니폼인 빳빳한 검은 정장의 마지막 단추를 채우며 몸치장을 거의 다 마친 채였다. 방 밑의 사무실로 내려가, 아버지가 은퇴 첫날을 어떻게 보낼까 상상하기도 했다. 보나 마나 곁을 맴돌면서, 그녀가 무슨 일을 할 때마다 다시 한번 확인하겠지.

실수를 알아채더라도 아버지는 아무 말 하지 않을 것이다. 절대 그러는 법이 없었다. 오른쪽 눈썹을 아주 살짝 씰룩이는 것으로 끝이었다. 도시오는 손님 접대에 쓸 에너지와 숨을 비축하기 위해 말보다는 침묵을 택했다. 하나는 아버지의 고요한 호흡, 설핏한 미소, 눈초리를 해석하는 데 제법 능숙해졌다. 아버지가 화를 낸 적은 딱 한 번뿐이었다. 폭풍우가 몰아친 어느 오후, 열 살이었던 하나가 전당물인 골동 시계를 어디에 두었는지 잊어버렸고, 아버지의 두 눈은 집 뜰 위를 휘도는 구름보다 더 어두워졌다. 아버지가 그녀의 가녀린 어깨를 꽉 쥐고서 귓가에 입을 대자 하나는 심장이 덜컹 내려앉았다. 그의 목소리는 산들바람처럼 고요했지만, 말 한마디 한마디는 하나 안에서 태풍보다 시끄럽게 윙윙거렸다.

찾아.

당장.

바로 그날 뒷방의 책 더미 너머에서 시계를 찾지 못했다면 과연 무슨 일이 벌어졌을지는 알 수 없다. 하지만 아버지에게 또다시 그런 말을 듣고 싶지 않은 것만은 확실했다.

하나는 거친 숨을 몰아쉬며 현재로 돌아왔다. 눈에 보이지 않는 무게가 가슴을 짓눌렀다. 그녀는 자신의 미래가 이보다는 더 묵직하게 느껴질 줄 알았다. 적어도 잘 먹은 고양이보다는 더 묵직하게. 하지만 가슴 위에 아슬아슬하게 포개어져 있는 나날들은 시작되기도 전에 후벼지고 속이 파여버린 한 무더기의 깍지처럼 가볍게 느껴졌다. 하나는 자기 앞에 어떤 일분일초가 펼쳐질지 훤히 알고 있었다. 그런 날들을 살아가는 아버지를 평생 지켜봐 왔으니까. 이제 아버지의 삶이 곧 그녀의 삶이었고, 오늘부터 새로운 일 따윈 전혀 없을 터였다.

하나는 옆으로 몸을 굴렸다. 누레진 사진의 끄트머리가 베개 밑으로 살짝 삐져나와 있었다. 하나는 빛바랜 사진을 끄집어내어 이불 안에서 실눈을 뜬 채 바라보았다. 그녀와 쌍둥이라 해도 믿을 만한 젊은 여성의 두 눈이 하나를 마주 보았다.

"안녕히 주무셨어요, 엄마."

하나는 알지도 못하는 어머니에게 인사하고는, 딱 한 장 있는 어머니 사진을 도로 숨겼다. 이불을 걷고 검은 속눈썹 사이로 슬쩍 바깥을 엿보았다. 한 줄기 햇살이 눈동자를 뚫고 들어왔다. 하나는 눈을 질끈 감은 채 몸을 일으켰다. 굳이 눈을 뜨지 않아도 방은 훤히 꿰고 있었다. 그녀에게는 이 방과 아래층 전당포가 세상 전부였고, 오늘따라 그 세계가 유난히 더 작게 느껴졌다.

그리고 고요했다.

아래층 부엌에서 컵이며 그릇이 달그락대는 익숙한 소리가 들려오지 않을까 귀를 쫑긋 세우며 고개를 갸웃했다. 문으로 새어드는 건 정적뿐이었다. 하나는 아랫입술을 깨물었다.

도시오 같은 사람이 은퇴했다고 해서 일과를 어길 리 없었다. 작은 불단에 영혼을 모셔놓긴 했지만, 하나의 아버지가 진심으로 숭배하는 신은 일과였다. 전날 밤 마신 사케나 위스키 때문에 아무리 속이 부대껴도, 매일 아침 마시는 뜨거운 호지차 한 잔을 성스럽게 들이켜는 사람이 바로 도시오였다.

하나는 문에다 귀를 바짝 댔다. 전당포가 이렇게 조용한 이유는 두 가지뿐일 텐데, 어느 쪽이든 좋지 않았다.

이시카와 도시오의 마지막 손님

전날

가을이 일찍 찾아온 덕분에 전당포를 찾는 손님들이 배로 늘었다. 도시오는 왼발에 생긴 불룩 튀어나온 뼈의 통증을 덜기 위해 체중을 오른발에 실었다. 검은 정장 밑으로 배가 두 번 꼬르륵거렸다. 도시오는 그 소리를 무시해버리고 넥타이를 고쳐 맸다. 점심을 못 먹을 정도로 바쁘게 보내는 날도 오늘이 마지막이었다. 한 시간도 지나지 않아 가게 문을 닫을 테고, 그러면 그는 정식으로 퇴직자가 되어 다시는 점심을 거르고 일할 필요가 없어진다. 이런 생각을 하면 미소가 지어질 줄 알았건만, 그의 입꼬리는 조금도 위로 올라갈 생각을 하지 않았다. 구리종이 쨍그랑 울리며 마지막 손님의 도착을 알렸다.

"어서 오십시오."

도시오는 따뜻하게 데운 사케처럼 부드러운 목소리로 인사하고 영업용 미소를 지었다.

하나는 이번 달 장부를 옆구리에 낀 채 뒷방에서 빼꼼히 얼굴을 내밀었다. 도시오는 손을 저어 딸을 들여보낸 뒤, 이제 막 문을 열고 들어온 우아한 여성에게로 주의를 돌렸다.

"뭘 도와드릴까요?"

도시오의 미소에 그녀는 어리둥절한 표정으로 답했다. 도자기 같은 피부 때문에 도시오보다 어려 보였지만, 뒷덜미에 느슨하게 틀어 올린 머리칼은 목에 걸린 담수 진주 목걸이처럼 하얬다.

"죄송해요. 잘못 들어왔네요. 라멘 가게인 줄 알고 서 있었는데."

"잘못 들어오신 거 아닙니다."

여인은 가게 안을 힐끔 둘러보았다.

"여기가 식당이라고요?"

"아니요. 전당포입니다."

"위층이 식당인가요?"

도시오는 고개를 저었다. 그녀의 반듯한 이마에 주름이 짙게 잡혔다.

"한참이나 서 계셨으니 피곤하시겠군요. 잠깐 앉으시겠습니까?"

도시오는 가게 한구석에 비단 방석들로 둘러싸여 있는 낮은 탁자를 가리켰다.

여성은 고개를 갸우뚱하며 얇은 입술을 만졌다.

"아니… 분명 식당이었는데. 내 앞에 서 있던 남자가 저 문으로 들어가는 걸 봤어요. 테이블이랑 의자도 보였고…."

고개를 살짝 숙이며 말을 이었다.

"폐를 끼쳤군요."

"사과하실 필요 없습니다. 뭐 마실 거라도 드릴까요? 차 어떠세요?"

"고맙습니다만…."

"사양하지 마십시오. 전혀 힘든 일이 아니니까요."

도시오는 카운터 뒤에서 밖으로 나오며 소리쳤다.

"하나? 차 좀 내올래? 손님 오셨다."

하나는 장부를 닫고, 원래는 어머니 것이었던 책상에서 일어났다. 그녀가 등장할 차례임을 알리는 신호가 떨어졌고, 하나는 지금 여인의 머릿속에 맴돌고 있을 단 한 가지 생각을 잘 알았다.

차 한 잔. 손님들은 아버지와 대화를 나누다가 이 시점이 되면 모두 같은 생각에 이르렀다. 잘라낼 날카로운 모서리 하나 없이, 소소하고 깃털처럼 가벼우면서 단순한 생각이었다. 그들 모두 예전에 차를 마셔봤고, 그것이 혓바닥을 적신 뒤 목구멍으로 흘러내려 영혼을 따스하게 데워주었던 일을 기억했다. 차 한 잔으로 피해를 본 적은 한 번도 없거니와, 전당포 주인의 친절한 제안을 굳이 거부할 이유도 없었다. 가게를 실수로 잘못 들어왔으니 오히려 거절하는 것이 실례이리라. 애초에 목적지가 어디였는지 기억하려 애써봐도 그들에게 기껏 떠오르는 건 차가운 빈속뿐이었다. 차가 시장기를 달래주지 않을까. 어쩌면 처음부터 차를 마시려고 줄을 서 있었던 건지도 몰랐다. 하나는 주전자에 물을 채워 가스레인지에 올렸다.

"차 한 잔, 괜찮겠네요."

그녀가 미소 지으며 고개를 끄덕였다.

"잘됐군요. 저는 이시카와 도시오라고 합니다."

도시오는 방석을 가리켰다.

"자, 앉으십시오."

"고마워요." 하고 말하곤 바깥 하늘과 똑같은 잿빛 방석에 앉았다.

"저는 다케다 이즈미예요."

"오늘 저희 가게를 찾아주셔서 고맙습니다, 다케다 님. 곧 알게 되시겠지만, 저희 전당포는 후하지는 않더라도 아주 공정한 감정가를 제시해드린답니다."

"하지만 난 뭘 맡기려고 온 게 아니라…."

이즈미는 목걸이의 진주알 하나를 엄지와 검지 사이로 굴렸다. 뒤이을 말을 찾아 머릿속 서랍이라도 뒤지는지 이맛살을 찌푸렸다.

하나가 옻칠을 한 검은 쟁반에 차를 담아 왔다.

"하나, 이분은 다케다 님이시다."

도시오의 말에 하나는 고개를 숙이고, 쟁반을 탁자에 내려놓았다.

"잘 오셨어요. 차 먼저 들어보세요."

하나가 자리를 뜨자 이즈미는 도시오를 돌아보며 말했다.

"따님이 참 귀엽네요, 이시카와 씨."

"고맙습니다. 딸아이가… 많이 닮아서…."

도시오는 뻣뻣한 미소를 지으며 다음 말을 얼버무렸다.

그는 차에 시선을 고정한 채 작은 도자기 잔에 차를 따랐다. 찻잔은 더없이 잔잔한 바다의 빛깔을 띠었지만, 유약 위로 저마다 크기가 다른 금들이 기어가듯 뻗어 있었다. 긴쓰기 기법으로 수선하지 않았다면 찻잔은 산산조각 났을 것이다. 갈라진 틈새를 메운 금싸라기와 옻이 찻잔에 번갯불 같은 줄무늬를 그어놓고 있었다.

"참 아름답네요."

이즈미는 찻잔을 보고 감탄했다.

"고맙습니다. 찻잔을 넘어뜨리고 떨어뜨린 나 자신에게 화가 나기도 했지만, 이 경우에는 제 덜렁댐을 오히려 고마워해야겠지요."

도시오는 이즈미에게 차를 건네며 말을 덧붙였다.

"망가진 물건에도 고유의 아름다움이 있는 것 아니겠습니까?"

이즈미는 완벽하게 손질된 섬세한 금빛 수선 자국을 손가락으로 더듬다 말했다.

"망가져도 흉하지 않은 것들이 있죠."

찻잔이 깨질까 봐 걱정이라도 되는 듯 조심스러운, 아주 조심스러운 목소리였다.

"망가진 건 뭐든 아름답지요. 의자든, 건물이든, 사람이든."

이즈미는 찻잔에서 고개를 들었다.

"사람도요?"

"사람이 특히 그렇답니다. 더할 나위 없이 매력적인 방식으로 망가지거든요. 움푹 파이고, 긁히고, 갈라진 곳마다 이야기가 담겨 있어요. 눈에 안 보이는 흉터는 가장 깊은 상처를 숨기고 있어 무척 흥미롭지요."

이즈미가 큼지막한 다이아몬드가 박힌 반지 두 개 중 하나를 빙빙 돌리자, 그 아래 피부가 쓸렸다.

"상당히 독특한 관점이네요, 이시카와 씨."

"오, 그저 관점 정도가 아니지요. 그게 바로 제가 이 전당포를 운영하는 이유거든요. 여긴 평범한 전당포가 아닙니다, 다케다 님. 저희는 잡다한 장신구를 받지 않습니다. 다이아몬드 반지나 진주 목걸이는 이곳에서 아무런 가치도 없지요."

하나는 뒷방에서 이즈미와 아버지의 대화에 귀를 기울였다. 찻잔 위로 오가는 대화는 언제나 똑같았고 이미 헤아릴 수 없을 만큼 들었다.

몇 번을 되풀이하든 아버지의 말은 매번 진실되게 들렸다. 물론 대부분 진실이었지만, 손님들은 쉽게 믿지 못했다. 아버지가 엄청나게 충격적인 사실을 폭로하는 것도 아닌데, 손님들은 의심스러운 표정을 쉽게 거두지 않았다. 이해 못 할 일도 아니었다. 라멘 가게 문을 열고 들어왔더니 생뚱맞게 전당포라니. 다케다 이즈미도 곧 겪게 되겠지만, 아버지는 손님들이 차를 다 마실 즈음엔 이제까지의 믿음을 깡그리 버리고 결코 손으로 쥘 수 없는 것을 마음으로 이해하게끔 만드는 특별한 재주를 갖고 있었다.

하나는 책상으로 성큼성큼 돌아가, 거기에 쌓여 있는 책들 중 한 권을 집어 들었다. 해어질 대로 해어져 종잇장들이 책등에 간신히 들러붙어 있는 문고본이었다. 아침에 이토 다이스케라는 손님이 맡기고 간 것이었다. 하나는 장부에 이 책이 기재되어 있는지 확인하고 문제가 없자 체크 표시를 작게 했다. 그날 전당포에 들어온 물건들 가운데 이 책이 가장 마음에 들었다.

하나는 어머니의 낡은 금테 안경을 책상 서랍에서 꺼냈다. 안경을 쓰고 코 위로 위치를 제대로 맞춘 다음, 렌즈를 통해 책의 진짜 모습을 들여다보았다. 이토 다이스케의 인생길을 바꾸어놓은 선택이 바로 그것이었다.

본체는 책보다 훨씬 더 아름다웠다. 종잇장은 빛살 깃털로 바뀌었고, 책은 금세 노래하는 새로 변신해 눈부시게 빛나고 있었다. 하나의 손가락에 앉은 새는 파란색에서 황금색으로 시시각각 빛깔을 바꾸었다.

다이스케가 매일 밤 편의점 교대 근무를 마친 후 미스터리 소설을 쓰던 5년 동안, 이 새는 그의 안에서 활기차게 노래했다. 2년 전 그가 집필을 포기하고 미완의 초고를 모조리 삭제하자, 새는 빛을 잃고 소리를 지우고 숯처럼 새까매졌다. 다이스케가 영영 해결되지 않을 허구의 하라주쿠 연쇄살인을 생각할 때마다 새가 그의 내장을 쪼아댔다. 하지만 자신의 선택을 전당포에 맡긴 다이스케는 이제 자유로워졌다. 그 선택이 한때 살았던 마음 한구석이 휑하니 춥게 느껴질 때도 있겠지만, 이런 순간도 모두 지나가리라. 이 선택도, 이 전당포도, 오래도록 붙잡고 있던 글을 그만 포기하라고 설득한 한 남자도 기억하지 못하리라. 도시오는 다이스케에게 254쪽 이후 벌어질 일을 모르는 대가로 마음의 평화를 얻을 수 있다고 말했었다.

하나는 안경을 벗고, 선반 위에 나란히 놓인 집 열쇠 꾸러미와 둘로 찢긴 비행기표 옆에 다이스케의 책을 둘 자리를 만들었다. 저녁에 전당포가 문을 닫으면 아버지가 선반에 놓인 물건들을 금고로 가져가 그날 들어온 나머지 전당물과 함께 보관해둘 터였다.

다케다 이즈미는 금이 간 두 찻잔 위를 맴도는 말을 이해하려 애쓰며 눈을 깜박였다.

"말이 안 돼요. 어떻게 선택을 전당포에 잡혀요?"

"말이 되고 안 되고는 상대적인 것이지요. 다케다 님의 세계에서는 말이 되지만 제 세계에서는 터무니없는 것들도 있고요. 저는 텔레비전이나 전화기를 왜 쓰는지 도무지 이해가 안 되더군요."

"'다케다 님의 세계'라니, 그게 무슨 뜻이에요?"

"다케다 님은 저 문밖의 세계에서 오셨지요. 제 딸과 저는 문안의 세계에 살고 있고요. 문밖 세계의 사람들이 저희 전당포에 찾아오는 건 그럴 만한 이유가 있어서랍니다. 손님들은 저마다 버거운 짐이 되어버린 선택을 마음속에 품고 계시지요. 저희는 손님들이 이 선택을 손에서 놓고 더 가벼운 마음으로, 흡족하게 문밖 세계로 돌아가시도록 도와드립니다."

"농담이시죠?"

"농담으로 이런 이야기를 할 리가요. 저희 전당포는 중요한 일을 하고 있는걸요."

이즈미는 핸드백을 집었다.

"이게 다 무슨 장난인지 모르겠지만, 재미없어요."

"장난도 아니고, 재미있게 해드리려는 것도 아닙니다. 손님을 억지로 붙잡아둘 순 없죠. 하지만 이 전당포를 우연히 찾는 사람은 없어요. 저희 서비스가 필요 없었다면, 저 문을 열었을 때 줄 서서 기다리던 다른 손님들처럼 라멘 가게로 들어가셨을 겁니다."

이즈미는 어깨를 뒤로 젖히고 턱을 치켜들었다.

"거짓말하지 말아요. 설령 사실이라 쳐도 난 댁의 서비스는 필요 없어요. 아무런 후회도 없으니까."

"기분 상하셨다면 죄송합니다, 다케다 님."

도시오는 고개를 숙였다.

"하지만 저는 이 일을 아주 오랫동안 해왔어요. 사람들이 아무리 잘 차려입어도, 아무리 환하게 웃어도, 행복한지 아닌지 알아볼 수 있답니다. 행복이란 무엇을 가지고 있느냐가 아니라 무엇을 못 가졌느냐에 달려 있지요."

핸드백을 쥔 이즈미의 손에 힘이 들어갔다.

"나에 대해서 뭘 안다고."

"그럴지도 모르지요. 하지만 전당포를 대대로 운영해온 가문의 일원으로서 제가 배운 것이 있습니다. 저 문으로 들어온 손님들은 하나같이 저희 작은 가게에 들어온 건 순전히 우연이라고, 길을 잃었을 뿐이라고 우기시지요. 그리고 그 말이 맞습니다. 때로는 자신이 찾고 있는 줄도 몰랐던 무언가를 찾으려면 길을 잃어야 하는 법이니까요."

"내가 오늘 뭘 찾고 있었는지는 완벽히 알고 있어요. 라멘이죠."

"시내에 좋은 라멘 가게가 참 많지요. 그런데 왜 하필 이 식당을 찾아오셨습니까?"

"어렸을 때 이 동네에 살았거든요. 늘 이 가게에서 먹었어요."

"하지만 그 후로 더 맛있는 라멘을 드시지 않았습니까?"

"뭐, 그건 그렇지만…."

"그리고 손님 같은 분이라면 더 분위기 좋은 가게에 가실 여유가 있을 텐데요."
 이즈미는 차에서 눈을 떼지 않은 채 목걸이의 진주알들만 빙빙 돌려댔다.
 "하지만 이 가게가 다케다 님에게 각별한 것이지요?"
 도시오의 질문에 이즈미는 시선을 돌렸다.
 "걱정 마십시오, 다케다 님. 캐물을 생각은 없습니다. 그럴 필요도 없어요. 저는 다케다 님이 오늘 이 가게를 찾아 나선 이유를 이미 알고 있습니다."
 이즈미의 가느다란 눈썹이 휙 치켜 올라갔다.
 "어릴 적에 이 가게 단골이었다고 하셨지요."
 도시오는 깍지 낀 두 손을 탁자 위로 올렸다.
 "사람들이 과거를 다시 찾는 건 즐거운 추억을 되살리고 싶어서일 수도 있고 나쁜 추억을 쫓아버리기 위해서일 수도 있습니다. 아니면 둘 다일 수도 있고요."
 "나를 아주 잘 안다고 생각하시네요. 내가 그저 라멘을 먹고 싶어서 가게에 왔다는 사실을 못 믿는 것 같은데, 그럼 내가 여기 온 이유를 직접 말씀해보실래요?"
 "다케다 님은 귀신과 함께 식사하려고 이 가게에 오신 겁니다."
 "그게 무슨…."
 이즈미는 목이 메어 말을 끊었다.
 "헛소리하지 말아요."
 "그럼 친구분과 함께 식사하실 예정이었나요?"
 "그건… 아니에요. 혼자 먹을 생각이었어요. 여기 혼자 오는 걸 좋아하니까. 가을마다 최소한 한 번은 와요."

"하지만 정말로 혼자 밥을 먹는 사람은 없지 않습니까? 우리의 생각이 우리와 함께하지요. 초대하든 아니든 생각은 늘 자리를 같이하고, 식탁에 다른 이가 없을 땐 유난히 시끄러워지니까요. 입 밖으로 낼 수 없는 온갖 것을 떠들어대면서요. 다케다 님의 경우에는 아마도 지금의 다케다 님이 아니었던 시절, 다른 사람과 함께 라멘 가게에 오던 때를 회상하겠군요."

"그만해요."

"다케다 님은 생각과 다투면서 너희가 틀렸다고 우기지만, 라멘이 차갑게 식을 때까지 생각은 수다를 멈추지 않아요. 다케다 님은 기회가 있을 때마다 여지없이 여기로 돌아옵니다. 차가운 라멘 한 그릇이 댁의 더운밥보다 더 맛있으니까요."

"그만하라니까요."

이즈미의 눈에 눈물이 차오르더니 뺨을 타고 흘러내렸다.

"제발 그만해요."

"죄송합니다. 물어보셔서 대답해드린 겁니다. 굳이 알고 싶지 않은 것들도 많지만, 이 전당포에서 평생을 지내다 보니 손님들을 보면 얼굴에 쓰인 것처럼 사연이 훤히 읽히거든요."

이즈미는 눈을 닦았다.

"난 댁의 손님이 아니에요."

"맞습니다. 다케다 님이 내놓고 싶어 하시는 것이 과연 가치가 있을지 아직 결단을 못 내렸거든요."

"이제 그만 좀 해요. 사람 가지고 장난치지 말아요."

이즈미의 눈에 새삼스레 또 눈물이 고였다.

"당신 정체가 뭐예요?"

"저는 그저 특별한 서비스가 필요하신 분들을 도와드리는 사람입니다. 그리고 다케다 님이 슬퍼서 우는 게 아니라 화가 나서 울고 계시다는 걸 알아보는 사람이기도 하지요. 그렇지만 저한테 화나신 건 아니지요. 차라리 저 때문이었으면 좋겠지만, 아닙니다. 다케다 님은 이 전당포에 발을 들이기도 전에 화가 나 계셨습니다."

이즈미는 목을 붉히며 도시오를 쏘아보았다.

"화가 날 수밖에요. 행복에 겨워야 마땅한 인생인데, 억지로 미소 지을 때마다 내 안에 금이 쫙 가버리니까. 내가 이렇게 말하는 걸 듣고 싶었어요? 내가 이걸 전당포에 맡겼으면 좋겠어요? 댁의 찻잔처럼 금가루로 누덕누덕 기운 망가진 미소? 받아주신다면 지금 당장 드리죠."

"그럼 제가 말씀드린 전당포 이야기를 믿으시는 겁니까?"

"증명해봐요. 내가 믿을 수 있게."

"좋습니다. 선택을 보여주시면 그 감정가를 제가 알려드리지요."

"보여줘요? 어떻게요? 선택은 주머니나 지갑에 넣어 다니는 게 아니잖아요."

"다케다 님은 인생에서 내린 모든 결정을 항상 품고 다니십니다. 이 선택도 다르지 않아요. 그리고 그걸 어디서 찾을 수 있는지 이미 알고 계시는 것 같군요."

버스 요금

손거울 하나, 황금빛 립스틱 케이스 하나, 집 열쇠 꾸러미 하나. 핸드백에서 최소한 물건 세 개는 옆으로 밀쳐야 원하는 물건을 찾을 수 있었다.

이즈미가 열쇠 꾸러미를 밀어내자, 무향 물티슈 뒤에 숨겨져 있던 붉은 가죽 동전 지갑이 드러났다. 평소 아파트 건물 1층에 있는 편의점에서 좋아하는 과자를 살 때처럼 지갑을 끄집어냈다. 집에 과자를 쟁여두기에는 자신이 미덥지 않았고, 동전이 웬만큼 모일 때마다 소소한 즐거움을 누리는 편이 더 나았다. 젊었을 땐 몸매를 유지하기가 쉬웠지만, 지금은 그녀가 운영하는 꽃가게로 가는 길에 풀빵 노점을 슬쩍 곁눈질하기만 해도 살이 쪘다. 그래도 갓 구운 풀빵 냄새를 그냥 지나치기가 힘든 날이 있었다. 이즈미는 달콤한 앙꼬로 속을 채운 빵을 무척 좋아해서, 그럴 때면 저녁을 풀빵으로 때우곤 했다. 다행히 남편은 혼자서도 밥을 잘 챙겨 먹었고 오히려 그걸 더 좋아하는 눈치였다.

그들에게 아이가 있었다면 지금과는 달랐을지도 모른다. 이즈미는 매일 저녁 같은 시간에 가족이 다 함께 식사하는 모습을 상상해보았다. 오늘 하루는 어땠냐고 물으면 예의 바르게 대답하는 아들. 쿡쿡 웃으면서 친구들 이야기를 들려주는 수다스러운 딸. 말없이 밥을 먹다가 누군가 재미있는 말을 하면 고개를 끄덕이는 남편. 이즈미는 남편이 말하는 모습을 머릿속에 그려보려 했지만, 30년 가까이 결혼생활을 하다 보니 예전만큼 생각이 유연하게 움직여주질 않았다. 상관없었다. 상상력 따위 아직 꿈이 있는 사람들에게나 필요한 거니까.

꿈이 없는 삶은 생각보다 단순했다. 무엇이 결핍됐든 일상으로 얼마든지 메울 수 있었고, 계획만 잘 세운다면 아침에 눈을 뜬 순간부터 까무룩 잠들기 전까지 하루는 순식간에 지나갔다. 백일몽이니, 빛바랜 소망이니, 시시한 잡념이니 하는 것들이 끼어들 틈은 없었다. 작은 꽃가게에서 장사를 마친 뒤엔 남편 요시에게 저녁을 차려주려 늦지 않게 집으로 향하고, 편의점에 들러 핸드백에 과자를 조금 채우는 일상을 이즈미는 그럭저럭 즐기고 있었다.

하지만 오늘은 완전히 다른 목적으로 핸드백에서 동전 지갑을 꺼냈다. 어느 별난 전당포 주인이 그녀의 아주 오래전 선택을 보여달라고 했고, 뭐라 꼭 집어 말할 수 없는 이유로 이즈미는 그 선택이 동전 지갑 안에서 잔돈과 함께 짤랑거리고 있다는 걸 알았다.

이즈미는 지갑을 열고 재빨리 머릿속으로 계산했다. 그러고는 지갑을 뒤적여 어릴 적 집에서 라멘 가게로 가는 데 들었던 버스 요금만큼에 해당하는 돈을 꺼내 탁자에 놓았다.

지금은 이 액수로 버스를 못 타겠지만, 수년 전이라면 버스표를 사고도 돈이 남아 좋아하는 과자 두어 개는 살 수 있었을 것이다. 그땐 살찔 걱정은 할 필요가 없었다. 남편과 달리 준이치로는 몸매에 상관없이 그녀를 사랑했으니까. 하긴, 그녀의 옷이 더 꽉 끼게 된 건 일주일에 두 번씩 준이치로가 일하는 라멘 가게에서 만나기 시작한 뒤부터였으니 살이 찐 건 결국 그의 탓이기도 했다.

준이치로는 오래전 라멘 가게를 떠났지만, 수년이 지난 지금도 이즈미는 단풍이 들고 라멘의 향긋한 김이 냉기 어린 공기에 섞여드는 계절이 되면 그곳을 찾았다. 향기를 깊숙이 들이마시며, 추억 속의 평온한 미소와 더없이 편안한 대화로 온몸을 따뜻하게 데우는 것이 좋았다. 오늘도 그런 가을날이었다. 다만 이번에는 한 전당포가 식당의 자리를 꿰찼을 뿐.

"제가 좀 봐도 되겠습니까?"

도시오는 동전들을 가리키며 묻고는 그것들을 집어 무게를 가늠했다.

"보기보다 무겁군요. 대부분의 선택이 그렇지요. 적절한 가격을 매기려면 더 자세히 살펴봐야겠습니다."

도시오는 셔츠 주머니에서 낡은 안경을 꺼내어 코에 걸쳤다. 아내의 안경과 똑같았는데, 그의 것은 은테, 아내의 것은 금테였다. 안경을 쓴 도시오는 흡사 올빼미 같았다.

"얼마든 상관없어요. 그냥 가져요."

"그런 식으로는 안 됩니다. 제가 대가로 뭘 드리지 않으면 다케다 님은 여기 두고 간 게 뭔지 평생 궁금하실 테니까요."

도시오는 동전을 하나하나 살핀 뒤 천천히 고개를 끄덕였다.
"이해가 됩니다."
그의 말투가 더 부드럽고 온화해졌다.
"뭐가요?"
"오래전 그날 라멘 가게에서 준이치로를 만나기로 약속해놓고 버스를 타지 않은 이유 말입니다."
이즈미는 눈을 내리깔았다.
"…선택의 여지가 없었어요."
"선택이라면 여기 있잖습니까."
도시오는 탁자에 동전들을 한 줄로 쭉 늘어놓았다.
"난…."
"저에게 해명하실 필요 없습니다. 동전들을 살펴봤으니까요. 다케다 님이 어떤 선택을 왜 하셨는지 이젠 압니다."
"내가 몹쓸 인간으로 보이겠군요."
"저희 서비스가 필요한 손님으로 보이지요. 이 선택을 내내 품고 다니느라 힘드셨겠습니다."
"남편은 충실하고 좋은 남자예요. 과거를 못 잊는 여자랑 같이 살기에는 아까운 사람이죠."
"남편분을 사랑하시나요?"
이즈미는 자신의 손을 물끄러미 바라보았다.
"남편분은 다케다 님을 사랑하시나요?"
"우리는 사랑이 필요하다고 배우죠. 하지만 정말로 필요한 건, 집에 돌아가면 같이 있어주고 집을 나설 때 잘 다녀오라고 인사해줄 사람이에요."

"그걸 누리는 사람은 많지 않지요."

입술에 미소가 걸려 있었지만, 이 순간 도시오는 유난히 더 늙고 지쳐 보였다.

"다케다 님의 선택을 맡아드리겠습니다. 가격에 만족하실 겁니다. 지금 당장 이 선택을 떼어드리지요. 그러면 다시는 가을에 라멘이 당기지 않을 겁니다."

하나는 봄 정취가 물씬한 비단 보자기로 작은 나무 상자를 쌌다. 상자 안에 담기는 내용물이야 매번 똑같지만, 포장이라도 특색 있게 꾸며야겠다 싶어 보자기에다 손수 꽃을 그려 넣었다. 선택의 값어치가 얼마든 아버지는 손님들에게 늘 똑같은 대가를 치렀다. 같은 양의 녹차가 든 상자.

하나가 어렸을 때 아버지는 이 상자를 가지고 하나와 게임을 하곤 했다. 집 안 여기저기에 차 상자들을 숨겨두고 하나가 찾을 수 있도록 갖가지 단서를 남기는 것이다. 빈 술병 속에 끼워진 수수께끼. 여우 모양으로 접은 종이에 적힌 수학 문제. 엉뚱한 자리에 놓인 이 빠진 꽃병. 무엇 하나 그냥 지나칠 수 없었다. 아버지가 금고에 보관된 전당물을 점검하거나 손님을 응대하느라 바쁠 때 하나는 소소한 보물찾기에 몰두해서 신나게 돌아다녔다. 단서에 속아 오른쪽이 아닌 왼쪽으로 움직일 때 아버지가 입을 앙다물며 웃음을 참는 모습을 하나는 여러 번 보았다. 시간이 흐르면서, 얼핏 보면 전혀 단서 같지 않은 수수께끼도 찾아서 풀 만큼 실력이 늘었다. 도시오는 빤히 보이는 곳에 단서를 숨길 줄 아는 자신의 재주에 큰 자부심을 느꼈다.

하나에게 이런 단서 찾기는 손님 응대 기술을 배울 수 있는 첫 수업이기도 했다. 아버지의 단서를 찾을 때처럼 연습하고 안목을 키우면 손님이 숨기려는 진실도 그들의 얼굴만큼이나 눈에 훤히 보일 터였다. 하지만 하나는 이 소소한 보물찾기를 수업으로 여긴 적이 단 한 번도 없었다. 차 상자를 돌아가신 어머니의 선물이라 상상하고, 각각의 단서를 '사랑해', '보고 싶어', '또 만나자꾸나'라는 의미의 암호로 풀이했다.

하나는 자신이 좋아하는 문양의 보자기를 다케다 이즈미에게 주기로 했다. 어머니가 아직 살아 있다면 이즈미와 동년배이지 않을까 싶었다. 하나에게 딱 한 장 있는 어머니 사진으로 판단컨대, 이즈미와 어머니는 얼굴형과 얇은 입술이 빼닮았다. 눈은 다르게 생겼지만, 상관없었다. 하나는 보자기를 두 번 동여매고, 옻칠한 쟁반에 차 상자를 얹은 다음, 다케다 이즈미가 기다리고 있는 접객실로 향했다.

이즈미는 비단 보자기에 그려진 정원을 보고 감탄했다. 보자기 안에 뭐가 들었는지도 모르면서 그녀의 입술에 미소가 번졌다.

도시오가 말했다.

"열어보시지요."

이즈미는 보자기를 풀어 소박한 나무 상자 주위에 웅덩이처럼 괴어놓았다. 그러고는 상자 뚜껑을 들어 올렸다. 설탕에 절인 과일 단내와 싱그러운 신록 향이 뒤섞여 은은하게 퍼졌다. 향기의 진원지인 암녹색 이파리들을 보고 냄새를 맡던 이즈미는 더욱 환하게 미소 지었다. 교쿠로. 그늘진 농장에서 정성스레 재배되는 최고급 차였다. 그만큼 신경 써서 우려야 하지만, 이즈미는 그 세심한 단계 하나하나가 기다려졌다. 차의 풍미 속으로 도피하는 호사를 누릴 수만 있다면 맛을 끌어내기 위해 들이는 시간쯤은 아깝지 않았다.

도시오가 말했다.

"마음에 드셨으면 좋겠군요. 저희 전당포에 무엇을 맡기시든 이 차로 바꾸어드립니다."

"무엇을 맡기든지요? 그럼 내 선택은 뭐 하러 살펴본 거죠?"

"이 차만큼의 가치가 있는지 확인해야 하니까요."

"그냥 내 돈으로 이 차를 사서 마실 수도 있었어요."

"그럴 수도 있겠지요, 맛도 근사할 테고요. 하지만 제가 지금 드리는 이 차와는 분명 다를 겁니다. 이건 손님의 인생을 두 동강 내버린 선택과 맞바꾼 차입니다. 라멘 가게와 그 안에서 기다리던 남자를 떠올리지 않고 즐길 수 있죠. 댁으로 돌아가시는 모든 손님에게 같은 차를 드리지만, 찻잔에 담긴 첫 모금을 홀짝이는 순간 완전히 다른 차가 되어버립니다."

"그게 무슨 소리예요?"

"손님들은 저마다 다른 선택으로부터 풀려나게 되니, 저마다 생각하는 자유의 맛도 다르지요. 손님에게 자유란, 비 오는 날 좋아하는 장소에서 창밖을 바라보는 즐거움처럼 위안이 되고 따스할지도 모릅니다. 반면 다음에 들어오는 손님에게 자유는 용기와 비슷한 맛일 수도 있어요. 마시면 취하는, 위험하게 달콤한 맛."

이즈미는 상자를 닫았다.

"이 거래를 하시겠습니까?"

"내게 남은 준이치로의 흔적이라곤 이 고통뿐이에요. 그 오랜 세월 품고 살았던 게 사라지면 내가 누군지도 모르게 될걸요."

"그럼 이번 기회에 알아보시지요."

"그랬다가 마음이 바뀌면요? 내 선택을 돌려받고 싶으면 어떡해요?"

"여긴 상점이 아니라 전당포잖습니까. 선택을 되찾고 싶으면 차를 갚으시면 됩니다."

이즈미는 굳었던 어깨를 풀며 숨을 내쉬었다.

"좋아요."

"이자도 붙습니다."

"차에 무슨 이자가 붙어요?"

"마음이 바뀌시면 그때 이야기하지요. 하지만 만약 그러신다면 손님이 최초가 될 겁니다."

"선택을 되찾으러 온 손님이 한 명도 없었나요?"

"단 한 분도 없었습니다. 한 주가 지나도 찾으러 오지 않으면 선택은 전당포의 것이 됩니다."

이즈미는 아랫입술을 씹어댔다.

"기간이 좀 짧은 것 같은데요."

"웃고 싶다, 아니다를 결정하는 데 얼마나 걸리지요? 거래를 강요하는 건 아닙니다, 다케다 님. 조금이라도 꺼림칙하시면 이 선택을 가지고 다시 라멘 가게로 돌아가시면 됩니다."

"여기를 또 찾을 수 있을까요?"

"전당포 문을 열고 들어오는 사람은 제가 고르는 것이 아닙니다."

"그럼 지금이 이 선택을 떼어놓을 마지막 기회일 수도 있겠군요."

"그렇지요."

"그럼 차를 받을게요."

"확신하시는 겁니까?"

"확신이요?"

이즈미의 입술 사이로 메마른 웃음이 새어 나왔다.

"그 단어의 의미를 이제는 모르겠는걸요. 라멘 가게 문을 열었다가 이 전당포로 들어와 버렸잖아요. 심지어 이 모든 게 현실인지 아니면 이상한 꿈을 꾸고 있는 건지도 모르겠어요. 하지만 후회가 또 하나 더해지면 안 된다는 것만은 알겠어요. 만약 이게 현실이라면 내가 여기 있는 게 우연은 아니겠죠. 당신을 만나서 이 거래를 할 운명이었던 거예요."

"그렇다면 됐습니다. 이 차를 가져가십시오. 부디 편안한 마음으로 차를 즐기시길."

"이걸로 끝이에요?"

"끝입니다. 저희 전당포는 일 처리가 간단하답니다. 이제 손님이 하실 일은 아무것도 없습니다."

도시오는 탁자에 놓인 이즈미의 동전들을 그러모았다.

"달라진 느낌이 전혀 안 드는데요."

"손님의 세계로 돌아가시면 다를 겁니다."

"그렇게 안 되면요?"

"라디오나 시계를 구매하신 게 아닙니다, 다케다 님. 단순한 거래를 하신 거지요. 망가지거나 멈춰버릴 부품 같은 건 없답니다."

이즈미는 차 상자를 조심스레 핸드백 안에 집어넣었다.

"고마워요."

도시오는 미소 지으며 고개를 숙였다.

이즈미는 문으로 걸어가 낡은 놋쇠 손잡이를 돌려 문을 살짝 열었다. 그러다가 잠시 멈칫하더니 도시오를 돌아보았다.

"이시카와 씨?"

"네?"

"내 선택을 처분하는 데만 신경 쓰느라 정작 당신이 왜 그걸 원하는지는 미처 못 물어봤네요. 왜 선택을 수집하죠? 그걸 어디에 쓰려고요?"

사케와 침묵

사케를 석 잔째 비우고 나자 하나의 혀에 벌꿀 같은 단맛의 여운이 감돌았다. 하나는 술이 센 편이었고, 이는 전적으로 아버지 덕분이었다.

어머니가 살아 있었다면, 혹은 도시오에게 술친구가 한 명이라도 있었다면, 부녀의 밤은 달랐을지도 모른다. 도시오는 탁자 맞은편에 하나를 조용히 앉혀놓고 눈꺼풀이 무거워질 때까지 사케를 함께 마시는 것으로 완벽히 만족하는 듯했다. 그들의 저녁은 대화보다는 고요한 대작으로 채워졌지만, 하나는 그래도 괜찮다고 생각했다. 기다림은 밤의 길이를 늘여놓았고, 아침을 막아주는 거라면 뭐든 고마웠다.

하지만 아버지가 은퇴하기 전날 밤엔 아무리 오래 침묵이 이어져도, 아무리 천천히 술을 홀짝여도 시간은 길어지지 않았다.

도시오가 보자기에 싼 상자를 탁자에 올려놓으며 말했다.

"하나야, 선물이다."

"선물이요?"

하나는 상자를 가만히 바라보았다. 바로 얼마 전에 그녀가 그림을 그려 넣은 보자기에 싸여 있었다.

"네 인생의 다음 장을 축하하는 작은 기념품이지."

"고마워요, 아빠."

아버지는 실리를 중시하는 사람이니, 손님용으로 비축해둔 차 상자를 선물한다고 해서 놀랄 일도 아니었다. 비록 창의성은 떨어졌지만, 보물찾기를 하며 놀던 어린 시절 추억을 되살려주었으니 충분했다. 아버지가 굳이 말하지 않아도 하나는 이 선물의 의도를 알아챘다. 살짝 젖은 아버지의 눈시울이 모든 걸 말해주고 있으니까.

"내가 손님들에게 차에 대해 뭐라고 말하는지 기억하니?"

"사람마다 차 맛이 다르다고요."

"너도 마찬가지다. 너는 평생 이 차를 알았지만, 내일 이 전당포의 새 주인으로 첫 모금을 마실 땐 너무나 많은 것이 다르게 느껴져서 깜짝 놀랄 거야. 겉보기엔 예전과 똑같겠지만 말이야. 각오는 되었니?"

"오늘 밤의 주인공은 내가 아니에요, 아빠. 아빠 은퇴를 축하하는 자리잖아요."

"끝과 시작은 시간의 같은 지점에 있지. 오늘 밤은 나뿐만 아니라 너한테도 중요해. 어쩌면 너한테 더 중요할지도 모르지. 생각이 많아 보이는구나."

하나는 차 상자를 두 손으로 감싸며 서늘한 비단 천에서 위안을 찾으려 애썼다.

"아빠는…."

하나는 속마음을 삼키기로 하고 눈을 돌렸다.

"말해봐."

"아빠는 그게 행복했어요?"

"뭐가 말이냐?"

"이 전당포 일이요."

"그렇구나."

도시오는 술잔에 사케를 따르며 천천히 고개를 끄덕였다.

"내일부터는 네가 전당포를 맡아야 하니까, 너도 나처럼 처량한 신세가 될까 궁금한 거로구나."

"아니… 아뇨… 아빠, 그런 뜻이 아니에요."

하나의 두 뺨이 확 달아올랐다.

"그렇게 말한 적 없어요."

"우리가 꼭 말을 해야 서로의 감정을 알아챌 수 있니? 네가 그걸 배우지 못했다면 전당포를 물려줄 생각도 안 했을 거다. 손님들이 속으로 삼키는 말을 들을 줄 모르면 우리 장사는 반 토막이 나고 말 거야. 넌 손님들 마음을 읽을 줄 아는 재능이 있다, 하나. 내 마음 못지않게 손님들 마음도 잘 읽지. 나는 이 일을 하면서 행복해지려고 애쓴 적 없어. 전당포가 무엇 때문에 존재하는지, 우리가 실제로 제공하는 서비스가 뭔지 너도 알잖아."

하나는 창에 비친 자신의 모습을 빤히 쳐다보았다.

"부러운 적 없어요?"

"누가?"

"손님들이요. 그러면 안 된다는 건 알지만, 가끔은….."
도시오는 술잔을 탁자에 탁 내려놓았다.
"네 엄마가 무슨 짓을 저질렀는지 또 말해주랴?"
하나는 침을 꿀꺽 삼키며 고개를 숙였다.
"금고에서 선택을 훔쳤어요."
도시오는 하나의 턱을 들어 올려 억지로 눈을 맞추었다.
"그래서 어떻게 되었지?"
"죽음으로 죗값을 치렀고요."
도시오는 탁자에 두 손을 올려놓고는 가슴에 그 소리가 울리도록 한숨을 푹 내쉬었다. 다시 입을 뗐을 때 그의 목소리는 걱정이 심한 손님들을 상대할 때 사용하는 온화한 말투로 변해 있었다.
"나도 안다, 네가 이런 삶을 원치 않는다는 거. 한 번도 그랬던 적이 없었지. 우리가 맡은 임무는 잔인하기 그지없지만, 가장 중요하기도 해."
"알아요, 아빠. 나도 알아요."
"난 네 엄마한테 부족한 남편이었고, 너한테도 최고의 아빠가 돼주지 못했다. 그래도 이 전당포를 내 능력껏 꾸려왔고, 너도 그럴 수 있도록 열심히 가르쳤어. 내가 아는 것도, 너한테 해줄 수 있는 것도 이것밖에 없구나. 네 엄마한테는 아무것도 해주지 못했지만, 너만은 잘 가르치려고 노력했다. 내일이면 이 전당포도, 이 안의 규칙과 성과도 네 것이 될 거야. 내가 언제까지고 여기서 널 지켜줄 수는 없어, 하나. 네 엄마의 실수를 반복하지 않겠다고 약속하렴. 내가 가르쳐준 것 전부 다 잊어도 상관없지만, 이 사실만은 잊지 마라. 이 세계에서 우리에게 허락된 선택은 죽음 아니면….."

"운명뿐이죠."

하나는 고개를 숙였다.

"잊지 않을게요."

하나는 머리가 핑 돌아 이부자리 쪽으로 비틀거리며 쓰러졌다. 현기증의 원인이 사케인지 아버지의 말인지 알 수 없었다. 아버지가 한 말은 경고였을까 아니면 작별 인사였을까. 하나만큼 경고에 익숙한 사람도 드물었다. 방마다 깃들어 있는 어머니의 망령은 전당포의 가장 중요한 규칙을 어기면 어떻게 되는지 일깨워주었다. 그 규칙이란, '잊으라'는 것이었다.

도시오는 하나에게 그 말을 제일 먼저 가르치며, 아침에 전당포를 열고 밤에 문을 잠글 때 기도문처럼 암송하도록 시켰다. 전당포에 맡겨진 선택은 금고 속으로 들어간 순간 하나의 머릿속에서 완벽히 지워져야 했다. 아무리 눈부셔도, 아무리 아름다워도, 아무리 매혹적이어도.

손님들이 맡기고 간 선택을 초승달이 뜰 때마다 수거하러 오는 새 주인들은 이 귀중품을 남과 나누어 갖기 싫어했다. 아버지가 금고를 전당포 뒷방의 책장 뒤에 숨겨둔 것도 이런 이유 때문일 거라고 하나는 짐작했다. 종잡을 수 없는 상념이야말로 가장 은밀한 도둑이었고, 결코 자신의 것이 될 수 없는 선택에 미련을 두었다간 어떤 대가를 치러야 하는지 잊는 것은 그녀에게 허용되지 않았다. 하지만 이런 경고야 새삼스러울 것 없다 쳐도 작별의 경험은 그리 많지 않았다. 아버지는 달처럼 한결같은 사람이었다. 고요했던 어느 아침만 빼고.

심장마비를 일으켜 계단 밑에 미동 없이 쓰러져 있는 아버지를 발견한 건 여덟 달 전의 일이었다. 그 광경은 눈을 감아도 보일 만큼 하나에게 선명하게 각인되었다. 잠들기 전 마지막으로 떠오르고, 꿈이 끝나면 제일 먼저 찾아들었다. 도시오의 심장은 완전히 회복되지 않았다. 하나의 심장도 마찬가지였다. 아버지가 피곤해 보이거나 숨을 가쁘게 쉬기만 해도 가슴이 조여들었다. 그래서 조금 전 깨어났을 때 머릿속에서 떠들어대는 생각 말고는 아무런 기척도 들리지 않자 하나는 최악의 상황을 상상할 수밖에 없었다. 하나는 슬리퍼도 신지 않고 아버지 방으로 부리나케 향했다.

문이 빼꼼히 열려 있었다.

"아빠?"

하나는 방 안을 슬쩍 들여다보았다.

텅 빈 이부자리만이 덩그러니 놓여 있을 뿐이었다. 하나는 숨을 죽인 채 계단으로 내달렸다.

계단도 층계참도 텅 비어 있었다. 하나는 숨을 내쉬었다. 딸이 가업을 이어받는 첫날이니 아무래도 걱정이 되어 새벽같이 전당포로 내려가셨나 보다, 하고 그녀는 속으로 중얼거렸다. 아버지가 장부를 살피고 차 재고를 확인하는 모습을 떠올리며 하나는 천천히 계단을 내려갔다.

집이 이토록 고요한 이유라면 또 다른 가능성도 있었다. 하나는 차마 떠올리고 싶지 않아 애써 외면했다. 그녀의 어머니가 처형된 날 말이다. 워낙 어렸을 적 일이라 어머니가 죽은 그 고요한 아침은 기억에 없었지만, 하나가 웬만큼 철이 든 이후, 도시오는 처음이자 마지막으로 그날의 일을 설명해주었다.

계단 밑까지 내려갔을 때 하나는 작고 단단한 물건을 발가락으로 차고 말았다. 뚜껑 없는 목제 차 상자가 바닥 위로 쭉 미끄러지다가, 뒤집혀 있는 아버지 책상을 쾅 들이받았다. 엷은 햇살 한 줄기가 발치의 난장판을 비추었다. 온 사방에 흩어진 장부들. 고꾸라진 의자들. 산산조각으로 부서진 유리 선반들. 하나는 휘청휘청 뒷걸음질 치다 계단에 걸려 엉덩방아를 찧었다. 꼬리뼈가 화끈거렸다.

하나는 비명이 터져 나오려는 입을 앙다물고 허둥지둥 일어났다. 두 눈은 샅샅이 파헤쳐진 전당포를 잽싸게 훑다가, 바닥에 드리운 햇살을 따라 방을 가로질러 활짝 열린 앞문 밖으로 향했다.

금고

 거무스름한 나무문 반대편에 줄을 선 사람들 가운데 그 문의 역할을 아는 이는 한 명도 없었다. 모름지기 문이란 안과 밖을 구분 지어주는 물건이다. 하지만 허기진 사람들과 그들 대부분의 눈에는 보이지 않을 전당포 사이에 서 있는 이 문은 훨씬 더 막중한 책임을 맡았다.
 하나가 알기로, 이렇듯 한 세계를 안전하게 지키기 위해 만들어진 문은 역사상 유일무이했다. 그런데 지금 그 문이 열린 채, 하나의 집으로 침범해 들어오는 저쪽 세계의 새벽빛을 방치하고 있었다.
 하나는 쓰러진 선반들이며 유리 파편들은 아랑곳하지 않고 문 쪽으로 냅다 달렸다. 문을 쾅 닫고 거기에 기대어 서자 심장이 쿵쾅거리는 통에 귓속이 요란스레 윙윙거렸다. 바닥에 풀썩 주저앉아 무릎을 끌어안았다.
 문간 옆에서 무언가가 금빛으로 반짝였다. 하나는 숨을 훅 들이마시며 손을 뻗었다. 손가락은 그 물건의 무게와 형태를 단번에 알아챘다.
 하나는 어머니의 낡은 안경을 집어 들어 상한 데는 없나 살펴보았다. 전당포에서 가장 망가지기 쉬운 물건이 책상 서랍 속에 모셔져 있다가 문까지 날아왔는데 흠집 하나 없이 멀쩡한 것은 기적에 가까웠다. 아버지도 마찬가지이기를 바랄 수밖에 없었다.
 어떻게 외부인이 침입해 전당포를 샅샅이 뒤졌을까도 문제였지만, 도시오가 그자와 마주쳤을 때 벌어졌을 일을 상상하니 더럭 겁이 났다. 아버지는 용기와 어리석음을 구별할 줄 아는 사람이라고 아무리 스스로를 다독여봐도 허사였다. 하나는 힘겹게 일어나, 전당포에서 아버지가 안전하게 숨을 만한 곳으로 달려갔다.

 전당포 뒤편의 정원에서 나무들이 산들바람에 바스락거렸다. 하나는 맑은 밤이면 잉어 연못에 달이 뜨는 이 조그만 정원을 집에서 제일 좋아했다.
 하지만 달이 뜨는 밤이 되려면 한참 멀었고, 하나의 목적지는 정원이 아니라 전당포 뒷문 옆에 있는 책장이었다. 그녀는 나무 책장 옆면을 손가락으로 쭉 훑어 내리다 움푹 파인 홈이 느껴지자 그곳을 누른 뒤 한 발짝 물러섰다. 책장이 휙 열리면서 단단한 돌벽이 드러났다. 하나는 어머니의 안경을 썼다. 그러자 앞에 두툼한 나무문이 모습을 드러냈다. 그 너머에선 새들이 지저귀는 소리가 둔탁하게 새어 나오며 하나를 안으로 불러들였다.
 금고는 하나가 자주 드나드는 곳이 아니었다. 전당물을 그 안에 보관하는 일은 아버지 떠맡았다. 만약 위험에 처했다면 아버지가 피신할 곳은 바로 이 금고가 아닐까, 하고 짐작했던 이유다.

금고는 아버지의 안경이나 어머니의 안경을 껴야만 볼 수 있었고, 필요에 따라 넓어지기도 하고 줄어들기도 했다. 3년 전 가을에 금고는 전당포의 세 배로 커졌다. 거래가 부진했던 어느 여름에는 하나의 방보다도 좁았다. 금고에 들어서면 새장들이 이름표를 단 채 천장에 줄줄이 매달려 있었고, 전당물로 맡겨진 선택들은 횃대에 앉아 항상 똑같은 노래를 불렀다. 어린 하나의 귀에는 세상에서 가장 아름다운 노래로 들렸으나, 나중에는 세상에서 가장 슬픈 노래라는 걸 알았다. 선택을 버린 주인에게 전하는 작별 인사였으니 말이다. 그리고 아버지를 찾아 금고 안으로 들어가는 지금, 하나는 새들이 도시오를 위해서도 노래 부르고 있다는 느낌을 떨칠 수가 없었다.

백 마리도 넘는 새들의 광휘가 하나를 감싸면서, 노래의 리듬에 맞추어 금고 안이 밝아졌다 희미해졌다 했다.

"아빠?"

광란의 지저귐 속에 하나의 목소리는 파묻히고 말았다. 새들의 깃털들이 점점 더 찬란해지며 금고 구석구석을 비추었다. 하나는 재빨리 주변을 둘러보았다. 도시오는 없었다. 하나는 다리가 풀려 털썩 무릎을 꿇었다. 목재가 정강이를 파고들었다. 힐긋 내려다보았다. 박살 난 새장의 파편들이 바닥에 흩뿌려져 있고, 그 안에 들어 있었을 선택은 사라지고 없었다. 부서진 횃대 옆에는 손으로 그림을 그려 넣은 카드 한 장과 짓구겨진 새장 이름표가 놓여 있었다. 하나는 그것들을 잡아채듯 획 들어 올렸다.

카드는 도시오의 하나후다˚ 패로, 보름달이 뜬 풍경이 빨간색과 검은색 물감으로 그려져 있었다. 하나는 얼굴을 찌푸렸다. 이게 왜 금고에 있지? 하나는 카드를 내려놓고 이름표를 반듯하게 폈다. 아버지의 우아한 서체로 적혀 있는 건 사라져버린 선택의 전 주인 이름이었다.

- 일본식 화투.

다케다 이즈미의 선택

전날 밤

새는 도시오의 손가락에 앉아 빛나는 날개를 활짝 펼쳤다. 도시오는 새를 눈앞으로 가져가 안경 너머로 바라보며 탄복했다.

"이런 선택은 자주 들어오지 않는다, 하나. 너도 한번 보렴."

하나는 준비하고 있던 새장을 옆으로 밀어놓고 어머니의 안경을 꼈다. 다케다 이즈미의 동전들이 더없이 밝은 파란빛의 새 모양으로 아롱거렸다. 밤하늘의 별이 무색할 정도였다.

"세상에… 이런 건 처음 봐요."

"난 본 적 있지."

"언제요?"

"옛날에 네가 태어나기도 전에. 그렇게 빛나는 걸 또 보게 될 줄이야."

하나는 실눈을 뜨고 새를 보았다.

"왜 이렇게 밝게 빛나는 거예요?"

도시오는 새를 조심스레 새장으로 집어넣었다.

"빛을 뿜어내는 건 선택에 담긴 가능성들이야. 보통은 잔물결 같은 빛이 조금 퍼지는 정도로 끝나지. 그런데 이 선택은, 만약 버려지지 않았다면, 가장 강력하고 가장 높은 파도를 일으켜서 온 사방으로 퍼뜨렸을 거다."

"다케다 님은 그런 가능성을 알았을까요?"

하나는 도시오에게 백지상태의 이름표를 건넸다.

"바로 눈앞만 보는 손님들이 많단다. 그것마저 못 보는 경우도 있고."

도시오는 붓을 작은 물감 통에 살짝 담근 후, 날렵하고 확고하게 붓을 놀려 다케다 이즈미의 이름을 종이에 적어 넣었다.

"차라리 그 편이 나을 수도 있죠."

하나는 이름표에 뚫린 구멍으로 빨간 실을 꿰어 새장에다 묶었다. 새로운 집에 갇힌 새는 앙칼지게 꽥꽥거리며 그 안을 미친 듯이 날아다녔다.

"쉿. 쉿."

하나는 새장 문에 달린 걸쇠로 손을 뻗었다.

"관둬라."

도시오가 하나의 손목을 붙잡았다.

"하지만 이런 식으로 행동한 새는 없었잖아요. 아픈 거 아닐까요? 제가 진정시키면…"

"안 된다."

새가 맹렬하게 새장을 쪼아대자 창살이 덜컹거렸다.

"새장에 넣은 새는 절대 빼내지 말 것. 너도 알잖아."

"조심할게요. 도망 안 갈 거예요."

도시오는 고개를 저었다.

"나도 그런 말을 했다가 곧바로 새를 놓치고 말았지."

"아빠가…."

하나는 입안이 바짝 말랐다.

"새를 놓친 적이 있다고요?"

"새가 문에 닿기 전에 아버지가 잡으셨지. 안 그랬으면…."

도시오는 아랫입술을 바르르 떨며 눈을 감았다.

"어떻게 됐을까요?"

하나는 목소리를 낮추며 도시오에게로 더 가까이 몸을 기울였다.

"주인이 그 선택을 했던 순간으로 도로 날아갔겠지."

하나의 두 눈이 휘둥그레졌다.

"과거로요?"

도시오는 고개를 끄덕였다.

"자유를 한번 맛본 새는 다시 붙잡히지 않으려고 무슨 짓이든 하기 마련이거든. 시간 자체를 되돌려서 운명을 바꾸는 거야."

"하지만 그렇게 되면…."

"문 반대편 세계의 모든 것이 변해버리겠지. 사소한 것이든 중요한 것이든. 잊었던 이야기를 쓰고, 잃어버린 연인을 찾고. 선택하지 않았던 길과 거기서 갈라져 나가는 모든 길이 선택의 주인을 완전히 다른 인생으로 이끌 거야."

"그렇게 된다면 예전의 삶보다 더 나을까요, 더 나쁠까요?"

도시오는 눈을 부릅뜬 채로 하나를 쳐다봤다.

"그게 무슨 상관이지? 내가 뭐라고 가르쳤니? 새를 잃어버리면, 손님 인생이 어떻게 되느냐 따위는 걱정거리 축에도 못 낀다."

도시오는 고개를 절레절레 흔들며 눈을 돌려버렸다.

"자, 새장을 금고로 가져가렴."

하나는 놀란듯 고개를 뒤로 홱 젖혔다.

"내일부터 이 전당포의 주인은 너다. 지금부터 시작한다고 나쁠 것 없지."

하나는 마지못해 고개를 끄덕거리고는, 금고 입구를 가리고 있는 책장으로 새장을 가져갔다. 그리고 책장 옆면에 파인 홈으로 손을 뻗었다.

"하나?"

하나가 도시오 쪽을 돌아보았다. 도시오는 목소리를 낮추어 말했다.

"사흘 후면 초승달이 뜬다. 시쿠인*들이 새들을 수거하러 올 때 만반의 준비가 되어 있어야 해."

책장 가장자리를 잡고 있던 하나의 손가락들이 얼어붙었다. 시쿠인은 그들 부녀가 입에 잘 올리지 않는 이름이었다. 아버지는 속삭이다시피 말했지만, 시쿠인들이 올 때마다 집 안 가득 진동하는 썩은 내를 떠올리는 것만으로도 공기가 탁해지는 느낌이었다. 기모노

- 일본어로 사육사를 의미한다.

를 몇 겹으로 껴입고 허연 노˚ 가면을 써도, 조각보처럼 누덕누덕 기워진 몸에서 풍기는 녹슨 금속과 썩은 살의 악취는 감춰지지 않았다. 하나는 구역질이 날 것 같아 입을 앙다물었다.

"괜찮니?"

도시오가 묻자 하나는 고개를 끄덕였다. 욕지기와 함께 한 가지 깨달음이 목구멍으로 치솟았다. 전당포에 맡겨진 선택들을 시쿠인들에게 넘기는 일도 전당포의 새 주인인 그녀의 몫이 된다. 어린 시절엔 그들의 소리 없는 방문을 계단 꼭대기에서 지켜보았었다. 가까이 갈 엄두가 나지 않았다. 한번은 한 시쿠인의 가면을 조금 오래 바라보는 실수를 저지르고 말았다. 그것은 조각된 듯한 딱딱한 미소를 지으며 하나를 쏘아보았다. 예전에 눈이 있었을 법한 곳에 우물처럼 고여 있는 암흑이 하나를 통째로 집어삼켰다.

"제가… 잘 준비할게요. 장부랑 이름표랑 새장이랑…."

"네 자신도."

도시오는 하나의 어깨를 꽉 쥐었다. 하나는 잠시 고개를 숙였다가, 책장이 휙 열리자 옆으로 비켜섰다. 더없이 구슬픈 노래가 그녀를 금고 안으로 초대하는 듯 했다. 하나는 줄줄이 매달려 있는 새장 사이를 누비며, 다케다 이즈미의 선택을 걸어놓을 빈 갈고리를 찾아다녔다.

• 일본의 고전 가면 악극. 피리와 북소리에 맞추어 노래를 부르고 춤을 춘다.

두 번째 규칙

하나는 전당포 문 앞에 서서, 빛바랜 놋쇠 문손잡이를 감싸쥐었다. 금속의 냉기에 살갗이 오싹해졌다. 수많은 손님이 전당포를 다녀갔지만, 감히 그들을 따라 문밖으로 나간 적은 한 번도 없었다. 하나는 손님들과는 다른 규칙에 얽매여 있었고, 이 특정한 규칙에는 감시자도 필요 없었다.

문 너머의 세계에 관해 하나가 들은 내용은 흡사 어머니가 말 안 듣는 아이를 겁주려고 꾸며낸 이야기 같았다. 두 세계를 구분하기 어려웠던 때가 있었다는데, 지금은 달라도 너무 달랐다. 손님들의 세계는 회한의 막다른 골목과 어둑한 길이 복잡하게 뒤얽힌 미로였다. 그 미로에서 길을 잃지 않은 손님은 단 한 명도 없었다. 다른 길로 돌아가는 건 금지되어 있는, 인생 전체의 지도가 이미 그려진 세계에서 자란 하나로서는 그보다 더 끔찍한 곳을 상상할 수 없었다. 다른 세계로 보내지는 것을 '추방'이라 불렀지만, 현실은 그보다 더 참혹하다는 걸 하나는 알고 있었다. 문 너머의 세계에서 어물쩍대다간 머리칼 한 올, 한 치의 살가죽, 뼈 한 조각 남지 않을 때까지 지워지고 만다.

아버지는 지워질 때 고통스럽지 않다고 말했지만, 그의 눈을 본 하나는 아버지가 그렇게 믿고 싶을 뿐임을 알았다. 하나도 그렇게 믿기로 했다. 시쿠인에게 추방을 선고받고 문밖으로 끌려 나가 죽은 어머니가 고통스러웠을 거라고 생각하고 싶지는 않기 때문이다.

하나는 문손잡이를 쥔 손에 힘을 주었다. 문 반대편으로 나가서 사라지기까지 아버지에게 얼마의 시간이 주어졌을까? 다케다 이즈미의 선택과 아버지가 어디로 갔는지는 아주 명확해졌다. 문밖으로 나간 것이다. 선택을 도둑맞았든 선택이 달아났든 그건 중요치 않았다. 선택을 회수하지 못하면 결과는 매한가지였다. 시쿠인은 무자비한 처사를 최고의 낙으로 삼는 족속이었다.

하나는 규칙을 깡그리 내팽개치고 사라진 선택을 뒤쫓아 떠나는 아버지의 모습을 상상해보았다. 이제 그녀도 같은 일을 할 참이었다. 이를 악물고 문을 당겼다. 검은 형체가 그녀 위로 우뚝 솟아 있었다. 하나는 화들짝 놀라 뒤로 물러서며 비명을 내질렀다.

"아… 미안합니다."

아버지가 특별한 날을 위해 아껴둔 위스키처럼 부드럽고 연기 내음 가득한 목소리였다.

하나는 안경을 휙 벗고, 햇빛을 등진 형체를 알아보려 눈을 가늘게 떴다. 큰 키에 호리호리한 남자가 또렷한 선으로 그은 듯 완벽한 자세로 서 있었다.

"누구세요?"

"놀라게 해서 미안합니다. 막 문을 두드리려던 참이었어요. 미나토자키 게이신이라고 합니다."

하나는 남자의 얼굴을 찬찬히 뜯어보았다. 말투와 외모가 따로 노는 느낌이었다. 그의 단어 선택에는 아무런 흠도 없었지만, 억양으로 보건대 도쿄에서 멀리 떨어진 곳에서 온 사람인 듯했다. 남자의 날카로운 턱선을 지나, 우아한 대칭을 이루는 입술과 코를 따라 쭉 올라가던 하나의 시선은 검은 속눈썹 아래 따스한 눈동자에서 좀처럼 떨어질 줄을 몰랐다. 하나는 그 눈빛에 빠져들지 않으려 눈을 깜박였다.

"무슨 일로 오셨죠?"

"시차 때문에 고생 중인데 약이 있을까 하고요."

게이신은 한쪽 입꼬리를 올리며 피식 웃었다.

"그냥 라멘 한 그릇이면 됩니다. 직장 동료가 이 가게에 꼭 가보라고 추천해 주더라고요. 어젯밤에 비행기에서 내린 후로 한숨도 못 잤는데 혹시 아침에 문을 열었을까 싶어서 와봤죠."

"여긴 식당이 아니에요."

하나는 목소리가 떨리지 않도록 조심하며 천천히 말했다.

"하지만 간판에⋯."

"여긴 내 전당포예요."

내 전당포. 이 말을 뱉는 하나의 혀는 칼에 베인 듯 얼얼했다.

"아, 착각했나 봅니다. 실례했습니다."

남자는 살짝 고개를 숙이다가 하나의 맨발을 보고는 굳었다.

"피가 나잖아요."

하나는 아래를 힐끔 내려다보았다. 왼발 뒤꿈치 밑에 피가 고여 있었다. 하나는 이제야 고통을 알아차린 듯 얼굴을 찡그렸다.

"꽤 깊이 베인 것 같은데요."

"별거 아니에요."

하나는 문 가장자리를 붙잡고서 성한 발에 체중을 실었다.

게이신은 하나 뒤쪽의 아수라장을 얼핏 보았다.

"홀리 쉿Holy shit."

그는 하나가 잘 모르는 언어로 욕을 뱉었다. 그러더니 주머니에 손을 쑥 집어넣어 휴대전화를 꺼냈다.

"경찰에 신고할게요."

"하지 말아요."

하나는 남자의 손목을 와락 움켜잡았다. 살갗의 온기가 그녀의 손가락으로 잔물결처럼 번져왔다. 숨이 턱 막혔다. 태어나 처음으로 문 밖 세계의 사람을 만졌다.

하나는 손님이 펑펑 울든 말없이 포옹을 갈구하든 조심스럽게 거리를 유지해왔다. 그들의 이름을 적어 넣게 될 종이처럼 그들의 피부 역시 차갑고 뻣뻣한 감촉일 줄 알았다. 아버지가 걸핏하면 일깨워주기를 거래란 따뜻해서는 안 된다고 했으니까. 하나는 게이신을 전당포 안으로 끌어당긴 뒤 문을 휙 밀어 닫았다. 그러고는 그의 팔을 놓아주고 두 손을 주머니에 푹 찔러 넣었다. 살갗에 맴도는 온기가 또렷이 느껴졌다.

"경찰 부를 필요 없어요."

게이신은 하나에게 붙잡혔던 곳을 손가락으로 훑었다. 자신이 놀란 건지, 곤혹스러운 건지 가늠이 안 되는 눈치였다. 하나는 자기도 그에게 따뜻하게 느껴질까 궁금했다. 게이신은 이맛살을 찌푸리며 전당포를 두리번거렸다.

"어쩌다 이렇게 된 거예요?"

"그게… 사고가 좀 있었어요."

게이신은 눈을 가늘게 떴다.

"무슨 사고요?"

발을 베인 상처가 욱신거렸다. 하나는 통증을 꾹 참았다.

"상처 좀 볼게요. 닦아낼 거 있어요?"

"있긴 한데…."

"잘됐네요. 꿰매야 할 정도로 깊은 상처는 아니었으면 좋겠는데."

"고맙지만 괜찮…."

"걱정 말아요. 난 의사거든요."

거짓말

게이신은 상습적인 거짓말쟁이는 아니었다. 하지만 기묘하고 작은 전당포의 뒷방에서, 발을 다친 주인 앞에 무릎을 어정쩡하게 꿇고 있는 오늘만큼은 예외로 하기로 했다. 그의 무릎에 피나는 발을 대고 있는 이 여자가 그의 도움을 받아들이게 하려면 다른 수가 없었다. 게이신은 여자의 뒤꿈치에 박힌 유리 파편 위로 핀셋을 들었다.

"지금 뽑을게요. 움직이지 말아요, 알겠죠?"

여자는 의자에 등을 뻣뻣하게 기댄 채 고개를 끄덕였다.

"고마워요."

"아직 아무것도 안 했어요."

그녀가 게이신을 올려다보았다.

"안 떠나고 있어줬잖아요."

"날 빨리 보내고 싶은 거 아니었어요?"

"아니에요. 원하는 일과 해야 하는 일은 엄연히 다른 법이죠."

게이신은 한쪽 눈썹을 휙 치켜올렸다가 내렸다. 오늘 아침에 일어난 온갖 기이한 일들 가운데서도 이 여자가 가장 범상치 않았다. 이런 상황에서도 이토록 흔들림 없이 차분하게 말할 수 있다니. 평온해 보이는 그녀의 큼직한 갈색 눈동자는 그가 오래도록 염원했던 것으로 가득 차 있었다.

목적에 대한 절대적 확신.

그 목적이 뭔지는 아직 알 수 없었다. 다만, 답을 찾을 때까지 이 의문이 그의 머릿속을 떠나지 않으리라는 건 확실했다.

"움직이지 말아요."

게이신은 손을 매끄럽게 놀려 한 번에 유리 조각을 빼냈다.

"됐어요."

여자는 숨을 내쉬었다.

게이신은 알코올을 흠뻑 적신 깨끗한 천으로 상처를 톡톡 두드렸다.

"좀 어때요?"

"괜찮아요. 고마워요."

여자는 일어나 구급상자를 작은 바구니에 집어넣었다. 그러다가 호박색 병 두 개 사이의 틈에 시선을 고정한 채 멈칫했다. 이마가 구겨졌다.

"뭐가 잘못됐습니까?"

"아뇨."

그녀는 표정을 펴고는 그와 눈을 마주쳤다.

"도와주셔서 고마워요."

"이 정도는 해드려야죠. 나 때문에 놀라지 않았으면 유리를 밟지도 않았을 테니까. 정말 경찰에 신고 안 해도 괜찮겠어요?"

"네, 그럼요."

"왜죠?"

"경찰은… 도움이 안 되니까요."

게이신은 방을 둘러보고 목소리를 낮추었다.

"혹시 무슨 난처한 일이라도 있나요?"

"신경 써주고 발도 치료해줘서 고마워요, 미나토자키 씨. 하지만….."

"그냥 케이라고 부르세요."

"케이…."

여자는 할 말을 고를 시간을 벌려는 듯 조용히, 천천히 그의 이름을 부른 뒤 말을 이었다.

"당신은 여기 있으면 안 돼요. 안전하지 않아요."

"그렇다면 당신도 여기 있으면 안 되죠. 어디 다른 데로 데려다줄까요? 같이 지낼 가족은 있어요? 친구는요?"

"이제 그만 가주세요."

"어떻게 당신을 혼자 두고 가요? 강도한테 당한 거예요? 누가 이런 짓을 했는지 알아요?"

"좋은 뜻으로 이러시는 거겠지만, 계속 캐묻는다면…."

여자는 가슴 위로 팔짱을 꼈다.

"난 거짓말을 할 수밖에 없어요."

"저기, 당신이 뭐라 말하든 내 눈앞에 보이는 게 달라지지는 않아요. 여기서 끔찍한 일이 벌어진 건 확실하잖아요. 그래도 거짓말하고 싶으면 한번 해봐요. 그래야 공평하니까.”
"무슨 말이에요?"
"나도 거짓말했거든요."
여자는 뒷걸음질 쳤다.
"뭘요?"
"난 의사가 아니에요."

동전 던지기

한 달 전

여름은 공식적으로 끝이 났건만 아무도 태양에게 그 사실을 알리지 않은 모양이었다. 게이신은 마치 겨드랑이에 밴 땀을 헤치며 걷는 듯, 텁텁한 기분이었다. 그날 오후 초빙교수로 출강할 일만 없었다면 서슴없이 냉장고 앞에 앉아 하루를 보냈을 텐데, 라메시 카슈얍의 초청만큼은 거절할 수 없었다.

B 강의실에 도착했을 때 이미 와이셔츠 칼라가 땀에 흠뻑 젖어 있었다. 좋은 인상을 남기고 싶은 욕심이 있었다면 걱정할 일이었지만, 이제 갓 입학한 신입생들은 그에게 그다지 중요치 않았다. 그들 중 절반은 학기가 끝나기 전에 수강을 포기할 터였다. 나머지 절반 중에 이름을 기억할 만큼 흥미로운 인물이 있을지는 아직 알 수 없었다.

라메시는 이런 식으로 그를 괴롭히기를 즐겼다. 대학 시절을 수월하게 보낼 수 있으리라 꿈꾸고 있었을 물리학과 신입생들이 게이신의 강의를 들으며 환상에서 깨어나는 동안 라메시는 느긋이 앉아서 설핏 미소 지었다. 라메시의 미소는 중성미자의 발견 못지않게 희귀한 것이었다. 게이신은 라메시에게 그 소소한 행복을 허락했다. 그리고 강의실의 중앙 냉방 덕분에 좀 더 쾌적한 체온으로 몸이 식자 스승의 초청이 고맙기까지 했다. 엄밀히 따지면, 그를 구제해준 것은 열역학 제2법칙이었지만.

　게이신은 물리학의 이런 점이 좋았다. 예측할 수 있고 신뢰할 수 있다는 점이. 날씨와 다르게. 그가 기억하는 한 날씨는 그의 편이었던 적이 없었다.

　게이신은 강의가 끝나고 강의실을 줄줄이 빠져나가는 학생들을 지켜보았다. 그들의 미간에 저마다 다른 깊이의 주름이 잡혀 있었다. 대개는 가장 뛰어난 학생의 주름이 가장 깊었다. 가장 많은 의문을 품고 있기에 그랬다. 호기심은 연료였다. 부족하면 털털거리다 시동이 꺼져버리고, 결국엔 컴퓨터공학 같은 실용적인 학과를 전공하기로 마음을 굳히게 된다.

　"자네도 신입생 시절에 딱 저 아이들 같았지."

　라메시의 말투는 평소처럼 무덤덤했지만, 그를 잘 아는 사람들은 그의 왼쪽 눈 바로 밑이 살짝 떨리는 걸 보면 그가 진지한지 기분 좋은지 화가 났는지 슬픈지 알아차렸다. 그가 농담하고 있다는 걸 눈치채기란 더욱 쉽지 않았다. 라메시의 눈이 아무리 씰룩거려도 그의 농담은 재미있는 법이 없었기 때문이다.

　"열 배 더 청승맞긴 했지만."

"거짓말 마세요. 1년이 지나도록 제 이름도 모르셨으면서."

라메시는 매부리코의 살짝 튀어나온 혹 위로 두툼한 안경을 밀어 올렸다. 매끄럽게 뒤로 빗어 넘긴 은발과 좁은 미간 때문인지, 먹잇감을 막 덮치려는 독수리 같은 인상을 풍겼다.

"자네가 내 강의실로 걸어 들어오는 순간 정확히 알아봤다네. 모른 척했을 뿐이지. 안 그래도 자만심에 찬 녀석이 더 건방져질까 봐. 학교에 새로 등장한 천재의 이름을 어떻게 모를 수가 있겠나?"

게이신은 라메시가 스승에서 친구로 변한 정확한 시점을 기억해 내려 애쓰며 교탁에서 강의 노트를 주섬주섬 챙겼다.

"오스카상이라도 받으셔야겠어요. 그땐 교수님 연기에 감쪽같이 속아서 제가 투명인간인 줄 알았지 뭡니까."

"가장 흥미로운 것들은 눈에 안 보이는 법이지."

라메시는 그렇게 말하며 어깨를 으쓱했다.

"얘기가 나왔으니 말인데, 일본으로 와달라는 다카히로한테 답장은 했나?"

"아직요."

"뭘 망설이나? 슈퍼 K 관측소에서 일할 수 있는 절호의 기회인데. 자네가 나보다 먼저 노벨상을 탈지도 몰라."

"그럼 교수님이 가시지 그러세요? 다카히로가 초청한 건 교수님이에요, 제가 아니라. 저는 차선책이라고요."

"난 스시가 싫어."

"또 거짓말하시네. 이제 그만 좀 하세요. 잘하지도 못하시는 분이."

옅은 미소를 지으며 라메시는 불편한 다리에 힘을 빼고 지팡이에 몸을 기대었다.

"20년 전에 이런 기회가 생겼다면 '중성미자'라는 단어가 나오기도 전에 제일 빠른 도쿄행 비행기를 탔을걸세. 하지만 이젠 낡은 가죽 의자에 앉아 있거나 조용히 교정을 걸어 다니는 게 좋아. 모퉁이에 있는 작은 커피숍 직원이 내가 들어가자마자 뭘 주문할지 정확히 알아맞히는 것도 좋고 말이야. 따분한 노인이 될 권리를 마침내 얻은 거지. 자네는 아니야. 게다가, 태어난 곳에 가보고 싶다 하지 않았나?"

"그랬죠, 하지만….”

"그런데?"

"일본은 어떤 곳일까, 아주 오래전부터 상상하고 머릿속에 그려놓은 그림이 있어요. 일본에 가고 싶을 때가 많았거든요…."

게이신은 고개를 저었다.

"아무것도 아니에요. 겉도는 느낌 때문에 고민하던 사춘기 고등학생 시절로 돌아간 것 같네요."

"현실의 일본이 자네 기억 속의 일본보다 못할까 봐 걱정되는 모양이로군. 괜한 걱정도 아니야. 우리가 어떤 곳을 떠나는 순간 그곳은 더 이상 존재하지 않으니까. 어쩌면 아예 존재하지 않았을지도 모르지. 기억이란 모서리를 문질러서 반드럽게 다듬는 경향이 있거든. 나는 오랫동안 자네를 알아왔네, 케이. 자네가 어딘가에 잘 어울렸던 적은 한 번도 없어."

"와. 고마워서 눈물이 다 나네요, 교수님. 꼭 들어야 할 말을 해주셨어요. '학교에서 유일한 아시아인', '엄마한테 버림받은 아이'. 제 유년기 고민을 이렇게 짚어주시다니."

"나쁜 뜻으로 한 말이 아닐세. 오히려 칭찬이었지. 자네가 '잘 어울렸다'면 그렇게 학구열을 불태우고, 많은 성과를 이룰 수 있었을까. 인생이라는 퍼즐의 작은 구석에서 자기 자리를 금방 찾아내는 사람들과 달리 자네는 퍼즐 전체를 보고 이해해야 하는 사람이지."

게이신이 손으로 머리를 빗어 넘기자 때 이르게 은빛으로 새어버린 관자놀이의 머리칼 몇 가닥도 뒤로 넘어갔다. 그는 땅이 꺼지도록 한숨을 푹 내쉬었다.

"아예 경계선도 보이지 않는 퍼즐이죠."

"글쎄, 어쩌면 바로 그곳에 자네 자리가 있을지도 몰라. 끊임없이 확장되는 가장자리에 말일세. 누가 알겠나? 일본에서 그걸 찾을 수 있을지."

"그렇게 간단하면 오죽 좋겠습니까."

"간단하다네, 케이. 한 가지 의문에만 답하면 돼. 그 주변에서 맴도는 나머지 의문들 때문에 괜히 복잡해 보이는 거지."

라메시는 주머니에 손을 쑥 집어넣어 동전 하나를 꺼내더니 게이신의 손바닥에 탁 쥐어주었다.

"자. 어떻게 해야 하는지는 자네도 알지."

8년 전

아버지는 게이신이 태어나기 전부터 성질이 급했다는 말을 자주 했다. 한 달 반이나 일찍 어머니의 양수를 터뜨려 식당 바닥에서 분만하게 만들었다. 생후 6개월부터 말을 시작했고, 아무도 가르쳐주지 않았는데 두 살 무렵에 글을 읽었다. 열다섯 살에 대학에 입학한 것도 등록을 1년 미루라는 아버지의 성화 때문이었다.

"왜 그렇게 빨리 어른이 되려고 안달이야?"

아버지는 물었다. 아버지가 이해할 거라 생각했다면 답해주었을 것이다. 느긋한 인생은 게이신의 선택지에 없었다. 그를 뒤쫓는 의문들이 너무 빨랐다. 멈춰 서기라도 했다간 산 채로 그것들에 파묻힐 지경이었다. 라메시 카슈얍을 만나기 전까지는, 가만히 서 있는 것을 그만큼이나 두려워하는 사람이 또 있을 줄은 몰랐다.

"자네가 품고 있는 의문들 전부는 아니더라도 대부분은 자네가 죽을 때까지도 해결되지 않을 거라는 사실을 우선 받아들여야 하네."

라메시는 물리학과 건물 옥상에서 밖을 내다보며 담배를 길게 한 모금 빨았다.

"하등 도움이 안 되는 습관이에요. 빨리 끊으세요."

"자네는 시작하도록 해."

"제 스승이시니 교수님 조언은 웬만하면 받아들이겠지만, 수명이 줄어들게 뻔한 일에는 선을 그을 수밖에요. 제 아버지가 폐암으로 돌아가셨다고 말씀드렸었죠?"

라메시는 어깨를 으쓱했다.

"그랬었나? 나를 오래 알았으니 내 기억력이 별로라는 것도 잘 알 텐데. 그러니까 내 말은, 하루에 단 몇 분이라도 우주의 이치를 파헤치는 것 말고 다른 할 일이 있어야 한다는 거야. 여유 부리는 거라면 나도 자네만큼이나 싫어하지만, 자네 이론들 중 하나라도 사실로 증명될 때까지 제정신으로 살아 있고 싶으면 내 말을 듣게. 담배를 피워. 재미있는 강아지 영상도 좀 보고. 뜨개질도 나쁘지 않아. 어디 조용한 데 가서 느긋하게 있어봐. 여긴 안 되네. 내 자리니까. 자네만의 옥상을 찾는 게 좋겠어. 경제학과 건물은 어떤가? 전망이 꽤 괜찮더군."

게이신은 가슴 위로 팔짱을 꼈다.

"싫다면요?"

"비행기에서 뛰어내릴 때 낙하산을 타느냐, 맨몸으로 뛰어내리느냐의 문제나 마찬가질세. 종단 속도. 자넨 물리학 전공이니까 알아서 생각해."

게이신은 흡연을 시작하거나 뜨개질을 배우지 않았다. 대신 혼자만의 시간을 즐길 수 있는 작은 공간을 찾았다. 경제학 건물에 관한 라메시의 말은 옳았다. 게이신은 관리인에게 밤에 옥상 문을 잠그지 말아 달라고 부탁했다. 옥상은 캄캄할 때가 최고였다. 옥상 가장자리가 끝나고, 교정 안뜰로의 기나긴 추락이 시작되는 지점이 잘 보이지 않았다.

옥상 턱 위에 동전을 돌려놓고, 동전이 건물 아래로 떨어질지 그냥 멈출지 숨죽인 채 지켜보는 재미가 있었다. 좀 더 담대했다면 자신이 직접 그 턱 위를 걸어보았을 것이다. 하지만 게이신은 그런 사람이 아니었다. 동전에 그 일을 대신 맡기는 것으로 족했다. 그렇게 돌린 동전들 중 절반을 잃었지만, 평온을 되찾는 대가로는 비싼 값이 아니었다. 동전의 테두리에 의지할 때 그의 마음은 가장 고요했다. 동전이 옥상 끝머리에서 위태롭게 돌고 있으면, 동전의 운명 말고는 아무런 생각도 들지 않았다. 오로지 그 순간만이 가장 중요했다. 라메시는 의문들과 싸우는 최선의 방식은 그것들을 뒤로하고 잊는 것이라고 가르쳐주었다. 동전이 멈추면 대개는 그가 찾고 있던 해답들이 따분한 표정으로 왜 이제야 왔느냐고 물으며 그를 기다리고 있었다.

한 달 전

동전은 경제학 건물의 우중충한 옥상에 게이신을 버려둔 채 턱 너머로 떨어졌다. 별안간 폭우가 쏟아져 내리기 시작했다가 금세 멈췄다. 옥상 여기저기에 물웅덩이가 졌고 게이신은 홀딱 젖었다. 그리 놀랄 일도 아니었다. 기회만 되면 날씨는 그를 못살게 굴었으니까.

게이신은 젖은 머리칼을 얼굴에서 떼어내고 미끄러운 옥상 턱에 앉았다. 일본에 있는 세계 최대의 중성미자 관측소에서 일할 기회를 받아들일지 말지 여전히 결단을 내리지 못했다. 그는 밤하늘을 올려다보며 구름 사이로 별자리를 찾았다. 어렸을 적엔 별자리 이름을 전부 아는 것이 자랑거리였다. 나중에는 그 이름들 또한 미지의 세계에 질서를 부여하려는 인간의 초기 시도에 불과하다는 사실을 깨달았다. 여러 세대에 걸쳐 사람들이 별들을 바라보며 의미를 찾았지만, 오늘 밤 게이신은 오래 살던 곳을 떠나 땅속 깊숙이 묻혀 있는 답을 찾아 나설 의지가 자신에게 있는지 결단을 내려야 했다.

슈퍼 가미오칸데 관측소는 일본 기후현 이케노산 지하 1,000미터에서, 죽어가는 별들과 그 별들이 폭발하면서 지구 쪽으로 날려 보내는 중성미자들을 묵묵히 감시하고 있었다. 눈에 보이지 않는 이 신출귀몰한 입자들은 귀하디귀한 가루들이자 우주의 탄생을 알려주는 단서들의 흔적이었다. 질량이나 전하가 없어 망령과 다를 바 없는 입자들. 라메시는 중성미자 연구란 만물을 이해하기 위해 무無를 찾는 거나 마찬가지라는 농담을 즐겨 했다. 게이신은 웃기지 않았지만 웃는 척했다. 관측소에서 일한다는 건 영영 찾아오지 않을지도 모를 무언가를 기다리는 일이나 마찬가지였고, 게이신은 자신이 인내심 강한 사람이라는 착각은 하지 않았다.

그는 동전 하나를 더 돌리고 그것이 옥상 턱 끄트머리를 향해 빙글빙글 돌아가는 모습을 지켜보았다. 그러다 앞으로 달려들어 동전을 획 잡아챘다. 손톱이 손바닥을 파고들도록 주먹을 꽉 쥐었다. 혼자 머리를 싸매봐야 결론이 날 리 없었다. 이러다간 떠나거나 남아야 할 이유를 수만 가지 떠올리며 밤을 새울지도 몰랐다. 그가 턱에서 물러나다 물웅덩이를 밟자 그 안에 떠 있던 달이 일렁였다.

"거울에 비친 꽃, 물에 비친 달."

게이신은 혼자 속삭였다.

새어머니가 가르쳐준 어구였다. 새어머니는 토요일 오후마다 그림을 그렸는데, 어딘가에 비친 상像이 단골 소재였다. 은은하게 빛나는 유리 안에 국화꽃을 피우고, 바다에 하늘을 쏟아부었다. 게이신의 아버지를 그린 적도 있었다. 거울에 비친 그의 미소를 병들기 전의 시간 속에 가두었다.

그런 그림을 그리는 게 왜 좋냐고 새어머니에게 물었더니, 보이지만 만질 수 없는 것이 가장 탐나서라는 답이 돌아왔다. 게이신은 물웅덩이에 떠 있는 작은 달 옆에 쪼그리고 앉았다. 이 달은 하늘을 갈망할까? 물에 비친 그의 얼굴은 무언가 탐탁지 않은 듯 덫에 걸린 표정으로 그를 되쏘아보고 있었다.

게이신은 일어나 손안의 동전을 보았다. 논리와 동전을 허공으로 던져 올려, 생전 처음으로 일생일대의 선택을 운에 맡겼다.

"앞면이군."

동전 뒷면과 차 상자들

 어떤 사람의 눈을 유독 잊을 수 없는 건, 그 생김새 때문만은 아니다. 그 눈이 나를 바라보는 시선 때문에 기억에 남는 것이다. 미나토자키 게이신이 거짓말을 고백하는 순간 하나는 그의 눈을 잊지 못하리라는 걸 알았다. 이토록 허심탄회하게 속내를 비치는 눈은 이제껏 한 번도 본 적이 없었다. 아버지의 눈은 언제나 경계를 풀지 않았고, 손님들은 더 심했다. 그러나 게이신의 눈은 달랐다. 그녀에게 앉을 자리를 내주고 뜨거운 녹차를 권하며 안으로 끌어들이는 열린 문 같았다.
 "속여서 미안합니다. 정말 돕고 싶어서 그랬어요. 이제 당신도 알겠지만, 상처를 꿰맬 자격이 없어서 그렇지 나도 닥터는 닥터예요."
 "그래요."
 "그리고 내가 여기 있으면 안 된다는 당신 말도 틀린 거 하나 없어요. 논리적으로 따지자면 그렇죠. 동전 던지기로 결정을 내리다니.

과학자가 할 짓은 아니지만, 아까 말했듯이, 앞면을 나왔고 그래서 여기 있는 거예요. 다른 문을 열었다면 지금쯤 김이 모락모락 나는 라멘을 먹고 있을 텐데, 그러지 않았어요. 대신에 이 가게 문을 열었고, 발에 피를 흘리고 있는 당신과 아수라장이 된 전당포를 만났죠."

"문은 잠겨 있지 않아요. 나가고 싶거든 언제든 나가요."

"그럴 수도 있겠죠. 하지만 자기만 편하겠다고 사람을 버리면 안 된다고 아버지한테 배웠거든요."

"날 알지도 못하잖아요."

"이제부터 알아가면 되죠. 우선 당신 이름부터 말해줘요."

"난…."

하나의 시선이 게이신의 입술에 멎었다. 그 입에 그녀의 이름이 담기는 건 위험했다. 하나는 게이신의 입술이 그 음절들을 어떻게 빚어낼지 상상해보았다. 그의 목소리에 실린 그녀의 이름은 벌꿀주처럼 흐르지 않을까. 달콤한 술이야말로 최악의 배신자였다. 거기에 익사당하는지도 모르고 웃게 되니.

"말 못 해요."

"그럼 나하고 거래합시다. 내 이름은 이미 알았겠다, 이제 내 작은 비밀까지 덤으로 받아요. 그럼 내가 지금보다 더 이상한 인간으로 보이겠지만, 내가 그만큼 위험을 무릅쓰겠다는 거예요. 공평하지 않습니까? 세상 사람들이 모르는 비밀과 당신 이름을 맞바꾸는 거."

"난 이 전당포에서 일하면서 컸어요. 흥정에서 날 이길 생각일랑 안 하는 게 좋아요."

"이기고 싶은 게 아니에요. 돕고 싶은 거죠. 그게 답니다."

"자, 당신이 졌어요. 패를 들켰으니까."

"흥정 실력은 당신이 우위에 있을지 몰라도, 나도 실험실에서 보낸 세월이 있는 터라 관찰력이 꽤 좋거든요."

하나는 실눈을 뜨고 그를 바라보았다.

"나를 관찰한 결과가 뭐예요?"

"당신은 날 어떻게 할지 아직 결정을 못 내렸어요. 정말 날 보내버리고 싶었으면 진작 문밖으로 밀어냈겠죠. 그런데 여기 서서, 내 비밀을 들을 가치가 있을까 없을까 속으로 계산하고 있잖아요."

"비밀은 함부로 발설하는 게 아니에요."

"맞아요. 하지만 당신을 믿으니까요."

하나는 눈을 돌려버렸다. 게이신이 손님이었다면 우쭐한 기분이 들었을 텐데. 대신에 시쿠인의 새된 목소리가 머릿속을 휙 스쳤다. 그녀는 게이신이 상상도 못 할 위험한 세계로 그를 들여놓은 것이다. 이름을 알려주면 그는 그녀에게 한 발짝 더 가까워진다. 문에 가려진 모든 비밀에도.

"안 믿는 게 좋을걸요."

게이신은 어깨를 으쓱했다.

"과학자로서의 신용과 평판만 좀 위태로워질 뿐이지 별거 아니에요."

"괜히 실수하지…."

"난 고민이 생길 때마다 스승인 라메시 교수님을 가상의 인도네시아 식당으로 불러내 도움을 청하곤 해요. 나시고랭이랑 페셀 렐레를 끝내주게 잘하는 식당인데, 우리는 가끔 맥주를 마시죠. 디저트도 먹고. 또 기가 막히게 맛있는….”

"하나.”

하나는 한숨을 내쉬며 눈을 감았다.

"내 이름은 하나예요.”

"하나…. 플라워.”

그는 하나가 잘 모르는 언어로 그녀의 이름을 말했다.

"발음을 제대로 했는지 모르겠네요. 일본어 실력이 녹슬어서. 미안해요.”

하나는 고개를 끄덕였다. 그녀의 이름이 이토록 정성스레 불린 적은 없었다.

"그럼 내가 도와줘도 되겠습니까, 하나?”

하나는 어깨를 뒤로 젖히고 턱을 치켜들었다.

"앞면.”

"네?”

"난 앞면이라고요.”

"앞면?”

"난 고집쟁이라 고집쟁이를 알아보거든요. 당신은 계속 나를 돕겠다고 고집부리고 난 계속 거절하겠죠. 당신이 여기 오기 전에 옥상에서 혼자 씨름하던 거랑 똑같아요. 당신 말대로, 자기 자신하고 다투는데 무슨 수로 이기겠어요? 나하고 싸워봐야 승산이 없어요. 그러니까 동전에 맡겨요. 당신은 동전 하나만 믿고 지구 반대편까지 날아왔잖아요. 여기 남을지 말지 결정하는 데 동전을 못 믿을 이유가 없죠. 앞면이 나오면 당장 떠나요.”

"뒷면이 나오면 여기서 무슨 일이 있었는지 말해줘요."

하나는 고개를 끄덕이며 답했다.

"좋아요."

게이신은 주머니에서 동전 한 닢을 꺼내어 엄지로 튕겨 올렸다.

하나는 떨어지는 동전을 지켜보았다. 아원자 입자니 중성미자 관측소니 하는 게이신의 세계는 잘 몰라도, 운명은 알았다. 아버지가 못 박지 않았던가. 죽음 아니면 운명. 우리 세계에서 허락되는 유일한 선택. 하나는 허공을 가르는 동전을 잡아채 반대편 손등 위에 엎었다. 그리고 손바닥을 들어 올려 동전이 내린 결정을 확인했다.

게이신이 동전에서 시선을 거두며 말했다.

"뒷면."

하나는 숨을 크게 들이마셨고, 게이신은 말을 이었다.

"내가 이겼네요."

"아빠가 사라졌어요."

하나는 자신의 마음이 바뀔세라 얼른 말해버렸다.

"도둑이 든 소리를 듣고 쫓아간 줄 알았는데…."

하나는 동전을 꽉 쥐었다.

"착각이었나 봐요."

"왜 그렇게 생각해요?"

하나는 탁자에 놓여 있는 금테 안경과 하나후다 패를 물끄러미 바라보았다.

"아무래도 도둑이 든 것처럼 아빠가 꾸민 것 같아요."

"아버지가 일부러 이랬다고요?"

게이신은 전당포를 휙 둘러보았다.

"왜 그렇게 생각해요?"

"이것들 때문에요."

하나는 어머니의 안경과 아버지의 하나후다 패를 집어 들었다.

"그리고 어렸을 때 했던 차 상자 찾기 놀이 때문이기도 해요."

11년 전, 하나가 열 살이 되었을 무렵부터 도시오가 숨겨놓은 차 상자는 점점 더 찾기가 어려워졌다. 아침 내내 찾아다녔지만, 목에 땀만 줄줄 흐를 뿐 허탕이었다. 아버지가 남긴 단서를 따라 계단을 오르락내리락하고, 자신의 방을 들락거리며 부엌을 세 차례나 뒤졌다. 결국엔 마지막 단서를 따라 식탁으로 향했다. 하나는 거기에 놓인 하나후다 패들을 꼼꼼히 살폈다.

아버지의 하나후다 패는 직접 그림을 그려 넣은 마흔여덟 장이 한 벌을 이루고, 한 해 열두 달로 나뉘어 있었다. 각 달은 고유한 꽃이 그려진 넉 장의 패로 이루어져 있었다. 넉 장을 순서에 맞추어 한 줄로 늘어놓으면 전체 풍경이 완성되었다. 아버지는 그 패들로 놀이는 거의 하지 않고 하나에게 트릭을 가르쳤다. 하나후다 패는 아버지의 손에서 사라졌다가 어느새 하나의 귀 뒤나 주머니 속에서 다시 나타났다. 아버지는 이 트릭으로 전당포 주인에게 가장 중요한 기술 두 가지를 연마할 수 있다고 말했다. 눈속임과 조작.

하나는 하나후다 패들을 한 줄 한 줄 꼼꼼히 훑어보았다. 1월은 소나무들 속의 학, 2월은 매화나무 가지에 앉은 꾀꼬리. 3월, 4월, 5월, 6월, 7월, 8월, 9월, 10월, 11월, 12월. 모두 제대로인 것 같았다. 다시 패들을 훑다가 8월에서 멈추었다. 눈을 감고 원래 어떤 그림이었는지 떠올려보았다. 참억새에 달과 기러기. 패들을 뚫어져라 보던 하나는 오류를 알아챘다. 기러기 패는 달 뒤에 와야 하는데 앞에 와 있었다. 하나가 히죽 웃자 왼쪽 뺨에 보조개가 파였다. 아버지는 이렇게 소소하고 미묘해 보이는 단서를 좋아했다. 그런데 이게 무슨 의미일까? 하나는 그 두 장의 패를 집어 눈앞으로 들어 올렸다.

패를 찬찬히 뜯어보며 머릿속으로 두 개의 목록을 만들었다. 그녀가 아는 것과 모르는 것. 8월은 낙엽과 환절기의 달. 전통 달력으로는 가을 달맞이의 달이기도 했다. 하나는 첫 번째 카드의 보름달을 엄지로 문지르고는 시간을 확인해보았다. 일몰까지 몇 시간밖에 남지 않았다. 아버지가 보물찾기 놀이를 이렇게 오래 끌 리는 없을 텐데, 문득 의문이 들었다. 아버지에게 저녁 식사는 잠들기 전 마시는 사케만큼이나 성스러운 것이었다. 하지만 패의 위치가 바뀐 것이 우연일 리 없었다. 모종의 이유로 도시오는 하나에게 달이라는 단서를 남겼고, 이 단서가 가리키는 곳이라면 한 군데밖에 떠오르지 않았다. 하나는 손목을 능숙하게 휙 돌리고는 씩 웃으며 하나후다 패들을 소매 속에 숨겼다.

하루의 이맘때쯤, 안뜰 정원의 한가운데 있는 연못에는 파란 하늘이 비쳤다. 구름 한 점 없는 밤이 되면 연못의 진짜 용도가 드러났다. 하나는 연못으로 향하며, 그녀 가족 대대로 똑같은 자갈길을 걸었겠구나 하고 생각했다. 연못가에 서서 수면에 반짝이는 해를 바라보았다. 예쁘긴 하지만, 밤에 찾아와 연못에서 헤엄치는 손님에는 비할 바가 아니었다. 연못은 달을 붙잡기 위해 존재했고, 보름달은 연못 가장자리까지 가득 메웠다.

하나는 소매에서 보름달 패와 기러기 패를 꺼냈다. 이젠 어쩌지. 식탁에서 기러기는 달의 왼쪽에 있었지만, 하나는 기러기를 제자리인 달의 오른쪽에 두었다. 그러곤 연못 오른편으로 걸어가 풀밭에 무릎을 꿇었다. 덤불 뒤로 나무 상자의 귀퉁이가 삐죽 튀어나와 있었다. 하나는 빙긋 웃으며 상자를 집었다. 뚜껑을 열고 상자 안을 들여다보았다. 텅 비어 있었다. 보통은 아버지가 갖가지 과자를 가득 채워두는데 웬일로 아무것도 들어 있지 않았다. 어쩌다 보니 잊은 걸까, 아니면 이것 역시 단서일까.

뒤에서 도시오가 걸어왔다.

"찾았어?"

"네, 아빠. 그런데…."

"상자가 비었니? 그럼 잘못 찾은 거다."

도시오는 연못 왼편으로 성큼성큼 걸어가 어느 바위 뒤에서 상자를 집어 들었다. 그가 상자를 여니, 하나가 차와 곁들여 즐겨 먹는 작은 단팥 양갱들이 낱개로 포장되어 있었다.

"이게 정답이야."

"하지만 원래 기러기 패는 보름달 패의 오른쪽에 있어야 하잖아요."

"이 연못에서는 아니지."

도시오는 하나가 든 패들을 가져가 연못 위로 들었다.

연못을 들여다본 하나는 자신이 무슨 실수를 저질렀는지 깨달았다. 물에 비치면 오른쪽은 왼쪽, 왼쪽은 오른쪽이 되었다. 하나는 어깨를 축 늘어뜨리며 한숨을 내쉬었다.

도시오가 과자 상자를 하나에게 내밀었다.

"받으렴."

"하지만 실패했잖아요. 결국 못 찾았는걸요."

도시오는 미소 지으며 양갱 하나의 포장을 벗겨주었다.

"이번엔, 이 상자가 널 찾은 거다."

"고마워요, 아빠."

하나는 양갱을 받아 입안으로 쏙 집어넣었다. 굵은 빗방울 하나가 이마에 튀었다.

도시오는 점점 어두워지는 하늘을 올려다보았다. 잿빛 구름 한 조각에 번갯불이 번쩍였다. 도시오의 얼굴에서 미소가 사그라졌다.

"얼른 안으로 들어가자, 하나. 곧 비가 쏟아지겠다."

선반 위의 신

얼음처럼 차가운 암갈색 맥주병에 작은 물방울들이 맺혔다. 게이신은 엄지로 물방울을 닦아낸 뒤 병을 술잔으로 기울였다. 황금빛 액체가 부글부글 거품을 일으키는 소리가 식당의 웅성대는 소음에 뒤섞였다. 비좁은 인도네시아 식당 안에서는 접시며 은식기가 달그락거리는 가락에 간간이 웃음이 터지는 대화가 더해졌다. 게이신은 진짜 맥주가 아니더라도 즐기기로 마음먹고 몇 모금 홀짝였다. 그의 마음 한구석에 살고 있는 가상의 라메시 교수는 항상 이 식당을 대화 장소로 택했다.

복잡한 문양의 바틱 조끼를 입은 종업원이 알록달록한 접시들을 큼직한 쟁반에 담아 들고서 정사각형 테이블들의 미로를 능숙하게 누비고 다녔다. 코코넛, 레몬그라스, 고수의 자극적인 향이 그 뒤를 따라 흘렀다. 종업원이 게이신과 라메시의 테이블에 멈추더니, 김이 모락모락 나는 밥그릇 하나와 강철 보온기에 담긴 작은 요리들을 그들 앞에 차렸다. 철제 램프가 이 소소한 성찬에 호박색 불빛을 드리웠다. 게이신은 전채 요리로 나온 사테, 채소 절임, 커리, 바나나 튀김, 달걀말이, 견과류 그리고 설탕에 절인 과일을 재빨리 훑어보았다. 보기만 해도 배가 부를 지경이었다.

게이신은 고개를 들어 라메시를 바라보며 말했다.

"교수님은 항상 과하게 주문하신다니까요."

라메시는 어깨를 으쓱하고 김이 모락모락 나는 향긋한 쌀밥을 듬뿍 퍼서 접시에 담았다.

"우리가 얼마나 오래 수다를 떨어댈지 알 수가 있어야지. 허기지면 안 되잖나. 고민이 뭔가? 슈퍼 K에서 일하는 걸 재고하고 있나?"

게이신은 고개를 젓고 가상의 맥주를 한 모금 마셨다.

"그건 아니에요."

"그럼 무슨 얘기를 하자고?"

라메시는 눈을 감고 요리를 음미했다.

"수수께끼요."

"수수께끼라니, 흥미로운데."

라메시는 스푼을 내려놓고 씩 웃었다.

"한 여자를 만났습니다. 이름은 하나고요."

라메시는 한 손을 들어 올렸다.

"여기서 관두세. 여자에 관해서는 아무 조언도 해줄 수 없어. 상상 속이든 현실이든. 잊었나? 내 아내가 제일 먼저 동의할걸세, 내가 여자를 몰라도 한참 모른다고."

"하나는 내가 말하려던 수수께끼가 아니에요."

게이신은 그렇게 말했지만, 진심인지는 확신할 수 없었다. 하나도 그렇고 차 상자와 보물찾기에 관한 기묘한 이야기도 그렇고 그의 호기심을 자극하는 무언가가 있었다. 연구실 밖에서는 좀처럼 없는 일이었다. 아름다운 여성이라면 적지 않게 만나봤지만, 그가 전당포에 들어간 자신의 실수를 내심 반겼던 건 하나의 고요하고 섬세한 아름다움 때문만이 아니었다. 그녀의 차분한 눈동자 바로 뒤에 도사린 비밀의 그림자들은 마치 그의 추적을 도발하듯 삐죽 고개를 내밀었다가도, 다음 순간 잽싸게 달아났다. 그리고 게이신은 그런 재미있는 수수께끼를 그 무엇보다 즐겼다.

"그 여자의 전당포예요."

"전당포?"

"네. 강도가 들어서 난장판이 됐더라고요. 그런데 하나 말로는, 자기 아버지가 그 배후라는 겁니다."

"자네 생각은 어떤가?"

"솔직히 모르겠어요. 경찰에 신고하라는데도 내 말을 안 듣더군요."

"아, 고집불통이시군."

라메시는 맥주병 너머로 게이신을 가만히 바라보았다.

"내가 아는 누구랑 많이 닮았어."

게이신은 눈알을 굴렸다.

"어쨌든, 중요한 건 하나를 돕고 싶은데 도울 수가 없다는 겁니다."

"왜 그렇게 그 여자를 돕고 싶은 건가?"

"교수님도 아시잖아요."

"별로 생각하고 싶지 않은데."

"아무도 교수님을 도우려 하지 않았어요. 교수님이 공격당했을 때 다들 멀뚱멀뚱 구경만 했다고요. 못 본 것처럼요. 하지만 실은 빤히 보이는데도 그냥 신경을 꺼버린 거죠."

"자넨 안 그랬지. 날 병원에 데려다줬잖나."

"더 빨리 갔어야 했어요. 그랬다면 교수님을…."

"이렇게 상상 속에서나 보지 않아도 된다고? 그런 헛된 희망은 접게. 시공간을 구부리는 문제야 마음껏 가설을 세울 수 있지만, 과거를 바꿀 순 없네."

"그래서 하나를 돕고 싶은 겁니다. 안 보이는 척하면 무슨 일이 벌어지는지 아니까요. 교수님이 공격받았던 현장에 있었다면 저도 그 사람들처럼 외면했을지 영영 알 수 없을 겁니다. 가상의 시나리오로는 제가 비겁한 인간인지 아닌지 알아낼 수 없어요. 다만 전 외면하는 인간이 되고 싶지 않아요."

게이신은 인도에 쓰러져 피를 흘리고 있는 라메시의 이미지를 머릿속에서 아득바득 밀어낸 뒤 숨을 크게 한 번 쉬었다.

"그보다는 나은 인간이 돼야 하는데…. 전 탐정이 아니에요. 과학자죠."

"그럼 과학자답게 하면 되지. 자신을 과소평가하지 말게. 우주의 최대 미스터리 몇 가지는 물리학자들이 풀었어. 태양 중성미자 결손 문제 기억나나?"

"그 얘기가 갑자기 왜 나와요?"

"태양이 내뿜는 중성미자 중에 지구까지 도달하는 수가 우리 모델의 추정치보다 적어서 수년 동안 골치를 썩었잖나. 그래서 모델이 틀렸거나 아니면 중성미자가 지구로 오는 길에 무슨 일을 당한 거라고 우리는 결론 내렸지."

게이신은 고개를 끄덕였다.

"하지만 모두가 행방불명됐다고 생각했던 중성미자들이 실은 실종된 게 아니라는 사실을 물리학자들이 발견하면서 미스터리가 풀렸잖아요."

"맞아. 더 찾기 힘든 유형으로 바뀌었을 뿐이지. 그러니까 순전히…."

"눈속임이었죠."

게이신은 히죽 웃었다.

"수수께끼 잘 풀게나."

"고맙습니다."

"그리고 자네가 관심 없는 척 힘들게 연기하고 있는 그 여자하고도 잘되기를 비네."

게이신은 하나가 내민 하나후다 패와 금테 안경에서 눈을 들었다. 전당포의 풍경이 달라져 있었다. 그가 처음 도착했을 때와 모든 것이 똑같아 보여도, 그가 걸어 들어왔던 그 공간은 아니었다. 중성미자와 마찬가지로, 이 변화는 형태도 없고 눈에 보이지도 않았다. 역시 눈속임이 틀림없었다. 여전히 책상은 뒤집혀 있고, 유리는 박살 나 있고, 종잇장들은 온 사방에 흩뿌려져 있었지만, 무질서를 위장한 설계가 게이신의 눈에 보이기 시작했다. 의자들은 무작정 내던져지지 않았다. 선반들은 아무렇게나 뒤엎어지지 않았다. 흐트러진 가구들은 긁히거나 움푹 파인 흠집 하나 없이, 거의 예술적으로 배치되어 세심하게 옆으로 눕혀져 있었다. 우주와 마찬가지로, 이 혼돈에는 창조주가 있었다.

"당신 말처럼 고의로 연출된 건지도 모르겠군요. 그런데 당신 아버지가 이런 일을 꾸몄다고 생각하는 이유가 뭡니까?"

"예전에 아빠가 똑같은 하나후다 패를 단서로 남긴 적이 있어요. 금고에서 그 패가 나온 건 우연이 아니에요."

"안경은요? 안경이 왜 단서라는 거죠? 침입자가 나가다가 문가에 떨어뜨렸을지도 모르잖아요."

"그렇다면 세상에서 가장 운 좋은 안경이겠네요."

하나는 고개를 저으며 말을 이었다.

"안경은 문가에 놓여 있었어요. 눈에 확 띄면서도 위험하지는 않은 곳에."

"그렇다고 당신 아버지가 이 난장판의 배후라고 할 수는 없어요."

"맞아요. 그렇죠. 하지만 구급상자에서 사라진 약병 때문에라도 그렇게 생각할 수밖에 없어요. 그 병에는 아빠의 수면제가 들어 있었어요. 이런 난리가 벌어지는 와중에 어떻게 내가 깨지도 않고 계속 잤을까 이상했거든요. 이제 그 이유를 알겠어요. 어젯밤에 아빠가 몰래 내 술잔에 수면제를 탄 거예요."

"아버지가 당신한테 약을 먹였다고요? 왜요?"

"그건 중요치 않아요. 아빠를 얼른 찾지 않으면…."

하나는 말하다 말고 입술을 깨물었다.

"찾지 않으면요?"

"아무것도 아니에요."

하나는 고개를 절레절레 흔들었다.

"괜찮아요. 아빠를 빨리 찾기만 하면 돼요."

"그럼 경찰에 신고해요. 그 누구보다 빨리 도시를 샅샅이 뒤질 수 있으니까."

"아빠는 도쿄에 없어요."

게이신은 얼굴을 찡그렸다.

"그걸 어떻게 알아요?"

"그렇게 착각하라고 안경을 문 옆에 둔 거니까요. 아빠가 침입자를 뒤쫓아 길거리로 나갔다는 인상을 주려고 그런 거예요."

하나는 보름달 패를 들어 올리며 말을 이었다.

"하지만 이것 덕분에 진실을 알았어요. 어릴 적에 보물찾기를 할 때도 그랬죠. 오른쪽으로 가야 할 것 같을 때 왼쪽으로 가라고 이 패가 알려줬어요."

"그럼…."

게이신은 턱을 문질렀다. 도쿄에서의 첫날 아침 마주친 것이 발칵 뒤집힌 전당포, 사라진 남자, 그리고 기묘한 단서를 따라가려고 작정한 여자가 될 줄은 몰랐다. 하지만 전당포로 걸어 들어온 후 하나의 이 결연한 눈빛을 보게 되기까지의 어느 시점엔가 하나의 의문은 곧 그의 의문이 되어버렸다. 그에게 꼭 들러붙은 의문들을 게이신도 놓아줄 생각이 없었다.

"그럼 그 '왼쪽'이 어디죠?"

"그건 신단에 모신 신에게 물어봐야죠."

신단은 하나의 방 맞은편 복도 벽에 마련되어 있었다. 게이신의 아버지도 집에서 가장 높은 다락방에 비슷한 제단을 차려놓았었다. 어렸을 때 신단에 대해 묻는 친구들에게 게이신은 그것이 무엇인지만 말해주었다. 신을 모시는 제단. 그 후로 친구들은 아무것도 묻지 않았다. 신도*의 가정용 목조 제단인 신단은 신사를 축소한 모양으로, 가족이 선택한 신을 모시는 역할을 했다. 아버지는 제단 양쪽에 조그만 양초를 두 자루 켜놓고, 쌀과 소금을 제물로 바치고, 제단에 깃든 신에게 날마다 기도를 올렸었다.

게이신은 고개 숙여 절한 뒤 손뼉을 세 번 쳤다. 할 말이 전혀 떠오르지 않았다. 대신 하나에게 물었다.

"음… 저기…기도할 거예요?"

"내 기도는 의미 없어요."

"그럼 여기 왜 왔어요?"

"아빠의 기도는 쓸모 있을 테니까요. 아빠는 날마다 잠자리에 들기 전에 신단을 찾았어요. 어쩌면 전당포를 이렇게 만들어놓고 사라진 이유가 아빠의 기도 속에 숨어 있을지도 몰라요."

"어딘가에 기도를 적어놓으셨어요? 일기 같은 데?"

"아뇨."

"그럼 휴대전화에 녹음을 해두셨나?"

* 조상과 자연을 섬기는 일본 종교.

하나는 고개를 저었다.

"휴대전화는 아니에요."

"그럼 어디에 남기셨는데요?"

"케이…."

하나는 숨을 크게 들이마셨다.

"말해줄 게 몇 가지 있는데, 믿기 힘들 거예요. 나를 돕겠다는 생각이 바뀌면 언제든 떠나도 돼요."

"내 호기심을 과소평가하는 것 같네요. 수수께끼라면 나도 당신 못지않게 사족을 못 쓴답니다. 어쩌면 더 심할걸요."

게이신의 홍채 뒤로 얼핏 불꽃이 타올랐다.

"그런 것 같네요."

게이신은 어깨를 으쓱했다.

"아무래도 하는 일이 그렇다 보니."

"하지만 이 미스터리는 당신이 한다는 과학이랑은 별로 관련이 없어요. 심지어 당신한테는 전혀 이해가 안 될지도 몰라요."

하나는 자신의 말이 게이신의 흥미를 부채질하고 있다는 걸 의식했지만, 어쨌든 경고는 한 셈이었다.

"눈에 보이지 않는 걸 뒤쫓는 게 생업인 사람입니다. 날 겁줘서 떼어내기는 쉽지 않을 거예요."

하나는 신단에서 양초를 한 자루 집어 들었다.

"연기가 하는 말을 들으라고 해도요?"

가장 쉬운 실험

하나는 선 채로 연못을 내려다보며 하늘에서 우르릉대는 천둥소리에 귀를 기울였다. 오늘은 그녀가 전당포를 맡기로 한 첫날이었지만, 연못에 비쳐 일렁이는 자신의 그림자를 가만히 보고 있자니 오늘이 마지막이 되리라는 싸늘한 기분을 몰아내기가 쉽지 않았다. 이제 많은 규칙을 어겨야 할 참이라 찝찝했다. 아버지는 선택의 여지를 남겨두지 않았다. 갑작스레 거센 바람이 일어 목덜미가 으스스했다. 외투를 더 단단히 여미다, 신단의 작은 양초가 들어 있는 불룩한 주머니가 스쳤다. 하나는 게이신을 바라보며 말했다.

"왜 당신이 아직 여기 있는지 이해가 안 돼요."

"내가 왜 가겠어요?"

"모든 기도가 흘러가는 곳으로 양초를 가져가야 하고, 거기 가려면 이 연못으로 뛰어들어야 한다고 했잖아요. 설마 내 말을 믿어줄 줄은 몰랐어요."

"안 믿어요."

"아."

하나는 조금 실망하고는, 이내 이런 감정을 느끼는 자신에게 놀라며 가슴 위로 팔짱을 꼈다. 돌풍에 머리칼이 휘날려 얼굴을 찰싹 때렸다.

"그런데 왜 여기 있어요?"

"왜냐하면…."

게이신의 눈빛이 부드러워졌다. 그는 하나의 뺨에서 머리카락을 떼어내려다 손끝이 하나의 살갗을 스치기 전에 손을 거두며 입술을 깨물었다.

"내 인생에서 가장 단순한 실험이 될 것 같아서 남아 있는 겁니다."

"실험이요?"

"가설 하나 증명하겠다고 실험실에 몇 시간씩 갇혀 있는데, 연못에 뛰어들기만 하면 답이 나온다니 얼마나 수월합니까. 당신 말이 사실이라면 인생 최고의 모험을 하게 되는 거고, 사실이 아니면 홀딱 젖는 거죠 뭐."

게이신은 시커먼 하늘을 올려다보며 덧붙여 말했다.

"난 날씨 운이 꽝이라, 어차피 호텔로 돌아갈 즈음엔 홀딱 젖어 있을 거예요."

"아니면 나한테 우산을 빌려서 안 젖고 따뜻하게 호텔로 돌아가든가요."

"그럼 이 모든 게 정교한 거짓말인지 아닌지 확인할 길이 없잖아요."

"원하는 게 뭐예요? 내가 거짓말쟁이라는 게 증명됐으면 좋겠어요? 아니면 진실로 뛰어들어서 익사하고 싶어요?"

"항상 느끼는 거지만, 한 가설만 편애하는 건 별로 안 좋더군요. 난 사실과 증명에만 관심 있어요."

"곧 두 가지 다 얻게 될 거예요."

하나는 그에게 손을 뻗었다.

"꽉 잡아요."

게이신은 하나의 손에 깍지를 꼈다.

게이신과 살갗이 닿는 곳마다 작은 번개가 일어 하나의 온몸이 찌릿찌릿했다. 눈부시도록 빛나는 선택을 고이 안아서 새장 안에 조심히 집어넣는 일을 헤아릴 수 없이 해왔지만, 이토록 자유롭게 느껴지는 무언가를 잡아본 건 처음이었다. 게이신은 가고 싶은 곳에 가고, 하고 싶은 말을 하고, 원하는 걸 좇을 수 있었다. 그는 어디에도 얽매이지 않는 종잡을 수 없는 바람 혹은 비였고, 그녀의 손바닥에 휘몰아치는 폭풍우였다.

"하나? 뭐가 잘못됐어요?"

"아니에요. 그냥… 아빠 생각이 나서."

게이신은 그녀의 손을 살며시 쥐었다.

"당신만 준비되면 언제든 뛰어내릴게요."

"내 손 놓치면 안 돼요."

하나는 수면에 어른거리는 게이신의 그림자를 바라보며 말했다.

"그리고 잊지 말아요…."

"뭘요?"

"당신이 이 길을 선택했다는 걸."

속삭임과 양초

도쿄는 그가 앞으로 일하게 될 기후현의 슈퍼 가미오칸데 관측소로 가는 길에 잠깐 들른 곳이었다. 게이신의 새집은 도쿄에서 신칸센을 타고 두 시간 달린 다음, 지역 열차로 갈아타고 30분을 더 가야 했다. 연구소에는 월요일쯤 나가게 될 테니 주말 동안 고향을 둘러보고 싶었다.

아버지와 함께 도쿄 생활을 정리하고 태평양을 건넜을 때 게이신은 여덟 살이었다. 그 후로 한 번도 돌아오지 않았다. 그럴 이유가 없었으니까. 일본에 남은 가족 하나 없었고, 어릴 적 친구들과는 오래전에 연락이 끊겼다. 그래도 도쿄 거리를 걷다 보면 잃어버린 추억과 우연히 마주쳐 그를 반겨주지 않을까 하는 기대가 있었다. 물론 찾고 싶은 또 하나의 것은 절대 입 밖에 낼 생각이 없었다.

과거의 편린을 찾을 가능성은 아주 희박했지만, 게이신은 실낱같은 희망을 붙잡고 호텔 방의 따스한 침대에서 이불을 걷고 일어나 가을의 새벽을 용감히 마주했다. 향수를 조금이라도 빨리 떨쳐내야 머릿속에서 웅성거리는 의문들을 잠재우고 더 중요한 일에 집중할 수 있을 것 같았다. 첫 일정은 미야자키 하야오의 지브리 스튜디오 방문이었다. 좋아하는 애니메이션 〈이웃집 토토로〉가 탄생한 곳을 순례하지 않고 도쿄를 떠나는 건 있을 수 없는 일이었다. 영화에는 고양이 버스가 등장했는데, 열두 개의 다리가 달리고 빈 몸통 안에 폭신폭신한 좌석을 갖춘 데다 창문도 뚫려 있고 입이 찢어지도록 웃고 다녔다. 그 고양이 버스를 본 후로는 승용차나 버스, 기차, 비행기를 타는 것이 따분하게 느껴졌다. 하지만 전당포 뒤뜰에 있는 연못에 비하면 고양이 버스도 별것 아니었다. 연못을 타고 이동하다니, 털북숭이 버스를 포함한 어떤 교통수단도 그 앞에서는 명함을 내밀지 못하리라.

물속으로 떨어졌다가 바싹 마른 채 반대편 끝으로 나오게 된 경위를 어떻게 설명하느냐도 문제였지만, 죽을 때까지 게이신의 뇌리를 떠나지 않을 난제가 한 가지 더 있었다. 방금 전만 해도 도쿄의 연못가에 서 있던 그가, 지금은 어떻게 끝이 보이지 않는 억새밭 한가운데 서 있게 되었을까. 여전히 자신이 하나의 손을 꽉 붙잡고 있다는 사실도 깨닫지 못한 채 게이신은 그녀를 바라보았다.

하나가 말했다.

"이제 놔도 돼요."

"아… 미안해요."

게이신은 하나의 손을 놓았다. 공기가 찬데도 옷깃 밑이 화끈 달아올랐다.

"여기가 어디예요? 어떻게 온 겁니까?"

"연못으로 뛰어든 건 기억해요?"

"네, 하지만…."

게이신은 눈을 감고 이마를 문질렀다. 이 실험이 성공인지 실패인지 가늠이 되지 않았다. 그들이 이끼 낀 연못을 통해 다른 공간으로 이동했다는 사실을 받아들이려면, 일일이 열거하기도 귀찮을 정도로 수많은 과학 법칙에 걸리고 만다.

"그건 불가능해요."

"우리가 여기 있잖아요."

게이신은 고개를 저었다.

"어떻게 연못이…."

그는 말을 끊고 입을 탁 다물며 눈을 휘둥그레 떴다.

"만약에…."

"만약에?"

"그게 연못이 아니었다면 말이 되죠."

하나는 한쪽 눈썹을 치켜올렸다.

"달이 뜬 물웅덩이에 다른 이름이 있는지 몰랐네요."

"없죠. 하지만 시공간의 다른 두 점을 연결하는 통로를 의미하는 단어는 있어요. 아인슈타인-로젠 다리. 웜홀. 웜홀이에요, 하나! 당신 집의 뒷마당에! 이게 무슨 뜻인지 알겠어요? 세상에. 모든 게 바뀔 수 있다고요."

"바뀌는 건 아무것도 없어요."

"바뀌고말고요."

게이신은 풀밭을 이리저리 서성이며 말을 이었다.

"이건 세기의 발견이라고요! 어떻게 응용을…."

"아직 아빠를 못 찾았어요."

게이신은 움찔하며 걸음을 멈췄다. 머릿속에 뒤죽박죽된 계획과 가능성들이 두개골 앞으로 쏟아지는 듯했다.

"하나… 미안해요. 나도 모르게…."

"이해해요."

하나는 덤덤한 목소리로 말하고는 고개를 돌려 텅 빈 들판을 가리켰다.

"저긴 '속삭이는 신사'예요."

게이신은 미풍에 흔들리는 풀밭을 쭉 훑어보았다.

"아무것도 없는데요."

"당신 세계와 달리 우리 세계에서는 눈에 잘 안 보이는 것들도 있어요."

"우리 세계? 그게 무슨 소립니까?"

"나는 속해 있고 당신은 속하지 않은 곳이죠. 당신네 과학은 거기에도 이름을 붙이나요? 원하는 대로 불러줄게요. 연못을 왜 웜홀이라고 부르는지 아직도 이해가 안 되지만."

"이름이라…."

게이신은 그가 딛고 서 있는 땅에 붙일 만한 깔끔한 이름표를 궁리해보았다. 15포인트의 굵고 검은 글자체로 어떤 이름을 찍어 넣으면 좋을까. 라메시가 다중 우주를 신나게 논할 때 게이신은 가만히 들어주는 편이었지만, 12년산 스카치를 몇 잔 걸친 금요일이 아니라면 어림도 없었다.

평행 차원에 관한 가설과 반론이라면 빠삭한 게이신도, 주위에서 바스락거리는 풀들, 뺨을 훈훈히 데워주는 햇빛, 그의 답을 기다리는 여자의 인내 어린 시선은 어떻게 해도 설명할 길이 없었다. 연못이 데려다준 이 믿기지 않는 세상보다, 불가해한 동시에 사람을 끌어당기는 하나의 눈이 훨씬 더 큰 수수께끼였다.

"아뇨, 그런 이름은 없어요."

"우리도 마찬가지예요. 이름이 필요한 적도 없었고. 우리에게 세계는 바로 여기뿐이니까요. 하지만 굳이 이름을 붙여야겠다면 이세카이라고 불러요."

다른 세계. 게이신은 그 단어를 머릿속으로 번역하며, 일본어 실력이 생각보다 더 녹슬었음을 실감했다. 그는 혼잣말하듯 중얼거렸다.

"이건 꿈이야. 틀림없어."

"꿈이라고 믿어야 이 세계를 편하게 받아들일 수 있으면 그렇게 해요. 하지만 진실을 보고 싶다면…"

하나는 어머니의 안경을 게이신에게 건넸다.

"이걸 써봐요."

하나가 속삭이는 신사에 처음 와본 건 일곱 살 때였다. 그녀의 할머니 오시마 아사미가 하나와 함께 주말을 보내게 해달라고 아버지에게 부탁했고, 두 사람은 아사미의 집으로 가는 길에 신사에 들렀다.

하나는 풀밭 가운데 있는 조그만 물웅덩이에서 기어 나와 일어섰다.

"신사는 어디 있어요, 할머니?"

아사미는 손녀를 내려다보며 빙긋 웃었다. 그러곤 안경을 벗어 하나에게 주었다.

"다시 찬찬히 보렴."

하나가 안경을 쓰자, 붉은 밀랍으로 지어진 화려한 건물이 그녀 앞에 우뚝 솟아올랐다. 백 개가 넘는 검고 붉은 도리이*들이 완벽한 직선으로 쭉 이어지고 그 끝에는 무늬가 조각된 웅장한 밀랍 문들이 있었다. 색칠된 나무 기둥문들을 보니 아버지가 집에 차려놓은 선단이 떠올랐다. 하지만 건물은 이제껏 본 그 무엇과도 닮지 않았다. 커다란 반구형 지붕 위로 뾰족탑들이 하늘을 향해 뻗어 있고, 무시무시한 얼굴에 날개까지 달린 밀랍 피조물들이 아치형 부벽에 앉아 있었다. 몇몇 기둥들은 나무처럼 뒤틀리고 꼬여 있었다. 마치 서로 다른 시공간이 마구 뒤섞이고 그 속에서 제멋대로 자란 건물 같았다. 하나는 숨이 턱 막혔다.

"아름다워요, 할머니."

"그렇지?"

"여긴 왜 온 거예요?"

하나는 신사에서 눈을 떼지 못하고 물었다.

"나는 네 엄마가 보고 싶을 때마다 여기 온단다."

아사미는 하나의 뺨을 어루만졌다.

"넌 네 엄마를 참 많이 닮았어."

"엄만 예뻤어요?"

아사미는 고개를 끄덕였다.

"네 아빠는 혼롓날 신사에 걸어 들어오는 네 엄마를 보자마자 사

• 신사 입구에 세우는 기둥 문.

랑에 빠졌지. 행복한 표정을 감추질 못하더구나. 서로 사진 한 장 못 보고 그때 처음 만났거든. 혼인할 여자의 얼굴을 그제야 보고는 놀라고 기뻤을 테지."

"엄마가 보고 싶을 때 왜 여기 오세요? 엄마랑 아빠가 여기서 결혼했어요?"

"아니. 여긴 혼례를 올리는 신사가 아니야. 우리가 올리는 기도들이 흘러드는 곳이지."

"기도가 어떻게 여기로 와요?"

"연기에 실려서 오지."

아사미는 가슴을 가로질러 멘 왕골 가방 속을 뒤적이다가, 거의 다 타고 밑동만 남은 조그만 양초를 꺼냈다.

"이 초는 수명이 다 됐어. 어쩌면 이번이 불을 붙일 수 있는 마지막 기회일지도 몰라. 초가 다 타버리기 전에 네 엄마 목소리를 들려주고 싶었단다."

속삭이는 신사 안으로 걸어 들어가며 게이신은 날카로운 턱선이 무너지도록 입을 쩍 벌렸다. 신사의 외관도 커 보였지만, 동굴처럼 뚫린 내부 공간에 비하면 아무것도 아니었다. 밀랍 벽을 따라 조그만 황동 촛대에 받쳐진 무수한 양초들이 복도 전체를 환하게 비추고 있었다. 보드라운 바람이 게이신의 뺨을 살짝 스쳤다. 촛불들이 켜져 있는데도 신사 안의 공기는 기분 좋게 선선했고, 초원에서처럼 빙빙 소용돌이쳤다. 미풍에 촛불이 나불나불 흔들렸다.

하나가 그의 뒤로 다가갔다.

"안으로 들어왔으니까 안경은 벗어도 돼요."

게이신은 안경을 벗으며 마음의 준비를 했다. 하나와 함께하는 일 분일초마다 그가 가진 지식이 한 올씩 뜯겨 나갔고 조금만 더 지나면 아무것도 남지 않을 것 같았다.

"이게 어떻게 진짜예요?"

"손님들이 당신 세계에서 가져오는 물건을 보면 나도 가끔 그런 생각이 들어요."

"손님이요?"

"라멘 가게 문을 열고 들어왔다가 우리 전당포를 발견하는 사람들이요. 정말 희한한 물건들을 갖고 있더라고요. 귓속에다 음악을 틀어 주는 조그만 단추하며, 반짝이는…."

"잠깐만요."

하나를 만난 후로 온갖 말도 안 되는 것들을 억지로 욱여넣은 통에 게이신은 머리가 다 욱신거렸다.

"무슨 소리예요? 그럼 라멘 가게를 찾다가 전당포를 발견한 나도 당신 손님인 겁니까?"

"나중에 다 설명할게요. 지금은 아빠가 올린 기도를 들어야 해요. 시간이 별로 없어요. 아빠랑 선택이 사라진 걸 시쿠인들이 알면…."

"시쿠인이요?"

게이신은 그 단어의 의미가 선뜻 떠오르지 않았다.

"동물원의 그 사육사 말인가요?"

"나중에 설명할게요. 꼭."

하나는 신단에서 가져온 양초를 비어 있는 한 쌍의 황동 받침대에 없었다. 눈에 보이지 않는 성냥으로 불을 붙이기라도 한 것처럼 양초 심지에서 작은 불길이 확 타올랐다. 크게 중얼거리는 소리가 복도에 메아리쳤다.

"이게 무슨 소리죠?"

게이신은 무슨 말인지 들으려 귀를 쫑긋 세웠다. 목소리들이 서로 겹쳐져 한 단어가 끝나고 다음 단어가 시작되는 지점을 종잡을 수가 없었다.

"모든 시대의, 모든 사람의 기도가 한꺼번에 들리는 거예요. 한 양초가 속삭이면 나머지도 끼어들거든요."

하나는 아버지의 양초 옆에다 귀를 댔다.

"좀 더 가까이 와야 이 양초가 하는 말을 들을 수 있어요."

게이신은 얼굴이 하나의 뺨에 닿을 듯 촛불 가까이로 고개를 숙였다. 그들이 내뿜는 숨결의 리듬에 맞추어 촛불이 춤을 추었다.

그녀를 찾을 수 있게 도와주십시오, 제발.

게이신은 숨을 훅 들이마시고 물었다.

"들었어요?"

"네, 하지만…."

하나는 얼굴을 찡그리며 말을 이었다.

"그럴 리가 없는데."

"당신 아버지가 누굴 찾고 있는 거죠?"

하나는 피부가 화상을 입지 않도록 조심하며 촛불에 최대한 가까이 다가갔다. 그러고는 눈을 감고 열심히 귀를 기울였다.

"하나?"

하나는 멍한 표정으로 몸을 폈다.

"이게… 어떻게 된 거지."

"그녀를 찾을 수 있게 도와주십시오. 꽤나 직설적인 기도 같은데요. 당신 예감이 맞았나 봐요. 당신 아버지는 실종된 게 아니에요. 누군가를 찾으러 떠난 거지. 어떤 여자를."

하나는 촛불을 빤히 쳐다보았다.

"아빠가 잃어버린 여자는 한 명밖에 없어요."

"누군데요?"

"우리 엄마요."

"그렇군요. 좋아요. 이제 우리한테 단서가 하나 생겼네요. 어머니가 어디 계신지 알아요?"

하나는 떨리는 숨으로 촛불을 훅 불어 껐다.

"아는 줄 알았어요."

"그게 무슨 소리예요?"

"엄마는 돌아가셨어요. 문 반대편 당신 세계에서. 아빠한테 그렇게 들었어요. 지금 보니, 이 기도가 거짓말이거나 아니면 내 인생 전체가 거짓말인 것 같네요."

"하나…."

"진실을 알아내는 방법이 한 가지 있어요."

하나는 벽에서 양초를 집어 들고는 말했다.

"미안해요, 게이신."

"뭐가 미안하다는 거죠?"

"이제부터 일어날 일이요. 아마 당신 마음에 안 들 거예요."

피부와 물감

무슨 일이든 처음보다는 두 번째가 더 재미있는 법이다. 키스, 섹스, 연구실에서의 실험. 게이신에게 있어 처음이란 얼른 실패를 겪고 끝내려는 시도에 지나지 않았다. 물웅덩이로 뛰어든 건 예외였다. 하나를 망상에서 꺼내주기 위해 전당포의 연못 속으로 뛰어내렸다. 하지만 웅덩이로 뛰어들었다가 억새밭에 도착했을 때 게이신은 이전에 몰랐던 냉혹한 진실로 빠지고 말았다. 과학은 거짓말이다.

연기가 기도를 실어가고 양초가 말할 수 있다는 사실을 아침나절만에 발견했다. 그리고 하나가 마침내 약속한 대로 전당포에 관한 진실을 말해주었을 때, 버려진 꿈과 잃어버린 선택을 마음의 평화와 맞바꿀 수 있다는 사실 또한 알게 되었다. 후회라는 걸 좋게 생각하지는 않지만, 한 가지라도 만들어서 전당포에 맡기고 머릿속을 차분히 가라앉히고 싶은 심정이었다. 뒤틀린 규칙들과 깨어진 과학 법칙들이, 라멘 가게 문 너머에서 보았던 모든 것과 충돌하며 그의 마음속에서 시끄럽게 달그락거렸다. 그런데 하나가 그에게 보여줄 것이 더 있는 모양이었다.

경고해두겠는데, 다음에 갈 곳은… 다를 거예요. 뭘 보든 당황하지 말아요.

게이신은 하나의 말을 머릿속으로 되뇌며 물 밑으로 가라앉았다. 도착할 곳은 어둠 속일지도 모른다고 상상했다. 하지만 그런 건 없다는 걸 알고 있기에 다수의 사람들과 달리 그는 어둠이 두렵지 않았다. 어렸을 적 도서관에서 매주 무더기로 빌려온 책들 가운데 한 권에서 진실을 발견했기 때문이다. 이것이 영어를 익혀서 가장 좋은 점이었다. 책들은 그의 의문에 지치지 않고 답해주었다. 어둠이란 빛의 스펙트럼 전체를 보지 못하는 인간의 한계로 인해 생겨난다는 사실도 책에서 배웠다. 우리가 좀 더 잘 설계되었다면, 명멸하며 밤을 밝히는 빅뱅의 잔재물을 전부 볼 수 있었을 것이다.

게이신은 물웅덩이의 수면을 뚫고 밖으로 기어 나왔다. 심장이 갈비뼈를 쾅쾅 때려댔다. 어둠 속에 도착하리라는 그의 상상은 빗나갔다. 어둠은 적어도 그가 이해할 수 있는 대상이었다. 하지만 이곳은 그렇지 않았다.

기다랗고 좁은 전통 목조 상가인 마치야가 줄지어 서 있고, 여기저기 벚나무들이 가지를 늘어뜨리고 있는 돌길이 그의 앞에 쭉 뻗어 있었다. 맑은 물에서 비단잉어 떼가 노니는 운하가 길 양쪽으로 흘렀다. 그가 방문해보고 싶었던 일본 전통 마을이 떠올랐지만, 한 가지 차이점 때문에 뒷덜미 털이 쭈뼛쭈뼛 섰다. 이 마을은 하늘 끝까지 펼쳐진 종이 화폭에 흑백으로 그려진 한 폭의 풍경에 가까웠다. 태양, 구름, 발밑의 돌, 하나. 그녀는 먹물로 유려하게 그려져 있었는데,

활 모양의 입술 윤곽에 특히 정성을 많이 들인 듯했다.

하나가 말했다.

"족자 안에서는 모든 게 이렇게 보여요. 당신도."

게이신은 두 손을 앞으로 들어보았다. 먹물로 윤곽이 그려진 손가락들에 아주 섬세한 붓놀림으로 명암이 들어가 있었다. 그는 겨우 목소리를 짜냈다.

"여기가 어디죠? 여긴 대체 뭡니까?"

"이야기예요. 당신 세계에서는 이야기를 읽죠. 우리는 이야기 속을 걸어 다녀요."

게이신은 스케치로 그려진 낙엽 한 잎이 미풍에 바르르 떠는 모습을 보았다.

"앞으로 이런 말도 안 되는 것만 보게 되는 건 아닌지 슬슬 불안해지네요."

"꼭 말이 돼야 진짜인 건 아니죠."

하나는 게이신의 손을 잡아 그녀의 가슴에 대고 눌렀다.

게이신은 손바닥으로 하나의 심장 박동을 느꼈다. 그림처럼 보여도, 그의 손에 닿은 하나는 여전히 부드럽고 따스했다. 단단했고, 진짜였다.

"아무리 질문을 많이 던진다 한들 뭐 하나라도 제대로 이해할 수 있을지 모르겠군요. 난 아직도 당신 어머니한테 무슨 일이 있었는지 몰라요."

"전당포 금고에서 어떤 선택을 훔쳤어요. 그리고 시쿠인들에게 처형당했죠."

"네? 왜요?"

"우리가 전당포에 모아놓은 선택은 전부 그들 거니까요. 시쿠인의 물건을 훔치는 건 가장 큰 범죄예요. 그들이 엄마를 잡으러 왔을 때 난 아기였어요. 그날에 관해 아는 건 아빠한테 들은 이야기뿐이고요."

"그런데 지금은 어머니가 살아 계실지도 모른다고 믿는군요."

"난…."

하나의 목소리가 갈라졌다. 그녀는 고개를 돌리고 얼른 눈물을 톡톡 두드려 닦아냈다.

"나도 잘 모르겠어요."

"하나…."

"나 혼자서 해결할 수 있다니까요. 돌아가요, 게이신. 한 번만 뛰어내리면 돌아갈 수 있어요."

"어디로 돌아가요? 라멘 가게로? 호텔로? 슈퍼 가미오칸데로? 세상 만물이 어떻게 시작됐는지 그 답을 찾으려고 우주의 신비에 집착해왔는데 완전히 시간 낭비였어요. 그 '만물'이란 게 아주 이상한 동전의 한쪽 면에 불과했다니. 내가 지금 족자 안에 서 있는데 그깟 것들이 뭐가 중요하겠어요?"

"물론 중요하죠."

"그런가요?"

"당신한테 중요하잖아요. 그거면 된 거 아니에요?"

"예전엔 그랬죠."

게이신은 고개를 저으며 한숨을 뱉었다.

"당신 어머니에 관한 진실을 알아내려고 여기 왔잖아요. 알아내기 전까지는 나도 안 떠날 겁니다."

하나는 거리를 바라보았다.

"호리시가 답을 알고 있으면 좋겠는데."

"문신사 말입니까?"

"그냥 평범한 문신사가 아니에요. 우리 세계에 호리시는 딱 한 명이에요."

"당신 어머니가 살아 있는지 그 사람이 알 수 있어요?"

"호리시의 물감이 알아낼 거예요."

하나의 목소리 위로 천둥이 우르릉 울렸다.

게이신은 종이 하늘을 올려다보았다. 이 이상한 세계에서도 한 가지 규칙은 지켜지고 있다는 사실에 마음이 조금 놓였다. 날씨는 여전히 그의 편이 아니었다. 굵은 빗방울이 하늘에서 툭 터져 나와 그의 얼굴에 튀었다.

"그럼 그 호리시와 물감을 찾으러 어서 갑시다. 이러다 홀딱 젖어서…."

게이신은 헉하며 비틀비틀 뒤로 물러섰다.

빗물이 하나의 뺨을 타고 흘러 목까지 내려갔다.

"왜 그래요? 무슨 일이에요?"

"하나…."

그녀의 이름이 게이신의 목구멍에 걸렸다.

"당신 몸에서 빛이 나요."

풍습에 따라, 아버지는 태어난 지 한 달 된 하나를 호리시에게 데려갔다. 하나는 그때 일이 전혀 기억나지 않았지만, 비가 내릴 때마다 그 여행으로 얻은 기념품이 피부에서 빛났다. 빗방울이 닿으면 새파란 물감으로 새겨진 그림들과 낱말들이 나타나, 그녀가 살아갈 운명을 이야기해주었다. 갈림길은 고사하고 우회로도 없었다. 그녀의 몸 구석구석까지 뻗은 파란 지도에는 외길뿐이었다.

어렸을 땐 창밖으로 팔을 빼죽 내밀고 호리시가 피부에 새겨넣은 풍경이 되살아나는 모습을 즐겁게 감상하곤 했다. 물감으로 새겨진 찻잔에서 김이 구불구불 피어올랐다. 작은 연못에 조그만 달이 떴고, 새장 속의 새들이 소리 없는 노래를 불렀다. 손목에서는 그녀의 맥박에 맞추어 텅 빈 새장의 문이 열리고 닫혔다. 하지만 빛나는 새를 한 마리 두 마리 가둘수록, 물감으로 그려진 창살 안에 갇힌 것이 새인지, 그녀인지 점점 더 헷갈렸다. 아버지의 은퇴가 가까워졌을 땐 김을 내뿜는 욕조 안에 오래도록 앉아서 문신을 없애려 몸을 북북 문질러 닦아보기도 했다.

"보지 말아요."

하나는 옷깃을 바짝 여미며 말을 덧붙였다.

"보기 흉하단 말이에요."

"그냥 놀라서 그래요. 그뿐이에요. 정말입니다. 그렇게 숨길 필요 없어요. 당신은 여전히…."

게이신은 목에 열이 확 오르는 걸 느꼈다.

"아름다우니까."

"조심하는 게 좋겠어요."

하나는 옷을 더욱 단단히 움켜잡았다.

"거짓말이 점점 늘고 있네요."

"거짓말 아니에요."

"아니면 눈이 머셨든가."

옷깃을 그러쥔 하나의 손가락 마디가 하얗게 질렸다. 그녀의 젖은 손가락들 사이 정해진 길을 따라 조그만 종이학들이 빛을 발하며 날아다녔다.

"그런 소리 말아요. 망원경이나 깜박이는 화면을 통해 세상을 봤을 때보다 지금 더 많은 걸 보고 있으니까."

"그래서 뭐가 보여요, 케이? 연못 같은 실험 대상? 당신 세계에서 이용해 먹을 만한 기괴한 인간? 아니면 흉측한 파란 흉터로 뒤덮인 괴물?"

"당신은 괴물이 아니에요."

"전당포에 왔던 수많은 손님들은 그렇게 생각 안 할걸요. 그들이 원하는 건 단 한 가지였어요. 깨끗해지는 것. 흠 하나 없이. 우리 집안이 대대로 해온 일이 바로 그거예요, 손님들의 흠을, 더럽고 찌그러지고 금 간 곳을 수선하고 닦아서 광내는 거."

파란 연이 하나의 팔뚝을 감으며 빙빙 돌았다. 하나는 이를 악물었다가 말을 이었다.

"완벽한 도자기를 만드는 거죠."

"그런 흉터가 있다고 해서 당신이 더 못한 인간이 되는 건 아니에요. 이 족자처럼 흉터들도 그냥 이야기일 뿐이잖아요. 안 보이겠지만 내 몸에도 만만찮게 흉터가 많아요."

"이런 건 없잖아요."

하나가 고개를 돌리자 귀 뒤에서 파란 연꽃들이 피어나고 있었다.

"당신이 가진 흉터는 당신이 어디에 있었는지 말해주죠. 내 흉터는 내가 어디로 가고 있는지 말해줘요. 아이들은 자기 길을 알기 위해 호리시에게 끌려가요. 비가 내릴 때마다 우리는 절대 운명을 씻어낼 수 없다는 사실을 다시 한번 깨닫게 되죠."

하나는 옷깃을 옆으로 젖혔다. 그녀의 가슴 위로 빗물이 떨어지자, 빛나는 금고 문이 모습을 드러냈다. 마치 심장을 감시하듯 서 있었다. 굽이치고 퍼덕이는 다른 문신들과 달리 그 문은 굳게 잠겨 있었다.

"피부와 물감으로 만들어진 이 기괴한 지도가 안 보인다는 말은 못 하겠죠?"

"내 눈에 보이는 건 당신이에요, 하나. 당신의 용기가 보여요. 꿋꿋한 의지가…."

하나의 입술에서 메마른 웃음이 새어 나왔다.

"고집이 세다는 뜻이에요?"

"뭐, 그것도 틀린 말은 아니죠."

게이신은 빙긋 웃고는 말을 이었다.

"그리고 지금 내 눈앞에 쳐다보기 싫을 만큼 추하거나 혐오스러운 건 아무것도 없어요. 내가 아직 여기 있잖아요. 이렇게 족자 속 세상에서 비를 맞으면서. 당신한테 거짓말도 안 하고."

운전석이 텅 빈 인력거 한 대가 그들 앞에 멈춰 섰다. 하나는 다급하게 옷깃을 정리한 뒤 인력거에 올라탔다.

"얼른 타요. 호리시한테 가야죠."

"놀랄 법도 하지만, 족자에 그려진 마을에서 인력거꾼 없는 인력거라니 말이 안 될 것도 없죠."

그가 하나 옆에 앉고 보니 좌석이 무척 좁았다. 어느 쪽으로 움직이든 두 사람의 몸이 계속 닿았다.

"너무 비좁네요. 미안해요."

"괜찮아요. 조금만 가면 돼요. 족자 안에서는 어디든 가깝거든요."

게이신은 코트를 벗어 하나의 머리 위로 들어 빗물을 막아주었다. 하나의 피부에서 지도가 서서히 사라졌다. 하나는 머뭇거리다 미소 지었다.

"고마워요."

속눈썹으로 빗물이 뚝뚝 떨어져도 게이신은 개의치 않았다. 한기가 들 만도 했지만 옷을 통해 전해지는 하나의 체온, 그리고 그녀의 미소 덕분에 훈훈했다. 두 사람이 만난 후 처음으로 하나의 입술에 잠깐이나마 미소가 어렸다. 그 미소의 유혹에 못 이겨 게이신은 하나의 얼굴을 별이 총총한 하늘을 연구하듯 탐험했다. 그녀의 이목구비는 별자리처럼 정교하게 배치되고 조합되어 있으면서도 그보다 매혹적이었다. 별은 흥미롭지만 그의 관심을 사로잡지는 못했다. 사실 과학뿐만 아니라 인생에서도 게이신은 눈에 보이지 않는 것에 더 끌렸다. 그리고 하나만큼 비밀이 많은 사람은 만나본 적이 없었다. 비밀을 알려주지 않아도 상관없었다. 그에게는 익숙한 일이었다. 우주도 마찬가지니까. 무無와 잡음의 뿌연 구름 뒤에 가장 흥미진진한 비밀을 감추고 있는.

게이신은 하나가 젖지 않도록 코트를 움직여 그녀의 머리를 제대로 가렸다. 흉터가 전혀 흉해 보이지 않는다는 그의 말을 하나가 믿는지 알 수 없었다. 물어보려는 순간 하나가 그의 갈비뼈에 편안히 기대었고, 굳이 답을 듣지 않아도 괜찮다는 생각이 들었다. 하나와 그의 몸은 각도와 굴곡을 서로 보완하듯 꼭 들어맞았다. 운명이라는 걸 믿었다면 게이신은 그들의 몸이 바로 이 순간을 위해, 빗속에서 인력거를 함께 타기 위해 조각되었다고 멋대로 생각했을 것이다. 하지만 운명을 믿지 않았기에 그는 하나의 얼굴에서 눈을 떼고 앞을 바라봤다. 그녀의 미소를 기억 속에서 지우려는 듯이 말이다.

 마을 복판에 있는 호리시의 집은 오는 내내 보이던 좁다란 목조 가옥들과 크게 다르지 않았다. 게이신은 인력거에서 내려 하나에게 손을 내밀었다. 하나는 그의 손을 잡고 내리며 그를 힐끔 올려다보았다. 눈이 마주치자 살짝 미소 지은 뒤 고맙다고 인사하고는 손을 놓았다.
 "음… 당신한테 그런 일을 한 호리시를 또 봐야 하다니, 힘들겠어요."
 하나의 작은 손이 손바닥에 남긴 온기 때문인지 게이신은 말을 제대로 잇기가 힘들었다.
 "호리시는 자기 할 일을 한 거예요. 이 세계에서 우린 모두 맡은 역할이 있어요."
 나무 대문이 휙 열리며 두 사람을 안으로 들였다. 아직 꽃을 피우지 않은 벚나무 한 그루가 그늘을 드리운 포장길을 따라 걸었다. 미풍이 불자 그려진 나뭇가지들 사이에 걸린 텅 빈 새장들이 달그락거렸다.

"새들은 다 어디 갔을까요?"

게이신의 질문에 하나는 어느 텅 빈 새장 밑에 멈춰 섰다.

"케이, 잘 들어요. 지금부터 내가 하는 말 명심해요. 호리시를 만나거든 입을 꼭 다물고 있어야 돼요. 소리도 내지 말고. 한마디도 하지 말아요. 알겠어요?"

"왜요?"

"호리시는 누가 말을 걸 때만 말하는데, 당신이 듣고 싶지 않은 이야기가 나올 수도 있어요."

"예를 들면요?"

"당신의 미래요."

게이신은 호리시의 집 안에서 스르르 열리고 닫히는 장지문의 수를 세다가 어느샌가 잊고 말았다. 비단이 씌워진 그 미닫이문들은 스스로 움직이면서, 끝없이 이어지는 방들로 그들을 안내했다. 잠깐 멈춰 서서 생각할 여유가 있었다면, 이런 크기의 가옥에 어떻게 미궁이 들어갈 공간이 있을까 고민했을 것이다.

하지만 한 가지 생각만은 떨쳐지지 않았다. 한 발짝 뗄 때마다 그 생각은 점점 더 커져 머릿속을 데굴데굴 굴러다니며 다른 모든 걸 뭉개버렸다. 그는 미래를 고민하는 인간이 아니었다. 알 수 없는 일에 시간만 낭비하는 꼴이기도 했고, 어차피 그는 우주라는 퍼즐을 완성하기 위해 빠진 조각들을 찾아다닐 사람이었다. 하지만 지금, 평생의 추적이 끝나면 마침내 세상에서 자신의 자리를 찾을 수 있을지 알려줄 사람과 같은 지붕 아래 있었다. 그저 묻기만 하면 될 일이었다.

"여기가 호리시의 방이에요."

하나의 말에 게이신은 바닥에서 눈을 들었다. 별안간 색채가 터지며 그의 눈 안을 가득 채우자, 그는 두 손으로 얼굴을 가렸다. 흑백의 족자 속 장지문 네 개가 눈부시도록 밝게 칠해져 있었다. 게이신은 눈들이 적응하기를 기다리다 실눈을 떴다.

안개 자욱한 산들에 에워싸인 월하의 호수가 장지문에 기다랗게 뻗어 있었다. 조각배 한 척이 천천히 호수를 건너며 잔물결을 일으켰다. 그러다 보름달 아래 멈추었다. 게이신은 배에 탄 사람들도 그를 보려고 멈추었나 확인하려 더 가까이 다가갔지만, 그림 가운데의 문짝 두 개가 스르륵 열리면서 조각배가 두 동강 나버렸다.

끽해야 열두 살쯤으로 보이는 소녀가 눈가리개를 두른 채 방 한가운데의 나지막한 나무 탁자 뒤에 앉아 있었다.

게이신은 하나를 힐끔 보며 말했다.

"어린애잖아요."

하나가 속삭여 답했다.

"호리시가 죽으면 그의 맏아이가 나이에 상관없이 자리를 이어받아요. 명심해요, 방에 들어가면 바로 입 닫는 거예요."

게이신은 고개를 끄덕였다.

하나는 앉아 있는 소녀에게 머리를 깊숙이 숙여 인사했다.

"호리시님."

"이시카와 하나. 어서 와요."

소녀는 눈가리개 너머로 하나가 보이는 것처럼 말했다.

게이신은 하나를 따라 들어가 고개를 숙였지만, 하나가 일러준 대로 입을 다물었다. 소녀는 게이신 쪽을 보며 고개를 살짝 갸웃했다가 다시 하나에게로 주의를 돌렸다.

하나가 말했다.

"호리시님께 답을 구하고 싶은 의문이 한 가지 있습니다."

호리시는 고개를 끄덕였다.

"앉으세요."

게이신은 다다미에 무릎을 꿇고 앉아, 탁자에 놓인 문신 도구들을 휙 훑어보았다. 다양한 크기의 노미가 한 줄로 놓여 있었다. 멀리서 보면 대나무 손잡이가 달린 길고 가느다란 붓 같았다. 더 가까이서 살펴보니 부드러운 털이 있어야 할 끝부분에는 조그만 바늘들이 명주실로 대나무에 묶여 있었다. 노미 옆에는 벼루가 있었다. 게이신은 전통 문신술을 다룬 다큐멘터리를 본 적이 있어서 그것이 먹을 가는 데 쓰이는 물건이라는 걸 알고 있었다. 그러나 호리시의 벼루 옆에는 검은 먹이 아니라 밝은 청색의 사각 덩어리들이 어렴풋이 빛나고 있었다.

"당신의 몸에 쓰여 있지 않은 것 중에 무엇을 알고 싶나요?"

호리시의 목소리는 나이에 비해 훨씬 더 성숙했다.

"죽음이요."

"그건 저도, 당신의 피부도 말해줄 수 없어요. 죽음은 자기 내키는 대로 이야기를 끝내버리니까요."

"내 죽음을 말하는 게 아니에요. 엄마의 죽음을 알고 싶어요."

"당신 어머니의 운명은 모두가 알고 있어요. 선택을 도둑질해서 처형당했지요."

"맞아요."

"하지만 의심쩍다는 거로군요. 그분이 아직 살아 있을지도 모른다고 생각하고요."

하나가 고개를 끄덕이자 호리시가 말을 이었다.

"아버지가 돌아가신 후로 수년간 이 일을 해보니, 대부분의 사람들은 자신이 구하던 답을 듣고도 좋아하지 않더군요. 제가 한번 말한 진실은 다시 주워 담을 수 없다는 걸 아셔야 해요."

"알고 있습니다."

"그럼 오른팔을 보여주세요."

하나는 소매를 걷어붙이고 팔을 내밀었다.

소녀는 은그릇에 담긴 물로 두 손을 씻고, 수건에 톡톡 두드려 말렸다. 그러곤 하나의 피부를 손가락으로 훑다가 팔꿈치 바로 위에서 멈추었다.

"국화."

소녀는 눈에 보이지 않는 그림에 탄복하며 말했다.

"제 아버지가 당신 어머니의 상징을 무척 정성 들여 새기셨군요."

소녀는 노미 한 개를 골라 그 지점 위로 들었다.

"아플 거예요. 움직이지 말아요."

"시작하시죠."

호리시는 노미를 하나의 살갗 속으로 밀어넣어, 그녀에게만 보이는 도안의 윤곽을 따라 바늘을 쿡쿡 찔렀다. 노미가 지나가는 길에 작은 핏방울들이 맺혔다. 게이신은 미동 없이 차분하게 천천히 호흡

하는 하나를 지켜보았다. 하나는 고통을 감추는 데 익숙해 보였다.

호리시는 하나의 팔에서 노미를 들어 올리며 몸을 폈다.

"당신 어머니의 문양에서 물감이 드러나면 그분이 어떻게 됐는지 알 수 있어요. 파란색이면 살아 있는 거예요. 검은색이면…."

"돌아가신 거죠. 알겠어요."

소녀는 노미의 바늘을 마치 먹물에 담그듯이 텅 빈 벼루에 댔다. 바늘 끝에서 흘러나온 물감이 벼루의 얕은 우물을 채웠다. 물감은 선명한 파란색으로 빛났다.

"엄마가 살아 있어."

하나는 헉하고 숨을 몰아쉬었다.

"엄마가 어디 있는지 아시나요, 호리시님?"

"물감이 알고 있지요."

"말씀해주세요, 제발."

호리시는 고개를 저었다.

"당신 어머니는 당신을 낳았을 때 제 역할을 다했어요. 그 외에 그분이 당신의 이야기에서 발붙일 곳은 없습니다. 우리는 정해진 이야기에서 벗어날 수 없어요."

하나는 호리시의 발치에 넙죽 엎드렸다.

"제발, 부탁드립니다."

"미안해요. 당신의 눈이나 귀에는 닿을 수 없는 지식이에요."

"그렇다면 나는 어떻습니까?"

게이신이 불쑥 말했다. 바닥에 쓰러져 있는 하나의 모습이 칼처럼 그의 갈비뼈 사이를 후벼 팠다.

호리시는 게이신 쪽으로 고개를 갸웃했다. 그녀의 눈은 가려져 있었지만, 게이신은 자신을 뚫어지게 쏘아보는 시선을 느꼈다.
"아. 말을 할 줄 아시는군요. 어떤 목소리일까 궁금했는데."
"하나의 어머니가 어디 계신지 나한테는 말해줄 수 있지 않나요?"
하나는 일어나 앉아 다급하게 입 모양으로 말했다.
'그만해요.'
호리시가 답했다.
"해줄 수 있죠. 만약 그분이 당신의 길에 있다면요. 미나토자키 게이신, 당신의 이야기를 알고 싶나요?"
"고마웠습니다, 호리시님" 하고는 하나가 게이신의 팔을 성급히 붙잡으며 말했다. "이제 그만 가요."
"내 이야기요?"
게이신이 호리시에게서 눈을 떼지 않은 채 묻자 소녀의 답이 돌아왔다.
"이후에 일어날 모든 일로 향하는 길을 말하는 거예요. 사람들은 걸음마나 말을 배우기도 전에 자신의 길을 알게 되지요. 물론 당신은 그렇게 어린 나이가 아니긴 해요."
소녀는 턱을 만지며 고개를 갸우뚱하더니 말을 이었다.
"하지만 아주 새롭기도 하군요. 이런 지도는 한 번도 못 봤어요."
"'새롭다'니 무슨 뜻입니까?"
"케이" 하고 하나가 게이신의 손을 잡았다. "그만해요."
"이대로 어떻게 가요. 당신 어머니가 어디 있는지 안다잖아요."
호리시가 끼어들었다.

"한 가지를 들춰내면 거기에 연결된 모든 것이 드러나게 마련이지요. 당신의 시작, 중간, 끝. 당신 앞에 뻗은 길 전체가 눈앞의 나만큼이나 또렷이 보일 거예요."

"그럼 전부 말해줘요."

"오해하셨군요. 물감이 말해줄 거예요. 당신의 피부가 듣고요."

소녀는 노미를 집어 들며 물었다.

"들어보시겠어요?"

게이신은 노미를 물끄러미 쳐다보았다. 잠시 후면 저 작은 물건이 그를 잠 못 들게 했던 모든 의문을 잠재워줄 수 있다니. 오늘 이후의 모든 것이 피부에 새겨져 확실해진다니. 그저 그런 연구 논문의 필자를 넘어 의미 있는 인생을 살 수 있을지 아니면 질량도 없고 눈에 보이지도 않는 존재로 시간과 공간을 허비하기만 할지. 다시는 궁금해하지 않아도 되리라.

그가 할 일은 좋다고 답하는 것뿐이었다.

동의

 하나는 눈물이 났지만, 감히 눈을 깜박일 수 없었다. 장지문에 그려진 호수 위로 일렁이는 보름달이 눈에서 사라지는 순간 그녀의 생각이 딴 곳으로 달아나버릴까 두려웠다. 그리고 그 생각이 어디로 향할지 정확히 알고 있었다. 그녀에게서 벗어나는 순간 그것은 쏜살같이 게이신에게 날아가리라. 그는 헝겊을 바른 문짝 뒤 호리시의 탁자에 누워 하나의 어머니를 찾기 위한 잔인한 거래를 하고 있었다.
 뜨거운 눈물이 솟아 눈이 따가웠다. 하나는 눈을 깜박였다. 조각배가 움직여 호수에 비친 달그림자를 흩뜨려놓았다. 하나가 집중할 대상은 진실뿐이었다. 노미를 잡은 것은 호리시의 손이지만, 그것을 게이신의 살갗 속으로 찔러 넣고 있는 건 그녀 자신이라는 진실. 하나는 욕설을 중얼거리며 장지문을 열었다.
 "그만해요!"
 "하나!"

게이신이 탁자에서 일어나 앉았다. 그의 옷이 바닥에 쌓여 있었다.

"이럴 필요 없어요."

하나는 게이신의 맨살을 재빨리 훑어보았다. 호리시의 지도는 빗물이 닿아야 드러나기 때문에, 너무 늦은 건 아닌지 알 도리가 없었다.

"내가 원해서 이러는 거예요, 하나."

게이신이 일어섰다.

"그가 동의한 일이에요."

호리시는 끝에 파란 물감이 묻은 노미를 내려놓으며 말을 이었다.

"이제 되돌릴 수 없어요."

"난 할 수 있어요."

하나는 바닥에 쌓인 게이신의 옷가지를 줍고, 은그릇을 탁자에서 떨어뜨렸다. 게이신의 발 언저리에 물웅덩이가 고였다. 하나는 게이신을 웅덩이 속으로 밀어넣은 다음 뒤따라 뛰어들었다.

하나가 마당 연못 밖으로 기어 나오니 게이신이 서 있었다.

"왜 그랬어요, 하나?"

게이신은 목멘 소리로 물었다.

"왜 호리시를 막았어요? 당신 어머니가 어디 있는지 말해준다는데."

하나는 그의 알몸에서 눈을 돌렸다. 게이신은 옷만 벗은 것이 아니었다. 하나를 위해 영혼의 맨살까지 드러내는 희생을 감수했다. 아버지나 어머니의 안경을 쓰지 않아도 그가 눈부시게 빛나고 있음을 하나는 알았다. 그녀는 게이신의 구겨진 옷 뭉치를 내밀었다.

"옷 입고 당장 여기서 떠나요."

하나의 목소리는 그녀의 손만큼이나 떨렸다. 이렇게 진심이었던 적이 없었다. 아니, 인생 최고의 거짓말이기도 했다. 게이신이 갔으면 하면서도, 곁에 남아줬으면 하는 마음 또한 절실했다. 자신의 피부에 새겨진 지도는 눈에 보이지 않았지만, 하나는 그 지도 구석구석을 외우고 있었다. 거기에 게이신은 없었다.

"하나···."

"집으로 돌아가요, 케이."

하나는 그의 옷을 땅바닥에 떨어뜨렸다.

"갈 수 있을 때."

2부

눈은 입만큼 많은 말을 한다

보수

 게이신은 전당포 문 앞에 서서 놋쇠 손잡이를 쥐었다. 그의 세계로 걸어 나가 이 문을 닫는다면, 그 순간이야말로 전당포에 맡기고 싶은 유일한 후회가 될 테니 참으로 아이러니한 일이었다. 그는 어깨 너머로 하나를 뒤돌아보았다.
 "왜 호리시를 막았는지 말해봐요."
 "대가가 너무 커요."
 게이신은 문손잡이에서 손을 떼고 몸을 돌려 하나를 마주 보았다.
 "내가 괜찮다잖아요. 당신이 결정할 일이 아니었어요. 내 선택이었으니까."
 "그럼 그게 진정으로 당신이 할 수 있는 마지막 선택이 됐을 거예요. 호리시가 미래를 공짜로 알려줄 것 같아요? 몸에 지도가 새겨지는 사람들은 모두 똑같은 요금을 내요. 자유. 미래를 알고 나면 아무것도 선택할 수 없게 돼버려요. 오른쪽이 아닌 왼쪽 길로 가겠다, 이런 건 아예 불가능해진다고요. 꿈꾸고 희망을 품는 것도, 정해진 운명과 다른 결과를 바라는 것도 전부 못 해요. 그런 대가를 치르면서까지 남을 도울 수 있겠어요?"

"그게 사실이라면 나도 쉽게 떠났겠죠. 하지만 당신은 이제 더 이상 남이 아니에요."

"나를 잘 알지도 못하잖아요."

"알 만큼 알아요. 부모님이 연기처럼 사라진 뒤에 의문과 고통만 남는 게 어떤 건지 아주 잘 안다고요. 나도 어렸을 때 어머니한테 버림받았어요. 그래서 아버지와 함께 일본을 떠난 겁니다. 어머니와 같은 공기를 마시는 게 꼭 깨진 유리 조각을 들이마시는 기분이었으니까."

"유감이에요…. 하지만 난 달라요. 아빠한테 버림받은 게 아니에요."

"그래요? 당신도 계속 의심이 드니까 어떻게든 아버지를 찾으려는 거잖아요. 당신 생각이 틀렸다는 걸 증명하려고. 아버지를 찾아서 다 오해라는 말을 듣고 싶어서. 내 어머니는 어느 날 밤, 내 뺨에 뽀뽀해주고 이불을 꼭 덮어주더니 바로 다음 날 떠나버렸어요. 그리고 그 후로 다시는 나타나지 않았죠. 그런데 오늘 새벽에 난 도쿄 거리를 돌아다니고 있었어요. 혹시 어머니와 우연히 마주치지 않을까, 왜 나를 사랑해주지 않고 떠나버렸는지 마침내 물어볼 수 있지 않을까 싶어서요."

"난…" 하고 말하는 하나의 목소리에 울음기가 섞였다. "미안해요. 몰랐어요."

"나도 당신 생각이 맞았으면 좋겠어요, 하나. 아버지를 꼭 찾았으면 해요. 끝내 오지 않을 답을 찾아 헤매느라 인생을 허비하지 않도록 말이에요."

하나는 고개를 저었다.

"그냥 가요. 여기서 있었던 일은 전부 잊고."

"어떻게 잊으라는 겁니까?"

"우리 손님들처럼 당신도 때가 되면 일상으로 돌아갈 수 있어요. 여기서 보고 들은 모든 게 꿈처럼 느껴질 거예요. …애초에 당신을 데려가지 말았어야 했는데."

"당신이 날 억지로 끌고 간 게 아니잖아요."

"난 당신의 호기심과 호의를 이용했어요. 사람 마음을 읽을 줄 알거든요. 평생 그런 훈련을 해왔어요. 당신이라면 내 말이 진실인지 아닌지 알아내고 싶어서 못 견디리라는 걸 알고, 별나고 기묘한 이야기를 당신 앞에 미끼로 흔들어댄 거예요."

"그게 아니라는 건 우리 둘 다 알아요. 동전을 던져서 결정했잖아요."

"정말 그랬을까요?"

"무슨 소리를 하는 겁니까?"

하나는 주먹을 앞으로 내밀어 손가락을 폈다. 게이신의 동전이 손바닥 한가운데에 놓여 있었다.

"인정하긴 싫었지만, 당신 도움이 필요했거든요."

게이신은 동전을 빤히 쳐다보다 물었다.

"동전 던지기에 속임수를 썼다고요?"

"내 할 일을 한 거예요. 눈속임과 조작. 전당포 주인이 흥정에서 이기기 위해 쓰는 수법이죠."

"뭐 하러 굳이 동전을 던져요? 내가 도와주고 싶다고 했으니 그냥 그러라고 하면 그만인데."

"거래를 성사시키는 데는 그 어떤 말보다 운명이 잘 먹히거든요. 그걸 살짝 느끼게만 해줘도 돼요."

"왜 하필 지금 이런 이야기를 하는 겁니까?"

"내가 실수했으니까요. 이기적이고 필사적이었어요. 내 잘못이에요."

"그래서 바로잡겠다고 이러는 거예요? 나한테 떠나달라고요? 내게 상상도 못 했던 세계를 보여준 게 양심에 찔려서? 그렇다면 미안한 말이지만, 사람 마음을 읽는 능력이 당신 생각만큼 그리 뛰어나진 않은가 봐요. 난 호기심이나 호의 때문에 움직인 게 아니에요, 하나. 내 욕심 때문이었지."

게이신은 전당포를 훑듯 손을 휘휘 흔들며 말을 이었다.

"이곳… 당신의 세계… 바로 내가 평생을 찾아왔던 거라고요."

"풀어야 할 수수께끼라는 말인가요?"

"그냥 수수께끼가 아니라 그 이상이죠. 닿을 수 없는 미지의 무언가. 거울에 비친 꽃. 연못에 비친 달. 과학과 별들의 도움을 받아 그걸 찾아왔는데, 이 문 뒤에 있었더군요. 나한테 잘못했다는 말이 진심이라면, 이제부터라도 제대로 해요."

게이신은 하나에게 다가갔다.

"나한테 보수를 지불해요. 내가 잘못된 동정심으로 도우려는 것 같아서 내 도움을 못 받아들이겠다면, 보수를 지불하면 되잖아요. 당신 부모님한테 무슨 일이 있었는지 알아낼 때까지만이라도 내가 여기 있게 해줘요. 그게 보수예요."

"떠나는 순간 여기 일은 당신 기억에서 몽땅 사라져버려요. 다 부질없는 짓이라고요."

"중요한 건 지금이죠. 평생 처음으로, 옥상 턱에 동전을 돌리지 않고도 눈앞의 일에 전념할 수 있을 것 같아요. 이 기회를 빼앗지 말아줘요. 아직은."

"당신이 여기에 남는다고 뾰족한 수가 생기는 것도 아니에요. 우린 막다른 골목에 몰렸어요."

"잘됐네요."

"뭐가 말이죠?"

"벽에 부딪혀야 그걸 뚫고 나갈 거 아닙니까. 과학 역사상 중요한 발견도, 막다른 벽에 부딪힌 뒤 계속 밀고 나간 사람들 덕분에 가능했어요."

하나는 고개를 저었다.

"이 일은 당신이 하는 그 실험들이랑 달라요."

"수수께끼인 건 매한가지죠. 어쩌면 우리가 질문을 잘못 던져서 답을 못 찾고 있는지도 몰라요."

"이제 와서 뭘 더 물을 수 있겠어요. 아빠는 어디에 있을까요? 왜 이런 일을 벌였을까요? 나한테 계획을 알려줄 기회는 얼마든지 있었을 텐데. 아무 얘기도 안 해주고 고작…."

하나는 말하다 말고 굳어버렸다.

"하나?"

"아빠… 아빠가….."

게이신은 하나의 눈에 수천 가지 생각들이 고속도로를 쌩쌩 달리는 자동차들처럼, 아니 더 빠르게 휙휙 지나가는 것을 보았다. 하나는 생각을 늦추며 이맛살을 찌푸렸다. 게이신은 그의 여생이 오롯이 하나의 다음 말에 달려 있다는 확신에 숨을 죽였다.

"아버지가 어쩌셨는데요?"

"사라지시기 전날 나한테 차 상자를 한 개 주셨어요."

선물

　차 상자는 하나의 이부자리 옆 탁자에 놓여 있었다. 마치 참을성 있게 앉아 누군가의 눈에 띄기를 기다리고 있는 모습 같았다. 지난주에 하나가 그림을 그려 넣은 비단보에 싸여 있었는데, 보자기의 매듭과 주름 때문에 일그러지긴 했지만 하나는 자신의 그림을 알아보았다. 한 송이 수련이 잔잔한 연못 가장자리를 따라 둥둥 떠다니는 그림이었다. 하나는 보자기를 풀어 탁자 위에 포개어놓았다.
　게이신이 물었다.
　"이 차가 왜 그렇게 특별한데요?"
　"그다지 특별할 건 없어요."
　하나는 게이신에게 머물러달라고 부탁하지 않았다. 그를 문밖으로 밀어내지도 않았다. 게이신이 옆에 서 있으면, 그의 목소리 때문에 공기가 맑아지기라도 하는지 숨쉬기가 편하고 호흡이 차분해졌다.
　"손님들한테 선택을 받는 대신 드리는 차예요. 그날은 아빠가 시간이나 생각할 여유가 없어서 이걸 주시는구나 싶었는데, 지금 보니 다른 이유가 있을지도 모르겠어요. 차를 주면서 말씀하시길, 오늘은 내가 전당포 주인으로서 맞는 첫날이니까 차 맛이 평소와 다를 거랬어요. 모든 게 겉으로는 똑같아 보여도 달라질 거라고요. 이 차가 단서일 수도 있어요."

하나는 깨진 부분을 금가루로 수선한 잔에 차를 따랐다. 차는 평소와 똑같아 보이고, 구운 찻잎의 살짝 달콤한 향도 그대로였다. 향긋한 김을 들이마시다 보니 강한 의구심이 들었다. 꼭꼭 숨겠다는 아버지의 의도가 점점 더 명확해지는데, 그런 아버지가 차에 메시지를 남겼을 거라고 짐작하는 건 어리석은 짓이 아닐까. 하나는 다른 찻잔을 한 개 더 꺼내 차를 따랐다.
게이신이 말했다.
"당신 말대로 차가 단서라면, 당신에게만 보내는 메시지가 담겨 있겠네요. 여기서 차 마시고 있어요, 난 사무실에서 기다릴게요."
"같이 있어도 돼요."
"정말 괜찮겠어요?"
"이젠 아무것도 확신 못 하겠네요."
하나에게 차를 건네받으며 게이신이 맞장구쳤다.
"그게 어떤 기분인지 내가 너무 잘 알죠."
"그럼 그걸 위해 마셔요. 확신 없음."
오늘이 되기 전까지 하나의 입에는 낯선 단어였다. 그 단어가 그녀의 혀를 금속 맛으로 물들였다.

"우리가 공유할 수 있는 단 한 가지죠."

하나의 말에 게이신은 금 간 찻잔에서 눈을 들었다.

"그런가요?"

"그럼 서로 다른 세계에 사는 두 사람이 뭘 더 나눌 수 있겠어요? 빗속에서 인력거 타기? 연못으로 여행하기? 차 마시기?"

게이신은 탁자 맞은편으로 손을 뻗어 하나의 손을 잡으며 말했다.

"아니면 맞잡을 손은 어때요?"

"차가 식겠어요."

하나는 서둘러, 그러나 분명하게 손을 빼냈다. 게이신의 손이 그녀의 살갗에 남긴 진실을 찻물로 씻어낼 수 있기를 바라며 찻잔을 입술로 가져갔다. 전당포 문의 어느 편에 살든 온기의 감촉은 똑같았다. 다정함도 마찬가지였다. 그 때 그녀의 머릿속에 경고하는 아버지의 목소리가 울렸다. 규칙은 전당포 밖에서도 적용되었다. 상대에게 공감하면 거래에서 손해를 본다.

차는 평소와 똑같은 맛이었다. 하나의 목구멍이 죄어들었다. 또 막다른 골목이었다. 그런데 그때 잊고 있던 진한 달콤함이 혀 안쪽에서 파도처럼 일어났다. 하나는 순식간에 따뜻하게 불이 밝혀진 어느 방으로 휩쓸려 갔다. 탁자 맞은편에 미소 띤 주름진 얼굴이 그녀와 마주 보고 있었다.

하나는 숨을 훅 들이마셨다. "할머니?"

하나? 저 멀리서 게이신이 그녀를 불렀다. 괜찮아요?

하나는 게이신의 목소리를 무시하고 할머니에게서 눈을 떼지 않았다. 반들반들한 도자기 잔으로 차를 홀짝이고 있는 노부인. 그녀는 집에 갑자기 들이닥친 손녀가 아무렇지 않은 듯 빙긋 웃어 보였다.

"엄마가 어디에 있는지 아세요, 할머니?"

"더 먹으렴, 하나. 너무 말랐구나."

할머니는 팥소를 넣은 조그만 찹쌀떡들이 담긴 접시를 건넸다. 하나는 탁자 가장자리를 붙잡으며 물었다.

"제 말 들으셨어요, 할머니?"

"세월 참 빠르기도 하지. 네가 벌써 열 살이라니. 네 엄마 열 살 때랑 쏙 빼닮았구나."

"열 살요?" 하나는 얼굴을 찡그렸다. "할머니, 제 말 좀 들어보세요. 제가…"

바닥이 흔들리며 탁자 위의 찻잔들이 달그락거렸다. 그러든 말든 할머니는 하나에게 미소 지으며 차를 홀짝였다. 하나는 벌떡 일어나 할머니의 손을 움켜잡았다. 손가락들이 허공을 감싸 쥐었다.

"안 돼!"

"하나!"

게이신의 목소리가 그녀의 귓속에서 폭발하듯 울렸다.

하나가 눈을 번쩍 뜨니 게이신이 그녀의 양쪽 어깨를 흔들고 있고, 찻잔은 발밑에 깨져 있었다.

"괜찮아요?"

게이신이 하나의 어깨를 꽉 쥐며 묻자 하나는 눈을 깜박였다.

"어떻게 된 거예요? 꼭 최면에 걸린 것처럼 거의 30분 동안 꼼짝도 안 하고 아무 말도 없었어요."

"겨우 몇 분 지난 것 같은데…"

"대체 뭘 본 거죠?"

"기억이었던 것 같아요."

"어떤 기억이요?"

"이 차를 처음 마셨을 때의 기억이요. 내가 틀렸어요, 케이. 이건 아빠가 아니라 할머니가 당신 손님들한테 내주는 차예요. 그 기억이 떠오르는 걸 보니, 할머니를 만나라는 뜻인가 봐요."

"혼자 갈 필요 없어요, 하나. 당신 입으로 그랬잖아요, 어차피 내 세계로 돌아가면 전부 상관없어진다고. 이 모든 일이 끝나면 나는 이곳을 전혀 기억하지 못할 거예요. 그런데 내가 여기 조금 더 머물면서 당신을 도와준다고 해서 잘못될 게 뭐가 있겠어요?"

하나는 팔에 새겨진 보이지 않는 지도를 두 눈으로 훑었다. 게이신과 보내는 매 순간은 지도에 없었고, 그녀를 운명으로부터 멀리 떼어놓을 뿐이었다. 길을 벗어나면 시쿠인들에게 무슨 일을 당하는지는 이미 어머니를 통해 배웠기 때문에 한시도 잊을 수 없었다.

"내 길에 당신은 없어요."

"없긴 왜 없어요. 난 당신 손님이잖아요. 전당포 문으로 들어오는 사람은 손님이라면서요. 그러니까 떠날 수 없어요. 우리 거래가 마무리되기 전까지는. 당신은 규칙을 깨고 있는 게 아니에요, 하나. 나를 안 보내는 게 규칙을 따르는 거죠."

맞는 말이기에 따질 수 없었다. 하나는 고개를 젓고 한숨을 푹 내쉬며 두 손을 무릎에 올렸다.

"할머니의 다실. 거기로 가야 돼요. 하지만 먼저 자정까지 기다려야 해요."

"자정까지는 왜요?"

"그 시간에만 존재하는 다실이거든요."

진실 아닌 진실

자세히 들여다보지 않으면 전당포는 깨끗해 보였다. 유리판이 빠져 있는 몇몇 진열장이 이전의 아수라장을 암시할 뿐이었다. 하나와 게이신은 하루 종일 전당포를 치웠다. 청소하는 동안 거의 입을 열지 않았고, 가끔 게이신이 뭐를 어디에 놓아야 하는지 물으면 하나가 최대한 짧게 답했다. 하나는 이 편이 더 안전하다고 느꼈다. 대화를 나누다 보면 어쩔 수 없이 진실을 털어놓게 될 텐데, 그녀에게는 가슴에 담아둬야 할 비밀이 있었다.

게이신이 손등으로 이마의 땀을 훔치자 왼쪽 관자놀이에 먼지가 묻어났다.

"드디어 끝났군요."

"한 군데 놓쳤어요."

게이신은 방을 둘러보았다.

"어디요?"

하나는 깨끗한 행주로 그의 얼굴에 묻은 얼룩을 닦았다.

"여기요. 이제 정말 끝났어요."

게이신은 붉어진 얼굴로, 화제를 돌리려는 듯 물었다.

"자, 이제 뭘 할까요? 자정까지 몇 시간 남았는데."

"우리 저녁 먹어요. 생각해보니 하루 종일 아무것도 안 먹었더라고요. 엄청 배고플 텐데. 미안해요."

"난 배고픈지도 모르겠는데요."

게이신의 배가 꼬르륵거렸다.

"당신 배는 생각이 다른…."

날카로운 노크 소리에 하나는 말을 뚝 끊고 뒷방을 힐끔 쳐다보았다. 그러고는 게이신에게 조용히 하라는 손짓을 했다.

노크 소리가 더 커졌다.

"위층으로." 하나가 속삭였다. "얼른."

게이신은 소리를 내지 않으려 조심하며 계단을 살살 기어 올라갔다. 그러다 한 번 삐걱거렸다. 그는 침을 꼴깍 삼키며 뒤돌아 하나를 보았다.

하나는 애원하듯 속삭였다. "숨어요."

게이신이 복도로 사라지자 하나는 뒷문으로 향했다. 노크 소리보다 그녀의 심장박동 소리가 더 컸다. 하나는 숨을 한 번 들이마셔 마음을 가라앉힌 다음 문을 당겨 열었다. 그림자가 그녀 위로 드리워졌다.

하얀 기모노를 입은 호리호리한 형체가 문간에 서 있었다. 편백을 조각해서 달과 비슷한 색조로 칠한 노 가면을 쓰고 있는데, 밖을 내다보는 가늘고 기다란 구멍은 두 개의 바닥 없는 검은 웅덩이처럼 보였다.

"시쿠인님." 하나는 고개를 깊숙이 숙였다. "이렇게 일찍 오실 줄 몰랐습니다. 아직 초승달이 안 떴는데요."

"새들을 수거하러 온 것이 아니다."

시쿠인의 입에서 새어 나온 이 공허한 음성에는 열 개가 넘는 늙고 젊은 목소리들이 뒤섞여 있었다. 마지막 단어는 어린아이의 목소리였지만, 그 엄숙함은 가장 늙은 목소리에 뒤지지 않았다.

하나가 고개를 끄덕이며 들어오라고 말했다. 시쿠인은 허공을 둥둥 떠다니듯 마룻바닥 위로 미끄러져 들어왔다.

"차를 준비해드릴까요?"

시쿠인이 고개를 천천히 기울이자 가면의 곡선과 모서리에 빛이 비쳤다. 그림자들 때문에 시시각각 변하던 나무 얼굴의 표정이 웃음기 없는 음산한 미소에 정착했다.

"너에게 물어볼 것이 있어서 왔다."

"네, 시쿠인님. 무엇을 물어보시든 답하겠습니다."

가면의 칠해진 입술이 가느다란 선으로 꾹 다물어졌다.

"네 아버지는 어디에 있지?"

하나의 척추가 돌처럼 굳어버렸다.

"거짓말을 했다가는…."

시쿠인은 쇳내와 썩은 냄새가 뒤섞인 악취를 풍기는 팔을 뻗었다. 그러고는 손을 펴서 손가락이 있어야 할 자리에 있는 검은 갈고리 손톱들을 쭉 뻗었다.

"바로 들킬 것이다."

하나는 목소리가 제대로 나올 것 같지 않아 고개만 끄덕였다. 몸을 떨지 않으려 혼신의 힘과 의지를 기울이며 시쿠인의 손안에 천천히 손목을 놓았다.

"이시카와 하나." 시쿠인의 손톱이 하나의 팔을 감싸 쥐어 정맥과 맥박을 파고들었다. "네 아버지가 어디 있는지 말해라."

"여기 안 계세요."

"그가 여기 없다는 것쯤은 안다."

시쿠인이 시커먼 손톱을 하나의 손목으로 더 깊숙이 찔러 넣었다. 하나의 팔에서 핏방울이 뚝하고 떨어졌다.

하나는 통증을 무시하며 입을 앙다물었다.

"어디로 갔지?" 하고 목소리들이 이구동성으로 추궁했다.

"모릅니다."

시쿠인은 더 가까이 고개를 숙여 가면의 움푹 꺼진 눈으로 하나를 응시했다.

"네 아버지가 어디 있는지 말해."

"어젯밤 잠자리에 들기 전에 아빠를 본 게 마지막이에요."

하나의 목덜미에 땀이 송골송골 맺혔다.

"아침에 깨어났더니 안 계셨어요. 지금 어디 계신지 몰라요. 정말이에요."

시쿠인은 하나의 팔을 쥔 손에 힘을 주어 피를 더 쏟아내게 했다.

"네가 아는 것을 말해."

하나는 숨을 크게 한 번 들이마신 뒤 잇새로 천천히 내뱉었다.

"오늘 아침에 일어났더니 전당포가 난장판이 되어 있고 금고에서 선택 한 개가 없어졌더라고요. 아빠도 사라졌고요. 도둑이 문 반대편 세계로 도망쳤고 아빠가 뒤쫓아 가신 것 같았어요. 그러고 나선 아직까지 돌아오지 않으셨어요."

"이시카와 하나."

시쿠인은 숨결이 닿을 듯 가면을 하나의 얼굴로 바짝 들이밀었다. 하나의 손목을 쥐어짜 살갗을 더욱 깊숙이 베어놓았다. 그림자들이 시쿠인의 미소를 냉소로 바꾸었다.

"네, 시쿠인님?"

하나의 발로 피가 후두두 떨어지자 시쿠인은 하나를 풀어주었다.

"진실을 말하고 있구나."

하나는 팔을 가슴에 갖다 댔다. 쿵쾅거리는 심장에 기댄 팔이 바르르 떨렸다.

"고맙습니다, 시쿠인님."

"이틀 후에 새를 수거하러 오겠다."

하나는 고개를 숙였다.

"모든 새들을."

하나의 얼굴이 창백해졌다.

"네? 하지만…."

시쿠인은 검은 손톱 하나로 하나의 턱을 들어 올려 살갗을 베었다.

"눈이 네 엄마를 쏙 빼닮았구나. 이 눈이 없으면 손님들의 얼굴을 읽고 그들의 선택을 감정하기가 힘들어지겠지. 이틀 후면 초승달이 뜬다."

자정의 다실

게이신은 가면 쓴 피조물과 하나 사이에 오가는 대화를 계단 꼭대기에서 들었다. 여러 목소리가 합쳐진 시쿠인의 목소리에 등골이 오싹해졌다. 게이신은 눈에 안 띄게 몸을 웅크린 채 오른손에 부엌칼을 움켜쥐고 있었다. 아직 누군가를 찔러본 적은 없었지만, 처음 해보는 일이 넘쳐나는 날이었다.

시쿠인이 하나에게 아버지의 행방을 추궁할 때 게이신은 칼을 더욱 단단히 쥐었다. 하지만 하나가 차분히 대답하는 순간 게이신의 손에서 힘이 사르르 빠졌다. 하나의 아버지가 이런 계략을 쓴 이유를 알 것 같았다. 하나가 거짓말하지 않고 진실을 이야기할 수 있도록, 전당포에 도둑이 든 것처럼 일부러 아수라장을 만들어놓은 것이다. 그녀의 아버지가 대신 거짓말을 한 셈이었다.

"이제 내려와요."

하나는 두 팔로 배를 감싸며 문을 빤히 노려보았다.

게이신은 부엌칼을 떨어뜨리고 부리나케 계단을 내려가 하나를 품속으로 끌어당겼다.

"괜찮아요?"

"아뇨. 전혀 괜찮지 않아요."

하나는 그의 가슴으로 무너지듯 쓰러졌다.

"아까 그…." 게이신은 하나를 꼭 안았다. "그게 시쿠인이에요?"

"수많은 시쿠인들 중 한 명이죠. 그들은 사라진 선택을 원해요."

"들었어요. 그리고 그들이 협박하는 것도."

"협박이 아니에요." 하나는 게이신의 품에서 몸을 떼어냈다. "약속이죠."

"그럼 빨리 선택을 찾아야겠네요. 당신 아버지가 그 선택을 가져가신 게 틀림없어요. 그러니까 아버지를 찾으면 선택도 찾을 수 있어요." 게이신은 손목시계를 확인했다. "몇 시간만 있으면 자정이에요. 우린 곧 답을 알 수 있을 거예요."

"우리? 아직도 포기 안 했어요? 시쿠인을 보고도?"

"이틀 후면 그게 또 오잖아요. 지금 당신을 버리고 떠날 순 없어요."

"케이… 내 말 좀 들어봐요."

"하나, 당신이 무슨 말을 하든 내 마음은 안 변합니다." 게이신은 자연스러워 보이기를 바라며 미소 지었다. "웅덩이로 뛰어드는 데도 익숙해지고 있고 말이죠."

"알겠어요. 하지만 웅덩이로는 할머니의 다실에 못 가요."

"그럼 어떻게 가요?"

"요에 같이 누워야 해요."

두 사람은 하나의 요에 나란히 누워 서로의 온기가 느껴질 만큼 바짝 붙었다. 게이신은 천장을 빤히 올려다보며 그가 들었던 가장 따분한 강의를 떠올리려 애썼다. 역사 수업 뒷자리에 앉아 졸지 않으려 머릿속으로 수학 문제를 만들던 고등학교 시절을 상상했다. 르네상스가 흥미롭지 않아서가 아니라, 종이 울릴 때까지 교과서를 읽기만 하는 화이트코튼 선생님의 수업 방식이 마음에 들지 않아서였다. 하지만 이 저녁에는 옛 스승의 비음 섞인 웅얼거림을 떠올려도 눈꺼풀이 무겁게 내려오지 않았다. 엘리자베스 여왕의 황금시대 위로 시쿠인의 목소리가 메아리처럼 울려 잠을 이룰 수가 없었다. 게이신은 일어나 앉아 끙 하고 앓는 소리를 냈다.

"안 되겠어요. 잠이 안 와요."

"누워요" 하며 하나는 게이신을 자기 옆으로 부드럽게 끌어당겼다. "머릿속을 비워봐요. 그럼 잠이 올 거예요."

게이신은 베개를 베고 누워 한숨을 쉬었다.

"그냥 연못이나 웅덩이로 뛰어들면 안 되는 거 확실해요?"

"정말이지 당신 같은 사람은 처음이에요."

하나는 고개를 돌려 그를 마주 보았다.

"전당포로 들어온 손님 중에 당신 같은 사람은 없었어요."

게이신의 눈 위로 은발이 미끄러져 내려왔다. 하나는 그의 머리칼을 손가락으로 빗어 뒤로 넘겼다. 게이신은 굳어버린 채 숨을 훅 들이마셨다. 그의 깜짝 놀란 시선과 하나의 눈이 마주쳤다. 미소로 주름진 그의 두 눈이 푸근해졌다. 게이신은 하나의 손을 잡아 그의 뺨에 가볍게 댔다.

"어떤 면에서요?" 하고 속삭이자 그의 입꼬리에 하나의 손바닥이 스쳤다.

"그게… 음… 미안해요."

하나는 게이신을 빤히 쳐다보며 눈을 깜박이다 손을 빼내며 물었다.

"뭐라 그랬어요?"

게이신의 뺨에 보조개가 패었다.

"내가 다른 손님들이랑 어떻게 다른데요?"

하나는 얼굴을 붉혔고, 그걸 굳이 숨기려 들지도 않았다.

"손님들은 스스로 의식하지 못해도 결국 도움을 구하러 와요. 당신처럼 도움을 주려는 사람은 없어요. 당신은 잘 모르는 일에도 서슴없이 뛰어들고, 할머니한테 가려면 꿈을 꿔야 한다는 내 말도 주저 없이 믿잖아요. 당신은 좋은 사람이에요, 케이."

하나는 배 위로 두 손을 깍지 끼며 말을 덧붙였다.

"너무 좋아서 탈인지도 몰라요."

"옳은 일을 하고 싶어 하는 게 결점인 줄은 몰랐네요."

게이신은 한쪽 팔꿈치로 몸을 받쳤다.

"결점이 아니라 약점이죠. 사람들한테 상처받기 쉬우니까."

"나는 내 동기와 행동만 책임지면 돼요. 거기에 어떻게 반응하느냐는 다른 사람들 문제죠."

"그 사람들 때문에 고통받으면 당신 문제가 되는 거예요. 전당포에서 수많은 눈물을 봤기 때문에 우리 세계나 당신 세계나 다르지 않다는 걸 알아요."

"당신 눈물도 포함입니까?"

하나는 다시 고개를 돌려 게이신을 바라보았다.

"이제 그만 자요."

"하나⋯."

"자정이 다 됐어요."

"당신 아버지 수면제가 한 병 더 있거나 하지는 않겠죠?"

"눈 감고 내 목소리나 들어요. 이야기를 들려줄게요."

"옛날이야기라도 해주려고요? 장난이죠?"

"날 한번 믿어봐요."

게이신은 눈꺼풀을 내렸다.

"옛날 옛적에 우라시마 다로라는 어부가 있었어요. 어느 날 고기를 낚다가 거북이 한 마리를 괴롭히는 아이들을 봤어요. 다로는 거북이를 구해서 바다에 놔줬죠. 다음 날 아침, 늙은 거북 한 마리가 다로에게 헤엄쳐 오더니, 그가 구한 거북이가 사실은 용왕의 딸이라고 말했어요. 용왕이 감사 인사를 하고 싶어서 늙은 거북을 보내 다로를 왕국에 초대한 거예요. 늙은 거북은 다로에게 아가미를 주고 그를 용궁으로 데려갔어요. 궁전에서 다로는 용왕과, 거북이에서 아름다운 공주로 변한 오토히메를 만났죠."

하나의 목소리가 자장가처럼 게이신을 안고 얼렀다. 게이신은 숲길에 떨어진 빵부스러기를 따라가듯 하나의 말을 따라 꿈속 바다로 향했다.

"다로는 오토히메와 사흘을 함께 보내고 나니 노모가 보고 싶어졌어요. 오토히메는 아쉬웠지만 다로를 보내주기로 했죠. 오토히메는 떠나는 다로에게 신비로운 상자를 선물하면서, 열어보지만 않으면 그 상자가 계속 그를 지켜줄 거라고 했어요. 그리고 늙은 거북이 다로를 마을로 데려다줬죠."

게이신은 피로와 호기심 사이에서 갈팡질팡하며 깨어 있으려 발버둥을 쳤다. 하나는 옆으로 돌아누워 그의 가슴에 머리를 기대었다. 게이신은 하나를 안았다. 꿈인지 생시인지 분간이 되지 않았다.

"나를 꼭 잡아요." 하나가 그의 심장 위에다 속삭였다. "꿈속으로 데려가 줄게요."

게이신은 잠결에 고개를 끄덕이며 물었다.

"다로는 어떻게 됐어요?"

"다로가 마을로 돌아갔더니 모든 게 변해 있었어요. 300년이나 지났거든요. 그가 아는 사람은 전부 죽고 없었죠. 심란해진 다로는 오토히메에게 받은 상자를 열었는데…."

하나는 게이신이 잠드는 모습을 지켜보았다. 그녀도 곧 합류할 테지만, 지금 당장은 그가 꿈꾸도록 내버려두었다. 어쩐지 그녀가 앞질러 가서 이미 꿈을 꾸고 있는 것처럼 느껴지기도 했다. 그녀의 세계에서는 게이신이 이방인이었지만, 정작 그가 도착한 후로는 그녀에게도 주변의 모든 것이 낯설어졌다. 그녀의 방, 그녀의 이부자리, 심지어 그녀 자신의 피부까지도. 게이신이 흘깃 쳐다보기만 해도 머리끝부터 발끝까지 따끔거리면서 살갗이 떨려왔다. 마치 어린 시절 즐겨 탐험하던 산길의 가장 키 큰 나무를 오를 때처럼. 하나는 아버지가 말리는데도 높이 더 높이 올라갔다. 해도 되는 일과 하면 안 되는 일을 정해놓고 그녀를 가둔 벽을 넘어, 메아리치는 아버지의 규칙들로부터 멀리멀리 달아났다. 떨리는 나뭇가지에 앉아 세상을 내려다보던 하나는 팔다리에 저릿저릿 도는 전류가 그녀에게 불어넣는 것이 활력인지 두려움인지 알 수 없었다. 별안간 거센 바람이 일어, 그녀 밑에 지붕 모양으로 우거진 나뭇가지들이 초록빛과 잿빛으로 흔들렸다. 눈을 들어 올리니 잔뜩 찌푸린 하늘이 보였다. 하나는 떨리는 나뭇가지를 꼭 붙들었다.

얼음장 같은 비의 파편들이 주먹에 부딪히자, 그녀의 살갗에 새겨진 종이학들이 빛을 내며 깨어났다. 새 떼는 축축한 채찍질에 아랑곳없이 하나의 손등을 가로질러 날아갔다. 하나는 새들의 날개가 부러웠다. 나뭇가지를 감싸 쥔 손가락을 느슨히 풀며, 이대로 손을 놓아볼까 생각했다. 바위에 떨어져 온몸이 부서지기 전의 찰나라도 하늘을 나는 기분을 느껴볼까.

게이신의 따뜻한 숨결이 입술에 닿을 정도로 그에게 바짝 붙어 몸을 옹송그린 하나는, 그녀가 아는 세상 위로 우뚝 솟아 있는 나무에 대롱대롱 매달렸다. 거기에서 내려다보는 아래 세상은 조그마했고, 그녀는 그 손아귀로부터 자유로웠다. 하지만 그녀에게는 날개가 없었다. 하나는 게이신의 가슴에 뺨을 대고 눈을 감았다. 그에게 빠지면, 땅바닥에 떨어져 뼈가 산산이 부서지는 것처럼 아플까, 궁금해하면서.

게이신의 귓가에 자그락자그락 자갈 밟는 소리가 들렸다. 그는 눈을 번쩍 떴다. 일어나 앉아 주위를 둘러보았다. 앞에 무지개 모양의 다리가 놓여 있었다. 하얀 가운 잠옷을 입은 사람들이 길게 줄지어 서서 느긋한 걸음으로 자갈길을 지나 다리를 건너고 있었다.

"저건 '자정의 다리'예요. 밤과 아침을 연결하죠."

하나는 일어서서 옷에 묻은 흙과 자갈을 털었다.

"사람들은 꿈속에서 저 다리를 건너요. 할머니의 다실은 길 건너에 있고요."

게이신은 다리 앞에 줄 선 사람들 너머를 보려 목을 길게 뺐다. 불타는 듯 붉은 거목 한 그루가 길 건너의 정원에 서 있었다. 나무는 그가 다니던 대학 안뜰의 단풍나무처럼 짙붉었다.

"저기가 할머니의 다실이에요."

"나무가요?"

"기토 나무라는 거예요. '평온하다'라는 뜻인데, 딱 어울리는 이름 같아요. 할머니의 다실은 악몽에 시달리는 사람들한테 휴식처가 되어주거든요."

"악몽?" 다리 앞에 줄 선 사람들을 힐끔 본 게이신은 그들의 눈이 감겨 있다는 사실을 알아챘다. "혹시 전부 잠들어 있는…."

"맞아요. 우리도 마찬가지고요. 다른 점은, 우리는 우리가 꿈꾸고 있다는 걸 안다는 거죠. 어렸을 때 할머니한테 다실로 오는 방법을 배웠어요. 잠들면 왼쪽으로 돌고, 두 번째 꿈이 끝나면 오른쪽으로 돌면 돼요."

게이신은 하나의 숨이 연무가 되어 밤공기로 섞여 들어가는 모습을 지켜보았다. 꿈속에서, 아침으로 이어지는 다리 옆에 서 있는 지금, 그래도 여전히 유효한 과학 법칙이 존재한다는 사실에 마음이 놓였다. 대부분의 사람들은 추운 날에만 숨이 보인다고 잘못 알고 있지만, 실제로는 숨이 미세한 물방울이 되어 공기 중에 떠다니는 데 습도도 한몫했다.

게이신은 암기한 기도를 읊듯이 멍하니 중얼거렸다.

"이슬점."

"뭐라고요?"

"아니… 음… 강물 속에서 안 깨어난 게 다행이라고요."

"그러게요. 예전에 강물에 빠지면 어떻게 되는지 본 적이 있어요." 하나는 거세게 흐르는 강물을 빤히 바라보았다. "그날도 할머니를 보러 왔는데, 이 길에서 어떤 야시장 노점상이 시쿠인에게 쫓기고 있었어요. 길과 다리에 있던 사람들 모두 그 자리에 얼어붙었죠. 그 상인만 달렸어요. 시쿠인은 느릿느릿 움직이다가 가끔은 걸음을 떼다 말고 멈춰 서서 꼼짝도 안 하더라고요."

"시쿠인이 상인을 쫓고 있었다면서요?"

"그랬죠. 하지만 시쿠인의 시간은 다르게 흘러요. 아빠한테 들었는데, 시쿠인이 가만히 서 있는 것처럼 보여도 시간을 질주하면서 눈 깜짝할 새에 여러 생을 사는지도 모른대요. 달릴 필요가 없으니까 안 달리는 거예요. 그들을 피해 숨을 수 있는 곳은 없어요. 결국엔 그들에게 들키고 말죠."

"그 상인은 왜 시쿠인에게 쫓기고 있었던 거예요?"

"이 세계 사람들이 시쿠인에게 쫓기는 이유는 딱 한 가지, 자기 의무를 다하지 못한 거예요. 노점을 지키다가 잠들어버린 거죠. 그 공포 어린 얼굴은 절대 잊지 못해요. 시쿠인이 다리 쪽으로 고개를 끄덕이니까 그 위에 있던 사람들이 꼭두각시처럼 움직이기 시작하더군요. 그들이 상인을 붙잡아서 옷이며 몸이며 갈기갈기 찢었어요. 상인은 비명을 지르면서 사람들을 밀쳤지만, 그 수가 너무 많았어요. 사람들은 상인이 아침에 닿지 못하게 다리 끝을 막아버렸죠. 상인은 잡히느니 익사하는 게 낫다 싶었는지 강물로 뛰어내리더군요."

게이신은 쓰러진 나무 한 그루가 거센 물살에 휩쓸려 떠내려가는 광경을 지켜보았다. "꿈이라서 다행이었네요."

"상인은 꿈속에 있었지만, 시쿠인은 진짜였어요. 상인은 영영 깨어나지 못했어요. 강에 빠지면 아침으로 건너가지 못하니까."

게이신은 강을 응시하며 침을 꿀꺽 삼켰다.

"강 근처에는 가지 말아야겠어요."

"안타깝게도, 돌아가려면 꼭 다리를 건너야 해요."

깔끔하게 손질된 정원이 자갈길과 큼직한 기토 나무 사이에서 이끼 낀 경계선 역할을 했다. 다원에 들어서자마자 게이신은 공기의 변화를 느꼈다. 상록수 덤불이 매끄럽게 다듬어져 있는 평온한 풍경 위로 부는 산들바람이 엄숙하면서도 달콤하게 느껴지는 것이, 그의 첫걸음과 함께 다도가 시작되었음을 알리는 고요한 신호 같았다. 풀밭에 놓인 징검돌을 하나하나 밟을수록 세속에서 점점 멀어져가는 느낌이었다.

"다실로 들어가기 전에 몸을 정화해야 해요."

하나는 예술적으로 배치된 돌들에 에워싸인 석조 물그릇 옆에 멈취 서고는 대나무 국자를 집어 손을 씻고 입안을 헹궜다.

게이신도 그녀를 따라 했다. 치터로 연주하는 음악처럼 밝고 기분 좋게 짤랑거리는 소리가 물그릇 옆의 땅바닥에서 울렸다.

"저 소리 들려요?"

"스이킨쿠쓰예요. 할머니랑 내가 같이 만들었죠. 점토 항아리에 구멍을 뚫고 거꾸로 뒤집어서 묻었어요. 구멍으로 들어간 물이 작은 웅덩이로 떨어지면 항아리가 노래를 해요."

게이신은 꿈을 거의 기억 못 하는 편이었지만, 깨어났을 때 스이킨쿠쓰의 노래는 머릿속에 남아 있었으면 했다.

"마법 같네요."

"땅에 묻은 항아리가 무슨 마법이에요" 하며 하나는 독미나리 울타리 옆의 사립문으로 걸어갔다. "이 세계에 있는 것들에 그렇게 쉽게 반하지 말아요, 케이. 겉보기와는 다른 게 많으니까."

"아름다운 노래는 아름다운 노래죠." 게이신의 시선은 하나의 얼굴에 오래도록 머물렀다. "어느 세계에서든."

문이 휙 열렸다. 그들은 다실의 안뜰로 들어섰다. 하나는 뒤돌아보지 않고 문을 지나갔다. 게이신은 하나를 따라 좀 더 아늑하고 시골 분위기가 물씬한 풍경을 둘러보며 들어갔다. 기토 나무의 그늘에 관목들이 자연스레 자라 있었다. 위를 올려다보니 잎이 무성한 나뭇가지들이 지붕을 이루어 제멋대로 쭉 뻗어 있었다. 달빛 속에서도 이파리들은 마치 불타는 듯 보였다. 나무줄기를 손으로 훑으니 손바닥 밑에서 심장박동 같은 것이 느껴졌다.

"어떻게 이 나무 안에 할머니의 다실이 있다는 건지 상상이 안 되네요."

"아직 씨앗이었을 때 그 안에서 자란 거예요."

"씨앗이요?" 혹시나 하는 생각에 게이신의 머릿속이 빠르게 굴러갔다. "내가 가져갈 수 있는 여분의 씨앗이 있지는 않겠죠? 그것만 있으면 해결할 수 있는…." 그는 괜한 말을 했다 싶어 코를 찡그렸다. "미안해요. 안 들은 걸로 해요. 나쁜 버릇이 또 나와버렸네요."

"할머니한테 여쭤볼 수는 있지만, 그 종류의 씨앗이 땅에서 잘 자랄지는 모르겠어요. 어떤 흙보다 마음이 천 배는 더 비옥하니까."

"좋은 지적이군요."

게이신은 빙긋 웃었다. 밤하늘에 번갯불이 줄무늬를 그었다. 바람이 비 내음을 실어 왔다. 꿈속에서도 게이신은 나쁜 날씨를 피하지 못했다.

"이 안으로 들어가야 해요."

하나는 손가락 마디로 나무줄기를 톡톡 두드렸다.

나무 옆면에서 기다란 가지 하나가 뻗어 나오더니, 줄기 위로 기다랗게 솟은 등마루를 손가락 같은 잔가지들로 움켜잡았다. 그러고는 나무껍질을 당겨 마치 문처럼 열었다. 또 다른 가지가 게이신의 어깨를 톡톡 쳤다. 게이신은 움찔하며 휙 뒤돌아보았다. 가지가 그의 가슴을 쿡 찔렀다.

하나는 히죽 삐져나오는 웃음을 참으며 말했다.

"들어오라는 거예요."

가지가 계속 톡톡 치자 게이신은 "가요 가"라고 말하며 신발을 벗어서, 나무로 들어가는 문 옆의 평평한 돌 위에 두었다.

"케이, 잠깐만요."

"왜 그래요?"

"엄마가 살아 있다는 얘기는 할머니한테 안 하는 게 좋겠어요. 확실한 증거가 있는 것도 아니고, 당황스러우실 거예요."

"알겠어요."

창문 하나 없었지만, 높은 천장을 자유롭게 날아다니는 반딧불이들의 빛이 텅 빈 다실을 따스하게 밝히고 있었다. 다실은 마치 반짝반짝 빛나는 별들로 가득한 하늘 같았다. 가게의 이끼 낀 바닥에서 자라난 나무 카운터에서 소박한 기모노 차림의 노부인이 고개를 들었다. 노부인 뒤로 놓인 울퉁불퉁한 선반들에 여러 종류의 차가 질항아리에 담겨 진열되어 있었다.

"하나?"

아사미의 얼굴에 미소가 번지며 눈가에 주름이 잡혔다.

"할머니."

하나가 달려가 할머니를 꼭 껴안자 아사미도 하나를 안아주었다.

"이렇게 갑자기. 미리 연락 주지 않고?" 아사미는 게이신을 힐끔 보았다. "이 분은 누구시니?"

게이신은 그의 존재에 아사미가 어떻게 반응할지 몰라 망설였.

하나가 그를 힐끔 쳐다보며 대답을 재촉했다.

"저는… 미나토자키 게이신이라고 합니다."

게이신이 고개 숙여 인사하자, 아사미는 그를 뜯어보며 말했다.

"하나 친구는 전부 만나본 줄 알았는데."

"게이신은… 여기 사람이 아니에요."

하나가 할머니의 품에서 빠져나왔다.

게이신은 숨을 죽였다.

"여기 사람이 아니라고?"

아사미는 미간을 찡그렸다.

저쪽 세계에서 왔다는 하나의 말에 아사미는 손으로 입을 막았다.

"무슨 짓이야, 하나? 왜 이 사람을 여기 데려왔어?"

"아빠 찾는 걸 게이신이 도와주고 있어요."

아사미의 목에 핏줄이 팽팽해졌다.

"네 아빠가? 왜? 무슨 일이 있었길래?"

"아침에 일어났더니 전당포가 난장판이 되어 있고 아빠가… 사라졌더라고요."

아사미의 입술에 핏기가 가셨다.

"설마 시쿠인들이…."

하나는 할머니의 두 손을 움켜잡았다.

"아뇨, 시쿠인들도 아빠를 찾고 있어요. 그래서 제가 먼저 아빠를 찾아야 해요. 아빠가 남긴 단서를 따라 여기로 온 거예요."

"할머님께서 답을 알고 계시지 않을까 해서요."

아사미는 게이신의 말을 무시한 채 날카로운 시선을 하나에게서 떼지 않았다.

"네 엄마 일이로구나, 그렇지? 두 달 전에 네 아빠가 찾아왔는데 너무 이상했어. 말도 안 되는 소리만 계속 늘어놓지 뭐야. 이 사람이 과로했거나 술에 취했구나 싶었지. 그래서 그냥 집에 가서 쉬라고 했어."

"그랬더니 아빠가 뭐라고 하던가요?"

아사미는 고개를 절레절레 저었다.

"어처구니없는 소리였다. 옮기기도 남부끄러운 말이야."

하나는 할머니의 손을 더욱 꽉 쥐었다.

"아빠를 찾는 데 도움이 될지도 몰라요."

게이신은 끼어들어 하나를 거들고 싶은 충동을 억누르며 입술을 깨물었다.

"그냥 다 잊고 집으로 돌아가렴, 하나."

"안 돼요. 시쿠인들이 먼저 아빠를 찾으면 어떻게 할지 잘 아시잖아요. 아빠가 뭐라고 했는지 말씀해주세요. 듣기 전까지는 안 떠나요."

"고집 센 것도 네 엄마를 똑 닮았구나. 나는 너까지 잃기 싫다."

"그럴 일 없을 거예요. 약속드릴게요."

"약속한다고 되는 일이 아니야. 시쿠인들만이 네 운명을 정할 수 있어. 네 엄마처럼 너도 시쿠인들에게 고통받을 거야."

게이신이 불쑥 말했다.

"할머님이 도와주시면 그런 일 없을 겁니다."

아사미는 게이신을 쏘아보았다.

"댁하고는 상관없는 일이야."

"하나 일이라면 저도 상관이 있습니다."

의도했던 것보다 목소리가 더 크게 나가버렸지만 게이신은 후회하지 않았다. 하나가 시쿠인에게 쫓겨 강에 빠지는 모습이 그의 머릿속을 가득 메웠다.

"부탁드립니다" 하고 그는 누그러진 투로 말을 이었다. "아시는 걸 말씀해주세요. 그래야 하나가 안전할 겁니다."

아사미는 게이신을 노려보다가 조그만 체구를 움츠리며 한숨을 내쉬더니 나지막한 목소리로 말했다.

"도시오가… 곧 은퇴하니 이제야 일을 바로잡을 수 있겠다고 하더구나."

"어떻게요?"

하나는 이마를 찌푸렸다.

"계획이 있다고 했어. 너를 안전하게 지키는 동시에…." 아사미의 두 눈이 눈물로 흐려졌다. "네 엄마를 찾을 계획이. 내가 그 아이는 죽었다고 했더니, 눈빛이 사나워지면서 아직 살아 있다고 우기지 뭐냐. 네가 전당포를 물려받자마자 네 엄마를 찾아 떠날 거라고 했어." 아사미는 이를 악물었다. "말했잖니, 말도 안 되는 소리라고."

"만약에… 그게 터무니없는 소리가 아니라면요?"

"네 엄마가 살아 있기를 나만큼 절실하게 바라는 사람이 또 있을까. 그래도 현실을 부정하면 안 되지. 네 엄마가 죽은 후에 시쿠인들이 와서 그 애의 마지막 날을 담은 기억 구슬을 한 알 주더구나."

"기억 구슬이요?"

게이신이 묻자 아사미는 그를 흘겨보았다.

"생김새는 똑같아도 이렇게 뭘 모르니 어디 출신인지 바로 알겠군. 정체를 들키기 싫거들랑 앞으로 말조심하시게. 서슴없이 자네를 배신할 사람들이 넘쳐나니까. 댁의 경솔함 때문에 내 손녀딸이 조금이라도 다쳤다간, 나보다 시쿠인들한테 잡히는 게 차라리 신상에 좋을 거요."

게이신은 고개를 숙였다.

"죄송합니다. 조심하겠습니다."

"기억 구슬은 기억을 담는 용기요. 시쿠인들이 내 딸 치요의 재판을 구슬에 담아서 그날 일어난 일을 내게 보여줬지. 똑똑히 경고하고 싶었던 거야. 자기 임무를 완수하지 못하는 자들의 운명은 단 하나밖에 없다는 걸."

하나가 말했다.

"그날 아침의 일이 담긴 기억 구슬이 있다는 얘기는 안 하셨잖아요."

"없어. 버렸거든. 그런 잔인한 물건을 뭐 하러 갖고 있어? 치요의 마지막 순간을 본 후로 그걸 잊으려고 안간힘을 썼다. 내가 거기 있었다면 그렇게 가만히 보고 있지만은 않았을 거야. 그런데…."

아사미는 말끝을 흐렸다.

"그런데 아빠는 가만히 보고 있었다고요?"

아사미는 착 가라앉은 목소리로 답했다.

"다 지난 일이야. 그런데 네 아빠는 그날의 진상이 다르다고 확신하고 있더구나."

"그게 무슨 뜻이에요?"

"말도 안 되는 생각을 하고 있었어. 시간을 되돌리면 치요를 찾을 수 있다고 말이다."

꿈꾸는 사람들의 행렬은 달팽이가 기어가듯 느릿느릿 다리를 향해 움직였지만, 누구 하나 서두르는 기색이 없었다. 꿈속을 돌아다니는 데 몰두한 나머지 발밑에 자박자박 밟히는 자갈도 알아채지 못하는 모양이었다. 하지만 게이신은 자갈돌 하나하나, 아침으로 건너갈 차례를 기다리는 1초, 1초를 또렷이 의식하고 있었다. 그는 뒷덜미를 문질렀다.

"새치기하면 큰일 날까요? 어차피 이 사람들은 잠들어 있잖아요. 모를 것 같은데."

"큰일 날 소리 하지 말아요."

"내가 당신의 절반만큼이라도 인내심이 있으면 좋을 텐데."

"미래를 두려워하면서 살다 보면 뭐든 기다리는 일이 반가워지죠."

"그렇게 싫어요? 전당포를 운영하는 게? 아니, 물론 시쿠인은 좀 그렇긴 하지만. 전당포 자체는 내가 사는 세계의 사람들을 많이 도와주잖아요. 당신은 좋은 일을 하고 있는 거예요."

하나는 다리만 바라보고 있었다.

"하나? 내 말 들었어요?"

"아빠가 시간을 되돌리겠다고 했던 얘기가 자꾸 생각나서요."

"이쪽 세계가 과학이나 그 법칙 따위 전혀 신경 안 쓴다는 건 알지만, 당신 할머니도 시간 여행은 불가능하다잖아요. 다른 단서를 찾아야 해요. 할머니가 말씀하신 그 구슬은 어때요? 당신 어머니의 재판이 열린 날을 그 구슬이 보여줬다면서요. 구슬을 또 한 알 손에 넣을 수 있는 방법은 없어요?"

"기억 구슬은 사건이 벌어진 현장에 있었던 자들만 만들 수 있어요. 시쿠인들한테 구슬이 또 있느냐고 묻는 건 바보 같은 짓이고. 같은 기억이 담긴 다른 구슬을 찾는 건 시간 여행보다 더 어려울 거예요."

"그럼 또 막다른 골목이군요."

"아니에요. 시간 여행이 불가능하다는 건 나도 알지만, 아빠는 아무리 술에 취해도 빈말을 떠벌릴 사람이 아니에요. 오히려 술에 취했을 때 가장 솔직하죠. 엄마를 찾으려는 계획에 시간이 어떤 역할이든 하는 게 분명해요. 당신 세계의 과학은 시간을 어떻게 보고 있죠?"

"확정적인 건 없어요. 우리 나름의 이론이 있기는 합니다만."

"어떤 이론이요?"

"뭐, 이를테면, 중력은 공간을 구부릴 수 있다. 곧, 시공간이 구부러질 수 있다는 뜻이죠. 이론상으로는 시간도 구부러질 수 있어요."

"구부러진다라…."

하나는 입꼬리를 씹어댔다.

줄 선 사람들이 걸음을 옮기던 중에 얼어붙었다. 하나는 욕설을 뱉었다.

게이신이 물었다.

"왜 그래요? 무슨 일이에요?"

"놈들이 왔어요."

게이신은 몸을 휙 틀었다. 가면 쓴 형체가 길 끝에 서서 검은 눈으로 그를 꿰뚫을 듯 노려보고 있었다.

"시쿠인."

하나는 게이신의 손을 붙잡으며 말했다.
"뛰어요!"

하나는 옷이 땀에 흠뻑 젖은 채 요에서 벌떡 일어났다. 커튼 사이의 가느다란 틈으로 새벽빛이 쏟아져 들어왔다. 다리를 건너지 못하게 막던 그 차갑게 썩어가는 손을 떠올리며 하나는 팔을 움켜잡았다. 시쿠인들의 손길이 그녀의 골수를 얼리고, 온기와 용기를 꺼트려버렸다. 게이신은 자신의 몸을 던져 시쿠인들을 밀어냈다. 그들은 게이신을 할퀴어 피를 냈다. 게이신은 하나에게 뛰라고, 바로 뒤따라가겠다고 소리 질렀다.
하지만 그는 뒤따라오지 않았다.

여행과 기차

 악몽에서 깨어나는 경우도 있고, 깨어나니 악몽인 경우도 있다. 아침은 악몽을 멈출 힘이 없다. 하나도 마찬가지였다. 그녀는 게이신이 시쿠인에게 할퀴어진 팔에 피를 흘리며 요 위에서 몸부림치는 모습을 지켜보았다. 그의 얼굴은 고통으로 뒤틀려 있었다. 땀 때문에 은발 몇 가닥이 얼굴에 찰싹 들러붙어 있었다. 하나는 게이신을 깨울 수 없다는 걸 알면서도 그의 어깨를 붙잡고 세게 흔들었다. 그가 깨어나려면 스스로 다리를 건너는 수밖에 없었다.
 게이신은 보이지 않는 손들로부터 힘겹게 벗어나며 획 일어나 앉았다. 시선에 하나의 얼굴이 잡히자 그는 가쁜 숨을 몰아쉬며 말했다.
 "하나…."
 하나는 두 팔로 그를 와락 껴안았다.
 "케이, 건너왔군요."
 게이신은 숨을 헐떡였다.

"못 올 뻔했어요."

하나는 벌떡 일어섰다.

"일어나요. 어서 가야 돼요."

"놈들이 우리를 어떻게 찾았을까요?"

"호리시가 일러바쳤을 수도 있고, 다실이나 신사에서 누군가 우리를 봤을 수도 있어요. 상관없어요. 중요한 건 시쿠인이 당신 냄새를 맡았다는 거죠."

"내 냄새요?"

"시쿠인은 우리가 지닌 비밀의 냄새를 맡을 수 있어요. 그 냄새로 우리를 추적하는 거고요. 당신이 여기 있다는 걸 알았으니 계속 찾아다닐 거예요."

"그래도 난 안 떠나요."

"알아요. 당신이 그렇게 못을 박았는데 말씨름해봐야 입만 아프죠. 당신 세계로 돌아가라는 게 아니라, 우리가 여기 있으면 안 된단 얘기예요."

"그럼 어디로 가요?"

"어디든지요."

그들은 큼직한 반구형 슬레이트 지붕이 달린 기다란 붉은 벽돌 건물의 입구 옆에 있는 물웅덩이에서 빠져나왔다. 지붕 밑의 동그란 구식 시계가 시간을 알려주었다. 3층짜리 건물의 높다란 앞문들을 사람들이 종종걸음으로 들락날락하고 있었다.

하나가 말했다.

"여긴 우리 도쿄 역이에요. 당신 세계의 도쿄 역이랑 비슷하게 생겼나요?"

"글쎄요, 가본 적은 없을걸요. 혹시 갔었다 해도 기억이 안 나네요. 도쿄에서 살았던 시절은 흐릿하게만 남아 있거든요. 심지어 그것도 기억이 잘 안 나요, 내…."

"당신 어머니 얼굴?"

게이신은 심장이 조여드는 걸 느꼈다.

"어떻게 알았어요?"

"아빠한테 딱 한 장 있는 엄마 사진을 몰래 보다가 들킬 때마다 내가 그런 표정을 짓거든요. 난 엄마가 전혀 기억나지 않지만, 자꾸 아빠 방에서 그 사진을 훔쳐 와요. 마음속에 남아 있는 엄마의 흔적을 이번엔 찾을 수 있지 않을까 하고."

"난 웬만하면 어머니 생각을 안 하려고 해요."

게이신은 시계를 올려다보며 말을 이었다.

"단 1초의 시간도, 내 머릿속 귀퉁이도 내주기 아까운 사람이니까."

하늘이 어두워졌다. 하나가 말했다.

"곧 비가 올 것 같네요. 안으로 들어가요."

"기차를 타나요?"

"우리의 일부가 탈 거예요."

아치형의 높은 팔각 천장 아래 있자니 하나는 주눅이 들었다. 천장에 앉은 대리석 독수리 여덟 마리가 밑에서 기차를 잡아타려 서두르는 여행객들을 눈으로 뒤쫓고 있었다.

게이신이 물었다.

"저 독수리, 방금 움직인 거예요?"

"그럼요. 조각상이잖아요. 움직여야죠."

"내 세계의 조각상을 보면 아주 실망하겠네요." 게이신은 역을 둘러보았다. "기차표는 어디서 사요?"

"이미 샀어요." 하나는 철도로 향하는 사람들을 힐끔 쳐다보았다. "저 사람들이."

게이신은 승강장에서 기차를 기다리는 사람들 속에 서서 관자놀이를 주물렀다.

"이쪽 세계에서 온갖 걸 보고 들었지만, 이번 계획이 제일 이상해요."

"이상하게 들리겠지만, 어쨌든 통할 거예요."

"생판 모르는 사람한테 가서 내 가장 큰 비밀을 말해주라고요?"

게이신은 괴로운 표정을 지었다.

"걱정 말아요. 나도 할 거예요. 많은 사람한테 말할수록 시쿠인들이 우리를 찾기가 더 어려워져요. 시쿠인은 우리를 추적할 때 우리가 가진 비밀에 매달릴 수밖에 없어요. 비밀은 그 어떤 냄새보다 강하고 독특한 향을 풍기거든요. 사람들은 저마다 다른 비밀을 품고 있으니까요."

"그래서 비밀을 남들과 나눠 가져야 한다고요?"

"네, 최대한 많은 사람들과요. 그 사람들이 어딜 가든 우리 비밀도 함께 가져가겠죠. 그럼 시쿠인들이 헷갈릴 테고, 우리는 그만큼 답을 찾을 시간을 벌 수 있어요."

하나는 승강장을 누비고 다니다, 손목시계로 시간을 확인하는 어느 남자 뒤에 멈춰 서서 그의 귓가에 뭐라고 속삭였다. 케이도 그녀를 따라 사람들에게 그의 비밀을 말하기 시작했다.

그들은 승강장에 서서, 멀어져가는 기차를 바라보았다.

게이신이 말했다.

"드디어 끝났네요. 내 인생에서 가장 불편한 시간이었어요. 완전히 발가벗고 강단에 서는 꿈을 꾸는 기분이었달까."

"틀린 말도 아니네요. 정직함은 우리 본모습을 가리는 모든 걸 벗겨버리니까요. 다시는 안 볼 사람한테 비밀을 알려주는 편이 훨씬 쉬워요." 하나는 외투 단추를 채우며 말했다. "지난 20분 동안 역에서 떠난 모든 기차에 우리 비밀을 실어 보낸 걸 시쿠인들이 눈치챌 때까지 시간이 조금 걸릴 거예요. 우리가 번 시간을 일분일초도 낭비하면 안 돼요."

"이제 어디로 가죠?"

"바다의 끝으로 가요."

하늘과 바다 그리고 노래

게이신은 바다라면 고작 몇 번 가본 게 다였지만, 해변을 거닐 때마다 익숙한 감각이 밀려들면서 발끝까지 따뜻하게 퍼졌다. 그는 이 감각이 인간과 바다가 원시적으로 연결되어 있기 때문이라고, 지구의 원시 수프에서 생명체가 태어난 시기의 잔재라고 합리화했다. 한편, 그의 발가락은 생각이 더 단순했다. 순전히 발가락 사이에 끼는 모래의 감촉이 재미있어서 바다가 좋다고 여겼다. 오늘은 게이신이 산책의 즐거움을 허락하지 않은 탓에 발가락들은 언짢은 상실감에 젖어 있었다. 이 해변은 이제껏 그가 가본 곳들과는 달랐다. 곱디고운 모래밭이 끝나는 곳에는 바닷물 대신 구름이 찰랑이고 있었다. 게이신은 하나와 함께 빠져나온 물웅덩이 옆에 쪼그리고 앉아 발 언저리에 펼쳐진 하늘에 손을 담갔다. 가느다란 구름 조각들이 손가락을 빙빙 감았다.

"굉장해…."

게이신의 목소리는 소리보다는 공기에 가까웠다.

"당신은 좋겠어요, 케이."

"뭐가요?"

게이신은 이렇게 물으며 일어나 바지에 묻은 모래를 털었다.

"난 뭔가를 보고 감탄해본 게 언제였는지 기억도 안 나요. 그때를 빼면…."

게이신에게 향해 있던 하나의 시선이 마치 파도처럼 모래밭에 부딪는 구름으로 휙 옮겨갔다.

"그때가 언젠데요?"

"아무것도 아니에요."

"왜 이래요. 방금 기차역에서는 생판 모르는 사람들한테 제일 큰 비밀도 알려줬으면서. 이 정도는 괜찮잖아요. 뭐하면 내 비밀이랑 교환합시다."

"거래는 필요 없어요."

"다행이네요. 실수로 실험실에 불냈던 일이라도 얘기해야 하나 싶었는데. 그럼 말해봐요. 마지막으로 뭔가를 보고 감탄했던 게 언제였어요?"

"뭔가가 아니라. 사람이에요."

"그래요? 누군데요?"

"케이, 바로 당신이에요."

"나요? 왜요?"

"당신은 내가 알고 있던 모든 규칙을 깼거든요."

게이신은 얼굴을 찡그렸다.

"무슨 규칙을요?"

"너무 많아요."

"하나만 말해봐요."

"선택을 전당포에 맡기는 게 아니라 나한테 줬잖아요. 어쩌다 당신이 이렇게 해변에 나와 함께 서서 내 부모님 찾는 일을 돕고 있는지. 내가 죽는 날까지 완전히 이해 못 할 거예요."

"당신도 나한테는 미스터리였어요."

게이신은 하나에게 한 발짝 다가섰다. 두 사람은 죽을힘을 다해 달아나며 생사를 알 수 없는 한 여인을 찾아 헤매고 있었다. 하지만 게이신에게 보이는 거라곤 하나의 눈에 어린 평온한 후광과 그녀의 홍채에 비친 자신의 얼굴뿐이었다. 게이신은 눈동자 속 자신의 그림자가 부러웠다. 그가 가지 못하는 곳도 갈 수 있으니까. 저 얼굴은 하나의 비밀을 얼마나 많이 알고 있을까. 그는 평생토록 누릴 수 없을 특권이었다. 아무리 가까이 서 있어도 하나는 언제나 우주의 거리만큼 떨어져 있었다. 미지의 것을 알고자 하는 원초적 본능으로 게이신은 무심코 손을 뻗어 하나의 뺨을 만졌다. 상상했던 것보다 부드러웠다.

"지금도 그렇고요."

하나는 게이신의 긴 손가락이 스친 곳에 피어난 홍조를 감추려 얼굴을 돌렸다. 그러고는 저 멀리 기둥 위에 지어진 목조 건물들을 가리켰다.

"이번엔 저기서 탈 거예요."

"저기요? 어디 봅시다."

게이신은 하나의 얼굴에서 상념을 떼어낸 뒤 눈 위에 손을 대어 햇빛을 가렸다.

"배가 안 보이는데요."

"당연히 없죠. 배로는 '하늘 바다'를 다닐 수 없어요."

굵다란 나무 기둥들 위에 지어진 마을에 가옥 여러 채가 해안에서부터 쭉 뻗어나가 있었다. 비바람에 해진 나무판자들이 가옥들을 서로 연결하면서, 구름이 가득한 바다 위에 그물처럼 얽힌 거리를 형성하고 있었다. 거리를 따라 늘어선 다채로운 노점에서 상인들이 온갖 물건을 팔고 있었는데, 게이신이 보기엔 도대체 무슨 쓸모가 있을까 싶어 어리둥절해지는 것들도 있었다.

게이신은 하나의 귓가에 속삭였다.

"저 남자는 왜 모래를 병에 담아서 팔고 있어요? 그리고 저걸 뭐 하러 사죠? 해변에서 공짜로 퍼 담을 수 있는데."

"저건 모래가 아니에요."

하나는 병을 한 개 집어 들어 게이신에게 건네며 말을 이었다.

"시간이죠. 그리 긴 시간은 아니고, 병마다 2분 정도 들어 있어요. 그 이상 파는 건 금지되어 있거든요. 여행할 때 많이들 가져가요. 이동 시간이 예상보다 오래 걸려서 늦을 수도 있으니까."

"이게 시간이라고요?"

게이신은 병을 들어 올려 그 안에서 굴러다니는 조그만 알갱이들을 들여다보았다.

"자주 팔지는 않아요. 희귀품이라. 하지만 가끔 시간의 조각들이 해변으로 밀려올 때가 있어요. 그러면 행상인들이 그걸 주워 담아서 파는 거죠."

"어디서 밀려오는데요?"

"바다에서 길을 잃은 사람들로부터요." 하나는 게이신에게서 병을 받아 상인에게 돌려주었다. "그들이 미처 쓰지 못한 시간이에요."

게이신은 조용히 걸음을 옮겼다.

"왜 그래요? 뭐가 잘못됐나요?"

"시간은 물리학자들이 좋아하는 토론 주제예요. 시간이 존재하는지 아닌지, 늘어나는지 줄어드는지를 두고 몇 시간씩 떠들어대는 동료들도 있죠. 그런데 여긴, 죽은 자들한테서 시간을 회수해, 늦을까 봐 걱정하는 여행객들에게 병째 팔고 있네요." 게이신은 한숨을 쉬었다. "평생을 우주 연구에 바친들 성과가 있기나 할까요? 우리가 정말 뭐라도 알긴 아는 걸까요?"

"그럼요, 알다마다요. 그래서 우리가 여기 있는 거잖아요. 다리에서 당신이 시간에 관해 했던 얘기 기억나요?"

"이론상으로는 구부러질 수 있다는 거요?"

"그냥 이론이 아니라면요? 시간을 구부려서 엄마한테 무슨 일이 있었는지 보여줄 수 있는 사람이 있다면요?"

게이신의 두 눈이 휘둥그레졌다.

"시간을 구부릴 줄 아는 사람을 알아요?"

"어쩌면요. 교육 박물관에서 일하는 사람이에요."

"교육 박물관이요?"

하나는 고개를 끄덕이더니 떡을 파는 노점 앞에서 걸음을 멈추었다.

"가는 동안 뭐 좀 먹을래요? 하루 종일 아무것도 못 먹었는데."

게이신은 지갑을 꺼냈다.

"내가 지금… 달러랑 엔화밖에 없는데. 이걸로 살 수 있어요?"

"여긴 시장이에요. 돈은 필요 없어요."

하나가 미소 지으며 떡을 고르자 상인이 포장해서 하나에게 건넸다.

"저는 뭘 드리면 될까요?"

하나의 물음에 상인이 답했다.

"책을 주시오. 내가 아직 안 읽은 책. 금실로 꿰맨 두꺼운 책으로."

하나는 어깨에 비스듬히 멘 왕골 가방을 뒤져 게이신이 전당포 선반에서 봤던 연 만들기의 역사에 관한 책을 꺼냈다.

"이건 어때요?"

상인은 책을 보고 감탄하며 고개를 끄덕이고 빙긋 웃었다.

"고맙소. 편안한 여행 되시길."

하나는 떡을 가방에 집어넣은 뒤 걸음을 뗐다. 게이신은 그녀를 따라잡고는 물었다.

"어떻게 저 상인이 원하는 책이 마침 가방에 있었어요? 또 뭐가 들었죠?"

"아무것도 없어요."

하나가 가방을 벗어서 건네자 게이신은 그 안을 들여다보았다.

"텅 비었는데…."

"떡이 뭉개질까 봐 식탁에 뒀어요. 책은 아빠 선반에서 가져왔고요. 물건을 담아서 가지고 다녀야 한다면 아주 쓸모없고 무겁기만 한 가방일 거예요."

게이신이 웃었다.

"이게 웃겨요?"

하나의 질문에 게이신은 뺨을 구기며 한쪽 입꼬리를 올려 히죽 웃었다.

"정말 웃긴 일이죠. 내 세계에서는 우주를 연구하겠다고 사람들을 대기권 밖으로 보내고 땅밑에다 거대한 탐지기까지 지어댔거든요. 그런데 정작 가방 하나도 제대로 못 쓰고 있었던 거니까요."

"그만둬요."

"뭘 그만둬요?"

"지금 하고 있는 생각 말이에요."

"내가 무슨 생각을 하고 있는데요?"

"연못으로 이동할 수 있다는 걸 알고 난 후로 쭉 당신 머릿속에 있는 그 생각. 문 너머 당신 세계에서도 그렇게 할 수 있는 방법이 없을까 궁리하고 있었잖아요. 하지만 연못도 그렇고 이 가방도… 당신 세계에는 맞지 않아요. 시도해봐야 실패만 할 거예요."

"실패가 뭐가 나빠요?" 하고 게이신은 고개를 갸우뚱했다. "더 좋은 세상을 만들고 싶은 마음이 어때서요? 어떤 방식을 써왔다고 해서 앞으로도 계속 그래야 하는 건 아니잖아요. 그리고 실패하면, 뭐 어때요? 잘못된 방향이 하나 제거되고 옳은 길에 더 가까워지고 있다는 뜻인데. 과학은 위대한 사람들의 어깨 위에 지어졌죠. 그들이 이룬 업적뿐만 아니라 실수를 발판으로 삼아서요. 내가 하는 일은 근본적으로 탐구하는 겁니다, 과거, 현재, 그리고…."

"앞으로 가능한 일."

게이신은 고개를 끄덕였다.

"바로 그거예요."

"좋겠네요…."

하나는 손에 새겨진 눈에 보이지 않는 지도를 더듬었다.

"더 많은 걸 바랄 수 있다니."

모여 있는 가옥들에서 갈라져 나온 좁다란 선착장들이 구름 속으로 이어져 있었다. 여행자들이 선착장에 줄을 서서 기다리고 있었지만, 그들이 뭘 기다리고 있는지 게이신은 알 수 없었다. 보트나 대형 선박은 한 척도 눈에 띄지 않았다.

하나가 왼편의 한 선착장을 가리키며 말했다.

"저기예요."

"왜 물웅덩이로 박물관에 갈 수 없는지 다시 한번 말해줄래요?"

"거기 가보면 알아요."

하나는 이렇게 답한 뒤 선착장으로 걸어갔다.

"박물관은 별로 인기가 없나 봐요. 딱 한 명 서 있네요."

"줄을 선 게 아니에요. 저 사람은 가수예요."

"가수요?"

하나는 고개를 끄덕였다.

"이 선착장들은 가수들 거예요. 각자 여행자들을 다른 곳으로 데려다주죠."

파란 기모노를 입은 가수가 샤미센을 고이 안은 채 선착장 끝에 서 있었다. 그 현악기는 프렛이 없는 기다랗고 늘씬한 목에 속이 텅 빈 사각 몸체가 달린, 기타를 닮은 것이었다. 가수가 고개 숙여 인사하자 하나와 게이신도 고개 숙여 답했다.

"어서 오세요."

가수의 목소리를 듣자마자 하나는 전당포 문에 달린 구리종이 떠올랐다.

"바람이 내 노래를 동쪽으로 실어가, 하늘 바다를 건너고, 마지막 남은 음들을 교육 박물관으로 보낸답니다. 거기까지 가면 돌아오지 않아요."

하나가 물었다.

"두 명이 박물관까지 가는 요금은 얼마죠?"

"요금은 받지 않을게요."

가수는 게이신을 머리끝부터 발끝까지 훑어보더니 무언가를 고민하듯 고개를 갸웃했다.

"동행분이 그쪽 세계 노래를 들려주시면요. 그곳의 음악은 어떨까 늘 궁금했거든요."

"어떻게…." 게이신은 몸이 굳어버렸다. "어떻게 알았어요?"

하나는 가수의 팔을 붙잡으며 말했다.

"부탁이에요, 이 사람이 여기 있다는 걸 시쿠인들한테 말하지 말아주세요."

"내가 왜 시쿠인들한테 말하겠어요? 내 임무는 여행자를 실어 나르는 건데. 난 그 일만 하면 돼요. 당신이 규칙을 깨건 말건 그건 당신 소관이죠, 내가 아니라."

가수는 그렇게 말하고는 게이신에게로 고개를 돌렸다.

"그리고 당신이 여기 사람이 아니라는 건 심장 소리를 들으면 알 수 있어요. 가슴속에서 심장이 절반만 뛰고 있거든요. 나머지 절반은 저 멀리, 우리 노래가 여행할 수 없는 곳에서 당신을 부르고 있어요. 그래서, 거래하시겠어요? 그쪽 세계의 노래로 목적지까지 가실래요?"

"하지만 난 노래를 못하는데요."

"노래할 필요 없어요. 당신을 실어가줄 노래를 생각하기만 하면 돼요."

"실어가요?"

"지금 여기로부터, 당신을 현재에 묶어두는 모든 것으로부터 떠나는 거예요. 당신 세계와 우리 세계가 그렇게 다를 리 없어요. 생각을 자연스럽게 흘려보내고 싶을 때 찾는 노래가 있지 않나요?"

"그럼… 생각나는 노래가 한 곡 있긴 한데."

"좋아요."

가수의 목소리 위로 콰르릉 천둥소리가 울렸다.

"노래를 나누고 길을 떠나세요. 교육 박물관까지 꽤 먼데, 폭풍우 속에서 노래를 타고 가봐야 좋을 거 없어요."

"노래를 어떻게 나누면 됩니까?"

"눈 감고 머릿속을 그 노래로 가득 채우세요. 바다에서 길을 잃고 싶지 않거든 딴생각은 하지 말고요. 둘이 꼭 붙어 있어요."

게이신은 하나의 손을 잡고 눈을 감았다. 어떻게 노래가 그들을 날라준다는 건지 여전히 이해가 되지 않았다. 게이신은 숨을 깊게 들이마시곤 안에서 익숙한 선율이 피어나도록 내버려두었다.

하늘 바다의 바람이 잠잠해지고 노래 한 곡이 그 자리를 대신했다. 그와 함께 어디선가 소방차 사이렌이 울부짖자 게이신은 눈을 휙 떴다. 1년 전 벼룩시장에서 샀던 새장 속 새 그림이 그의 널찍한 원룸 아파트의 벽돌 벽에 걸려 있었다. 흑백으로 그려진 그림 속 새가 그를 빤히 쳐다보고 있었다.

◐

방들

    오후에 전당포가 한산할 때면 하나는 카운터에 팔꿈치를 기댄 채 문 너머의 세계를 상상하곤 했다. 손님들의 삶의 조각들을 한데 모아 꿰매며, 억지로 일하는 사람들로 가득한 회색 사옥, 이슬이 아닌 어떤 힘으로 움직이는 만원 열차, 돈을 먹는 파친코 기계들이 줄줄이 늘어선 밝은색 방들로 이루어진 세계를 창조했다. 그러나 이런 몽상 중에 3미터 높이의 창문이 달리고 붉은 벽돌 벽에 이런저런 흑백 그림들이 걸린 곳을 떠올린 적은 한 번도 없었다. 게이신 같은 남자와 함께 그런 곳에 있으리라 상상해본 적은 더더욱 없었다. 그는 돌아갈 수 있었음에도 몇 번이고 그녀 곁에 머물기를 택했다. 떠난다 한들 누구 하나 그를 탓할 수 없을 때조차.

    "여긴 뭐 하는 곳이죠?"

    "하나?" 게이신은 움찔 놀랐다. "당신도 여기 있군요."

    "그럼 어디 있겠어요? 우린 교육 박물관으로 가는 중이잖아요, 기억나요?"

"하지만 여긴 내가 예전에 살던 아파트예요. 노래를 타고 박물관으로 간다면서요."

"맞아요. 들어봐요."

새장 속 새 그림 밑에 있는 전축에서 음악이 흘러나왔다. 전축 바늘이 좌우로 움직이며 레코드판의 깊고 얕은 홈들 사이에서 성량이 풍부하고 부드러운 여자 목소리를 찾아냈다. 밤바다를 정처 없이 떠도는 소녀의 이야기가 방 안을 가득 메웠다.

"당신 노래예요. 우리는 그 안에 있는 거고. 이 노래를 택해줘서 고마워요. 아름답네요."

게이신은 닳아서 해진 황갈색 가죽 소파에 털썩 앉으며 콧등을 주물렀다.

"이해가 안 돼요."

"내가 당신 노래를 좋아하는 게 이상해요?"

"어떻게 노래 속을 여행하고 있는지, 왜 우리가 내 아파트에 있는지 이해가 안 된다고요."

"지금 나오는 이 음악이 당신이 가수한테 나누어준 노래 아니에요?"

"맞아요."

"그리고 이 방에서 그 노래를 자주 들었죠? 아마도 지금 앉아 있는 바로 거기서?"

"퇴근한 후에 와인이나 위스키를 한 잔 홀짝이면서 들었죠."

"그래서 우리가 여기 있는 거예요. 그 노래가 살아 있는 곳이니까."

하나는 소파의 반대쪽 끝에 앉았다.

"하지만 여긴 당신 아파트가 아니에요. 똑같이 생겼을 뿐이지."

게이신은 일어나 벽을 손으로 훑으며 물었다.

"이게 진짜가 아니라고요?"

"진짜지만 당신 집은 아니에요. 이 방은 우리를 박물관으로 실어 나를 목적으로 만들어진 거예요. 당신과 당신 노래의 방이죠. 아빠의 방은 아주 달랐어요."

"어땠는데요?"

"전당포 금고였어요. 우리가 여행할 때 아빠는 항상 새의 노래를 사용하셨거든요. 어딜 가든 아빠 머릿속에는 금고랑 그 안의 선택들이 박혀 있었어요. 저녁 내내 금고에 앉아 있는 게 곤욕이었지만요."

"저녁 내내?"

"박물관은 아주 멀거든요." 하나는 가방에서 떡을 꺼냈다. "배고파요?"

텅 빈 떡 포장지를 내려놓은 거무스름한 나무 탁자에는 놋쇠로 만들어진 구식 망원경 미니어처도 있었다. 하나가 망원경을 가리키며 물었다.

"좀 봐도 돼요?"

게이신이 고개를 끄덕이자 하나는 망원경을 집어 들어 렌즈를 들여다보았다.

"제대로 안 보일 거예요. 그냥 장식용이라."

"글쎄요, 그냥 장식용으로 두는 물건은 없지 않아요? 우리 마음을 움직이거나 대변해주는 것들을 주변에 두기 마련이죠. 의식하든 못 하든."

망원경을 내려놓는 하나의 손가락 끝에 먼지가 묻었다.

"그리고 이 망원경은 청소가 시급하다고 말하고 있네요. 미안해요. 부엌에 키친타월이 있는데."

게이신은 일어나 걸음을 떼려다 멈추었다.

"… 부엌이 있을까요? 이 배가 어떻게 작동하는지 알 수가 없어서."

"없어요. 방 하나뿐이에요."

하나는 그렇게 말하며 외투 앞면에다 손을 닦았다.

"방 하나만 있다고요? 이게 데이트가 아니라 다행이네요."

게이신은 픽 웃었다.

"데이트가 뭐예요?"

"설마, 데이트가 뭔지 몰라요?"

"알아야 하나요? 그게 뭐길래?"

"그게… 두 사람이 서로를 더 잘 알려고 노력하는 거죠. 같이 저녁도 먹고. 영화나 공연도 보고. 그러다 일이 잘 풀리면… 둘이… 음…."

"서로의 집에도 놀러 가고요?"

"어… 맞아요. 서로… 음… 놀러 가죠."

"우리가 지금 하고 있는 것처럼요."

게이신은 고개를 끄덕였다.

"우리가 지금 하고 있는 것처럼."

"그리고요? 이렇게 놀러 와서 뭘 해요? 이 방만으로는 왜 부족하다는 거예요? 무슨 방이 또 필요하죠?"

하나는 지나치게 큰 쿠션을 더 깊숙이 파고들며, 두 손을 무릎에 얹었다.

"이 방도 아주 좋은데요. 어느 모로 보나 빠지는 구석이 없어요."

"그렇죠? 당신 말이 맞아요. 완벽하게 좋은 방이죠."

"그래요."

하나도 게이신도 거실에 먼지처럼 내려앉는 고요함을 건드리려 들지 않았다. 게이신이 자세를 고쳐 앉자 소파 가죽이 빠드득거렸다.

"애인들을 집에 많이 데려왔어요?"

하나가 시간을 묻듯 아무렇지도 않게 묻자 게이신은 기침을 했다.

"애인이요?"

"그게 데이트의 목적이잖아요? 짝을 찾는 거?"

"아… 그게…."

"우리 세계의 결혼은 달라요. 인생의 모든 것이 그렇듯 결혼도 의무죠. 미래의 배우자에 관해서는 이름만 알면 그만이에요."

하나는 오른손을 손가락으로 훑었다. 종이학들이 빗속에서 날아다니는, 눈에 보이지 않는 길을 더듬으며 말을 이었다.

"데이트 같은 건 필요 없어요."

게이신은 맨살이 드러난 하나의 팔을 빤히 쳐다보았다. 거기에 다른 남자의 이름이 새겨져 있을까? 그는 곧장 이 생각을 밀어내버렸다.

"그럼… 이게 당신의 첫 데이트일 수도 있겠군요. 아니… 그러니까, 당신이 원하면요."

하나는 한쪽 눈썹을 찡그리며 빙긋 웃었다.

"저녁 먹고 공연 보는 것부터 해야 하는 거 아니에요?"

"그거야 선택하기 나름이니까. 떡이랑 먼지 낀 망원경만 있어도 데이트는 할 수 있죠."

"그래요?"

"그럼요. 한 가지만 더 있으면 딱인데."

게이신은 높다란 창문으로 걸어갔다.

"그게 뭐죠?"

"전망이요. 길 건너편에 리 씨가 하는 포장 전문 중국 식당이 있어요. 치킨 차우멘이 죽여주죠. 이 아파트를 고른 것도 그것 때문이에요."

게이신은 커튼을 힘껏 걷었다. 유리창 뒤편에서 먹구름이 휘몰아치고, 어둠 속에 번쩍이는 번개가 그 윤곽을 환하게 비추고 있었다. 게이신은 움찔 뒤로 물러났다.

"우린 지금 하늘 바다를 건너는 중이에요. 심한 폭풍우 속에서. 미안해요."

게이신은 커튼을 치며 물었다.

"뭐가 미안해요?"

"난 항상 나쁜 날씨를 몰고 다니거든요."

"그래요?" 하며 게이신은 이마를 찌푸렸다. "나도 날씨한테 미움 받고 있는데."

"놀리지 말아요. 하지만 사실이에요. 당신도 눈치챘겠지만, 우리가 어딜 가든 하늘이 곧장 못마땅한 기색을 드러내잖아요."

"눈치챘죠. 하지만 나 때문인 줄 알았…."

레코드판이 튀다가 멈추었다. 발밑에서 방이 흔들려 게이신은 휘청이다 벽에 부딪혔다.

목재와 벽돌이 우르릉거리는 소리 위로 하나가 외쳤다.

"케이! 노래요!"

게이신은 몸을 가누려 창턱을 와락 움켜잡았다.

"머릿속으로 그 노래를 불러요. 당장."

게이신은 눈을 질끈 감으며 노래의 음을 떠올렸다. 레코드판이 다시 돌아가기 시작했다. 진동이 멎었다.

하나가 말했다.

"한눈팔아서 그렇잖아요. 노래가 멈추면 안 돼요. 마음 한구석에서 노래가 계속 흐르도록 잡념을 비워요."

"이래서 사람들이 바다에서 길을 잃는군요."

게이신은 목구멍에 돌멩이처럼 걸린 깨달음을 꿀꺽 삼켰다.

"그래요. 그러니까 무슨 일이 있어도 노래를 붙들고 있어야 해요. 나도 마찬가지고."

"그럴게요. 꼭."

게이신은 이마에서 식은땀을 닦아내며 하나 곁에 앉았다.

"그리고 여기서 더 당신한테 폐 끼치면 안 되죠. 나만 아니었으면 시쿠인들한테 쫓길 일도 없었을 텐데."

"당신은 여기 남기로 선택했지만, 당신을 여기 남기기로 선택한 건 나예요. 그건… 내 평생 처음으로 해본 진짜 선택이었어요."

"좋은 거예요, 나쁜 거예요?"

"음… 아직은 모르겠어요."

게이신은 소파에 목을 기대었다.

"당신은 어때요, 케이? 결정이 후회되지 않아요?"

"무섭고 혼란스러울 때가 생각보다 많지만, 여기서 보내는 시간은 단 1초도 후회되지 않아요."

"왜요?"

"왜냐하면…."

게이신은 말끝을 흐린 채 미소 지으며 자세를 바로 하고 앉았다.

"왜냐하면?"

"당신의 첫 데이트를 함께했으니까요."

"이게 데이트라는 데 합의한 기억은 없는데요. 게다가, 정식 데이트는 전망이 좋아야 한다면서요."

"아, 내가 그런 말을 했었죠?"

게이신은 뒷덜미를 긁으며 히죽 웃었다.

"이 따분한 아파트 말고 딴 곳이었으면 좋았을 텐데. 내 세계에는 당신이 보면 좋아할 것들도, 장소들도 참 많아요."

"예를 들면요?"

"내가 다니던 대학을 구경시켜주고 싶어요. 이맘때 캠퍼스가 특히 아름답거든요. 안뜰의 단풍나무들이 특히 장관이랍니다."

하나는 바깥 풍경이 보이지 않는 창으로 시선을 옮기며 고개를 끄덕였다.

"가을엔 왠지 세상이 더 아름다워지죠. 가을은 시간에 대해 가장 정직한 계절이에요. 여름과 봄은 형형색색의 눈요기로 시간의 흐름을 보지 못하게 만들어요. 겨울은 모든 걸 흰색으로 칠해버리고요. 하지만 가을은 끝나가는 걸 꺼리지 않아요. 붉은색, 노란색, 황금색 이파리들을 깃발처럼 흔들며 끝을 반기죠. 그 슬픔을 기리는 거예요."

"슬픔만 있는 건 아니잖아요? 반대편에서 기다리고 있는 모든 걸 축하하는 의미도 있죠."

"맞아요." 하나는 자신이 게이신의 말에 이토록 쉽게 동감하는 데 내심 놀랐다. 하루 전만 해도 가을은 그저 우울한 계절로만 느껴졌는데. 게이신의 보조개가 들어간 미소처럼, 그의 낙천주의도 전염성이 있었다. "그렇기도 하죠."

"그래서, 이 데이트에서 우리가 또 뭘 할지 궁금해요?"

"다른 데로 안 가도 돼요. 난 아직 나무들을 즐겁게 감상하고 있으니까."

하나는 가상의 이파리들을 올려다보며 짓궂게 답했다.

"모퉁이를 돌면 커피숍이 있는데, 거기 호박 케이크가 끝내줘요. 조금만 걸어가면 돼요. 그래도 내 손 잡아요. 길 잃으면 안 되니까."

하나는 게이신이 내미는 손을 꼭 잡고 그의 어깨에 기대며 말했다. "케이크 얘기 더 해줘요."

"어디서부터 시작하지? 그 위에 얹어진 크림치즈? 촉촉함? 커피랑 같이 먹으면 환상이다? 내가 생각하는 가을의 모든 장점이 그 완벽한 음식으로 구워져 나온 거나 마찬가지예요. 시나몬, 넛맥, 정향. 얼마나 아늑하고 따스한지 몰라요."

게이신은 하나의 손바닥으로 그의 뺨을 눌렀다.

"달콤하기도 하고."

"맛있겠네요."

하나는 자신도 모르게 엄지손가락으로 게이신의 턱을 훑으며 그 날카로운 선과 온기를 음미했다.

"저기… 이 데이트가 마음에 들어요."

"나도 그래요."

게이신이 그녀의 손목에 입술을 살짝 대자 하나는 뺨을 붉히며 손을 빼냈다.

"미안해요. 내가 괜한 짓을…."

"사과하지 말아요. 내 잘못이니까. 당신은 이 세계가 낯설지만 난 아니에요. 내가 처신을 잘했어야 했어요. 이 장소 때문에 당신이 진짜가 아닌 감정을 느낄 수도 있어요. 이 방이며 소파 같은 것들이 당신 마음을 갖고 장난치는 거예요."

"그럼 당신도 속임수예요, 하나?"

"난…."

"그렇다면 기꺼이 속아줄게요. 당신의 관점도, 당신이 하는 얘기도… 당신과 함께 있으면 뭐든 새롭게 느껴져요. 이 먼지투성이 방마저도."

"뭐… 그렇게 먼지가 많지도 않은데요 뭘."

하나는 소리 내어 재채기를 했다.

"방금 뭐라고 했죠?"

게이신이 킥킥거리자 하나도 웃었다. 게이신이 웃으면, 그녀가 행복할 수 없는 온갖 이유들이 머릿속에서 싹 다 지워졌다.

"당신이 이렇게 웃었으니, 우리의 첫 데이트가 완전히 망한 건 아니라는 신호였으면 좋겠네요."

"그래요, 망하지 않았어요."

하나는 입술에 여전히 웃음기를 띤 채로 말했다.

"이 방 말고 그 카페 안에서 여행했으면 살짝 더 즐거웠을 것 같긴 하네요. 먼지보다는 케이크가 더 좋으니까."

"노래가 왜 우리를 이곳에 태웠는지 모르겠군요. 이 노래를 들으면서 여기를 생각한 적은 없는데."

"이 방을 만들어낸 건 노래가 아니에요. 당신이지. 당신은 우리 세계를 탐구하고 싶다고 우기지만, 가수의 말이 옳았어요. 마음 한구석에서는 집을 그리워하고 있는 거예요."

"방을 만들어낸 게 나라면, 더 잘 만들어 봐야겠어요."

게이신은 눈을 감고 하나와 손가락을 얽었다.

"당신이 내 세계를 엿볼 수 있는 기회가 이번뿐이라면, 이 노래가 정말로 나를 데려가는 곳이 어딘지 보여줄게요."

둥둥 뜬 작은 고무보트에 올라탄 하나는 만천 개의 거대한 유리 눈알들에 둘러싸여 있었다. 그 눈알들은 깜박이지도 않았다. 하나는 잇새로 숨을 훅 들이마시며 게이신의 손을 꽉 잡았다.

"성공했어요."

게이신은 엄청난 크기의 원통형 스테인리스 탱크를 둘러보며 눈을 깜박였다.

"정말 여기로 왔군요."

하나는 숨죽인 채 물었다.

"여긴 어디예요?"

"지하 900미터 정도 돼요. 내가 얘기했던 중성미자 기억나요?"

"유령처럼 눈에 안 보이는 입자 말이에요?"

"여긴 그 입자들을 가둬두는 곳이에요. 우린 지금 슈퍼 가미오칸데 중성미자 검출기 안에 있는 겁니다. 우리 위에 있는 산이 필터 역할을 하죠. 중성미자들만 암석층과 토양층을 통과할 수 있어요."

게이신은 둥그렇게 굽은 검출기 벽을 구석구석 뒤덮고 있는 큼직한 유리구들을 가리키며 말을 이었다.

"그리고 저것들은 PMT라고, 광전자 배증관이고요. 어쩌다 중성미자가 산을 통과해서 물 분자와 부딪칠 때 생성되는 빛을 감지하죠. 달에 켜진 촛불까지 잡아낼 만큼 민감해요. 평소에는 이 탱크에 물을 가득 채워놓지만, 보수를 위해 일부 배출한 상태예요. 오늘은 두 사람을 위한 작은 호수군요. 아니면 타디스* 안이든가."

"타디스요?"

"음, 그냥 넘어가죠. 중성미자보다 설명하기가 더 어려울 것 같으니까."

"그럼 여긴 당신이 일하는 곳의 기억인가요?"

"정확히 말하면 빌려온 기억이죠. 관측소 동료가 보수 작업 때 탱크를 동영상으로 찍어서 나한테 보내줬어요. 보수가 일찍 끝나서 내가 슈퍼 K에 출근하기 전에 탱크가 채워질지도 모르니까 한번 봐두

• 영국 드라마 〈닥터 후〉에 등장하는 우주선 겸 타임머신.

라고. 이런 상태의 탱크를 볼 수 있는 사람은 극소수에 불과하거든요. 이렇게 평화로운 별세계가 또 있을까 싶더군요. 물론, 우연히 당신 전당포에 들어가기 전이었죠. 그나저나, 기껏 달아난 곳이 이런 정교한 덫이라니, 참 아이러니하네요."

"아름다운 덫이죠. 최고의 덫은 그래야 하잖아요. 나라도 여기 숨겠어요. 여기처럼 고요한 곳은 처음이에요. 데려와 줘서 고마워요."

하나는 물에 비친 자신의 얼굴을 가만히 들여다보았다. 수많은 유리구들이 은빛 달처럼 얼굴 주위에서 어른거렸다. 하나에게는 낯설었다. 거의 생전 처음으로 만족한 표정을 짓고 있는 그 얼굴이. 하나는 물에 비친 얼굴을 만져보려 고무보트 너머로 손을 뻗었다.

게이신이 그녀의 손을 붙잡았다.

"만지지 말아요. 초순수라서 부식을 일으키거든요. 뭐든 닿기만 하면 무기질을 쫙 빨아들여요. 어떤 사람이 실수로 금속 망치를 탱크에 떨어뜨렸는데 몇 년 후에 찾았더니 달걀 껍데기처럼 얇은 크롬 껍데기만 남았더랍니다. 물이 망치 속을 파낸 거예요."

"이 물이 사람 살도 먹어요?"

"뭣도 모르고 느긋하게 몸을 담그고 있으면 그렇겠죠."

"이 세계도 겉보기만으로는 알 수 없군요."

하나는 보트 바닥에 몸을 쭉 뻗고 누웠다.

"그래도 여기가 마음에 들어요. 할 수 있을 때 최대한 쉬어둬요. 다음 여정은 이렇게 평화롭지 않을 테니까요."

게이신은 그녀와 손가락이 닿을 듯 가까이 누웠다.

"이야기의 결말을 안 알려줬잖아요."

"무슨 이야기요?"

"우라시마 다로와 거북이 이야기. 상자를 연 후에 다로는 어떻게 됐어요?"

"꼭 알고 싶어요?"

"그럼요. 이야기를 들려주면서 결말을 안 알려주면 어떡해요."

"하지만 당신 세계의 인생이 그렇지 않아요? 결말이 쓰이지 않은 이야기잖아요? 그렇게 사는 인생은 어떨까 종종 궁금했어요. 내게는 최고의 사치가 될 거예요. 이런 곳에서 일하는 보람이 있다면 바로 그 불확실성 때문이 아닐까 싶은데. 발견의 짜릿함, 세계의 흐름을 뒤바꿀 무언가를 알게 되리라는 기대, 아닌가요?"

"틀린 얘기는 아니지만, 한 치 앞을 알 수 없는 인생이기도 하죠. 수많은 선택이 우리를 왼쪽으로 당겼다가 바로 다음 순간엔 오른쪽으로 당겨버리니까. 그래서 한눈팔고 샛길로 빠지기도 하고. 쉽게 길을 잃죠."

"몸에 인생 지도가 새겨져 있으면 좋겠어요?"

"만약 어머니에게 그런 지도가 있었다면 상황이 달라졌을까, 궁금하긴 해요. 운명이 정해져 있었다면 그렇게 흔들리지 않고 어쩌면…."

"당신과 아버지를 떠나지 않았을 거다?"

게이신은 하나를 쳐다보며 답했다.

"솔직히 말하면, 잘 모르겠어요. 그렇다고 믿고 싶어요."

"의무감이랑 사랑은 달라요."

"그 둘을 분간할 수 없다면, 이유가 뭐가 됐든 상관없지 않겠어요?"

"눈 감아봐요."

"왜요?"

"날 믿어요?"

게이신은 눈꺼풀을 내렸다.

하나가 게이신의 입에 자신의 입술을 갖다대었다. 보트가 마구 흔들렸다.

"하나?"

게이신은 고개를 뒤로 휙 젖혔다. 하나는 두 손으로 그의 얼굴을 감싼 뒤 그의 입술을 자신의 입술로 당겼다. 게이신은 어깨가 굳었지만 몸을 빼지는 않았다. 하나를 감싸 안고서 그녀 입의 온기 속으로 녹아들며 진하게 키스했다. 하나는 뒤로 물러나 똑바로 앉았다.

게이신은 숨을 거칠게 몰아쉬며 그녀를 빤히 쳐다보았다.

"뭐였어요?"

"키스죠."

"키스라는 건 알아요. 나한테 왜 키스했느냐고 묻는 겁니다."

"이유는 상관없다면서요."

"그럼 진짜 키스가 아니었군요."

게이신의 얼굴이 어두워졌다.

"여기서 과학자는 나 혼잔 줄 알았는데. 내가 틀렸고 당신이 옳다는 걸 증명하는 실험이었네요."

"내가 옳았어요?"

게이신은 다시 드러누워 유리구들을 올려다보며 답했다.

"그래요."

"당신도 옳았어요."

"뭐가요?"

"키스요, 첫 번째 키스는 실험이었네요."

"두 번째는?"

"내 인생의 두 번째 진짜 선택이었어요."

"그래서 좋았어요, 나빴어요?"

대답 없는 질문은 열지 않은 상자나 마찬가지다. 그 안에 든 물건은 사라졌다 다시 나타나고, 늘어났다 줄어든다. 아무것도 아닐 수도 있고, 동시에 그 무엇이든 될 수 있다. 하나는 그런 상자들을 쌓아두는 버릇이 없었다. 그녀의 세계에서는 그리 어렵지 않은 일이기도 했다. 뇌리를 스쳐 지나가는 모든 의문에는 신비함이라고는 전혀 없고, 오히려 명명백백한 해답이 정해져 있었으니까.

하지만 오늘 밤 하나는 게이신의 질문이 담긴 상자를 무릎에 올려놓은 채 고무보트에 앉아 있었다. 그 질문은 상자 뚜껑을 똑똑 두드리며 그녀의 관심을 얻으려 했다. 하나는 애써 무시한 채, 잠들어 꿈속에 있는 게이신을 가만히 지켜보았다. 그의 눈꺼풀 뒤에서 그의 노래가 춤추고 있었다. 상자가 더 큰 소리로 덜커덩거렸다. 하나는 한숨을 내쉬었다. 상자로 가까이 몸을 기울이자 그 안의 속삭임이 들렸다. 좋았어요, 나빴어요? 하나는 게이신의 입술을 어루만지며, 그 촉촉한 열기를 떠올렸다.

게이신의 질문은 단순했지만 질문에 답하는 건 그렇지 않았다. 부모님을 찾아서 집으로 데려가려면, 차마 그 답을 입 밖으로 소리 내어 말할 수 없었다. 하나는 상자를 보트 밖으로 던져, 물에 비친 만천 개의 달 속으로 빠뜨렸다.

모래

잠이 완전히 깨기 전에 억지로 일어나야 할 때야말로 침대가 가장 편안하게 느껴진다. 이 경우에는 침대가 아니라, 극도로 정제된 물 위에 둥둥 떠 있는 고무보트였다. 게이신은 옆으로 돌아누워, 있지도 않은 알람 시계 쪽으로 손을 뻗었다. 있거나 없거나, 어쨌든 알람 버튼을 눌렀다. 깨기 전 마지막 몇 분은 그전의 몇 시간보다 더 진하고, 더 보드랍고, 더 맛있는 법이었다.

하나가 말했다.

"케이, 일어나요."

모래가 게이신의 얼굴을 때려댔다. 그는 모래알을 뱉으며 힘겹게 눈을 떴다. 황금빛 모래언덕 위로 햇빛이 희미하게 반짝였다.

"도착했어요."

하나는 그렇게 말하며 옷깃을 세워 모래바람을 막았다.

게이신은 사막을 훑어보았다. 슈퍼 가미오칸데 검출기의 흔적은 모조리 사라졌지만, 하나의 입술이 닿았던 기억은 여전히 남아 있었다. 키스에 대한 그의 감정은 알기 쉬웠다. 하나는 총명하고 아름다운 여성이었고, 게이신은 그녀에게 끌리는 감정을 부정하지 않았다. 하지만 하나에 대한 감정을 한 단어로 묘사하기란 쉽지 않았다. 그녀는 '물에 비친 달'이었다. 손에 닿을 듯 가깝지만 결코 닿을 수 없는.

"도착하다니, 어디를요?"

"당신 노래의 끝."

"왜 물로는 못 온다고 했는지 알겠네요. 박물관이 멀지 않았으면 좋겠는데."

"안 멀어요. 여기가 바로 교육 박물관이에요. 우린 지금 거기 서 있는 거예요. 입장권을 사서 안으로 들어가면 돼요."

"또 그 마법의 가방에서 뭘 꺼낼 타이밍인가요?"

"그럴 수 있으면 좋겠지만, 박물관은 시간만 받아줘요."

"시간을 어떻게 입장료로 내요?"

"우린 날마다 시간을 쓰고 낭비하잖아요. 이것도 다르지 않아요. 몇 초에 불과하지만 소중한 시간을 내면 돼요."

"소중한? 행복한 추억을 내놔야 한다는 겁니까?"

"행복한 추억이 아니라 실수를요. 박물관의 기록 보관소에 저장될 거예요."

하나는 모래를 한 움큼 쥐었다. 그러고는 손가락을 펴서, 바람이 손바닥의 모래알들을 잡아채가도록 내버려두었다.

"이것들처럼."

게이신은 한없이 펼쳐진 모래 바다를 바라보며 입을 쩍 벌렸다.

"이게 다 시간이라고요? 다른 사람들이 살아온 순간들?"

하나가 고개를 끄덕이자 게이신은 물었다.

"그런데 박물관은 우리가 지불하는 실수로 뭘 하려는 거죠?"

"교육 박물관이잖아요. 남의 실수가 없으면 방문객들이 뭘 어떻게 배우겠어요? 전하는 교훈의 크기가 서로 다르긴 하지만, 모든 실수에는 지혜가 담겨 있어요."

"이제 당신 말이 이상하게 느껴지지 않는 내가 걱정되네요. 그래서 어떻게 하면 됩니까? 어디서 어떻게 입장료를 내요?"

"표 파는 직원이 곧 올 거예요."

게이신과 하나에게서 몇 발 떨어진 곳에서 모래 기둥이 일어나 빙빙 소용돌이치더니 여성의 몸을 닮은 형태로 변했다. 팔, 다리, 꼬리, 여우 얼굴. 모래알들이 흩어졌다 모였다 하며 모래 기둥은 천천히 나긋나긋하게 그들 쪽으로 다가왔다. 걸음을 뗄 때마다 모래가 점점 불어났다. 하나에게서 한 발짝 떨어진 곳에 멈추었을 때 모래 여우의 키는 하나의 두 배로 커져 있었다. 하나와 게이신이 고개 숙여 인사하자 모래 여우도 고개 숙여 답했다.

하나는 목을 길게 빼며 말했다.

"안녕하세요, 기쓰네님. 박물관 입장권을 사고 싶어요."

"얼만지…."

모래 여우는 그렇게 말하곤 흩어졌다가 다시 온전해졌다.

"알고 있나요?"

하나가 답했다.

"한 장당 아주 조금의 시간이요."

여우가 고개를 끄덕이자 모래로 이루어진 이목구비가 바람에 날려 그 형태가 바뀌었다.

"무엇으로 지불할지 잘 선택하세요."

모래알들이 아무렇게나 흩어졌다가 다시 형태를 갖추었다.

"그럼 보관소에 한 자리를 차지할 가치가 있는지 제가 판단하겠습니다."

게이신은 이제껏 저지른 실수들을 하나하나 훑으며, 잃는다 해도 아쉽지 않을 실수를 찾으려 애썼다. 저마다 다른 민망함과 실망, 고통을 초래한 실수들이지만, 그중 없어도 상관없는 것을 고르려니 어려웠다. 미련 없이 쉽게 잊을 수 있을 줄 알았는데, 지금 돌이켜보니 힘들게 싸워 얻은 보물처럼 느껴졌다. 각각의 실수가 값을 매길 수 없는 소중한 상처 같았다. 기쓰네는 그의 인생에서 딱 한 알갱이를 떼어 달라 요구했지만, 혹시 다른 모든 것이 그 알갱이 위에 지어진 건 아닐까 게이신은 의문이 들었다.

하나가 말했다.

"내가 우리 두 사람 몫을 낼게요."

"아뇨, 내 건 내가 낼게요."

"가능하긴 하지만 그러면 안 돼요."

하나는 그렇게 말하고는 게이신을 옆으로 끌어당겼다.

"시간을 잃으면, 아무리 작은 시간이라도 당신은 변해버린다고요."

"그러니까 내 입장료는 내가 내야죠."

"당신보다는 내가 영향을 덜 받을 거예요. 내 운명은 정해져 있으니까. 당신은 아니잖아요. 내가 시간을 얼마나 포기하든 내 길은 앞으로도 명확할 거예요. 당신 인생길은 상상도 못 한 방향으로 틀어질 수 있다고요."

"평생 진짜 선택을 못 해본 사람치고는 남의 선택을 대신 해주는 데 아주 능숙한 것 같군요."

"미안하지만, 케이, 고집부려봐야 소용없어요. 당신이랑 입씨름할 시간도 없고요. 내 생각은 변하지 않아요."

게이신은 하나의 눈을 들여다보고는 그 말이 진심임을 알았다. 그래서 두 손 들었다.

"알겠어요."

하나는 기쓰네에게 다가갔다.

"입장료를 받아 가세요."

기쓰네의 몸이 하나만 한 체구로 줄어들면서 얼굴이 인간의 형태를 띠었다. 기쓰네는 두 손으로 하나의 얼굴을 감싸더니 하나의 입술에 아주 잠깐 부드럽게 입을 맞추었다. 물러나면서도 하나의 입술에서 눈을 떼지 않았다. 하나의 반쯤 벌어진 입술에서 모래 알갱이 크기의 빛 두 점이 빠져나와 허공에 떴다. 기쓰네는 숨을 크게 들이마셔 빛들을 입속으로 빨아들였다. 기쓰네의 가슴 안에서 따스한 불빛이 맥박 치다가 몸 구석구석으로 퍼져나갔다. 기쓰네는 하나에게 엄숙하게 고개를 끄덕이더니 한마디 말도 없이 사방팔방으로 흩어졌다. 그리고 그 자리에는 황금빛 열쇠 두 개가 남겨져 있었다.

하나는 열쇠를 집어 한 개를 게이신에게 건넸다.

"아팠어요?"

게이신은 열쇠를 받으며 부드럽게 물었다.

"조금이라도 달라진 느낌이에요?"

"아뇨."

"확실해요?"

"글쎄요. 뭘 내줬는지 기억도 못 하는 사람이 뭘 얼마나 확신할 수 있겠어요. 기쓰네에게 지불한 시간은 사라졌고, 내 인생과 머릿속에서 지워졌어요. 그런 순간이 처음부터 없었던 것처럼. 내가 변했다 해도, 뭐가 왜 변했는지는 알 수 없죠."

게이신은 허리에 양손을 짚고는 고개를 숙이며 한숨을 내쉬었다.

"아직도 나한테 화가 나 있군요. 케이."

"내가 무슨 권리로 그러겠어요."

"하지만 아직 화가 안 풀렸잖아요."

게이신은 어깨를 축 늘어뜨린 채 고개를 저었다.

"아니에요. 화 안 났어요. 그저, 당신을 돕겠다고 이 여정에 끼어들었는데 내가 일을 더 어렵게 만들고 있는 것 같아서 그래요."

"그렇지 않아요."

바람에 하나의 머리칼이 헝클어졌다.

"하지만 떠나고 싶으면…."

게이신은 제멋대로 휘날리는 하나의 머리칼을 귀 뒤에 꽂아주며 말했다.

"안 떠나요."

게이신은 하나의 지시에 따라 손가락 끝으로 모래에 문을 그렸다. 그러곤 비뚤비뚤한 스케치를 눈알을 굴리며 보다가 신음을 뱉었다.

"그림은 영 젬병이라. 이 사막의 풍속을 계산하는 건 자신 있는데요."

"들어갈 수 있기만 하면 돼요" 하며 하나는 자기가 그린 문에다 열쇠를 찔러 넣고 돌렸다. "내가 하는 대로 해요."

게이신은 하나를 그대로 따라 했다.

문들이 어른어른 빛났다. 바람이 휙 일어 모래를 휘저었다.

하나는 외투로 얼굴을 가리며 말했다.

"숨 참아요. 걱정할 거 없어요. 금방 끝나니까."

그들 쪽으로 불어온 돌풍이 그림에서 모래를 휩쓸어갔다. 게이신은 눈에 모래가 끼어 따가웠지만, 숨을 참고 마음의 준비를 했다. 귓가에 윙윙거리던 바람은 처음 시작되었을 때처럼 순식간에 잠잠해졌다.

"문이 열렸어요."

하나가 머리에 붙은 모래를 털며 말하자 게이신은 힐긋 내려다보았다. 그림은 사라지고, 바닥이 보이지 않는 구멍 두 개가 그들이 그렸던 문 모양으로 뚫려 있었다. 게이신은 문 위로 몸을 숙이며 얼굴을 찡그렸다.

"내가 맞혀볼까요? 저 안으로 뛰어들면 되는 거죠?"

하나는 그를 돌아보며 빙긋 웃어 보이고는 구멍으로 뛰어내려 어둠 속으로 사라졌다.

교육 박물관

하얀 원형 홀의 한복판에서 시작된 크리스털 계단이 이중 나선 모양으로 빙빙 돌며 올라가다 구름 속으로 숨어버렸다. 박물관 안을 맴도는 구름도 놀라웠지만 게이신은 허공에 떠 있는 계단을 누비며 날아다니는 조그만 종이학들에 마음을 빼앗겼다. 노을빛을 띤 학 한 마리가 그의 어깨에 내려앉더니 장난스레 그의 귀를 쪼아댔다. 게이신은 종이 새를 살며시 손가락으로 이끌었다. 새는 새로운 횟대에 앉아 삼각형 날개를 부리로 다듬었다. 게이신은 학을 들어 올려 꼼꼼히 살펴보았다.

"살아 있는 거예요?"

"그럼요. 당신이 마음에 들었나 봐요. 같은 곳에서 왔다는 걸 감지한 거죠."

"같은 곳이요?"

"이 학은 당신 세계에서 왔어요. 학들은 다 그렇죠."

"네?" 하는 게이신의 말에 손가락 위의 학이 움찔 놀라더니 날아올라 구름 속으로 달아났다. "이런 건 본 적이 없는데."

"당신 세계에서는 생김새가 아주 다르거든요. 아, 잠깐. 아니에요. 당신 세계에서는 아무런 형태도 없어요."

나선형 계단을 올라가는 동안 엷은 안개가 게이신을 감싸며 소용돌이쳤다. 학들이 구름 사이로 날아다녔다.

"이 박물관은 별로 인기가 없나 보군요."

"왜요?"

"우리 말고 다른 사람은 한 명도 안 보이잖아요."

하나는 빙긋 웃고는 가방에서 어머니의 안경을 꺼냈다.

"다시 봐요."

게이신은 안경을 꼈다가 계단에 걸려 넘어질 뻔했다. 안경을 벗고 주변을 휙 둘러본 후 다시 끼며 눈을 빠르게 깜박거렸다. 사람들이 양쪽 계단을 오르다 가끔 멈춰 서서 종이학들에게 앉으라며 팔을 내주고 있었다. 게이신은 안경을 벗고 텅 빈 박물관을 훑어보았다.

"사람들은 다 어디 갔어요?"

"아직 여기 있어요" 하며 하나는 게이신에게서 안경을 받아 들었다. "우리랑 조금 다른 시간에 있을 뿐이죠. 박물관은 우리를 안으로 들일 때 다들 같은 시간에 북적대지 않도록 방문객 각자의 시간을 옮겨놓거든요. 그 덕에 우리가 박물관을 독차지하고 있는 거예요."

게이신은 터져 나오려는 탄성을 손으로 틀어막았다.

"세상에."

"내가 한번 당신의 생각을 맞혀볼까요? 당신 세계에서도 이렇게 할 수 있는 방법이 없을까, 생각하고 있죠?"

"미안해요. 나도 모르게. 이거 정말 굉장한데요. 전시품을 얼른 보고 싶네요. 위층이 전시관이에요?"

"여기가 전시관이에요. 이 종이학들이 교육 박물관의 대표적인 전시품이죠. 박물관의 오리가미 예술가가 만든 거예요."

하나가 휘파람을 불고 한 손을 쭉 뻗자, 학 한 마리가 휙 내려와 그녀의 손목에 앉았다. 하나는 새를 자세히 들여다보았다.

"이 새는 '타이타닉호'라는 배에서 왔네요. 그 배를 알아요?"

"타이타닉호요? 당연히 알죠."

"이 학은 타이타닉호 승무원의 인생 중 15초예요. 그 사람은 출항 직전에 교체됐어요. 급하게 배에서 나가느라 쌍안경 보관함 열쇠를 인계하는 걸 깜박한 바로 그 시간이에요. 그래서 대신 근무하게 된 승무원이 빙산을 보지 못한 탓에 충돌 사고가 났죠. 그 15초 때문에 1,500명이 목숨을 잃었네요."

학이 날아갔다. 하나는 휘파람을 불어 다른 학을 불렀다. 또 다른 학이 구름을 뚫고 나와 하나의 어깨에 앉았다. 하나는 새를 손에 올려놓고 그 무게를 가늠했다.

"아까 그 새보다 훨씬 무겁네요. 13분이에요. 게오르크 엘저라는 남자의 시간이고요. 어떤 사람을 암살하려고 했는데…."

하나는 작은 글자를 읽으려는 것처럼 실눈을 뜨고 학을 보았다.

"아돌프 히틀러. 들어본 적 있어요?"

"네" 하고 게이신은 딱딱하게 답했다.

"엘저는 히틀러가 연설하는 맥주홀에 폭탄을 설치했지만, 히틀러는 연설을 짧게 끝내고 일찍 자리를 떴어요. 13분 후에 폭탄이 터져서 여덟 명이 죽고 예순두 명이 다쳤어요."

게이신은 입을 악다물며 물었다.

"여긴 대체 무슨 박물관이에요, 하나?"

"당신 세계의 작은 순간들, 역사의 흐름을 바꿔놓은 몇 분, 몇 초를 수집하는 박물관이에요."

하나는 그들을 에워싼 구름을 가리키며 말을 이었다.

"이 구름도 전시의 일부죠. 한 도시를 구하는 동시에 다른 도시의 파멸을 초래했어요."

"어떻게요?"

"1945년 8월 9일, 고쿠라라는 도시에 폭탄이 떨어지기로 되어 있었어요. 그런데 도시에 구름이 많이 끼는 바람에, 폭탄을 싣고 가던 비행기가 나가사키로 목표를 바꿨죠."

"왜…." 게이신은 목멘 소리로 물었다. "왜 이런 걸 전시합니까?"

"시쿠인들이 이 박물관을 지었어요. 목적은 단 한 가지예요. 인생의 길을 자유롭게 결정하는 세계에서 무슨 일이 벌어지는지 보여주고, 선택의 가장 안 좋은 점을 우리에게 일깨우려는 거예요…."

하나는 말을 흐리며 입술을 깨물었다. 게이신은 그녀의 입술이 얼마나 보드라웠는지 떠올렸다.

"그게 뭔데요?"

"선택을 감수하며 살아가야 한다는 거죠."

구름이 점점 걷히고, 박물관 계단 꼭대기에 자리잡은 빽빽한 대나무 숲이 드러났다. 기다란 초록 줄기를 흔드는 미풍에 댓잎들이 바스락거리며 게이신과 하나 사이의 정적을 메웠다. 게이신은 그들을 따라 계단을 올라온 학 한 마리를 물끄러미 바라보다가, 그 학이 대나무 숲으로 날아가는 모습을 말없이 지켜보았다.

"당신을 괜히 데려왔어요. 심란해 보이네요."

"마음이 뒤숭숭한 건 사실이지만, 여기 데려와줘서 고마워요. 아무리 역사책을 많이 읽어도, 그 역사를 만든 순간과 대면하는 건 엄연히 다르니까요."

"미안해요. 당신이 여기 오면 어떤 감정이 들지 미처 생각을 못 했어요. 이 세계에서는 이 박물관이 곧 역사책이고, 우리 대부분에게는 현실처럼 느껴지지도 않는 곳에서 온 교훈적인 이야기거든요."

"당신 잘못이 아니에요. 시쿠인들 잘못도 아니고. 이 박물관에 전시된 일분일초는 우리 세계가 쓰거나 허비하거나 잊어버린 시간이니까. 우리 시간이었고, 우리가 그 시간을 멋대로 갖고 논 거예요. 당신 세계가 이런 곳을 만들었다고 해서 화가 나진 않아요. 우리 세계에 이런 곳이 없다는 게 슬플 뿐이죠."

게이신은 하나의 손을 잡았다.

"나는 똑같은 실수를 저지르고 싶지 않아요."

"무슨 말이에요?"

"하고 싶은 말을 숨기면서 내 시간을 1초도 더 낭비하고 싶지 않다고요."

"대체 무슨 소릴 하는 거예요?"

"나랑 같이 가요, 하나."

게이신은 그렇게 말하며 하나의 두 손을 꼭 감싸 쥐었다.

"뭐라고요?"

"당신 아버지도 찾고 사라진 선택도 찾으면… 나랑 같이 가요. 우리 세계가 완벽하진 않지만, 자유가 있어요. 당신은 여기 있을 사람이 아니에요, 하나. 인생을 누릴 수 있어요. 진짜 인생을."

하나가 조용히 물었다.

"당신이랑 같이요?"

"그건 당신이 선택해요. 난 그저 당신이 여기를 떠났으면 좋겠어요."

하나는 게이신의 손을 놓았다.

"난 당신 세계로 못 넘어가요. 아무도 못 그래요. 그냥 사라져버리니까. 엄마도 그렇게 사형 선고를 받았어요, 기억 안 나요?"

"하지만 당신 어머니는 처형되지 않았어요. 아직 살아 있잖아요. 난 과학자예요, 하나. 내가 증명할 수 있는 것만 믿어요. 내 세계로 넘어온 사람을 알아요? 그 사람들이 사라지는 걸 봤습니까? 그냥 이야기라면? 시쿠인들이 당신들을 겁주려고 만든 신화라면요?"

"그게 아니면 어떡해요?"

"안전하다는 걸 내가 증명해내면 어때요? 그럼 같이 갈래요?"

대나무 숲에서 다급한 속삭임들이 합창처럼 솟아올랐다. 나무줄기들이 바르르 떨렸다.

"왜 이러는 거죠?"

"숲속 어딘가에서 나무들이 베어지고 있다는 걸 감지한 거예요.

이 나무로 오리가미용 종이를 만들거든요. 대나무들 심기가 더 불편해지기 전에 얼른 가야 해요."

"왜요?"

"우리를 안 보내줄지도 모르니까요."

하나는 대나무 줄기가 진정될 때까지 쓰다듬어 주다가 게이신에게는 들리지 않는 어떤 말을 속삭였다. 그러자 대나무들이 갈라지면서 좁은 자갈길을 터주었다. 하나는 숲을 향해 고개를 숙였다.

"고마워요."

종이

자갈길이 끝나는 대숲 가장자리에 빳빳한 흰 종이를 접어 만든 작은 가옥 한 채가 서 있었다. 문간에는 긴 실에 한데 묶인 하얀 종이학들이 걸려 있었다. 기다란 손가락들이 종이 커튼을 갈랐다. 가옥에서 나온 키 큰 남자는 이목구비가 날카로우면서도 놀랍도록 아름다웠다. 대충 틀어 올린 백금색 머리칼이 몇 가닥 삐져나와 턱선을 부드럽게 만들며 기모노 어깨를 가볍게 스쳤다. 그는 마치 설경 속의 겨울 여우 한 마리 같았다. 게이신과 하나를 따라 계단을 올라온 학이 그들을 지나쳐 날아가 남자의 어깨에 내려앉았다.

나무에 낀 서리도 녹일 듯한 미소를 지으며 남자가 말했다.

"하나, 마로가 네가 왔다고 하길래 안 믿었는데."

그는 학을 힐끔 쳐다본 뒤 말을 이었다.

"생각도 못 하고 있다가 이렇게 보니 더 반갑네."

"나도 반가워, 하루토. 이쪽은 내 친구 게이신이야."

게이신은 고개 숙여 인사했다.

하루토는 멈칫하더니 가늘게 뜬 눈으로 게이신을 보다가 고개 숙여 답했다. 그러고는 맑은 회색 눈동자까지는 미치지 않는 미소를 지으며 말을 건넸다.

"하나 친구면 내 친구기도 하죠."

하나가 말했다.

"연락도 없이 와서 미안해."

"너야 언제든 환영이지. 마침 잘 왔어. 오늘은 학 만드는 작업이 일찍 끝났거든. 어서 들어와."

게이신은 하나를 따라 종이학 커튼을 지나가며 낮은 목소리로 물었다.

"종이학 만드는 사람과 개인적으로 잘 아는 사이인 줄은 몰랐네요."

하나는 속삭여 답했다.

"하루토는 오랜 친구예요."

낮은 종이 탁자를 둘러싼 종이 방석을 가리키며 하루토가 말했다.

"편하게 앉아. 차 한잔 줄까?"

"미안하지만 오래 못 있어. 실례인 줄은 아는데 조금 급한 일로 온 거라서…. 아빠가 실종되셨어."

하루토의 얼굴에서 미소가 가셨다.

"어떻게 된 거야?"

하나가 하루토의 오리가미 작업실까지 오게 된 경위를 설명하고 나자, 탁자에 모여 앉은 세 사람 위로 박물관 계단에 전시됐던 구름보다 더 짙은 침묵의 구름이 드리워졌다. 하나는 하루토를 공범으로 끌어들이지 않기 위해, 게이신이 어디서 온 사람인지는 말하지 않았다. 하루토에게 부탁하려는 일만으로도 큰 폐를 끼칠 터였다.

하루토가 "내 잘못이야"라며 고개를 푹 숙였다. "정말 미안해, 하나. 내가 꼭 바로잡을게."

"무슨 소리야? 네가 잘못한 건 아무것도 없어."

"아니, 맞아. 전적으로 내 잘못이야. 너희 아버지가 저번에 날 찾아오신 일 때문에 이렇게 된 게 분명해."

게이신이 물었다.

"여기 오셨다고요? 언제요?"

"한 달 전쯤에요."

하나가 말했다.

"그런 얘기 못 들었는데. 아빠 항상 나랑 같이 여기 오시잖아."

"너한테든 누구한테든 알리기 싫으셨던 거지. 비밀로 해달라고 어찌나 신신당부하시던지. 미안해. 부탁을 괜히 들어드렸나 봐."

"무슨 부탁을 하셨는데?"

하나는 무릎 위에 포갠 두 손을 떼지 않으려 애쓰며 몸을 앞으로 기울였다.

"너도 똑같은 부탁을 하러 온 것 같은데."

하루토의 말에 하나는 입안이 바짝 말랐다. 침을 꿀꺽 삼켜봤지만 전혀 도움이 되지 않았다.

"표정을 보아하니 내 생각이 맞나 보네."

하루토는 어깨를 축 늘어뜨리며 한숨지었다.

"아저씨도 똑같은 표정으로 날 보시더라고. 어릴 적부터 알고 지낸 분이지만, 미지근한 차를 넘기면서 지으시던 그 반쪽짜리 미소 말고는 다른 표정을 본 적이 없어. 난 그 미소가 아저씨 얼굴에 붙박여 있는 줄 알았어. 달처럼 변하지 않는다고 믿었지. 그런데 아저씨가 갑자기 찾아온 날, 순전히 내 착각이라는 걸 알게 됐어. 아저씨는 내가 상상했던 것보다 훨씬 더 많은 걸 그 의연한 미소 속에 숨기고 계셨던 거야."

"하루토, 부탁이야. 아빠가 왜 여기 오셨는지 말해줘."

하루토는 종이 창턱에 앉은 학을 힐끔 보고는 목소리를 낮추었다.

"이 얘기는 우리끼리만 하는 게 좋겠어. 짐 챙길게, 같이 내 집으로 가자."

"고마워."

"내가 아저씨의 실종에 어떤 역할을 했는지 들으면 고마운 마음이 가실걸."

하루토는 일어나서 손을 휘저어 창턱의 학을 날려 보내고는 하나와 게이신을 돌아보며 물었다.

"혹시 전에 종이 문으로 이동해본 적은?"

"아… 없어요."

"나도 없어."

게이신과 하나가 차례로 답했다.

"그럼 나무문을 지날 때와는 느낌이 조금 다를 테니까, 알아둬."

게이신이 물었다.

"어떻게 다릅니까?"

"어디에 비유하기가 어려운데, 음, 종이처럼 얇게 눌려서 반으로 접히는 느낌이랄까. 하지만 보기보다 그렇게 아프지는 않아요."

하루토는 가옥 뒤쪽의 종이 병풍으로 걸어갔다. 그가 병풍을 옆으로 치우자 바닥에 커다란 종이 한 장이 놓여 있었다.

"이 문은 곧장 내 집으로 이어져. 크기가 크니까 두 명이 동시에 지나갈 수 있을 거야. 나는 도구 챙겨서 뒤따라갈게. 둘이 먼저 같이 가 있어. 여기 누워봐, 내가 문을 접어줄게."

하나가 종이 위에 누웠다. 게이신도 그녀 곁에 몸을 쭉 뻗고 드러누웠다.

"눈 감고 긴장 풀어."

하루토가 손끝으로 하나의 뺨을 스쳐지나가 그녀의 머리칼을 귀 뒤로 넘겨주었다. 하나는 살짝 미소 지으며 고개를 끄덕였다.

게이신은 이를 악물고 고개를 돌려버렸다.

하루토는 종이 끄트머리를 들어 올리며 말했다.

"조금 불편하겠지만, 내가 최대한 빨리 접을게. 집중해서 아주 정확히 접어야 하니까, 움직이지 말고 가만히 있어."

하나는 눈을 감았다. 쿵쿵 뛰는 심장이 갈비뼈를 때려댔다. 접히는 게 어떤 기분일지 상상이 되지 않았지만, 즐거우리라는 기대는 별로 없었다. 하나는 숨을 크게 들이마셨다가 입으로 천천히 뱉었다.

"준비됐어?"

하루토가 묻자 하나는 고개를 끄덕였다.

"그럼 시작할게."

하나는 몸 위로 종이가 덮이는 감각을 느끼며 게이신에게로 손을 뻗었다. 그녀의 손을 살며시 쥔 게이신의 손에서 전해져온 온기가 살갗 아래로 번져 팔을 타고 올라가, 그녀의 어깨에 어린 긴장을 부드럽게 녹였다. 척추를 따라 온기가 퍼져나갈 때 하나는 가슴을 짓누르는 압박감을 느꼈다. 압박은 점점 더 강해졌고, 귓가에서 종이가 바스락거리는 소리가 들려왔다. 갈비뼈가 주저앉으면서 폐에서 공기가 훅 빠져 나갔다. 비명조차 지를 수 없었다. 하지만 납작하게 눌리는 통증이 있을 텐데, 아무 느낌도 들지 않았다. 종이처럼 얇아지는 과정에서 몸이 접히고 형태가 바뀌고 점점 더 작아지는 감각이 되풀이될 뿐 다른 것이 끼어들 여지는 없었다. 그러다 한 번만 더 접히면 영영 사라져버리겠다 싶을 때쯤 몸이 빠른 속도로 퍼지기 시작했다. 가슴이 부풀면서 근육과 피와 뼈가 채워졌다. 하나는 거칠게 숨을 몰아쉬며 눈을 떴다. 몸 위에 종이 한 장이 놓여 있었다. 그녀는 종이를 밀쳐내고 일어나 앉았다.

"다시는 이거 하지 맙시다" 하며 게이신은 일어서서 하나에게 손을 내밀었다. "괜찮아요?"

"그런 것 같아요." 하나는 몸을 일으켜 세웠다. "하루토는 어떻게 매일 이걸 하는지 모르겠어요."

게이신은 방을 둘러보며, 벽이며 선반에 진열된 정교한 오리가미 작품들에 감탄했다.

"오리가미 예술가라는 일을 진심으로 즐기고 있나 봐요."

"맞아요. 아주 운이 좋은 거죠. 자기가 맡은 임무를 좋아하니까. 하루토 어머니도 예전에 박물관 예술가였어요. 언젠가 하루토한테 들었는데, 어머니는 그리 행복하지 않으셨대요."

"두 사람… 많이 친한가 봐요."

"친해요. 어릴 때부터 알고 지냈으니까요."

뒤에서 종이가 바스락거리자 하나는 뒤를 돌아보았다.

"하루토?"

바닥의 종이 문이 활짝 열렸다. 거기서 하루토가 나와 우아한 몸짓으로 일어섰다. 그의 가슴을 가로질러 종이 책가방이 메여 있었다.

"여행은 어땠어? 크게 불편하지는 않았어야 할 텐데."

"음… 나름 괜찮았어."

하루토가 피식 웃었다.

"하여간 거짓말 참 못 한다니까. 그래서 내가 널 좋아하지. 난 역사에서 정직함을 추출하는 일을 하니까. 애쓰지 않아도 진실이 보이면 기분이 상쾌해지거든."

"우리 우정이 항상 고마웠던 것도 그런 점 때문이야. 넌 항상 진실을 말해줬잖아. 오늘도 그랬으면 좋겠어."

"너도 그래 줬으면 좋겠는데."

하나의 눈을 들여다보며 말하는 하루토의 어투가 자못 진지해졌다.

"거짓말은 이제 그만해, 하나."

하나는 긴장하며 물었다.

"거짓말? 무슨 거짓말?"

"아저씨에 대해 말해주기 전에 이 남자의 정체부터 들어야겠어."

하루토는 게이신에게로 눈을 돌리며 말을 이었다.

"그리고 왜 이 사람이 너와 함께 있는지도."

"난 사실대로 말했어. 이 사람 이름은 게이신이고 내…."

"친구란 거지, 난 본 적도 들어본 적도…."

하루토는 몸을 꼿꼿이 세우고 게이신에게 다가가며 말을 맺었다.

"전혀 없는데."

하나는 두 사람 사이에 끼어들어 하루토의 팔을 붙잡았다.

"이 사람이 누군지는 중요치 않잖아."

하루토는 팔을 빼내며 말했다.

"중요하지. 이 사람을 믿어도 되는지 어떻게 알아? 내가 아저씨에 관해 아는 사실 때문에 우리 모두 위험해질 텐데."

게이신이 말했다.

"믿어도 됩니다. 정말이에요. 난 그저 도와주려고 여기 왔어요."

"'그저 도와주려고 여기 왔다'라…."

하루토는 게이신의 말을 천천히 되짚었다.

"그럼 대체 어디서 오셨을까?"

게이신은 하나를 힐끔 쳐다보며 입을 뗐다.

"그게…."

하나가 끼어들었다.

"게이신이 어디서 왔는지 너도 이미 아는 것 같은데. 이 사람은 지금 목숨 걸고 날 도와주는 거야. 우리 세계에 이런 사람이 있을 것 같아?"

하루토는 고개를 숙인 채 절레절레 흔들며 조용히 말했다.

"내가 있잖아."

하나는 두 손으로 하루토의 얼굴을 감싸곤 그의 눈을 들여다보았다.

"그럼 날 믿어줘. 게이신도. 아빠한테 무슨 부탁을 받았는지 말해 줘."

하루토는 창문으로 걸어가더니 창턱을 붙잡고 손톱으로 그 종이를 파고들었다.

"부탁이야, 하루토."

하루토는 한숨을 뱉고는 하나를 돌아보았다.

"아저씨는 아주 오랫동안 품고 있던 의문의 답을 원하셨어. 네 어머니가 살아 있는 것 같다면서, 답을 알려면 시쿠인들이 어머니를 잡으러 온 날 정말로 있었던 일을 봐야 한다고 하셨지."

"시간을 되돌려달라고 하셨구나."

"아니야, 하나."

하루토는 탁자에 앉아, 그 위에 쌓여 있는 다채로운 빛깔의 종이들 가운데 조그만 한 장을 뽑아냈다.

"시간을 접어달라고 하셨어."

부탁

한 달 전

하루토는 도자기 잔처럼 뜨거운 차를 담아도 끄떡없는 오리가미 찻잔 두 개에다 종이 주전자 속의 차를 따랐다. 그러고는 찻잔에서 고개를 들고 도시오를 향해 미소 지었다.

"오신다고 미리 연락 주시지 그러셨어요. 어머니가 보내준 떡이라도 가져왔을 텐데."

"불쑥 찾아와서 미안하다. 올까 말까 망설였는데 정신을 차리고 보니 자네 작업실 밖에 서 있더군. 마침 자네가 대나무 숲에서 나오지 않았다면 난 지금 집으로 가고 있을 거야."

"왜요? 아저씨는 언제든 환영이에요. 제게는 아버지나 마찬가지인 분이신데."

"그러면 곤란해."

하루토는 얼굴을 찡그렸다.

"왜요?"

"진짜 아버지라면 이런 부탁은 안 할 테니까."

"무슨 말씀이신지. 문제라도 생기셨어요? 도움이 필요하신 겁니까?"

"내 아내, 하나 엄마가 어떻게 됐는지는 모르는 사람이 없지."

"모든 아이가 그분 이야기를 들었죠. 그분이 어떤 죗값을 치렀는지 잊는 사람이 없도록 시쿠인들이 조치를 취했으니까요."

도시오는 일어나 창으로 걸어갔다. 그러고는 상체를 밖으로 빼고 좌우를 살폈다.

"왜 그러세요?"

"엿듣는 사람이 있으면 안 되니까."

"박물관 방문객은 여기까지 안 올라와요. 일하는 동안 학들만이 제 곁을 지키죠."

"그럼 어디 딴 곳으로 가지. 자네만 들어줬으면 해."

종이 문을 통해 집으로 들어오자마자 하루토가 물었다.

"이제 무슨 일이지 말씀해주실래요? 여긴 정말 우리 둘뿐이에요."

도시오는 크게 숨을 들이마신 뒤 답했다.

"아내가 살아 있는 것 같아."

"네?"

"꿈속에서 아내를 봤어, 아침으로 이어지는 다리를 건너기 직전에. 누가 내 이름을 부르길래 눈을 뜨고 뒤돌아봤더니 다리 반대편에 아내가 있더군."

하루토는 고개를 저었다.

"말도 안 돼요. 망자가 자정의 다리에 있을 리 없잖아요. 잘못 보셨 겠죠. 닮은 사람이었을 거예요."

"나도 그렇게 생각하려고 했지. 그런데 다음 날 밤에도 아내를 봤어. 그다음 날 밤에도. 이틀 모두 내가 새벽으로 건너갈 때 아내가 날 부르더란 말이야."

"하지만 망자는 꿈을 꾸지 않아요."

"그러니까 아내가 살아 있을 거라는 얘기야. 아무래도 아내가 죽었다고 시쿠인들이 거짓말을 한 것 같아."

"왜 그런 거짓말을 하겠어요?"

"그야 나도 모르지. 진상을 알려면 한 가지 방법밖에 없어. 그날 진짜 무슨 일이 있었는지 보는 거지, 시쿠인들이 전당포에 와서 나와…."

도시오의 목소리가 갈라졌다.

"하나에게서 아내를 빼앗아 간 날."

"아저씨가 여기 오신 거, 하나도 알고 있어요?"

"그 아이는 끌어들이고 싶지 않아. 너무 위험하니까."

"그런데 저는 끌어들이시겠다는 거군요. 친아들이 아니니까."

"아니라는 거 알잖나. 자네도 내 가족이야, 하루토. 웬만하면 도움을 구하고 싶지 않지만 다른 방법이 없었어. 이 비밀을 터놓는 건 자네가 하나와 달라서야. 그 아이는 제 엄마를 똑 닮았거든. 충동적이고, 호기심 많고, 규칙에 얽매이기 싫어하고. 나를 위해서 본성을 억누르고는 있지만, 타고난 천성은 어쩔 수가 없어. 자기 엄마가 살아 있다는 생각이 들면, 어떤 대가를 치르든 시쿠인들을 거역하고 엄마를 찾아 나서겠지. 자네라면 그러지 않을 거야."

"저더러 하나를 속이라는 거군요."

"하나를 안전하게 지키기 위해서."

"아저씨의 안전은 어떻게 되든 상관없고요?"

"내 안전을 생각해서 시쿠인들한테 아내를 고분고분 내줬잖나. 또 그럴 순 없지."

"갓 태어난 딸을 생각해서 그러신 거잖아요."

"그런 거라고 스스로를 설득했지만, 글쎄, 난 비겁했어. 아무 말도 안 하고 그냥 가만히 서서 아내가 잡혀가는 걸 보고만 있었지. 하지만 그날 있었던 일을 전부 보지는 못했어. 그래서 자네 도움이 필요하다는 거야."

"제가 무슨 도움이 되겠어요?"

"자네에겐 타고난 재주가 있잖나, 하루토. 매일 자네의 두 손이 저쪽 세계의 몇 분, 몇 초를 학으로 만들어내고 있지."

"종이를 접을 뿐이에요."

"시간을 접는 거지. 그러니까, 내 아내가 잡혀간 날 아침으로 시간을 되접을 수도 있을 거야."

"그렇게 믿고 싶으시겠지만, 현실은 달라요. 우리가 박물관에서 거둬들이는 시간이 어디에서 오는지, 어떻게 해야 그 시간을 가질 수 있는지는 아저씨도 저만큼이나 잘 아시죠. 하지만 아저씨가 저더러 접으라고 하는 시간은 달라요. 그 수년의 시간은 이 세계에 속해 있고, 이 세계의 모든 건 시쿠인들에게 속해 있죠. 시간을 접는 순간 저는 도둑이 되는 거라고요."

도시오는 코르크 마개로 막아놓은 병을 가방에서 꺼냈다. 그 안에서 청색 빛이 반짝였다.

"그래서 자네에게 필요한 걸 미리 훔쳐 왔다네."

하루토는 입을 떡 벌린 채 병을 물끄러미 쳐다보았다.

"도대체 무슨 짓을 저지르신 거예요?"

도시오는 병마개를 뽑고, 유약을 발라 반드러운 조그만 그릇에 병 속의 내용물을 부었다. 반짝이는 알갱이 세 개가 그릇 바닥에 내려앉자 도시오는 그 수를 두 번 세어 확인했다. 시쿠인들의 뼈를 찾기란 거의 불가능한 일이었다. 풍문과 거짓의 미로 속에 그 행방이 묘연해졌기 때문이다. 도시오는 몇 년 전 야시장에서 시쿠인들의 뼛가루가 있다는 소문을 들었지만, 그것을 구하러 나설 이유가 전혀 없었다. 꿈속에서 죽은 아내를 보기 전까지는.

뼈가 어디에 어떻게 숨겨져 있는지에 관해서는 이런저런 이야기가 많이 떠돌았지만, 뼛조각의 수는 그리 넉넉지 않았다. 초반에는 뼈의 양이 사케 잔을 넘치도록 채울 만큼이라고 했다. 소문이 잠잠해졌을 땐 몇 알밖에 남지 않았다는 이야기가 돌았다. 놀랄 일도 아니었다. 시쿠인들의 뼈는 아주 귀해서 순종적인 자들마저 당돌하게 혹은 어리석게 탐을 내곤 했다. 도시오는 자신이 그 어리석은 자라는 걸 모르지 않았다.

하루토가 물었다.

"어디서 구하셨어요?"

"전당포 주인의 부탁은 들어주는 게 상책이라고 생각하는 사람들이 의외로 많거든."

"틀린 생각도 아니죠. 이 세계 사람들은 전부 아저씨한테 큰 빚을 졌으니까요. 그중에서도 제가 가장 큰 빚을 졌고요."

도시오는 그릇을 내밀었다.

"그렇다면 도와줘. 부탁이야. 이 정도로 될까? 이것밖에 못 구했는데."

하루토는 그릇을 받아 들고 뼈를 살폈다.

"글쎄요. 대나무 펄프와 저쪽 세계의 시간으로만 종이를 만들어봐서. 이 뼈 세 조각에 무슨 의미가 있죠? 시쿠인 한 명의 인생사가 담겨 있나요? 아니면 열 명?"

"시쿠인의 뼈에는 그 전후로 태어난 모든 시쿠인의 기억이 담겨 있지. 그들이 목격한 모든 광경, 그들이 내뱉고 들은 모든 말. 하지만 이 뼈가 얼마나 위력적인지, 뭘 할 수 있는지는 아무도 몰라."

하루토는 그릇을 빤히 쳐다보았다.

"뼈를 사용하려다 실패한 사람들의 이야기만 떠도니까요."

의무와 빚

하루토가 도시오와의 일을 끝까지 들려주었을 때쯤엔 탁자 위에 종이꽃들이 활짝 피어 있었다. 하루토는 구스다마 꽃 장식 한 송이를 무심히 접어 한 줄의 끝에다 심었다. 꽃은 탁자 끄트머리에 아슬아슬하게 놓여 있다가 떨어져 하나의 발치에 내려앉았다.

하나는 꽃을 집어 하루토에게 건넸다.

"그래서 성공했어? 그 뼈로 종이를 만들어서 시간을 접은 거야?"

하루토는 꽃을 움켜쥐어 짓구겼다.

"하루토?"

하나가 답을 재촉하자 하루토는 또 종이를 접기 시작했다.

"완벽하게 성공했지."

하나는 손톱으로 종이를 꾹꾹 누르고 있는 하루토의 손목을 붙잡았다.

"하루토, 부탁이야. 아빠가 뭘 보셨는지 말해줘."

하루토는 종이를 내려놓으며 말했다.

"말 못 해."

"왜? 비밀을 지키겠다고 아빠랑 약속해서? 아빠가 돌아가시면 약속이 다 무슨 소용이야? 너무 늦기 전에 아빠를 찾아야 해."

"아저씨가 뭘 보셨는지 모르니까 말을 못 하겠다는 거야. 아저씨는 내가 접은 시간을 갖고 떠나셨어."

"아니." 하나의 목소리에 바짝 날이 섰다. "그게 다가 아니잖아. 분명 뭔가가 더 있어."

"또 기억나는 거라곤 내가 접은 걸 손에 쥐여드렸을 때 아저씨가 짓던 표정뿐이야. 아저씨 눈에 보이는 건 후회뿐이었어. 그날 밝혀진 게 뭐가 됐든 아저씨의 잠적과 분명 관계가 있을 거야. 우연의 일치일 리 없지. 더 도와주지 못해 안타깝지만, 아저씨가 어디로 왜 사라지셨는지는 나도 해줄 말이 없어."

게이신이 말했다.

"도와주면 되죠. 한 번 더 해요."

하루토는 게이신을 휙 쏘아보았다.

"뭐라고요?"

"시간을 또 접으면 되잖아요."

"내 말 못 들었어요? 우리 세계에서 시간을 접는 건 금지되어 있어요. 시쿠인들의 뼈를 훔쳐서 뽑아낸 시간을 접는 건 천 배는 더 심각한 범죄고. 지금도 한밤중에 불쑥불쑥 깹니다. 오늘이야말로 시쿠인들이 들이닥치지 않을까 하고."

"도시오 씨를 위해서 위험을 무릅썼잖아요."

"그랬죠. 그걸로 모자랍니까?"

"하나를 돕고 싶다는 말이 진심이라면 이렇게 가만있으면 안 되죠. 하나를 조금이라도 아낀다면…."

"하나를 아끼라는 둥 어쩌라는 둥, 나한테 이래라저래라 주제넘게 나서지 말아요. 당신이 뭔데 그래요? 여기 사람도 아니면서."

게이신은 이를 악물고 일어섰다. 하나는 그의 팔을 붙잡아 게이신을 하루토에게서 멀리 떼어놓았다.

"하루토 말이 맞아요."

"하지만…."

"하루토는 무리해서 아빠를 도와준 거예요."

하나는 게이신을 놓아주고 하루토에게로 눈을 돌렸다.

"너한테 더 부탁할 수도 없고, 그럴 생각도 없어. 게이신이랑 내가 아빠를 찾을 땐 방법을 알아볼게."

하나는 게이신을 보며 말했다.

"이제 가요."

게이신은 고개를 끄덕이고 하나의 손을 잡으려 했다.

"잠깐."

게이신의 손가락이 하나의 손에 닿기도 전에 하루토의 입에서 한마디가 터져 나왔다.

"할게."

하나는 숨을 크게 삼켰다.

"하지만 시쿠인들이…."

"날 막으려 하겠지."

하나는 하루토에게 다가갔다.

"이러지 않아도 돼…."

"내가 겁쟁이라서 너한테 무슨 일이라도 생기면 나 자신을 용서할 수 없을 거야."

"넌 겁쟁이가 아니야."

하나는 그렇게 말하며 하루토의 팔을 어루만졌다.

"뼛조각은 이제 한 개밖에 안 남았어. 두 개는 아저씨를 위해 썼고, 나머지 한 조각은 일이 잘못될 경우를 대비해서 남겨뒀지. 뼈로 종이를 만들어서 시간을 최대한 잘 접어보겠지만, 아저씨가 보셨던 걸 너도 전부 볼 수 있으리라는 보장은 못 해."

"종이에 뭐가 담겼든 내가 아는 것보다는 많겠지."

"우리 세계에서 네 가족한테 신세 지지 않은 사람이 없어. 나는 아저씨한테 더 큰 빚을 졌고. 아저씨가 우리 모자한테 해주신 일을 다 보답할 수는 없겠지만 노력은 해봐야지. 하지만 먼저, 숨겨둔 뼈를 가져와야 해. 감히 여기 두지는 못했거든. 되찾아오려면 시간이 좀 걸릴 거야. 마을 여관에서 하룻밤 자고 내일 아침에 다시 와. 그때까지는 준비를 마쳐놓을게."

하루토는 소매에서 텅 빈 종이 한 장을 빼내어 하나에게 건넸다.

"이거 받아. 혹시라도 일이 잘못되면 이걸로 연락할게."

하나는 종이를 받았다.

"잘못될 일 없을 거야."

하루토는 게이신을 보며 말했다.

"하나를 잘 지켜줘요."

"그럴게요."

"고마워, 하루토."

하나의 속눈썹에서 눈물 한 방울이 떨어졌다.

"고마워할 필요 없어. 아저씨한테 진 빚을 갚는 거니까."

하루토는 하나의 얼굴을 들어 올려 엄지손가락으로 눈물을 닦아 냈다.

"그리고 내 의무이기도 하지, 넌 내 아내니까."

안전하고, 멀고, 아무도 모르는

 시간을 종이에 가두어 접는 기술은 과학자인 게이신으로서는 평생 못 들어본 더할 나위 없이 흥미진진한 개념이었다. 이 기술은 무한한 가능성을 품고 있었다. 우주 탐사, 시간 여행, 연구. 하지만 아무리 애를 써도 게이신은 거기에 집중할 수가 없었다. 하루토의 집을 나선 뒤 근처 마을의 유일한 민박에 와서 하나와 함께 쓸 방으로 들어올 때까지 그의 머릿속에서는 한 가지 의문만 맴돌았다.
 방은 종이 벽에 둘러싸여 있었다. 창밖으로 내다보이는 산 풍경이 멋지다는데 어두워서 보이지 않았다. 펼치면 바닥을 거의 다 차지해 버릴 요 두 장이 방의 유일한 창문 언저리 구석에 기대어져 있었다. 하나는 요 한 장을 다다미 위에 펴고는 또 다른 요로 손을 뻗었다.
 게이신이 말했다.
 "됐어요. 아니… 고맙지만 내가 할게요."
 하나는 고개를 끄덕이고 드러누웠다. 그러곤 게이신에게서 고개를 돌렸다.

"좀 자둬요. 내일 깨자마자 하루토 집으로 돌아가야 하니까."

"하루토"하고 게이신은 자기도 모르게 그 이름을 소리 내어 말했다. "당신 남편 말이죠."

"남편 아니에요."

하나는 게이신을 쳐다보지 않고 덧붙여 말했다.

"아직은."

"아."

더 나은 반응이 백 개는 더 있겠지만, 터무니없게도 꽁해진 마음을 드러내지 않으려면 이 대답이 최선이었다.

하나가 말했다.

"신경 쓰이나 봐요."

"아, 아니에요. 그럴 리가요. 내가 왜 신경 쓰겠어요?"

"내가 당신한테 키스했고 당신도 거기에 답했으니까 신경 쓰이는 거예요."

"그게 아니…."

"미리 말했어야 하는데. 미안해요. 하루토와 내가 어렸을 때 호리시가 우리를 짝지어줬어요. 하루토의 이름이 내 몸에 새겨져 있죠."

하나는 팔 안쪽에 새겨진 눈에 보이지 않는 이름을 더듬었다.

"해명할 필요 없어요."

"난 설명해야겠어요."

하나는 일어나 앉아 말을 이었다.

"이 세계 사람들은 대부분 결혼식 날에야 배우자를 만나요. 하지만 아빠는 나만은 그러지 않았으면 좋겠다고 하셨어요. 당신이 엄마를 더 잘 이해했다면 엄마가 그렇게 되지도 않았을 거라면서요. 그래서 하루토와 내가 어렸을 때부터 만나게 해주셨죠. 나는 하루토를 호락호락 친구로 받아주지 않았어요. 어렸을 적에 난 남의 말을 안 들었고, 하루토는 자기가 남편이 되면 내가 자기 말을 무조건 따라야 할 거라면서 놀려댔어요. 만나기만 하면 나는 하루토의 머리끄덩이를 쥐어뜯으려 했고, 아버지는 그런 우리 둘을 떼어놓느라 고생하셨죠."

"완벽한 결혼의 시작 같은데요."

게이신이 농담처럼 뱉은 말은 의도와 달리 딱딱하게 나와버렸다.

"하루토와 나는 많이 다르지만, 친구로 지낼 수 있게 됐어요. 그 이상의 감정은 전혀 없어요. 아빠는 우리가 딴 사람들보다는 시작이 좋다고 말씀하시곤 했어요. 사랑이나 그 비슷한 건 나중에 찾아올 거라고."

"정말 그럴까요?"

"뭐가요?"

"하루토도 당신을 친구로만 생각하고 있을까요? 이렇게 목숨 걸고 당신을 도와주고 있는데."

"당신도 마찬가지잖아요."

"그건 다르죠."

"그래요?"

방에 써늘한 바람이 불어 유일한 등불을 꺼트렸다. 하나는 허둥지둥 일어섰다.

"떠나야 해요." 그녀는 짐을 챙겼다. "시쿠인들이 우리를 찾아냈어요."

게이신은 창문 너머 풀밭으로 뛰어내려 하나 곁으로 떨어지다 손바닥을 돌멩이에 찔렸다. 그는 비명을 삼키고 어둑한 거리를 재빨리 훑었다.
"여기로 올 때 우물을 지나쳤던 기억이 나요. 저쪽이었던 것 같은데."
게이신은 민박의 왼편을 가리켰다.
"그 우물을 이용해서 달아나면 어때요?"
"좋아요. 뛰어요, 지금."

우물을 통해 이동할 때 그 속으로 뛰어드는 것도 힘들지만, 최고의 난제는 비명을 참는 것이었다.
평생의 경험에 비추어보건대, 뛰어내려도 죽지 않으리라는 보장은 전혀 없었다. 똑바로 선 채 얼음장 같은 물로 뛰어들었지만, 두려움이 앞서 한기를 느낄 여유도 없었다. 어둠 속으로 가라앉으며 게이신은 하나가 일러준 말을 기도처럼 되뇌었다. 그들이 숨을 수 있는 곳, 오직 그만이 아는 피난처를 찾을 것. 게이신이 고른 장소라면 시쿠인들이 쉽게 찾지 못하리라.
안전하고, 멀고, 아무도 모르는.
안전하고, 멀고. 아무도 모르는.
안전하고, 멀고, 아무도 모르는.
게이신 위로 불빛이 어른거렸다. 수면에 가까워졌다. 게이신은 어깨 너머로 힐끔 돌아보았다. 하나는 어디에도 보이지 않았다.

3부

만남이 있으면
반드시 이별이 있으리니

매콤한 돼지고기 맛 아니면 닭고기 맛?

 대학, 결혼, 아이. 사람들은 이런 것들이 인생에서 가장 중요한 결정이라고 믿는다. 물론, 그들 모두 틀렸다. 현실에서는 자기도 모르게 하는 선택이 인생행로를 결정하곤 한다. 눈에 띄지 않을 만큼 미미하고 사소해 보여도 그 미세한 각도 변화로 인해 다음 일이 벌어지는 것이다.
 게이신의 경우도 그랬다. 즉석 라멘 코너에서 그의 시선이 매콤한 돼지고기 맛에서 닭고기 맛으로, 다시 돼지고기 맛으로 돌아간 순간 그의 여생을 규정할 모든 것이 결정되었다. 게이신은 새빨간 라멘 팩을 집어 녹색 플라스틱 바구니에 툭 떨어뜨렸다. 지금은 새로운 맛을 시험할 때가 아니었다. 다음 날 도쿄까지 한참이나 비행기를 타야 하는데 그사이에 배탈이라도 나면 큰일이었다.
 그는 저녁으로 먹을 즉석 라멘을 보고 콧잔등을 찡그리며 일본에 도착하자마자 진짜 라멘을 먹으리라 다짐했다. 라멘 선반에서 한 발짝 물러나며 두툼한 부츠 굽을 바닥에 탁 내디뎠다. 편의점의 타일 바닥을 밟았다기엔 발밑이 너무 물렁했다. 그가 짓밟은 것이 남의 발이 아니라 제자리에서 벗어난 빵이기를 바랐건만, 날카로운 비명이 그 기대를 산산이 부숴버렸다. 게이신은 몸을 빙 돌리며 대뜸 사과부터 했다.

"오, 이런. 정말 죄송합니다."

"여기가 어디예요?"

여자가 일본어로 묻자 게이신도 일본어로 답했다.

"아… 안녕하세요…."

게이신은 여자의 정체를 가늠할 단서를 찾아, 하트 모양의 작은 얼굴을 구석구석 뜯어보았다. 평소에 이름을 잘 못 외우는 편이긴 했지만, 이 여자의 이름을 알았다면 과연 잊었을까 싶었다.

"미안합니다. 우리 어디서 봤던가요?"

여자는 얼굴을 찡그렸다.

"나예요. 하나."

"혹시 내 수업 들었나요?"

"뭐라고요? 아뇨. 나 기억 안 나요? 우리 둘이 우물 속으로 뛰어들었고, 안전하게 숨을 만한 장소를 찾아달라고 내가 부탁했잖아요."

"그렇군요…" 하며 게이신은 뒷걸음치고는 계산대로 향했다. "미안하지만 지금 가봐야 해서."

"잠깐만요."

하나가 그의 팔을 붙잡았다.

"나는 당신을 알고 당신도 나를 알아요. 당신 이름은 미나토자키 게이신. 물리학자로, 슈퍼 가미오칸데 관측소에서 일해달라는 제안을 받아들였죠. 중성미자를 찾는 중이고요."

"내가 일본에 간다는 건 대학에서 모르는 사람이 없습니다."

"당신은 어머니에게 버림받았어요. 공적을 세우고 위대한 발견을 하려고 평생토록 애쓴 건 어머니에게 사랑받을 자격이 있다는 걸 증명해 보이기 위해서였죠."

게이신의 손에서 바구니가 떨어져 내려, 저녁거리가 바닥에 흩어졌다.

"누구한테 들었어요?"

"당신이 얘기해줬잖아요. 어렸을 때 어머니가 떠나셨다고. 나머지는… 내가 직접 봤어요."

"누가 시켰어요? 무슨 장난 같은 겁니까? 장난이라면 전혀 재미없거든요."

"게이신… 케이…."

하나는 천천히 그에게 다가갔다.

"내 말 잘 들어요. 당신은 내 부탁을 들어줬어요. 우리가 숨을 안전한 곳을 찾아냈죠. 여긴 당신 마음속의 한순간이에요. 아주 사소하고 시시한 순간이라, 누구도 여기서 당신을 찾을 생각을 못 할 거예요. 하지만 당신은 지나치게 잘 숨었어요, 너무 깊이 들어와버렸어요."

"제정신이 아니군요."

게이신은 급하게 출구로 향했다.

"어디 가요? 당신 아파트? 가죽 소파에 앉아서, 지하의 고요한 호수에 떠 있는 조그만 배, 그 아름다운 덫으로 데려다줄 노래를 들으려고요?"

"어떻게 그걸…."

"당신이 나도 거기로 데려갔거든요. 슈퍼 가미오칸데에서 같이 배를 탔어요."

"하지만 그건 그냥…."

"당신이 다른 사람에게서 빌려온 기억이죠."

하나는 편의점을 둘러보며 말을 이었다.

"하지만 이 기억은 당신 거예요. 전당포로 들어오기 전의 시간 한 조각."

"전당포…" 하고 게이신은 눈을 질끈 감았다. "누가… 누가 샅샅이 뒤져놨어요."

"맞아요."

"그리고 당신이 거기 있었죠. 발에서 피가 났고."

"내가 뭘 밟았거든요…."

"유리."

게이신은 눈을 깜박이며 하나를 물끄러미 쳐다보았다.

"이제… 기억나요."

하나는 두 팔로 그를 와락 끌어안으며 숨을 내쉬었다.

게이신은 하나를 꽉 안으며 그녀의 머리칼에 대고 속삭였다.

"우리 이제 안전한 거예요?"

"지금은요. 우린 아직 떨어지는 중이에요."

"떨어져요?"

"우물 안에서요."

하나는 몸을 떼어냈다.

"여긴 우회로예요. 내가 아는 곳으로 곧장 갈 수는 없으니까. 그런데는 시쿠인들에게 금방 들킬 거예요. 여기 얼마간 있으면서 시쿠인들을 따돌릴 수 있으면 좋은데."

"여기 얼마나 있으려고요?"

"아침까지요. 아침에 하루토한테 가야죠."

"하나…" 하고 게이신은 주저주저 말을 꺼냈다.

"뭔데 그래요?"

"시쿠인들이 그 민박을 찾아냈다는 건 하루토에 대해서도 알았다는 뜻 아니겠어요?"

"아니에요."

"하지만…."

"아니에요."

하나의 목소리가 목에 걸렸다.

"하루토는 무사해요. 그래야 해요."

게이신은 창백한 입술로 거친 숨을 몰아쉬는 하나를 지켜보았다. 스스로를 속이고 있는 하나를 그냥 내버려두며 게이신은 고개를 끄덕였다. 필사적으로 도망칠 때 정직함은 사치였다. 설령 가짜라 하더라도 용기가 필요했다.

게이신과 하나는 편의점 카운터에 앉아 즉석 라면이 익기를 기다렸다. 다른 손님들은 눈길 한번 주지 않고 그들을 지나쳤다.

게이신은 라면의 호일 뚜껑을 들어 올렸다.

"익었네요. 그냥 가볍게 한번 저어줘요."

하나는 플라스틱 포크로 면을 휘저었다.

"라멘 같지 않은데요."

게이신은 빙긋 웃었다.

"자자. 한번 먹어보기나 해요."

하나는 포크로 집은 면을 조심스레 입으로 가져갔다.

"뭐… 나쁘지 않네요. 하지만 역시 라멘은 아니에요."

게이신은 웃었다.

"당신 세계의 라멘과는 확실히 다르죠. 그리고 그게 좋은 거예요."

"왜요?"

"몸에 좋은 건 이 안에 하나도 안 들었거든요."

하나는 또 한 입 삼켰다.

"그럼 이 모든 게 진짜가 아니라 다행이네요."

"지금은 배탈을 걱정하지 않아도 되니까 여기 있는 거 하나씩 다 먹어봐야겠군요."

하나는 슬러시 기계를 가리키며 말했다.

"저거 신기하네요. 왜 색깔이 파랗죠?"

게이신은 콧잔등을 찌푸렸다.

"아무리 진짜가 아니라도 저건 차마 추천 못 하겠네요."

하나가 웃었다.

게이신도 웃었다. 잔잔한 웃음이 그의 배를 간지럽히고 그의 혀 위에서 덩실덩실 춤을 추었다. 웃음은 뱃속을 구르고 가슴 속에서 부풀며 점점 걷잡을 수 없이 커지더니 수그러들 기미가 안 보였다. 게이신은 숨을 헐떡이며 깔깔거렸다. 그런 그를 보던 하나도 킥킥거리기 시작했다. 두 사람 사이에 폭발한 웃음이 그들을 바닥으로 쓰러뜨렸다. 게이신은 눈에 눈물이 그렁그렁해서는 배를 움켜잡고 데굴데굴 굴렀다.

하나는 똑바로 앉아 스낵 선반에 몸을 기대어 찬찬히 호흡을 가다듬으며 웃음을 가라앉혔다.

게이신은 그녀 옆에 앉아 기다란 다리를 통로로 쭉 뻗었다.

"와, 기분 죽여주는데요."

하나는 빙긋 웃었다.

"그러니까요."

"뭣 때문에 웃음이 터졌는지 모르겠지만."

하나는 숨을 헐떡이며 답했다.

"그냥 괜히 그런 거죠. 전부 웃기기도 하고."

게이신은 가게를 이리저리 둘러보았다.

"여기 있으니까 기분이 이상하네요."

"진짜가 아니라서?"

"실제로 여기 있어도 진짜로 안 느껴질 것 같아요. 겨우 며칠 전 기억인데 그때와는 다른 사람이 된 기분이라."

"지금이야 그렇지만" 하며 하나는 선반에서 빼낸 감자칩 봉지를 만지작거렸다. "이 일이 다 끝나면, 원래 살던 인생만 진짜로 느껴질 거예요."

게이신은 조용히 말했다.

"당신을 기억하지 못 할 테니까."

하나는 그의 어깨에 머리를 기대었다.

"내 세계를 기억하지 못해도 괜찮다면서요."

"그땐 그랬죠."

"지금은?"

그렇게 묻고 하나는 눈을 감았다.

"지금은…."

게이신은 하나의 손을 잡고는, 놓치지 않으려는 듯 그녀의 손가락을 감싸 쥐었다.

"달라요."

게이신은 시간이란 담아둘 수 없는 거라고 평생 믿으며 살아왔다. 하지만 오늘 밤, 시간은 그의 두 손을 따스하게 데워주는 종이컵 안에 꼭 맞게 들어가 있었다. 15분은 생김새도 향도 김이 모락모락 나는 라테와 꼭 닮았다. 그리고 이 시간이 끝날 무렵 진하게 로스팅된 매 순간을 마지막 한 모금까지 다 마시고 나면, 게이신은 하나의 부탁대로 그녀를 깨울 참이었다. 하나는 그의 어깨에 기대어 잠깐 눈을 붙이고 있었다. 해가 뜨기 전에 길을 나서야 한다고 말했었다. 놈들에게 쫓기겠지만 다시 단서를 뒤쫓아야 한다고.

하지만 지금은 컵이 가득 차 있으니 하나의 잠든 모습을 지켜볼 여유가 있었다. 게이신은 그녀의 얼굴에 흐트러져 있는 머리칼을 빗어 넘겼다. 의심스러울 정도로 깨끗한 편의점 바닥에 앉아 있는 사람치고 하나는 놀라우리만치 평온하게 잠들어 있었다. 게이신도 마음이 편했다. 시쿠인을 신경 쓰며 계속 뒤돌아보지 않아도 되니 좋았지만, 가장 큰 이유는 고장 난 엘리베이터, 임산부, 공짜 헌책들이 담긴 낡은 상자에 얽힌 의문의 답을 마침내 찾아냈기 때문이었다.

아이나 메이의 출산 가이드

1년 전

게이신이 사는 아파트 건물은 길거리에 보기 좋은 그림자를 드리웠다. 그는 걸음을 재촉했다. 마음만은 이미 집에 도착해 있었다. 땀에 젖은 옷을 벗어 바닥에다 휙 던지고 샤워실로 뛰어 들어가 어서 시원한 물줄기를 맞고 싶었다. 마음은 몸을 앞지르는 데 익숙해져 있었고 몸은 항상 마음을 따라잡으려 애썼다. 몸과 마음이 비로소 한곳에서 만났을 때 게이신은 차가운 화이트 와인을 한 잔 따르고, 레코드판을 틀어둔 뒤, 샤워로 축축해진 머리를 말리지도 않은 채 좋아하는 노래를 들으며 소파에서 잠들곤 했다.

게이신은 서둘러 아파트 건물로 들어갔다. 셔츠는 가슴에 찰싹 들러붙어 있고, 자외선 차단제와 땀 때문에 눈이 따끔거렸다. 다행히도 게이신은 눈 감고도 엘리베이터를 찾을 수 있었다. 검은색과 흰색 대리석 타일을 또각또각 밟는 소리로 충분했다. 그 작은 발소리는 커피 머신이 꾸르륵거리는 소리 다음으로 그가 좋아하는 소리였다. 정확히 스물두 걸음이었다. 한 발짝 한 발짝 하루의 소음으로부터 멀어지고, 조그만 금속 엘리베이터에 가까워졌다. 그곳을 누구와도 나누고 싶지 않았다.

엘리베이터에서 혼자만의 시간을 누리리라는 기대는 문 앞에 선 한 임신부로 인해 이내 깨졌다. 그녀는 어느 중국 식당의 메뉴 전단지로 힘차게 부채질을 하고 있었다. 엘리베이터 문이 스르르 열렸다. 게이신은 계단을 힐끔 쳐다보고는 10층까지 걸어서 올라갈까 하는 생각을 당장에 접어버렸다. 땡 하는 소리가 울렸다. 게이신은 여자와 눈이 마주쳤다. 여자가 고개를 돌리자, 뒤로 묶어 늘어뜨린 숱진 머리칼이 진자처럼 휙 흔들리며 뒷덜미를 쳤다. 그녀는 지나치게 큰 숄더백에 전단지를 집어넣고는 젤리 도넛 한 상자를 고이 안은 채 발을 끌며 엘리베이터 안으로 들어갔다. 게이신은 뒤따라 들어가 집 층 수에 해당하는 버튼을 눌렀다.

임신부가 말했다.

"8층 좀 눌러주세요. 고마워요."

게이신은 8층 버튼을 눌렀다.

엘리베이터가 갑자기 덜컹거렸다. 여자가 앞으로 비틀거리면서 도넛이 날아갔고, 게이신은 엘리베이터 문 쪽으로 밀렸다. 그의 얼굴이 금속에 쾅 부딪혔다. 순간 불이 꺼지며 엘리베이터 안은 어둠에 잠겼다. 잠시 뒤 비상등이 깜박이며 켜졌다. 게이신의 턱에 통증이 번졌다. 그는 턱을 문질러 아픔을 달래며 물었다.

"괜찮으세요?"

여자는 배를 부여잡으며 답했다.

"그… 그런 것 같아요."

"좋아요. 다행이네요. 구조 요청할게요."

게이신은 비상 호출 버튼을 누르며 말했다.

"여보세요?"

스피커가 지지직거렸다.

"여보세요? 내 말 들립니까? 엘리베이터가 멈췄어요."

"들립니다. 다들 괜찮아요?"

"괜찮습니다."

"바로 정비팀 부를게요. 곧 도착할 겁니다."

게이신은 그나마 다행이라고 되뇌며 숨을 크게 한 번 쉬었다. 형편없는 영화 한 편을 보고, 특별할 것 없는 저녁 식사를 하고, 와인을 진탕 마신 후 실수로 하룻밤을 함께 보낸 이웃 트리샤와 단둘이 엘리베이터 안에 갇히지 않은 게 어딘가.

여자가 말했다.

"난 리즈라고 해요. 8층에 살아요."

"알고 있어요."

"아, 그러네요. 내가 버튼을 눌러달라고 했죠? 미안해요. 임신하고 나서 건망증이 심해졌어요."

"난 케이라고 합니다. 10층에 살아요."

꼭 필요해서라기보다는 예의상 한 말이었다. 문제는 곧 해결될 테고, 엘리베이터가 다시 움직이기를 기다리면서 꼭 대화할 필요는 없었다.

리즈는 쪼그려 앉아, 중국 식당 전단지로 부채질을 했다.

"빨리 꺼내줬으면 좋겠는데."

"그럴 거예요."

게이신이 그녀 맞은편에 앉았을 때, 리즈는 움찔 놀라더니 배를 문질렀다.

"어떡해…."

"왜 그래요? 뭐가 잘못됐어요?"

리즈는 몸을 웅크리며 끙끙거렸다. 그녀의 이마에 땀방울이 맺혔다.

"저기… 아기가 나오려나 봐요."

"네?"

게이신은 허둥지둥 그녀에게 다가갔다. 리즈는 이를 악물고 게이신의 소매를 붙잡았다.

"내가 운 좋게 의사랑 엘리베이터에 갇히진 않았겠죠?"

"뭐… 닥터는 닥터지만, 의사는 아니에요."

리즈의 얼굴이 고통으로 일그러졌다. 그녀는 게이신의 팔을 꽉 잡고 신음하며 흐느끼듯 말했다.

"엘리베이터 안에서 낳기 싫어요."

"여기서 나갈 겁니다. 금방. 정말로요."

"아뇨, '금방'은 안 돼요. 지금. 지금 나가야 해요."

리즈는 숨을 가쁘게 몰아쉬었다. 땀이 그녀의 얼굴을 타고 흘러내려 파리한 입술까지 닿았다.

"숨을 못 쉬겠어요. 산소가 부족해요. 여기서 죽을 건가 봐요. 내 아기…."

　게이신은 그녀의 손을 움켜쥐었다. 분만에 관해서는 잘 몰라도 불안 발작은 잘 알았다. 어머니가 떠난 후 몇 달 동안 아버지는 거의 2주에 한 번은 꼭 죽은 사람처럼 몸을 웅크리고 있었다. 리즈의 손처럼 아버지의 손도 축축하니 차가웠고, 그 떨림은 게이신의 손바닥으로 전해졌다. 게이신은 그럴 때면 아버지의 호흡이 느려질 때까지 손을 잡아주었다. 아버지를 달래는 다른 방법은 알지 못했다. 그는 아버지 곁에 누워, 미비하지만 자신이 알고 있는 진리들을 이야기처럼 들려주었다. 태양은 항성이에요. 뇌는 통증을 못 느낀대요. 코끼리는 임신 기간이 거의 2년이나 돼요. 게이신은 이런 사실들에 위로받았다. 예전엔 지구나 달에 대한 잡다한 지식보다 어머니의 사랑이 1순위였지만, 어머니가 떠난 후 그 무엇도 확신할 수 없게 되었다. 게이신은 가슴에 뚫린 구멍을 언젠가는 메울 수 있으리라 믿고 최대한 많은 사실을 그러모았다. 의심의 여지 없는 불변의 진리들을 아버지와 공유하며, 의구심의 물살에 휩쓸리려는 아버지에게 구명줄을 던져주었다.

　게이신은 리즈의 손을 움켜쥐고 말했다.

　"틀림없는 사실이니까 잊지 마세요. 당신의 몸은 불량품이 아닙니다. 당신은 기계가 아니에요. 창조주는 무심한 기계공이 아닙니다. 인간 여성의 몸은 땅돼지, 사자, 코뿔소, 코끼리, 무스, 물소와 똑같은 출산 능력을 갖추고 있어요."

　리즈는 헐떡이며 물었다.

　"네?"

　"『아이나 메이의 출산 가이드』에 그렇게 적혀 있어요. 사실이 그렇고요."

리즈는 호흡을 늦추며 다시 물었다.
"당신이 그걸 어떻게 알아요?"
"길게 얘기할까요, 아니면 짧게?"
"짧게" 하며 리즈는 안정된 호흡으로 숨을 뱉었다. "무조건 짧게요."
"아버지가 공짜를 좋아하셨거든요."
"그래서요?"
"그게 다예요. 짧게 하라면서요."
"아, 알겠어요."
리즈는 이마에 맺힌 땀을 닦아내며 말을 이었다.
"나한테 곧 닥칠 운명을 잊게 하려는 거군요."
"잘 먹혔나요?"
"그래요. 계속해요. 길게 얘기해줘요, 아니, 중간으로."
"좋아요, 먼저 한 가지만 약속해줘요."
"뭔데요?"
"아기를 조금만 더 뱃속에 담고 있어요, 알겠죠? 지금 이 상황에선 아버지가 길에서 주워온 상자에서 오래된 조산 서적을 찾아 읽은 사람보다는 분만 전문가가 필요하니까요."
"알았어요."

그러나 리즈는 약속을 지키지 않았다.
게이신은 엘리베이터가 추락하지 않게 붙들어주는 케이블이라도 되는 양 아이나 메이의 말에 매달렸다. 리즈는 불량품이 아니다, 세월이 검증해준 아이나 메이의 지침을 따르면 리즈도 땅돼지만큼이나 순조롭게 아기를 낳을 수 있다, 라고 게이신은 속으로 되뇌었다.

그는 리즈의 구부러진 다리 너머를 보며 말했다.

"아주 잘하고 있어요, 리즈. 한 번 더 힘줘요, 네?"

리즈는 이마를 잔뜩 찌푸리며 끙끙 앓았다.

"거의 다 됐어요. 심호흡해요, 리즈. 좋아요. 머리가 보여요."

게이신은 리즈의 두 다리 사이에 손을 놓고, 밖으로 나오는 아기를 부드럽게 잡았다.

"나왔어요!"

리즈는 흐느끼며 물었다.

"우리 딸… 괜찮아요?"

게이신은 아이나 메이가 당부한 대로 아기의 코와 입을 부드럽게 쓸어 양수를 닦아냈다. 아기의 입술에서 우렁찬 울음이 터져 나왔다. 게이신은 아기를 리즈의 품에 안겨주었다.

리즈는 울다 웃다 했다.

"우리 딸 너무 예쁘네. 고마워요."

게이신은 소매로 이마를 닦았다.

"인사는 아이나 메이한테 하세요."

엘리베이터 문이 스르르 열렸다. 짙은 청회색 작업복을 입은 남자가 입을 떡 벌린 채 밖에 서 있었다.

"이게 무슨… 괜찮아요?"

게이신은 리즈를 힐끔 보았다. 그녀는 피와 땀과 체액 냄새가 진동하는, 열기로 푹푹 찌는 엘리베이터에 어울리지 않는 미소를 짓고 있었다. 자신이 처한 곤경을 기꺼이 받아들이는 사람만이 지을 수 있는 미소였다. 게이신은 행복이란 바로 이런 모습이 아닐까 생각했다. 중국 식당 전단지를 옆에 둔 채 웅덩이처럼 고인 찐득한 양수와 짓이겨진 젤리 도넛 속에 앉아 탈진한 여인. 리즈의 두 눈은 딸에게 붙박여 있었다. 자기 품 안의 사람 말고는 다른 누구도 다른 무엇도 중요치 않아 보였다. 게이신은 피 묻은 손을 바지에 닦고 엘리베이터에서 나가며 생각했다. 저렇게 아무 말 없이 가만히 앉아 있고 싶을 만큼 행복한 날이 그에게 찾아오기나 할까?

메시지

하나는 눈을 감은 채 게이신의 어깨에 기대어 있었다. 눈을 뜨지 않으면, 진짜가 아닌 이 편의점에서의 마지막 15분이 더 길게 느껴지지 않을까 기대하며. 이 시간이 끝난 후에 벌어질 일을 상상하는 데 단 1초도 허비하고 싶지 않았다. 그녀 자신의 기억을 다시 쓰려면 일분일초가 아까웠다. 여기, 온갖 색깔이 어지럽게 난무하고 불빛이 눈부신 즉석 라면 진열대 앞에서 게이신을 처음 만났어야 했다. 깨진 유리 파편들이 흩어진 전당포가 아니라. 여기라면, 안전과 온기를 찾아 서로에게 매달리는 두 타인보다는 더 나은 관계가 되었을지도 모른다. 전당포에 갇혀 있다가 달아난 새들은 시간을 재설정할 수 있다는 아버지의 말이 떠올랐다. 새들처럼 자유로워질 수 있다면 곧장 이 순간으로 다시 날아올 거라고, 하나는 생각했다.

그녀의 귓가에 종이가 바스락거렸다. 하나가 몸을 벌떡 일으키며 게이신의 손을 치는 통에 그는 커피 컵을 놓칠 뻔했다.

"어이구" 하고 게이신이 말했다. "조심해요. 뜨거워요. 진짜가 아니라도."

"들었어요?"

"뭘요?"

종이 바스락거리는 소리가 더 커졌다. 하나는 가방을 움켜잡고 그 속으로 손을 찔러넣어, 하루토에게 받았던 종이를 꺼냈다. 종이가 그녀의 손아귀에서 꿈틀거렸다.

"하루토예요."

하나는 종이를 바닥에 내려놓았다.

"하루토가 우리한테 메시지를 보내고 있어요."

하나와 게이신은 종이가 부산스레 움직이며 스스로 접히는 모습을 지켜보았다. 눈에 보이지 않는 능숙한 손이 종이를 접고 있었다. 뾰족뾰족한 형태가 만들어지자 종이는 잠잠해졌다.

하나는 오리가미 작품을 물끄러미 바라보았다.

"당신 생각대로, 하루토가 우릴 돕고 있다는 걸 시쿠인들이 알아챘어요. 하루토 집으로는 못 돌아가요."

"그걸 어떻게 알아요?"

"우리가 대신 갈 곳을 하루토가 알려줬으니까요."

게이신은 접힌 종이를 집어 들었다.

"별?"

별들의 계곡

파란 슬러시는 두통만 일으키는 것이 아니라 다른 쓸모도 있었다. 게이신은 슬러시를 바닥에 쏟아버리는 하나를 지켜보았다. 그러곤 파란 웅덩이로 뛰어들었다. 의외로 춥지 않아 기분이 좋아졌다.

별로 간다는 게 무슨 의미일까 고민할 새도 없이 여행은 끝나버렸다. 모래로 만들어진 여우와 살아 있는 족자를 경험하면서 '기상천외'의 의미를 재정의할 수밖에 없었던 게이신은 별 또한 완전히 새롭게 정의하게 되리라 확신했다. 그래서 목적지에 도착했을 땐 실망감을 감출 수 없었다.

하나는 완만하게 경사진 언덕 밑에 자리 잡은 작은 마을을 살피며 말했다.

"당신 기대랑 좀 다르죠?"

"내가 잘못 들었나 봐요. 어떤 별로 간다고 했던 것 같은데."

하나는 빙긋 웃었다.

"잘못 들은 거 아니에요. 하지만 별 한 개가 아니라 많이 보게 될 거예요. 저 마을이 맡은 임무는 딱 한 가지예요. 매일 밤 하늘을 만들어내는 거죠."

자갈 깔린 길거리에 맴도는 활기찬 기운에 게이신의 살갗이 따끔거릴 정도였다. 어디로 눈을 돌리든 가만히 서 있는 사람은 단 한 명도 없었다. 아무리 어린아이라도 할 일이 정해져 있었다. 길 양쪽에서 사람들이 등과 어깨에 진 바구니를 끊임없이 실어날랐다. 몇 명씩 작업대에 모여 몸을 웅크린 채 화지를 자르거나 대나무를 얇게 쪼개고 있었는데, 작업을 멈추고 말을 하거나 고개를 드는 사람은 거의 없었다. 아이들은 음식이며 음료가 담긴 쟁반을 날랐다. 손이 통통한 어린 여자애가 멈춰 서더니 게이신과 하나에게 향긋한 쌀과자를 건넸다.

게이신은 동그란 황갈색 과자를 받아 들며 말했다.

"고마워."

소녀는 고개 숙여 인사하고 뺨을 부풀려 미소 지었다. 그러고는 과자를 나누어 줄 다른 사람을 찾아가버렸다.

"이 마을 사람들은 밤하늘을 준비한다는 단 한 가지 목표를 위해 일하고 있어요. 별을 짓는 사람도 있고, 청소하는 사람도 있고, 일하는 사람이 목마르거나 배고프지 않도록 챙겨주는 사람도 있죠. 하루가 끝날 무렵엔 하늘을 꾸미고 잠자리에 들어요. 그리고 다음 날 아침이 되면 모든 작업을 처음부터 다시 시작해요."

"이쪽 세계에 들어온 후로 보고 들은 것 중에 제일 이해가 안 되네요. 밤하늘을 준비한다는 게 무슨 뜻이에요? 어떻게 별을 짓는다는 거예요?"

"당신 눈으로 직접 보는 게 좋을 거예요. 이리 와요."

그들은 거리 끝의 2층짜리 목조 가옥을 마주 보고 섰다. 두 남자가 가옥 앞에 선 수레에서 짐을 내리고 있었다. 남자들이 비단에 싸인 작은 보따리가 든 바구니들을 건네주면 두 여자가 받아서 가옥 안으로 날랐다.

하나가 말했다.

"모든 과정이 바로 여기에서 시작돼요. 마을 전체가 작업장인 셈이죠. 거리마다 특정한 임무가 주어지고, 그 거리의 집들이 임무의 세부 요소를 이행하는 거예요. 이 집은 희망을 수거하고 분류하는 일을 맡았어요."

게이신은 한쪽 눈썹을 치켜올렸다.

"희망을요?"

"인생 전체가 미리 계획되어 있는 우리 세계에서도 희망이, 아니, 적어도 희망이 있다는 환상이 필요해요. 생일에 희망을 이 마을로 보낼 수 있어요. 생일 몇 주 전에 적어서 여기로 보내죠. 그걸 하늘로 올려 보내는 게 이 마을의 임무고요. 저 바구니들에 담겨 있는 게 바로 그거예요. 희망. 이 거리의 모든 가족이 희망을 수거하고 분류하는 일을 하고 있어요. 하지만 희망이라고 다 같은 게 아니에요. 손이 더 많이 가는 희망이 있거든요. 사랑과 관련된 희망을 맡은 집들이 제일 힘들죠."

게이신과 하나는 옆 거리의 어느 집으로 걸음을 옮겼다. 집주인이 두 사람을 따스히 반겼다. 눈은 어둡지만 재잘재잘 말이 많은 꼬부랑 할머니 스즈키 후미코가 그들을 데려간 방에서는 몇 사람이 탁자에 모여 얇은 종이에다 그림을 그리고 있었다.

"우리 마을에 손님이 찾아오는 경우는 드문데" 하며 후미코는 실눈을 뜨고 게이신을 쳐다보았다. "여기로 희망을 보내는 사람을 직접 보면 늘 기분이 좋다니까."

하나가 말했다.

"작업을 볼 수 있게 해주셔서 고맙습니다, 스즈키 님."

"지금은 내 자식들이 맡아서 그린다오. 내 정신머리랑 손보다 눈이 먼저 가버렸거든. 아, 정말 잘 그렸었는데. 다들 그랬어, 내 그림이 마을에서 제일 예쁘다고. 심지어 언니보다 잘 그렸다니까. 얼굴이 내 특기였어. 입술. 눈. 코. 엄청 공들여 그렸지."

후미코는 숨도 쉬지 않고 이어 말하다가 쿡쿡 웃었다.

"아이고. 미안해라. 내가 또 주책이네. 예의 지킨다고 잠자코 들어주는 사람만 있으면 주절주절 떠들어대는 게 할멈들 나쁜 버릇이지."

게이신은 빙긋 웃었다. 후미코의 수다는 위로가 되었다. 시쿠인들에게 쫓기고 있다는 걱정을 잠시 내려놓을 수 있었다. 하나와 함께 관광하는 듯한 기분이 들기도 했다. 어디서 점심을 먹고 기념품을 살까 하는 고민밖에 없는 관광. 어떻게 보면 데이트 같았다. 노래를 타고 이동하는 동안 했던 가상의 데이트도 포함한다면 이번이 두 번째 데이트였다. 서로의 손이 닿을 만큼 가까이 서면 뱃속에서 작은 거품이 보글보글 일어나 팡팡 터지는 느낌이 들었다.

"마음껏 이야기 들려주세요."

후미코의 얼굴이 밝아졌다.

"마음에 드는군. 아버지가 생각나네. 내가 곤충을 찾거나 예쁜 돌멩이를 주웠다고 말하면 아무리 바빠도 하던 일을 멈추고 들어주셨거든. 세상에서 제일 재미있는 이야기인 양. 이제는 아버지 얼굴이랑 여기 간수해둔 옛날 보물들만 똑똑히 보인다니까."

후미코는 그렇게 말하며 굽은 손가락으로 머리 옆쪽을 톡톡 두드렸다.

"그렇다고 신세타령할 이유는 없지. 우리 가족은 우리 세계 사람들이 사랑에 대해 품는 희망을 그리는 영광을 누렸으니까. 아이들에 대한 희망은 제일 오색찬란하고, 건강에 대한 희망은 제일 밝고, 행복에 대한 희망은 제일 예쁘고, 사랑에 대한 희망이 제일 그리기 어렵다지. 맞는 말이야. 사랑의 모든 색조를 물감으로 담아내기란 여간 힘든 게 아니야. 그저 최선을 다할 수밖에. 내 평생 그린 희망들은 하나도 잊지 않았어. 그 기억들로 가장 큰 박물관도 채울 수 있을걸. 이젠 앞을 못 봐도 여한이 없어. 내 자식들이 우리 가문의 임무를 계속 이행해나갈 거야."

후미코는 탁자의 먼 끝을 가리켰다.

"내 맏아들 미키오인데, 솜씨가 좋다오."

머리칼이 듬성듬성한 가냘픈 체격의 남자가 육각형 화지에서 눈을 들더니 게이신과 하나에게 정중한 미소를 지어 보였다. 그러고는 다시 작업으로 돌아가, 먹물로 굵거나 얇게 붓질하며 그림을 그렸다.

절반도 안 그려진 그림이었지만, 게이신은 굉장히 매력적인 얼굴의 이목구비를 알아볼 수 있었다.

후미코는 복숭아를 연상시키는 얼굴의 여자를 가리키며 말했다.

"그리고 저 아이는 에미코. 미키오의 그림에 생기를 불어넣지."

에미코는 탁자 귀퉁이에서 고개를 들고 수줍게 고개를 끄덕여 인사했다. 그러곤 조그만 점토 항아리에 붓을 담갔다가 항아리 테두리에 가볍게 톡톡 친 뒤, 그 섬세한 붓으로 여자 얼굴을 색칠했다. 그렇게 칠한 뺨에서 뿜어져 나오는 온기가 옆에 서 있는 게이신에게까지 전해져왔다.

후미코가 물었다.

"오늘 밤에 별 보시려오? 꽤 볼만한데 말이야. 평생 이 마을에 살았는데 아직도 밤마다 느낌이 새롭다니까."

하나가 답했다.

"아직 계획은 없어요. 작업 보여주셔서 고맙습니다. 정말 다 아름답네요."

"모든 희망은 하늘에서 반짝일 자격이 있다오. 단 하룻밤이라도."

후미코는 눈가 주름이 짙게 지도록 미소 지었다.

후미코의 집을 나설 때 게이신은 한 가지 의문이 들어 미간을 찌푸렸다.

"저 사람들이 그리고 있던 그림이 별이 되는 거예요?"

"맞아요. 아직 완성되기 전이에요. 그림이 마르면 저기 있는 집들로 보내질 거예요."

하나는 교차로를 가리켰다.

"저 가족들은 그림이 그려진 화지를 대나무 틀에 붙이는 일을 해요. 그 맞은편 집들은 모든 게 단단히 붙어 있도록 끈을 끼우고 대나무를 구부리죠."

게이신은 눈을 가늘게 뜬 채, 전부 조립된 모습을 상상해보았다.

"혹시 연을 만드는 건가요?"

"마을로 보내지는 희망 한 가지에 연 한 장. 오늘 밤에 연들은 별이 되어 하늘에 떠 있을 거예요. 여기는 시쿠인들이 들어올 수 없는 유일한 곳이에요. 덕분에 자유로운 척할 수 있는 곳이기도 하죠."

"그래서 하루토가 여기서 만나자고 했군요. 시쿠인들이 따라오지 못할 테니까."

"그것도 그렇고, 하루토가 세상에서 가장 신뢰하는 사람이 이 마을에 살거든요."

"누군데요?"

머리칼이 백금색이고 얼굴이 하루토와 판박이인 키 큰 여자가 하나 뒤로 걸어왔다.

"자기 엄마지."

하나는 몸을 빙 돌려 "마스다 님" 하고 그녀에게 고개 숙여 인사했다.

마스다 마사코는 무표정한 얼굴로 답했다.

"하나."

"하루토가 여기 있나요?"

마사코는 손을 들어 하나의 말을 막았다.

하나는 엿듣는 사람이 있나 주위를 휙 둘러보며 고개를 끄덕였다.

마사코는 게이신을 쏘아보다가 노기 어린 목소리로 낮게 말했다.

"외부인."

마사코의 날카로운 말이 칼처럼 공기를 가르고 게이신의 왼쪽 뺨을 베었다. 게이신은 움찔했다. 그에게는 너무도 익숙한 단어였다. 어디에 있든 외부인으로 느껴졌으니까. 그의 또 다른 이름이라 해도 좋을 만큼.

하나는 마사코의 눈을 똑바로 쳐다보며 말했다.

"게이신은 제 친구예요, 마스다 님."

"우리가 너 때문에 얼마나 위험해졌는지 넌 몰라, 하나."

"알아요. 정말 죄송하게 생각해요. 최대한 빨리 떠날…."

"그전에" 하며 마사코는 침울한 얼굴로 하나의 말을 끊어버렸다. "내 아들을 보고 가렴. 너 때문에 무슨 일을 당했는지."

마사코의 집은 어느 우람한 나무의 그늘에 있었다. 삼지닥나무며 산닥나무며 꾸지나무며 앞뜰에 제멋대로 자란 덤불이 집으로 가는 길을 뒤덮다시피 했다.

마사코는 지나치게 무성한 떨기나무 한 그루를 넘어가며 말했다.

"밟지 않도록 조심해. 종이 만드는 데 써야 하니까."

하나가 조용히 말했다.

"마스다 님이 만드신 화지 봤어요. 정말 아름답던데요."

"그래서 바빠. 분별 있는 사람들은 은퇴하면 이렇게들 지내지. 분별 있는 일을 하면서. 귀신 쫓아다니느라 주변 사람들을 위험에 빠트리는 게 아니라."

마사코는 걸음을 멈추고 하나를 마주보았다.

"전부 네 아버지 잘못이야. 왜 과거에 연연하지? 우리 가족이 네 아버지한테 무슨 빚을 졌든 내 알 바 아니야. 그 사람은 도를 지나쳤어. 하루토한테, 우리 모두한테 무리한 요구를 한 거야. 네 아버지 때문에 시쿠인들이…."

마사코는 눈물을 글썽이며 몸 옆으로 축 늘어뜨린 두 손을 오므려 쥐었다. 그러고는 눈물을 감추려 고개를 돌렸다.

"이리 와. 안에서 하루토가 기다리고 있어."

마사코는 장지문들을 지나 집 안쪽에 있는 방으로 그들을 데려갔다. 구석에 깔린 요에 여윈 형체가 기다란 백금색 머리칼을 헝클어뜨린 채 벽을 바라보고 누워 있었다.

"하루토?"

마사코가 조용히 부르자 하루토가 살짝 움직였다.

"두 사람 왔어. 얘기 나누렴, 난 밖에서 기다리마."

마사코는 방에서 나가며 장지문을 닫았다.

하루토는 요에서 천천히 몸을 일으키다 작은 신음을 뱉었다.

"괜찮아?"

하나는 얼른 그에게 다가가며 물었다.

"어떻게 된 거야?"

그녀를 돌아보는 하루토의 얼굴은 식은땀 범벅이었다. 이마와 뺨에 머리칼이 찰싹 붙어 있었고, 괜찮다고 말하며 짓는 억지 미소에서는 통증이 배어 났다.

하나는 하루토의 얼굴에서 머리칼을 떼어내려 손을 뻗었다.

"됐어."

하루토가 팔을 휙 들어 하나를 막았다. 그의 손가락 끝에서부터 손목까지 피 묻은 붕대가 감겨 있었다.

하나의 두 눈에 공포가 가득 어렸다.

"안 돼…."

게이신은 입을 떡 벌린 채 하루토의 손을 보았다. 두 손 모두 피로 얼룩진 붕대에 싸여 있었다. 게이신은 목멘 소리로 물었다.

"시쿠인이 이런 겁니까?"

"누군가가 당신이랑 하나를 박물관에서 보고 시쿠인한테 밀고했어요. 시쿠인들이 들이닥쳐서 캐묻더군요. 두 사람이 왜 나를 찾아왔는지, 지금 어디에 있는지. 내가 대답을 거부하니까…."

하나는 울먹였다.

"그들이 널 죽일 수도 있었어."

"아니, 못 죽여. 어머니는 이제 나이가 들어서 내가 하는 일을 못 하셔. 내 일을 물려받을 아들이나 딸도 없고, 대신해줄 사람이 없잖아."

하나는 그의 두 손을 살며시 감쌌다.

"이게 더 나빠."

"차라리 이게 나아. 이 방법밖에 없었어."

"무슨 소리야? 뭘 위한 방법?"

"날 실토시키려고 끔찍한 고문까지 했으니까 내 거짓말을 믿어준 거야."

"무슨 거짓말?"

"내가 이렇게 말했지. 하나는 자기 아버지가 저쪽 세계로 안전하게 넘어가는 방법을 찾았다고 믿고, 아버지를 따라가려 하고 있다. 그래서 박물관 전시물 중에 도움이 되는 걸 찾으러 왔고 내가 전시물에서 몇 시간을 빼내 하나한테 줬다. 하나의 아버지가 사라지기 전에 찾을 시간을 주기 위해서였다. 그리고 시간을 붙들어둘 종이를 만드는 데 필요한 재료를 모아 오라고 하나를 '연꽃 호수'로 보냈다."

게이신이 물었다.

"놈들이 그 말을 믿었어요?"

"두 손이 다 부러지고도 똑같은 이야기를 했더니 믿어주더군요."

하나는 눈물을 흘렸다.

"이러지 않아도 됐는데, 하루토."

"손은 나을 거야. 더군다나, 사실대로 털어놓으면, 뼈들을 되찾아 오느라 고생한 게 물거품이 돼버리잖아."

하나는 떨리는 목소리로 말했다.

"그 말은… 그럼….""

"해냈어. 성공했다고. 시간을 접었어. 하지만…."

게이신이 물었다.

"하지만 뭐죠?"

"그걸 줄 순 없어요. 시쿠인들한테 들킬까 봐 삼켜버렸거든요."

하나가 말했다.

"아… 그랬구나. 이해해. 잘했어."

"그걸 주지는 못해도, 내가 본 걸 얘기해줄 수는 있어. 주제넘은 짓이라는 건 알지만, 시간을 접은 후에 못 참고 봐버렸거든. 미안해."

하나는 하루토를 와락 껴안았다.

"하루토, 고마워. 정말 고마워."

"하지만 하나…."

"응?"

"편하게 들을 수 있는 이야기는 아닐 거야."

이시카와 치요의 재판과 선고

21년 전

여느 날과 다름없이 전당포의 아침은 주전자에 물을 보글보글 끓이고 녹차를 우리는 일로 시작되었다. 하지만 그 외에는 전부 달랐다. 방 안의 공기는 숨 막힐 듯 무거웠다.

치요는 무릎에 얹은 가냘픈 두 손으로 치마를 비틀어 쥐며 말했다.

"그렇게 가만 있지 말고 무슨 말이든 해. 제발."

도시오는 탁자 맞은편에서 치요를 바라보았다.

"내가 무슨 말을 하든 당신 때문에 우리가 처하게 될 운명은 바뀌지 않아."

"난 우리를 위해서 그런 거야."

"당신 자신을 위해서겠지."

"그럴지도 몰라" 하며 치요는 눈을 내리깔았다. "그리고 기회가 된다면 또 그렇게 할 거야."

"헛소리 마."

도시오는 주먹으로 탁자를 쾅 내리치고는 일어섰다.

"또 그렇게 할 거라니. 당신이 앞으로 또 할 수 있는 일은 아무것도 없어, 오늘이 지나면 죽은 사람이니까."

치요는 그에게 다가갔다.

"아직은 여기 있어."

도시오는 거칠게 숨을 몰아쉬며 한 걸음 물러났다.

"이러지 마."

치요는 두 팔로 도시오를 감싸 안고 그의 가슴에 뺨을 눌렀다.

"하나가 엄마를 잊지 않게 내 이야기 많이 해줘."

"당신에 대해 한 가지 이야기는 해줄게."

도시오는 치요를 밀어냈다.

"하나에게 오늘 일을 알려줄 거야. 엄마처럼 어리석으면 안 된다는 걸 가르쳐야 하니까."

"마지막인데 이런 말만 주고받을 거야, 도시오? 예전엔 당신도 날 사랑했…."

"난…" 하고 말하는 도시오의 목소리에 울음기가 스몄다. "아직도 당신 사랑해."

"하지만 후회하잖아."

도시오는 이를 악물었다.

"우리한테 이런 짓을 한 당신을 미워할 수 있으면 좋겠어. 그럼 당신이 떠난 후에 더 쉽게 잊을 수 있을 테니까."

"내가 그 선택을 훔치지 않았으면 좋았겠지만, 다른 방법이 없었어."

"아니, 다른 방법은 있었어."

도시오의 목소리가 갈라졌다.

"당신이 가진 것에 만족하며 살면 됐잖아. 그냥 행복하게 지낼 수도 있었잖아. 난… 난 지금의 당신으로 족했어."

"그럼 지금 날 가져. 아직 시간이 있을 때."

도시오는 치요를 으스러질 듯 껴안으며 그녀의 입술을 덮쳤다. 치요도 뜨겁게 오래도록 그 숨 막히는 키스에 응했다.

전당포가 이렇게 조용한 적이 있었던가, 하고 도시오는 생각했다. 뜰의 나무 이파리들마저 침묵하는 듯했다. 아니, 치요가 저지른 죄를 알고 난 후 머릿속으로 질러왔던 비명 때문에 귀가 먹어버린 건가. 도시오는 무표정한 가면을 쓴 채 전당포의 연못에서 천천히 기어 나오는 시쿠인들을 지켜보았다. 그의 품에 안긴 하나는 꿈속까지 따라올 근심 따위 없는 여느 아기들처럼 깊은 단잠에 빠져 있었다.

오늘 이후로 딸의 인생은 완전히 바뀌게 될 터였다. 이전의 인생은 단 1초도 기억하지 못하리라. 차라리 이 편이 나을지도 몰랐다. 행복의 맛을 알지 못하면 불행을 삼키기도 더 쉬운 법이니까. 시쿠인들은 치요를 단죄하러 왔지만, 그 피해자는 하나였다. 안식을 갈망하는 백발의 노모를 잃어도 가슴에 못이 박히는데, 하물며 시쿠인들에게 어머니를 잃는 하나의 심정이야 오죽할까.

두 명의 시쿠인이 기모노 소매 속에 갈고리 손톱을 숨긴 채 가슴 위로 팔짱을 끼고 우아한 동작으로 도시오에게 다가왔다. 그들의 진의를 모른다면 아름다워 보였을 광경이었다. 그들은 몇 달 전 금고의 새들을 수거하러 온 날 치요의 범죄를 알아챘다. 그녀가 임신만 하지 않았다면 바로 그날 그녀를 추방했을 것이었다. 치요가 밴 아이는 그들 세계의 다른 아이와 다름없이, 시쿠인들의 소유였다. 이미 그들의 것을 훔친 치요에게 또 한 번의 도둑질은 허락되지 않았다. 시쿠인들은 자기네 재산인 아이가 세상에 나오면 치요를 벌하기로 결정했다. 어차피 치요가 달아날 곳은 없었다. 오늘은 그들의 기다림이 끝나는 날이었다.

시쿠인들이 백 개 이상의 목소리로 합창하듯 물었다.

"죄인은 어디에 있지?"

도시오의 품에서 하나가 살짝 꿈틀거렸다. 그는 아기를 다시 재우려 살랑살랑 얼렀다.

"안에서 기다리고 있습니다."

시쿠인들은 고개를 끄덕이고는 그를 지나쳐갔다. 뒤따라가는 도시오의 머릿속에서는 오늘에 이르기까지의 수많은 일이 주마등처럼 스쳐갔다. 하나하나 눈에 띄지 않고 소소한 순간들이었다. 그래서 그와 치요가 도대체 언제 돌이킬 수 없이 끔찍하게 엇나가버렸는지 도통 알 수가 없었다.

치요는 전당포 한복판에서 어깨를 뒤로 젖히고 등을 꼿꼿이 세운 채 시쿠인들을 맞았다. 그녀는 도시오의 귀까지 오는 키였지만, 이 순간 도시오의 눈에는 30미터 정도는 되어 보였다. 치요는 마치 자신이 단죄자인 양 시쿠인들의 시커먼 눈을 똑바로 들여다보았다.

한 쌍의 시쿠인들이 말했다.

"이시카와 치요, 너는 가장 중한 죄를 범했다. 네 것이 아닌 것을 취했지. 이 세계의 성실한 시민들을 대표하여 시쿠인이 소유한 선택을 말이다. 너는 어떻게 항변하겠는가?"

"내 몸에 새겨진 것보다 더 많은 걸 꿈꾸고… 바라고… 갈망하는 건 죄가 아닙니다."

"훔치는 건 죄지. 너는 선택을 수거해서 안전하게 지키는 막중한 임무를 맡았다. 그런데 선택을 사사로이 취하여 널 믿었던 남편과 우리 세계를 배반했어. 이를 부인하는가?"

치요의 눈가가 바르르 떨렸다.

"아닙니다."

시쿠인들은 도시오를 바라보며 물었다.

"아내를 변호하겠는가?"

"네. 저는…."

도시오의 가슴에서 하나가 몸부림치며 울기 시작했다. 도시오는 점점 더 무겁게 느껴지는 하나를 고쳐 안았다. 이제 오로지 그에게만 의지하는 생명의 무게가 버거워 갑자기 진땀이 났다. 그는 치요를 바라보았다. 치요는 도시오와 눈을 맞추며, 그에게 억지로 받아냈던 약속을 말없이 일깨웠다. 그들의 딸을 위해 침묵을 지켜달라고, 시쿠인들을 화나게 하거나 거역하지 말라고 그녀는 간청했었다. 하나에게서 아버지까지 빼앗을 순 없으니까.

"말하라."

"할 말 없습니다."

도시오는 딸의 얼굴 외에는 아무것도 보지 않으려 눈을 내리깔았다. 치요가 금고에서 그 선택을 훔친 순간 그녀를 잃은 거나 마찬가지였다. 이제 그에게 중요한 건 하나였다.

그들이 말했다.

"이시카와 치요, 너는 유죄다. 너에게 추방형을 선고한다."

치요는 고개를 숙이며 말했다.

"벌을 받아들이겠습니다. 마지막으로 한 번만 딸을 안아봐도 될까요?"

시쿠인들은 서로를 쳐다보며 말 한마디 없이 의논했다.

"아니, 안 된다."

"이렇게 빌게요." 치요가 털썩 무릎을 꿇었다. "작별 인사만 하게 해주세요."

"안 돼."

"부탁입니다. 오늘이 지나면 하나를 안아줄 엄마가 없어요. 죄인인 저는 죽어도 상관없지만, 제 딸은 벌하지 말아주세요. 아이는 죄가 없어요."

시쿠인들은 치요의 말을 고려하듯 고개를 기울였다.

"좋다. 작별 인사를 허락한다."

도시오는 하나를 치요의 품에 안겼다. 치요는 하나의 뺨과 머리칼에 코를 비볐다. 하나의 이마에 입을 맞추고는 하나를 도시오에게 돌려주었다. 치요는 도시오의 뺨을 쓰다듬었다.

"서로 잘 돌봐줘야 해."

도시오는 눈물을 흘리며 치요에게 키스했다.

"사랑해."

"나도 사랑해."

치요는 시쿠인들에게 걸어갔다.

"준비됐어요."

시쿠인들은 치요의 양쪽에 한 명씩 서서 그녀의 팔을 붙잡고는 도시오를 보며 말했다.

"나가라."

도시오는 하나를 꼭 안으며 말했다.

"아니요, 여기 있겠습니다."

시쿠인들은 손톱으로 치요의 손목을 더 깊숙이 파고들며 말했다.

"네가 뭘 원하든 상관없다. 나가라."

치요가 말했다.

"시키는 대로 해, 도시오. 봐서 좋을 거 없어. 당신이나 하나가 여기 없었으면 좋겠어. 이 기억이 두 사람한테 남는 게 싫어."

두 시쿠인은 치요의 양팔을 꽉 붙든 채 그녀를 전당포 문으로 데려갔다. 치요는 자신이 순식간에 사라져버릴지, 많이 고통스러울지 궁금했다. 딸과의 이별보다 더 아플 것 같지는 않았다. 오른편에 서 있던 시쿠인이 문손잡이를 잡고 문을 당겨 열려다 갑자기 멈칫하고는 그대로 문을 탁 닫아버렸다. 두 시쿠인은 눈을 감고 머리를 숙인 채, 희미하거나 머나먼 소리를 들으려 애쓰는 것처럼 고개를 살짝 기울였다.

"알겠다."

그들은 치요에게는 보이지 않는 누군가의 말에 답하더니 고개를 들고 그녀를 바라보았다.

치요가 물었다.

"무슨 일이죠?"

"우리의 결정이 바뀌었다."

치요는 숨이 턱 막혔다.

"네?"

"네 죄에 더 걸맞은 벌을 내리기로 했다."

두 시쿠인이 고개를 비스듬히 움직이자, 그들의 움직이지 않는 회 반죽 입술에 그림자가 져서 조소를 머금은 모양으로 변했다.

"너에게 죽음은 과분하다."

가족

 하루토는 입술이 파리해져서는 벽에 기대었다. 얼굴 한쪽으로 땀이 흘러내렸다. 그는 지친 듯 숨을 헐떡이며 눈을 감고 맥없는 목소리로 말했다.
 "더 얘기해주고 싶지만, 하나, 뼛조각이 보여준 내용은 이게 다였어. 아저씨를 위해서 시간을 접었을 때보다는 뼈가 부족해서 시쿠인들이 네 어머니를 어디로 데려갔는지까지는 못 봤어. 미안."
 "미안하긴 뭐가. 이미 많은 걸 해줬어. 너무 많이."
 하나는 조심조심 하루토를 다시 눕혔다.
 "이 은혜를 어떻게 갚아야 할지 모르겠다."
 하루토는 미소 지으며 붕대에 감긴 손으로 하나의 뺨을 어루만졌다.
 "갚을 은혜 같은 건 없어."
 하나는 하루토의 손길에 멈칫하고는 게이신을 힐끔 쳐다보았다. 게이신은 눈을 돌려버렸다.

하루토는 얼굴에서 미소를 지우며 손을 떼어냈다.

"내가 시간을 접은 후에도 아저씨의 행방은 여전히 묘연하니까. 네 부모님이 어디 계신지 아직도 모르잖아. 종이가 아무것도 안 알려줬어."

"아니, 가장 중요한 걸 알려줬어. 시쿠인들이 엄마를 살려줬다는 사실. 엄만 추방되지 않았어."

"'죄에 더 걸맞은 벌'이라는 게 뭘까요?"

게이신의 질문에 하나는 고개를 저었다.

"모르겠어요."

장지문이 스르르 열렸다. 마사코가 들어왔다.

"용건 끝났으면 이제 떠나도록 해. 내 아들 더 위험하게 만들지 말고."

하루토는 요에서 몸을 일으켜 얼굴을 찡그리며 앉았다.

"여기 있어야 돼요. 다 같이 이 마을에 있으면서 시쿠인들의 의도를 알아내는 게 제일 안전해요."

마사코가 말했다.

"다 같이? 이건 저 사람들 문제지 네 문제가 아니야, 하루토. 애초에 말려들지 말았어야지."

"이시카와 님은 내 생명의 은인이에요."

"넌 그 사람한테 빚진 거 없어. 치요가 그러지만 않았어도 도시오가 널 구할 필요도 없었어…."

마사코는 하나를 날카롭게 쏘아보며 말을 이었다.

"네가 이 아이한테 빚진 건 하나도 없어."

"하나는 가족이에요."

"아직은 아니지. 아직은 네 아내가 아니야."

"될 거잖아요. 어머니 몸에 아버지 이름이 새겨져 있듯이 내 살갗에 하나의 이름이 선명하게 새겨져 있어요. 내가 또 딴 길로 새서 시쿠인들한테 더 밉보이면 좋겠어요?"

마사코는 고개를 절레절레 흔들고는 한숨을 내쉬었다.

"물론 아니지. 그러라는 게 아니야."

"그러니까 이렇게 해요. 시쿠인들이 하나의 어머니를 어디로 데려갔는지 알아내는 동안 하나와 친구도 여기서 지내기로."

하나는 하루토의 어깨에 살며시 손을 올렸다.

"네가 더 위험해지면 안 돼. 우리가 떠날게."

"그래서 어디로 가려고? 무턱대고 떠났다가 시쿠인들한테 붙잡히려고?"

게이신이 말했다.

"맞는 말이에요. 시쿠인들한테서 도망치기만 하다간 당신 부모님 못 찾아요."

마사코가 끼어들었다.

"여긴 내 집이야. 누가 있고 누가 떠날지는 내가 결정해. 하나는 있어도 좋아. 하지만 외부인이 내 집에서 자는 건 용납 못 해. 안전을 따진다면 저자한테는 이 집이나 여인숙이나 마찬가지일 테지."

하나가 말했다.

"나도 같이 갈게요."

"됐어요. 당신은 하루토 옆에 있어줘요. 시쿠인들이 당신 어머니를 처벌할 때 왜 그런 말을 했는지 짐작 가는 사람이 있으면 다시 모이기로 하고요."

"케이…."

"괜찮아요, 하나. 이게 최선이에요. 나 혼자 생각할 시간도 좀 필요하고요."

"뭘 생각하려고요?"

게이신은 하루토와 하나를 차례로 힐끔 쳐다보았다.

"그냥 이것저것, 다요."

따스한 죽 그릇을 만지자 하나는 그녀가 아플 때 아버지가 쒀주곤 했던 묽은 쌀죽이 떠올랐다. 아버지는 대개 달걀과 고구마를 반찬으로 냈다. 마사코가 하루토에게 차려준 저녁밥에는 매실 장아찌가 곁들여져 있었다. 하나가 죽을 한 숟가락 떠주자 하루토는 손을 저어 물렀다.

하나가 말했다.

"뭐든 먹어야 기력을 회복하지."

"배 안 고파."

"딱 한 숟가락만 먹어줄래? 부탁이야."

하루토는 한숨을 쉬었다.

"그럼 한 숟가락만 먹을게."

하나는 그에게 죽을 먹였다.

"간호 안 해줘도 돼, 하나."

"내가 하고 싶어서 그래."

하나는 그렇게 말하며 보드라운 수건으로 그의 입술을 톡톡 두드렸다.

"그래? 여기 있지도 않으려고 했잖아" 하며 하루토는 도로 누웠다.
"게이신과 함께 가겠다면서."

"그 사람한테는 여기가 낯설잖아. 혼자 여인숙에서 묵게 하기가 좀 그래서."

하루토는 천장을 빤히 올려다보며 물었다.

"다른 이유는 없고?"

"또 무슨 이유가 있겠어?"

"너 그 사람 좋아하잖아."

"그래, 친구로 좋아하지."

"나를 친구로 좋아하는 것처럼."

하나는 그의 두 손 위에 자기 손을 살포시 올렸다.

"둘도 없는 죽마고우지."

"우린 한 달 후면 결혼해, 하나."

"그래… 알아."

하나는 그 날짜를 마음 한구석으로 내몰아놨었다. 게이신이 온 후로는 더 깊숙이 밀어 넣었다.

"그리고 넌 아직 날 사랑하지 않아."

"사랑해."

"아내가 남편을 사랑하듯이 사랑하는 건 아니지."

"아빠도 우리가 서로 사랑하는 부부가 되길 원하셨지. 이 세계에서 결혼하기 전부터 이렇게 가까운 사이로 지내는 건 우리밖에 없을 걸. 아빠는 결혼식 날 처음으로 엄마를 보셨어. 너희 부모님도 마찬가지고. 우리에겐 대부분의 사람들이 평생 경험하지 못할 끈끈한 우정이 있잖아. 그걸로 족하지 않아?"

"그래야겠지. 하지만 그거로는 부족해."

"엄마는 아빠를 사랑하게 되셨어. 우리도 지금은 이렇지만, 나중에 사랑이 찾아올지도 몰라."

"과연 그럴까? 우린 평생을 알고 지냈어. 그런데 아직 날 사랑하지 않는다면, 신사에서 식을 올린다고 뭐가 바뀔까? 내가 원하는 건…."

"뭔데? 말해."

"됐어."

하루토는 점점 어두워지는 하늘을 창밖으로 내다보았다.

"어차피 희망과 소원이 있을 자리는 하늘뿐이야."

별들 속에서

 게이신은 행렬이 어디로 향하는지도 모른 채 무작정 뒤따라 길을 나섰다. 한 걸음 한 걸음 내딛다 보니 여인숙 침대에 누워서 해 뜨기만 기다리던 때보다 기분이 한결 나아졌다. 하지만 계속 머릿속에 맴도는 생각이 영 마음에 들지 않았다. 하루토가 그와 하나에게 던져준 수수께끼를 푸는 데 정신을 집중하려 애써봐도, 생각이라는 녀석은 어느새 그의 머릿속에 하나의 얼굴을 그리는 데만 혈안이 되었다. 잠들기도 그리 쉽지 않았다. 그가 아닌 다른 사람에게로 향한 하나의 미소를 떠올리며 몇 시간이고 안절부절 애를 태워야 할 것 같았다.
 '마사코가 나를 꺼리는 것도 무리가 아니지' 하고 게이신은 생각했다. 그는 저쪽 세계에서나 이쪽 세계에서나 이방인이었다. 그에게 주어진 역할도 없는 각본으로 비집고 들어가 하나의 인생에 침범했다. 하루토와 함께 있는 하나를 보고는 명확하게 알았다. 하루토는 다른 누군가에게 인생을 바친 사람만이 할 수 있는 희생을 자처했다. 하루토는 오래전 하나에게 마음을 주었다. 그리고 이제 두 손까지 주었다. 그의 삶의 목적인 이키가이를.

이런 하루토에게 탄복해야 마땅했지만, 게이신은 그저 부끄러울 따름이었다. 잘 알지도 못하는 여자를 원하다니. 그녀를 진정으로 사랑하는 그 남자처럼 희생할 자신도 없으면서. 그래도 게이신은 하나를 원했다. 별들과 그 모든 비밀을 알고 싶은 만큼이나 간절히. 아니, 어쩌면 그보다 더.

이 마음이야말로 사람들에게 도둑질을 부추기는 가장 원초적인 본능이라고 게이신은 생각했다. 하나의 어머니 역시 그것을 느꼈으리라. 치요가 뭘 훔쳤는지는 알 수 없었다. 알 필요도 없었다. 도둑은 도둑을 이해하는 법이니까. 그들은 물에 비친 달을 탐냈다. 게이신은 전당포 금고 안에 앉아 가지지 못하는 물건들에 에워싸여 있는 치요를 상상해보았다. 그의 어머니도 그를 품에 안을 때마다 똑같은 기분이었을 거라고 게이신은 확신했다. 간절히 원하는 삶이 바로 문밖에 기다리고 있었고, 두 손을 비운 뒤 문을 열고 나가기만 하면 그만이었다.

"또 자네로구먼, 안녕하신가."

뒤에서 노인의 목소리가 들렸다.

게이신은 고개를 숙였다.

"스즈키 씨, 안녕하세요."

"친구는 어디 있고? 남아서 별을 보기로 하셨소?"

게이신은 거짓말을 했다.

"네, 별을 보려고 나왔어요. 하나는 저 앞에 있고요. 마을분들이 힘들게 완성하신 작품을 볼 수 있는 모처럼의 기회를 놓치지 않으려고요."

"잘했다 싶을 거요."

후미코는 이 두 개가 빠진 치열을 드러내며 씩 웃어 보였다.

"내 장담하는데, 쉽게 잊을 수 있는 풍경이 아니거든. 어서 서두릅시다. 곧 날이 어두워지는데 별들은 기다려주지 않으니."

별 없는 하늘 아래의 풀밭에 마을 사람들이 모여 있었다. 앞쪽 사람들은 등에 큼직한 바구니를 짊어지고 있다가 멀리서 징 소리가 울리자 어깨에서 바구니를 벗었다. 각자 바구니에 손을 집어넣더니 연을 한 장씩 꺼내고 뒷사람에게 바구니를 건넸다. 그렇게 바구니들은 맨 뒤쪽까지 전달되었다. 한 여자가 미소 띤 얼굴로 몸을 돌려 게이신에게 텅 빈 바구니를 건넸다. 게이신은 실망한 기색을 애써 감추며 미소로 답했다.

"괜찮소" 하며 후미코는 게이신의 팔을 토닥였다. "달리면서 하늘 올려다보기가 어디 쉬운가? 오늘 밤 구경거리는 땅에 있는 게 아니야."

바람이 일어 후미코의 기모노가 펄럭였다. 게이신은 비구름이 보이리라 짐작하며 하늘을 올려다보았다.

"죄송합니다."

게이신이 악천후를 몰고 다니는 자신의 불운을 무심코 사과하자 후미코는 고개를 갸웃했다.

"뭐가 말이오?"

"날씨요. 아마 곧 비가 올 겁니다. 오늘 밤엔 연이 못 날 거예요."

후미코는 킬킬 웃었다.

"날씨 때문에 사과하는 사람이 어딨나? 게다가 비도 알고 있어. 여긴 내리면 안 된다는 걸. 우리는 강이랑 이슬로 물을 얻거든. 별들이 하늘에서 자기 자리를 찾는 데 방해가 되는 장애물은 하나도 없단 말씀이야. 비도 시쿠인도 별들이 날아오르는 걸 막진 못해."

"그 괴물들을 안 봐도 된다니 운이 좋으시군요."

"괴물?"

"시쿠인들 말입니다."

후미코는 게이신의 손을 토닥였다.

"시쿠인은 괴물이 아닐세. 그이들이 없으면 안 돼. 자네랑 나처럼 제 할 일을 하고 있는 거야. 그치들이 말썽꾼을 처리해주니까 우리 세계가 이렇게 잘 돌아가고 있잖나."

"정말 그렇게 믿으세요?"

"믿고말고. 교육 박물관의 학들이 보여주더구먼, 문 너머 세계가 얼마나 어리석은지. 그런 아수라장에서 이런 마을은 어림도 없어. 불빛이 그렇게 번쩍이는데 별이 보일 리가 있나. 시쿠인들이 여기 안 와도 마을 사람들은 그들의 공로에 한마음으로 고마워하고 있다오. 시쿠인들이 아니면 누가 새들을 모아서 지키고 있겠어?"

징이 아까보다 더 우렁차게 또 한 번 울리자 공기 중에 흐르는 짜릿한 기운이 게이신의 뼛속까지 스며드는 느낌이었다. 마을 사람들이 연을 어깨 위로 들어 올리더니 줄줄이 들판으로 달려나가며 바람을 받으려 애썼다. 게이신은 그들이 연을 슬슬 띄우는 모습을 지켜보았다. 연들은 점점 더 높이 떠오르며 마치 불이라도 붙은 듯 눈부신 빛을 발했다. 차례차례 하늘로 떠오른 연들은 어떤 줄을 써도 불가능하다 싶을 정도로 높이 날아올랐다. 백 개가 넘는 연들이 밤하늘을 화폭 삼아 반짝거리면서, 뚝 떨어지기도 하고 빙빙 돌기도 하며, 이름을 붙이고 싶어질 만큼 아름다운 별자리를 이루었다. 연들이 저마다 제자리를 찾자 마을 사람들은 하나씩 줄을 끊었고, 게이신은 하늘 가득 반짝이고 있는 한 세계의 희망들 아래 서 있었다. 그는 이 진풍경을 한눈에 담으려 목을 길게 빼며 말했다.

"이렇게 아름다운 광경은 처음입니다."

"아" 하며 후미코가 빙긋 웃었다. "아이가 없으신가?"

"네, 없습니다만. 왜 물으시죠?"

"아이가 있다면, 이 하늘은 두 번째로 아름다운 광경일 테니까 말이야. 자네랑 하나도 부모가 되면 알 테지."

"아뇨, 하나는… 그러니까 우린… 그…."

"아이고 미안하네. 이 늙은이의 주책을 용서하시게. 자네 부부의 몸에 아이가 새겨져 있지 않다는 걸 몰랐네. 하지만 호리시가 그려준 지도를 믿어야 해."

게이신은 고개를 끄덕였다.

"어… 네, 믿어야죠."

"아이를 못 가질 운명인 사람도 있지. 나처럼."

게이신은 얼굴을 찡그렸다.

"아이가 있으시잖아요. 댁에서 봤는데요."

"언니네 애들이야. 언니가 죽고 내가 그 아이들을 친자식처럼 애지중지 키웠지. 애들도 나를 좋아해줬고…. 자기들 나름대로는 최선을 다해서 말이야. 내 옆에 누워 엄마를 찾으면서 울다가 잠든 밤이 어디 하루이틀이던가. 별들이 아무리 하늘을 밝힌들 그런 밤은 어찌나 어둡던지. 결국엔 자업자득이라는 생각밖에 안 들더구먼."

"자업자득이요?"

"별들 사이에 낄 수 없는 희망을 내가 올려 보냈거든. 내 몸에 아이의 이름이라곤 흔적도 없는데 아이가 갖고 싶더랬어. 그러다 언니 아이들을 맡고 보니, 문득 언니의 운명을 내가 훔친 건 아닌가 싶은 거야."

후미코는 하늘을 올려다보며 말을 이었다.

"진짜 내 것이 아니라는 걸 알면서도 품에 안고 있는 것만큼 비참한 일도 없지. 정말 힘들 때는 차라리 언니가 부럽다는 생각까지 들더라니까."

"왜요?"

"죽음은 친절하고 순식간이잖아. 그리움은 종신형이지. 물론 지금이야 괜찮아졌고 나도…."

"종신형" 하고 게이신은 자기도 모르게 후미코의 말을 따라 했다.

"뭐라고?"

"아… 죄송합니다. 전 이만 가봐야겠어요."

참치 캐서롤과 파란 넥타이, 그리고 관 속의 낯선 남자

 게이신의 아버지가 일본에서 숨을 거두었다면 흰옷을 입었을 것이다. 하지만 그는 고국에서 수천 킬로미터는 떨어진 곳에서 세상을 떠났고, 그곳에서는 망자에게 입사 면접에나 어울리는 정장을 입혔다.
 그의 아버지는 생전에 정장 차림을 전혀 하지 않았기에, 새어머니는 옷가게에서 검은 넥타이에 회색 정장이냐 파란 넥타이에 가는 세로줄 무늬 정장이냐를 두고 몇 시간이나 고민해야 했다. 그녀가 의견을 물어봤다면 게이신은 아무래도 상관없다고 답했을 것이다. 어떤 옷을 입든 관 속의 남자는 낯선 사람처럼 보일 테니까. 암은 아버지를 게걸스레 갉아먹어 뼈에 살가죽만 겨우 남겨놓았다. 새어머니는 결국 세로줄 무늬 정장에 파란 넥타이가 20퍼센트 추가 할인된다는 말을 듣고 그 옵션을 선택했다. 그 주에는 참치도 할인했던 모양인지, 동네 사람들이 가져다준 참치 캐서롤이 네 개째 냉장고를 비집고 들어갔다. 게이신은 이러다 주말 즈음엔 몸에서 아가미가 돋아나겠다고 생각했다.

게이신이 저녁 식탁에 사흘째 올라온 참치 캐서롤을 깨지락거리며, 바로 얼마 전 도서관에서 빌려온 누런 책, 스티븐 호킹의 『시간의 역사』를 펼치기까지 몇 입이나 남았나 세고 있을 때였다.

"남겨도 돼."

새어머니는 손대지 않은 접시에서 눈도 들지 않은 채 말했다.

게이신은 방금 들은 말이 선뜻 이해가 되지 않아 새어머니를 빤히 쳐다보았다. 아버지가 살아 있을 땐 집에서 단 한 번도 나온 적이 없는 말이었다. 아버지에게는 그 말을 듣는 것이 암보다 더 치명적이었을 것이다. 아버지는 제2의 고향을 여러모로 좋아했지만, 자신이 일하는 식당에서 매일 버려지는 음식의 양에 치를 떨었다.

"다 먹을 거예요."

게이신은 아무 맛도 안 나는 캐서롤을 포크로 집어 입속에 밀어 넣었다.

"싫은 걸 억지로 할 필요 없어, 이젠."

게이신은 음식을 씹지도 않고 꿀꺽 삼켰다.

"그게 무슨 뜻이에요?"

"연기하지 않아도 된다고. 네 아빠랑 결혼했을 때 날 새엄마로 받아들이려고 최선을 다한 거 알아. 고마웠어. 진심으로. 하지만 이제 네 아빠 없잖니. 네 아빠나 내 눈치 보면서 더 이상 연기할 필요 없어. 예의 차리지 말고 서로한테 솔직해지자. 그러면 친구가 될 수 있을 거야."

게이신은 포크를 내려놓고 새어머니를 쳐다보았다. 그가 알던 사람이 맞나 싶었다. 빙빙 돌리지 않고 직설적으로 터놓는 법이 없는 사람이었다. 한편으로는 먼저 이런 말을 꺼내주니 오히려 마음이 편했다. 새어머니가 싫은 건 아니었다. 오히려 그녀를 좋아했다. 그리고 그녀가 그를 아낀다는 것도 잘 알고 있었다. 하지만 아버지의 아내라는 이유로 그녀가 마법처럼 엄마가 되지는 않았고, 그녀를 '엄마'라고 부른다고 해서 그가 진짜 아들이 되지도 않았다. 가짜 이름을 부르면 진짜가 아니라는 느낌만 더 강해질 뿐이다. 다른 한편으로는, 새어머니의 그 말이 슬프기도 했다. 거짓말이 대개 그러하듯, 그들의 거짓말도 쓰라린 진실에 덧바르는 연고와도 같았다. 그 약이 씻겨나가고 나니, 그녀를 볼 때마다 엄마의 닮은꼴이 좋은 엄마를 완벽하게 흉내 내고 있구나 하는 생각밖에 들지 않았다.

그래서 게이신은 그날 밤 별들 아래에서 후미코의 말을 듣자마자 있는 힘을 다해 하나에게 달려가야 했다. 치요가 받은 진짜 형벌이 무엇인지 깨달았으므로. 후미코와 마찬가지로 그도 똑같은 벌을 받았기에.

죄에 걸맞은 벌

하나는 하루토 곁에 누워 그가 잠드는 모습을 지켜보았다. 그는 미간을 잔뜩 찌푸린 채 고르지 못한 숨을 쉬었다. 하나는 이부자리에서 일어나 창으로 걸어갔다. 마을 사람들의 작품이 하늘에 반짝였다.

하루토가 붕대에 감긴 손등으로 눈을 비비며 "하나?" 하고 불렀다.

"다리를 일찍 건넜네. 아직 아침이 안 됐어."

"아무 꿈도 안 꿨거든."

하루토는 일어나 앉아 물었다.

"왜 아직 여기에 있어?"

"혹시 내가 도울 일이 있을까 하고."

"말했잖아. 내가 알아서 할 수 있다니까."

"알았어. 그럼 갈게."

하나는 마사코가 마련해준 방으로 향했다.

"잠깐만, 미안해. 여기 있어줘… 네가 싫지만 않다면."

하나는 그의 곁으로 가 조용히 앉았다.

"언제 알았어? 그러니까 날 친구 이상으로 좋아한다는 걸 말이야."

하루토는 고개를 저었다.

"이런 얘기 안 해도 돼. 네 감정은 나와 다르다는 거 아니까."

"알고 싶어서 그래. 아니, 알아야겠어."

"음, 꼭 집어 말하기 어려운데. 어느 특정한 날이나 어떤 순간에 그렇게 된 게 아니야. 어느 날 일어났더니 갑자기 널 사랑하고 있다고 느낀 게 아니고, 서서히 그렇게 됐을 뿐이야. 바다가 바위를 모래로 바꾸듯이, 천천히 아무도 모르게. 그리고 넌 바다야, 하나. 온화하고 고요하면서도 어떤 사람이든 어떤 배든 휩쓸어버릴 만큼 강한 바다. 그런 너한테 오래전에 빠지고도 모르고 있었어."

"만약… 만약에 나도 그런 거라면 어쩌지? 너를 사랑하는데 아직 못 깨달은 거라면?"

"답을 찾게 내가 도와줄 수 있어. 하지만 그전에 너한테 물어야 할 게 있는데…."

하루토는 고개를 더 가까이 기울여, 입술보다 눈으로 먼저 물었다. 그의 눈은 하나에게 그 무엇도 숨기지 못했다. 그의 안에서 일어나는 아주 작은 변화라도 눈빛에 드러나, 하나는 하루토가 느끼는 어색함이나 수줍음, 두려움, 슬픔, 행복, 놀라움을 정확히 알아차렸다. 오늘 밤, 하루토의 두 눈은 그녀에게 키스하고 싶다고 분명히 말하고 있었다.

"좋아." 하나가 답했다.

"응? 뭐가."

"키스해도 되냐고 물으려고 했잖아. 내 대답은 '좋다'야."

"정말 너도 원하는 게 확실해?"

하나는 하루토의 눈을 들여다보았다. 그녀에게 종이꽃 접어주기를 무엇보다 좋아하는 소년, 그녀를 지키기 위해 두 손을 희생한 남자가 거기 있었다. 하나는 눈을 감고 하루토의 입술이 닿기를 기다렸다. 그녀가 하루토에게 어울리는 아내가 될 수 있을지 이윽고 알게 되는 순간을.

"응."

"네가 답을 찾을 수 있었으면 좋겠어, 하나."

하루토의 입술이 그녀의 입을 부드럽게 열었다.

하나의 심장이 갈빗대를 쿵쿵 때려대고, 하루토에게 들리지 않을까 싶을 만큼 그 소리가 커졌다. 그때 문 두드리는 소리가 천둥처럼 울리며 그녀의 심장박동을 삼켜버렸다. 하나는 움찔 물러나 허둥지둥 일어났다.

"시쿠인들이야."

문 뒤에서 한 남자의 목소리가 들렸다.

"하나? 하루토?"

"게이신?"

하나는 부리나케 문으로 갔다.

게이신은 양쪽 옆구리를 부여잡은 채 헉헉대다가 힘겹게 숨을 고르며 말했다.

"후미코… 그분이… 알고 있었어요…."

하나가 물었다.

"그분이 뭘 알아요?"

게이신은 눈으로 흘러드는 땀을 닦아내며 말했다.

"간절히 원하는 걸 손에 넣었는데 그게 진짜 자기 것이 아니라는 걸 아는 심정이 어떤지."

하루토가 물었다.

"대체 무슨 소리예요?"

"시쿠인들이 하나 어머니한테 어떤 벌을 내리려고 했는지 알겠어요. 죽음보다 더한 고문이 뭔지. 시쿠인들은 공정성 따윈 관심 없어요."

게이신의 시선이 하루토의 망가진 손에 닿았다.

"그저 최대한 고통을 주고 싶은 겁니다. 간절히 원하는 것이 괴로우리만치 가까이 있는데…."

게이신은 하나에게로 시선을 돌리며 이어 말했다.

"그게 진짜 자기 것이 아니라면, 그보다 더 고통스러운 일이 또 있겠어요?"

"무슨 말인지 모르겠어요."

"시쿠인들은 당신 어머니가 얼마나 간절히 당신을 안고 싶어 하는지 봤잖아요. 어머니가 당신을 얼마나 사랑하는지 알았어요. 죽음으로 당신과 어머니를 떼어놓을 수도 있지만, 그 정도로는 부족했던 겁니다. 시쿠인들은 어머니에게 고통을 주고 싶었던 거예요."

하루토가 물었다.

"어떻게요?"

"종신형을 내리는 거죠. 자기가 남겨두고 온 딸이 끊임없이 생각나는 곳에서 여생을 보내도록."

하루토는 고개를 저었다.

"설령 그렇다 해도, 대체 어디서 그분을 찾을 수 있겠어요? 우리 세계에 있는 감옥이란 감옥은 전부 다 뒤지기라도 하게요?"

그때 마사코가 방으로 들어왔다.

"그럴 필요 없다."

하루토는 자신의 어머니를 바라보며 물었다.

"무슨 뜻이에요?"

"이 이방인 말이 맞는 것 같구나. 저쪽 세계로 추방하면 치요도 치요의 고통도 지워버릴 수 있어. 하지만 원하면서도 결코 가질 수 없는 것에 둘러싸여 살아야 하는 곳으로 추방하는 게 사형보다 더 잔인하지. 자기 것이 아닌 걸 훔친 사람에게 어느 쪽이 더 타당한 벌일까? 엄마인 나로서는 그런 고통을 줄 수 있는 감옥은 딱 한 곳밖에 생각나지 않는구나."

하루토가 물었다.

"무슨 감옥인데요? 어디 있어요?"

"어딘지는 몰라도, 야시장에서 돌아다니는 이야기를 들은 적이 있어. 아이가 아닌 아이들이 지내는 곳이라더구나. 밤이고 낮이고 엄마를 찾으면서 우는 아이들…."

게이신은 얼굴을 찌푸리며 물었다.

"'아이가 아닌 아이들'이라는 게 무슨 뜻입니까?"

마사코가 답했다.

"궁금하면 직접 알아봐요."

"그럼 얼른 야시장에 가봐야지."

하루토의 말에 하나가 막고 나섰다.

"게이신이랑 내가 갈게. 넌 여기 있어."

마사코가 말했다.

"하나 말이 맞다. 그 몸으로 움직이는 건 무리야. 네가 가봐야 방해만 되지. 정말 하나의 안전을 생각한다면 여기 있도록 해."

하루토가 한숨을 푹 내쉬며 고개를 떨구자 하나가 말했다.

"야시장에 가기 전에 들를 곳이 한 군데 있어."

"어딘데?"

"넌 모르는 게 나아."

"내 생각도 그렇다."

하나는 그렇게 말하는 마사코에게로 시선을 돌렸다.

"이미 무리한 부탁을 많이 드렸지만, 떠나기 전에 마지막으로 부탁드릴 게 있어요."

"두 사람이 빨리 떠나기만 한다면 뭐든 도와주마."

호수 속의 빛

게이신과 하나가 노를 저어 강을 내려가는 동안 마을의 불빛이 점점 더 작아졌다. 나무 언저리를 떼 지어 날아다니며 생기로운 별자리를 만들어내는 반딧불이들이 하늘에서 내리비치는 별자리들과 승부를 겨루고 있었다. 강물마저 생기가 넘쳤다. 모래 알갱이보다 작은 영롱한 생명체들이 조각배를 느릿느릿 따라오고 게이신이 젓는 노 주위를 빙빙 돌며, 강물을 별들로 가득 메웠다. 게이신은 배 너머로 고개를 내밀어 더 자세히 들여다보았다. 그러자 그 생명체들이 우르르 몰려들어 소용돌이치더니, 거울에 비친 듯 그의 얼굴을 흉내 내 만드는 것이 아닌가. 게이신은 살아 움직이는 그 형상으로부터 움찔 물러났다.

하나가 말했다.

"한샤라는 애들이에요. 보이는 걸 그대로 베끼는 게 취미죠."

게이신은 강물 위로 팔을 쭉 뻗었다. 한샤 떼가 구불구불, 빙글빙글 움직여 그의 팔과 손의 형상을 정확히 흉내 냈다. 그러다 빛이 희미해지더니, 가물거리는 물그림자가 흡사 살덩이로 빚어진 듯한 고형체로 변했다. 게이신이 손가락을 꼼지락거리자 한샤도 꼼지락거렸다.

"굉장한데요…."

게이신은 그렇게 말하며 팔을 거두었다.

"정말 신기하죠."

하나가 지친 목소리로 답하자 뒤에서 게이신이 말했다.

"이제부터는 나 혼자 저을게요."

"아니, 안 피곤해요."

하나는 뱃머리만 바라보며 이어 말했다.

"둘이 같이 저으면 폭포에 더 빨리 도착할 거예요. 폭포만 지나면 호수예요."

"우리가 어디로 가는지 왜 하루토한테 말 안 해줬어요?"

"보나 마나 우릴 말릴 테니까요."

"왜요?"

"하루토가 시쿠인들한테 우리가 연꽃 호수로 갔다고 말했잖아요."

"네? 그런데 거기로 가면 어떡해요?"

"자백을 받아내려고 하루토 손까지 부러뜨린 놈들이에요. 그런데 하루토가 거짓말했다는 걸 알아봐요, 하루토를 어떻게 하겠어요? 그들이 속았다고 생각하지 않게 우리가 호수로 가야죠."

"시쿠인들한테 붙잡히지 않을 방법은 생각하고 가는 겁니까?"

게이신은 그렇게 물으며 노 젓던 손을 멈추었다.

하나가 휙 돌아보자 배가 흔들렸다.

"왜 안 저어요?"

"하루토를 지키고 싶은 마음은 이해하지만, 스스로 덫에 걸려서 좋을 거 하나 없어요."

"덫에 걸릴 일 없어요."

"어떻게 알아요?"

"우린 헤엄쳐서 들어갈 거니까요."

가파른 암벽을 타고 떨어지는 폭포의 꼭대기는 안개와 어둠에 가려져 보이지 않았다. 강물을 부딪는 그 우렁찬 굉음을 들으며 게이신은 폭포가 하늘에서 떨어지는 게 분명하다고 생각했다. 그는 폭포에 가까워지자 심하게 요동치는 조각배를 가누느라 애를 먹으며 노를 꽉 쥐었다. 하나는 폭포에 조금이라도 더 가까이 다가가려 필사적으로 노를 저으며 신음했다.

"조… 조금만… 더."

폭포가 커튼처럼 갈라지더니, 그 뒤로 커다란 동굴이 입을 벌린 채 모습을 드러냈다. 게이신은 배가 진정되면서 노를 젓지 않아도 스스로 살짝 방향을 트는 것을 느꼈다. 그들 뒤로 폭포가 닫히고 정적이 내려앉자 조각배가 물 위를 떠가는 소리만이 남았다. 물웅덩이에 한샤가 바글거려 동굴 전체가 은은하고 온화한 빛으로 반짝였다. 동굴이 네 갈래로 갈라지면서 한샤의 빛이 각각의 컴컴한 어귀 속으로 사라져갔다. 조각배는 어느 쪽으로 갈지 게이신과 하나의 결정에 맡기려는 듯 웅덩이 한복판에 멈추어 섰다.

하나는 가장 왼편의 어귀를 가리켰다.

"저기로 들어가면 '애도의 산'이 나와요. 그다음 구멍은 '노래하는 숲'. 우리는 그 옆 입구로 들어가야 해요."

"연꽃 호수로 이어지는 입구군요."

"맞아요."

"마지막 입구는요? 저긴 어디로 이어지죠?"

"도쿄 역이요."

"그거 참… 편리하네요."

"아무튼, 우리 계획은 똑바로 기억하고 있어요?"

게이신은 고개를 끄덕였다.

"명심해요, 한샤를 겁주면 안 돼요. 물속에 들어가면 절대 급하게 움직이지 말아요."

하나가 게이신에게 등을 돌리고 옷을 벗기 시작하자 게이신도 눈을 돌리고 옷을 벗었다.

"급하게 움직이지 말라는 거죠. 알았어요."

하나는 몸을 낮추어 물속으로 들어갔다. 한샤가 몰려들어 그녀의 피부가 환하게 빛났다.

"한샤가 당신이 마음에 들면 당신 몸을 더 길게 만들어줄 거예요."

"내 매력을 최대한 발산해볼게요."

게이신은 하나를 따라 웅덩이로 들어가며 한기를 각오했다. 그런데 그가 좋아하는 목욕물 온도만큼 따스한 물이 그를 감쌌다.

"조심해요."

하나는 숨을 크게 들이마신 뒤 머리끝까지 물속에 담그곤 소용돌이치는 맑은 빛 아래로 사라졌다.

게이신도 그녀를 뒤따라 물속으로 잠수했다. 반짝이는 은하수가 주위를 빙글빙글 맴돌며 그의 팔다리를 천천히 구석구석 탐험했다. 그러다가 멈칫하더니 덩어리를 이루어 이리저리 모양을 바꾸었고, 어느새 게이신은 그를 빼닮은 쌍둥이를 마주 보고 있었다. 게이신이 눈을 깜박이자, 그의 쌍둥이도 눈을 깜박였다. 게이신이 손을 흔들었다. 쌍둥이도 손을 흔들어 답했다.

하나가 게이신에게로 헤엄쳐 오더니 수면으로 올라가라는 손짓을 했다. 게이신은 부드럽게 굴곡진 하나의 몸에서 어렵사리 눈을 떼고 그녀와 나란히 헤엄쳤다. 한샤만큼이나 우아하게 움직이는 하나의 몸 구석구석에서 한샤의 빛이 꼬마전구처럼 반짝였다.

하나는 수면을 뚫고 웅덩이 밖으로 솟아오르며 숨을 크게 내뱉었다.

"우리가 해냈어요."

게이신은 하나를 마주 보며 선헤엄을 쳤다.

"이후의 계획도 이만큼 수월하면 좋겠네요."

게이신과 하나로 둔갑했던 두 무리의 한샤만이 동굴 속을 비추고 있었다. 한샤는 배의 양쪽에서 헤엄치다가 이따금 게이신과 하나를 힐끔 올려다보고 미소 지으며 손을 흔들었다.

게이신이 말했다.

"적어도 저 둘은 긴장이 안 되나 보네요."

"이렇게 따라와주니 고맙죠 뭐."

"하나…, 만약 계획이 틀어지면….”

"그럴 일은 없어요."

"만약에 그렇게 되면, 일이 잘못되면, 당신만 생각해요. 아버지도, 어머니도, 하루토도 생각하지 말고, 달아나요. 뒤돌아보지 않고 달아나겠다고 약속해요."

"그럴게요, 당신이 한 가지만 약속해주면."

"뭔데요?"

"내가 달아날 때…" 하며 하나는 게이신의 손을 잡았다. "내 손 놓지 말아요."

게이신은 굴의 끝머리 옆으로 삐죽 튀어나온 바위에 배를 매면서 하나의 계획을 머릿속으로 되짚었다. 그 계획은 동시에 두 곳에서 진행되어야 했는데, 불과 며칠 전에 들었다면 그는 웃음을 터뜨리거나 눈알을 굴렸을 것이다. 하지만 지금은 그 무엇도 하지 않았다. 하나의 세계에 발을 디딘 후로 얼마나 많은 과학 법칙을 거슬렀는지 일일이 헤아리기도 어려울 지경이었다. 거기에 한 가지 추가된다고 해서 달라질 것은 없었다.

"마스다 님이 승낙 안 해주시면 어쩌나 했는데 다행이에요."

하나는 가방을 뒤져 종이 물고기 두 마리를 꺼냈다.

"우리 계획에는 얘들이 꼭 필요해요."

게이신은 물고기 한 마리를 하나에게서 받아 들고는 동굴 어귀를 가리고 있는 폭포를 가만히 바라보았다. 처음에 들어왔던 동굴 입구의 폭포보다 좁았지만, 힘은 그에 못지않았다. 그렇게 강력한 무언가가 아무 소리도 내지 않는 것이 낯설었다. 소리가 났으면 싶었다. 쿵쾅거리는 심장의 고동이 그 소리에 묻히면 의연한 척 연기하기가 훨씬 더 쉬울 텐데. 게이신은 동굴 벽에 등을 붙이고 좁은 바위 턱을 따라 살금살금 나아갔다. 폭포가 갈라지면서 그와 하나에게 길을 내주었다.

게이신과 하나는 쏟아져 내리는 물줄기 뒤에 몸을 숨긴 채, 좁다란 바위 턱 위에서 서로 바짝 붙어 웅크리고 있었다. 게이신은 물줄기 사이의 틈으로 건너편을 내다보았다. 수많은 연꽃이 수평선까지 쭉 펼쳐져 있어, 호수보다는 드넓은 꽃밭처럼 보였다. 그의 세계에 있는 연꽃은 해가 떠야 깨어나지만, 이 호수의 큼직한 흰색 꽃들은 달을 향해 사랑스럽게 활짝 피어 있었다. 시커먼 형체들이 기다란 옷자락으로 수면을 건드리지도 않으면서 호수 위를 미끄러지듯 움직였다. 그들 모두 낫을 휘두르며 앞길을 막는 꽃들을 베어버렸다.

게이신이 하나에게 속삭였다.

"시쿠인들이에요."

"얼마나 있어요?"

"최소 열 명, 연꽃을 베고 있어요."

"우리가 물속에 숨어 있는 줄 아는 거예요."

"당신 말대로네요."

"이제 그들이 발견할 거리를 던져줘야죠."

하나는 마사코가 만든 종이 물고기를 호수에 한 마리 풀고는 잽싸게 멀어져가는 녀석을 지켜보았다.

"네 차례야."

게이신은 자기가 들고 있던 물고기에게 속삭인 후 놓아주었다. 물고기는 물에 닿자마자 자기 짝을 뒤쫓아 헤엄쳐 갔다.

한샤가 만들어낸 게이신의 쌍둥이가 폭포에서 호수로 나가 종이 물고기를 쫓아갔다. 그들이 지나가면서 건드린 연꽃이 물 위에서 흔들렸다. 시쿠인들이 그쪽으로 몸을 틀며 소름 끼치는 쇳소리를 일제히 내지르기 시작했다. 발목에서부터 등골까지 냉기가 쭉 뻗쳐 올라오자 게이신은 숨을 가쁘게 몰아쉬며 몸을 더 낮게 웅크렸다.

"약속 잊지 말아요, 하나."

그의 손을 움켜잡는 하나의 손가락이 바르르 떨렸다.

"당신도 잊지 말아요."

시쿠인들이 조용해지더니 낫을 내리고 조각상처럼 그대로 멈춰 섰다. 물속에서 움직이는 것들을 고갯짓으로만 따라갈 뿐이었다. 그러다 서로를 쳐다보며 고개를 끄덕인 다음 추적을 시작했다.

"말도 안 돼. 정말 먹혔잖아. …이제 어떻게 되는 거예요?"

게이신이 물었다.

하나는 참았던 숨을 내쉬며 말했다.

"한샤는 한동안 재미있게 놀 거예요. 그러다 싫증 나면 흩어져서 동굴로 돌아가겠지만, 그전에 시쿠인들한테 우리 얼굴을 살짝 보여주겠죠. 짓궂거든요."

"그럼 시쿠인들이 하루토를 의심할 이유도 사라지겠군요."

하나는 고개를 끄덕였다.

"그리고 그 틈에 우리는 야시장에 먼저 갈 수 있고요."

진드기 떼

게이신은 노를 젓느라 어깨와 팔이 얼얼했다. 노래하는 숲으로 통하는 지하 강은 호수까지 이어졌던 강보다 두 배는 길었다. 동굴 끝에 다다르자 폭포 뒤로 밝은 하늘이 보였다. 게이신은 그 빛에 시선을 고정한 채, 살갗이 까져 손바닥이 아리든 말든 계속 노를 저었다. 출구 쪽에 떨어지는 물을 가르자 간질간질한 선율이 흘러들었다.

"들려요?"

게이신의 물음에 하나가 답했다.

"숲에 가까워진 거예요. 숲의 노래예요."

"숲에서 야시장까지는 얼마나 멀어요?"

하나는 질문을 못 들기라도 한 것처럼 계속 노를 젓기만 했다.

"하나?"

"미안해요." 하나는 한숨지었다. "지금도 힘들겠지만, 숲속을 한나절 넘게 걸어야 해요. 빈터에 닿으면 웅덩이를 타고 시장 근처 마을로 갈 거예요."

"미안하긴요."

게이신은 능청스레 웃으며 하나를 힐끔 쳐다보았다.

"밤새도록 배 안에 앉아 있었으니 이젠 좀 걸어줘야죠."

하나는 미소 지었다.

"맞아요."

우뚝 솟은 나무들의 가지에 잎사귀 모양으로 자란 색색의 유리 풍경들이 바람에 나부끼며 아름다운 선율을 자아냈다. 나무 꼭대기에 지붕처럼 우거져 어른거리는 가지들 사이로 햇살이 스며들어 숲 바닥에 무지개를 그렸다. 게이신은 눈앞의 경치에 감탄하며 눈을 떼지 못했다. 풍경의 노랫소리는 발랄하게 울리며 뇌리에 계속 맴돌다가 바람의 변덕에 맞추어 구슬프게 변했다.

하나가 게이신의 팔꿈치를 붙잡았다.

"발 조심해요."

게이신은 밑을 힐끔 내려다보고는 썩어가는 통나무에 걸려 넘어지기 직전 간신히 멈추어 섰다.

"어이쿠. 여기서 발목까지 삐면 큰일이죠."

하나는 통나무를 넘으며 말했다.

"풍경 소리에 정신 팔기 쉬워요. 나도 이 숲에 왔다가 넘어져서 무릎 긁힌 적이 한두 번이 아니에요."

"그냥 정신이 팔리는 정도가 아닌데요" 하며 게이신은 구불구불한 산길로 억지로 주의를 돌렸다. "이 세계에서 평생 살아도 매일 놀랄 일이 있겠어요."

"나한테는 당신 세계가 그럴 것 같아요."

"그래요?"

"언뜻 보기만 해도 매혹적이던데요. 손님들이 입고 있는 옷, 가지고 있는 물건들, 들려주는 이야기들. 손님이 떠나고 시쿠인들이 선택을 수거해 간 뒤에도 오래도록 잊히지 않았어요."

게이신이 고개를 갸웃하며 얼굴을 찡그리자 하나가 물었다.

"왜 그래요?"

"시쿠인들한테서 도망치기 바빠서 이제야 생각났는데, 놈들이 내 세계의 선택들로 대체 뭘 하려는 건지 모르겠네요."

"계속 모르는 게 나아요."

게이신은 바삐 걸음을 옮기는 하나를 따라잡아 물었다.

"우리 둘이 온갖 험한 일을 같이 겪었는데 나도 진실을 알 자격이 있지 않아요? 그리고 하루토 말로는 이쪽 세계 사람들 전부 전당포와 당신 아버지한테 빚을 졌다는데, 그게 무슨 뜻이에요?"

"진실을 알 자격이 있고 없고의 문제가 아니에요."

"그럼 뭐가 문제예요?"

"진실로부터 보호받는 게 더 중요하죠."

"난 보호 같은 거 필요 없어요, 하나."

"보호가 필요한 사람은 당신이 아니에요."

하나는 걸음을 멈추었다.

"나예요. 아빠와 내가 당신 세계에서 뭘 빼앗았고 그걸로 무슨 짓을 했는지 알고 나면, 다시는 똑같은 눈으로 날 볼 수 없을 거예요."

"당신이 무슨 얘기를 하든, 당신에 대한 내 감정은…."

게이신은 말을 뚝 끊고는 고쳐 말했다.

"내 생각은 변하지 않아요."

하나는 그와 눈을 마주쳤다.

"당신 말이 맞을지도 모르겠어요. 당신도 알아야겠죠. 그럼 여기 온 게 실수였고 더 늦기 전에 집으로 돌아가야겠다는 생각이 들 거예요."

"집이라… 그거야말로 지도를 만드는 사람의 궁극적인 목표 아니겠어요?"

게이신은 돌멩이를 발로 찼다.

"랜드마크를 하나도 빠짐없이 표시하고 명확한 길들을 그려 넣기만 해도 세상에서 가장 상세한 지도를 만들 수 있죠. 그 지도만 있으면 다리든 공원이든 도서관이든 원하는 곳은 거의 어디든 갈 수 있어요. 하지만 집은 어떨까요. 집이라는 게 표시된 지도는 전 세계에 단 한 장도 없어요. 수년간 같은 곳에 살면서 버스나 자전거를 타고 때론 걸어서 그곳으로 돌아가는 방법을 철저히 외운다 해도 집으로 가는 길은 결코 알 수 없죠. 그래서 아마 그 어떤 지도에도 없는 걸 거예요. 존재하지 않으니까요."

게이신은 슬픈 미소를 띤 채 하나를 바라보았다.

"아니면 언제든 바뀔 수 있어서일지도 모르고요."

"대체 무슨 소리를 하는 거예요?"

"그러니까… 만약 내가 돌아가고 싶지 않다면 어쩔래요?"

"게이신, 우린 영혼을 훔쳐요."

게이신은 입을 벌린 채 멍하니 하나를 쳐다보았다.

"금고에 있는 새들은… 그냥 선택이 아니에요."

하나는 떨리는 목소리로 말을 이었다.

"그건 손님들의 영혼 조각이에요. 손님들은 오랜 후회를 전당포에 맡기고 대신 만족감을 얻어가는 줄 알지만, 아니에요. 아빠한테 속고, 나한테 속는 거예요. 아빠 말로는 우리가 훔치는 영혼 조각들이 너무 작아서 손님들도 아쉬울 거 없다지만, 난 한 번도 그 말을 믿은 적 없어요. 우리가 훔치는 건, 작을지 몰라도 손님의 가장 중요한 조각이에요. 오른쪽이 아니라 왼쪽으로 가겠다 마음먹게 만드는 바로 그 조각. 그 선택으로 어떤 결과가 나올지는 중요치 않아요. 끔찍할 수도 있고, 후회될 수도 있겠죠. 하지만 손님들은 선택을 전당포에 두고 떠날 때 자기가 선택한 인생을 받아들일 기회도 포기하는 거예요. 결코 끝내지 못할 여정, 결코 배우지 못할 교훈만 남긴 채요. 자신의 일부가 사라졌는데 어떻게 마음 편히 살 수 있겠어요? 애초에 왜 구멍이 생겼는지도 모르고 평생 그걸 메우려 발버둥 치겠죠."

게이신은 숨을 길게 들이마셨다가 천천히 뱉었다.

"그럼 시쿠인은 전당포에서 수거한 영혼 조각을 어떻게 합니까?"

"호리시 집에서 텅 빈 새장들을 봤던 거 기억나요?"

게이신은 하나의 입에서 어떤 답이 나올지 두려워하며 고개를 끄덕였다.

"새들이 다 어디로 갔냐고 당신이 물었죠."

하나는 소매를 밀어 올리고 팔을 내밀었다.

"여기 있어요. 우리 피부에, 호리시의 물감에. 우리가 당신들의 영혼을 훔치는 건 우리에게 영혼이 없어서예요. 이게 바로 우리 세계 사람들이 아빠의 임무에 진 '빚'이에요. 전당포가 없으면, 당신 눈에 그렇게 매혹적으로 보이는 이 기생충 같은 세계는 존재할 수 없거든요. 여긴 절대 당신 집이 될 수 없어요, 게이신. 여긴 개의 등을 물어뜯는 진드기만 바글거리는 곳이니까."

게이신과 하나는 풀밭에 앉아 한 굵직한 나무줄기를 사이에 두고 서로 반대편에 기대어 있었다. 그들 위에서는 나뭇가지들이 미풍에 흔들리며, 풀과 바람이 연주하는 관현악을 지휘하고 있었다. 풍경들 사이로 구름 한 점 없는 하늘을 올려다보던 게이신은 평소에 어디든 그를 따라다니던 비가 문득 그리워졌다. 하필 이런 순간에 날씨에게 사랑받다니. 아니면 구름을 쫓아버린 게 더 고약한 심술이려나. 눈을 끔벅이기만 하면 당장에라도 떨어질 것만 같은 눈물을 감추기에는 폭풍우가 아주 유용할 텐데. 분노의 눈물인지 슬픔의 눈물인지는 몰라도 분명 쓰라리리라.

하나가 말했다.

"빈터에 도착하면 거기 있는 웅덩이를 통해서 전당포로 돌아갈 수 있어요. 전당포에 가거든 그냥 문 열고 나가서 집으로 돌아가요. 여기서 있었던 일은 전부 잊고 예전의 삶으로 돌아갈 수 있어요. 중성 미자를 발견해서 우주에 대한 의문을 전부 풀 수도 있고요."

"그리고 행복하겠죠."

"그럴 거예요."

"당신 말을 믿을 수 있으면 좋겠어요."

"날 안 믿는군요."

"어떻게 믿겠어요?"

게이신은 일어나 하나에게로 성큼성큼 다가갔다.

"사람들을 속이고 조종해서 영혼 조각을 내놓게 하는 법을 평생 배웠다고 방금 당신 입으로 말했잖아요. 그런 당신이 지금 나한테 사기 치고 있는지 아닌지 어떻게 압니까? 집으로 돌아갔는데 전부 다 기억나면? 이 세계에서 봤던 모든 게 존재하지 않는 척 무시하면서 살아갈 수 있겠어요? 손님들이 전당포를 떠나면 어떻게 되는지 당신이 어떻게 압니까? 당신이 아는 건 아버지한테 들은 얘기뿐이죠, 죽은 아내를 찾겠다고 당신을 버리고 떠나버린 그 아버지 말입니다."

게이신은 무심코 던져버린 말을 곧장 후회했다.

"미… 미안해요."

하나는 일어섰다.

"뭐가 미안해요? 사실인데. 이 세계에서 내가 부릴 줄 아는 재주도 내가 맡은 의무도 남을 속이는 것뿐이고, 아빠는 날 버렸는걸요. 그리고 당신이 돌아가면 어떻게 되는지 모른다는 것도 맞아요. 내가 아는 건…."

그녀의 목소리에 울음기가 섞였다.

"당신이 안전하리라는 것뿐이에요."

게이신은 그녀를 끌어안고 싶은 충동을 애써 억눌렀다.

"울지 말아요."

하나는 손등으로 눈을 닦았다.

"맞아요. 기생충은 울 자격이 없죠."

"그런 말 말아요. 당신은 기생충이 아니에요."

"기생충 맞아요."

하나의 눈에 다시금 눈물이 차오르자 게이신은 그녀를 감싸안았다.

"아니, 아니라니까요. 왜 당신 세계가 그런 식으로 돌아가는지, 왜 우리 세계가 있어야 존재할 수 있는지는 몰라도, 이건 분명해요. 당신은 내게서 가져간 것보다 더 많은 걸 내게 줬어요. 내가 상상도 못 했던 것들을 보여줬고…."

그는 하나의 턱을 들어 올렸다.

"내가 평생 못 느낄 줄 알았던 감정을 느끼게 해줬어요."

"느끼면 안 되는 감정들이죠."

게이신은 눈을 내리깔았다.

"하루토가 당신 운명이니까."

"하루토는 상관없어요."

"그는 당신을 사랑해요."

"그래요."

"언젠간 당신도 하루토를 사랑하겠죠."

"아니에요."

"그건 모르는 일이에요."

"알아요. 하루토한테 키스해봤는데, 달랐거든요."

"다르다뇨?"

"당신이랑 키스했을 때와 달랐다고요."

하나는 게이신에게서 몸을 뗐다.

"하지만 우리 감정이 어떻든 여기서도 당신 세계에서도 용납될 수 없어요."

"어느 세계에서든 이해받을 필요 없어요, 하나. 우리가 그 감정을 간직하면 되는 거예요."

하나는 게이신의 가슴에 머리를 기댄 채 눈물을 흘렸다.

망령들

    오래전 시간의 손아귀에서 슬그머니 빠져나와 정해진 길 밖으로 굴러떨어진 작은 마을. 이제는 껍데기만 남은 채, 늦은 오후 햇볕 속에 당장이라도 바스러질 듯 서 있었다. 한때는 손님을 고대했던 마을이었지만 지금은 너무 지친 데다 눈에 먼지까지 끼어 있었다. 그래서였을까, 예전에 짙은 붉은색이었을 다리 옆 웅덩이에서 기어 나온 두 사람을 알아채지 못했다. 다리 밑에는 지금은 사라지고 없는 강물에 가장자리가 반들반들하게 씻긴 먼지투성이의 동그란 돌멩이들이 깔려 있었다.
    하나는 뒤로 올려 묶은 머리를 더 단단히 매고 주변을 둘러보았다. 그녀와 게이신은 숲을 빠져나오는 동안 거의 입을 열지 않았고, 웅덩이를 통해 이동한 후에도 굳이 공기와 힘을 허비하면서까지 할 말은 없었다.
    게이신이 먼저 말을 건넸다.

"풍경 소리 덕분에 그나마 덜 어색했네요."

"뭐가요?"

"서로 아무 말도 안 하는 게요. 풍경 소리라도 들려서 다행이었다고요."

게이신은 텅 빈 마을을 둘러보았다.

"그런데 여긴 적막하다 못해 공기까지 퀴퀴하게 느껴지는군요. 숨을 못 쉬겠어요. 미안하지만, 당신이 계속 입 닫고 있으면 질식해버릴지도 모르니까 내가 양자 물리학 같은 엄청 지루한 얘기라도 떠들어야 할 것 같아요."

"어서 오십시오!"

한 남자가 다리 건너편에서 그들에게 손을 흔들며 말을 걸었다.

"잘 오셨습니다!"

하나는 고개 숙여 인사했다.

"아… 안녕하세요. 아직도 여기 사람이 사는 줄 몰랐어요."

남자는 함박웃음 지으며 그들에게 걸어왔다.

"저는 우치다 도모라고 합니다. 묵을 곳을 찾으시나요? 제 가족이 료칸을 운영합니다만."

하나가 말했다.

"고맙지만, 우치다 님, 저희는 야시장에 갈 거라서요."

"시장은 자정에야 열리는데 두 분 다 많이 못 주무신 것 같네요. 료칸에서 기다리시지 그래요? 제 아내가 따뜻한 식사를 준비해드릴 겁니다."

게이신이 하나에게 속삭였다.

"좀 자두는 게 좋겠어요. 배도 채우고."

하나는 가방에서 어머니의 안경을 꺼내 쓰고 도모를 바라보았다. 한쪽 눈썹을 휙 치켜올렸다가 얼른 내리곤 도모에게 고개를 끄덕이며 미소 지었다.

"료칸이 어디죠, 우치다 님?"

소박하고 정갈한 료칸이 산기슭에 자리 잡고 있었다. 다 허물진 이웃 가옥들에 비하면 궁전처럼 보였다.

도모는 그들을 이끌고 작은 뜰을 지나가며 말했다.

"이제는 마을을 찾는 객들이 별로 없답니다. 손님들을 보면 아내가 뛸 듯이 기뻐할 겁니다."

"야시장으로 가는 길에 이 마을을 지나간 적이 몇 번 있어요. 아직도 사람이 사는 줄은 몰랐네요. 폐촌인 줄 알았거든요."

"지금은 우리 부부밖에 없답니다. 강이 말랐을 때 다들 떠나버렸거든요. 하지만 여기가 우리 집인데 딴 데서 살고 싶지 않아요."

여린 몸매에 인상이 포근한 여자가 문에서 그들을 맞았다.

"어서 오세요."

"이쪽은 제 아내, 유이랍니다" 하고 도모는 하나와 게이신에게 그녀를 소개했다.

유이가 빙긋 웃으며 말했다.

"들어오세요. 방으로 안내해드릴게요."

방 한복판의 낮은 탁자 위에는, 팥소와 꿀로 속을 채운 찹쌀떡 한 접시, 튀겨서 흑설탕을 바른 막대 모양의 달콤한 화과자 한 그릇 그리고 녹차를 막 우려낸 찻주전자가 차려져 있었다.

게이신은 준비된 다과상을 보고 깜짝 놀라서 하나를 힐끔 쳐다보았다.

"여기 온천이 있답니다."

유이는 방을 가로질러 가서 장지문을 열었다. 장식용 정원 속에 김이 모락모락 나는 노천 온천이 매끈한 바위에 에워싸여 있었다.

"다른 손님은 안 계시니 온천은 두 분 독차지예요."

하나가 말했다.

"고맙습니다, 멋지네요."

"목욕을 마치시면 식당에 식사를 준비해드릴게요. 저는 이만 물러날 테니 편히 쉬시고, 필요한 게 있으시면 언제든 불러주세요."

유이는 미소 지으며 고개 숙여 인사하고는, 방에서 나가며 문을 닫았다.

게이신은 목소리를 낮추어 말했다.

"버려진 마을의 료칸치고는 손님 맞을 준비가 제법 잘되어 있네요. 우리가 올 줄 미리 알고 있었던 것처럼. 혹시 시쿠인들이 파놓은 함정 아닐까요?"

"함정은 아니에요."

"하지만 이상하잖…."

"저자들은 망령이에요."

"뭐라고요?"

"도모와 그의 아내 유이는 망령이에요."

하나는 어머니의 안경을 벗었다.

"안경으로 그들의 본모습을 봤는데. 아주 오래전에 죽은 사람들이에요."

게이신의 두 눈이 번뜩였다.

"그럼 당장 여기서 안 나가고 뭐 해요?".

"당신 입으로 그랬잖아요. 쉬면서 배를 채우자고."

"그래도…."

"무해한 자들이에요."

게이신은 방을 둘러보며 물었다.

"여긴 진짜가 맞긴 해요?"

"그들이 진짜라고 믿으니까 진짜죠."

"저 사람들은 자기가 죽었다는 걸 알까요?"

하나는 고개를 저었다.

"그리고 저들한테 사실을 말해주는 건 주제넘은 짓이에요."

게이신은 뒷덜미를 주물렀다.

"망령 같은 건 없다고 믿었는데."

"어? 일본에 온 이유가 그거 아니었어요? 망령을 찾으러?"

"중성미자는 망령이 아니에요."

"과거의 잔재라면서요. 볼 수도 만질 수도 없는 무無의 조각들. 죽은 별들의 이야기를 실어 나르는 메아리. 그런데 어떻게 망령이 아니에요?"

"잘… 모르겠어요. 이젠 내가 아는 게 있기나 한가 싶네요."

"모르면 어때요."

"곤란하죠, 내가 하는 일이 답을 찾는 건데."

"답을 찾아서 행복했던 적 있어요?"

"과학은 행복을 찾는 학문이 아니에요."

"당신 세계에서는 행복을 찾는 게 가장 중요한 줄 알았는데요. 그래서 손님한테 선택을 버리라고 설득하기도 정말 쉬웠고요. 다들 웃고 싶어 했어요. 이 세계에서 그렇게 간단히 행복을 얻을 수 있다면 나라도 내 영혼의 일부를 떼어줬을 거예요."

"무슨 말을 듣고 싶어요, 하나? 내 세계에서 한 일이 실은 행복하지 않았다고 말할까요? 어머니의 빈자리를 메우느라 평생을 보냈다고? 여기 와서 고상한 척 당신을 돕겠다고 말했지만, 속으로는 드디어 나도 사랑받을 가치가 있는 인간이 되겠구나 생각했다고? 진실을 감춘 건 당신만이 아니에요."

"내 생각보다 우린 더 많이 닮았나 봐요."

"그러게요."

하나와 게이신은 노천탕 양끝에 각자 자리를 잡고, 포갠 팔 위에 턱을 얹은 채 주변을 이리저리 둘러보았다. 정원은 갓 떠오른 달의 초자연적인 빛에 물들어 본모습을 드러냈다. 그저 그림 같기만 한 경치가 아니었다. 이 경치를 만든 자들이 세상을 바라보고 그 세상에서 자신이 차지하는 위치를 가늠하는 그들만의 독특한 관점이 담겨 있었다. 정원은 자연의 이상적인 축소판이었다. 바위는 산이 되고 잉어 연못은 바다가 된다. 작은 언덕이나 나무에 즐거움이 가려져 있으니, 한 번에 탐닉하기보다 찬찬히 탐색하며 향락을 만끽해야 한다. 징검

돌들이 울퉁불퉁할 땐 조심조심 걸으며 현재에 집중하고, 길이 어떻게 이어지는지 눈여겨보아야 한다.

게이신이 말했다.

"여긴 도모와 유이의 천국이군요?"

"그렇게 믿고 싶어요."

"누구나 자유롭게 자신의 내세를 만들 수 있을까요?"

"그럴 수 있다면 당신은 어떤 천국을 만들고 싶어요?"

게이신은 몸을 돌려 하나를 마주 보며, 눈앞에 흘러내린 축축한 은백색 머리칼 몇 가닥을 쓸어넘겼다. 하나는 주변 공기를 짜릿한 에너지로 가득 채우면서도 그걸 전혀 자각하지 못하는 이런 남자를 만나본 적이 없었다. 달이 사라지고 어둠이 그들을 삼켜도, 번갯불처럼 번쩍이는 그 머리칼 덕분에 게이신은 혼자서도 빛나리라. 그녀에게 성큼성큼 걸어오는 게이신의 젖은 어깨 위로, 달빛이 어슴푸레 비쳤다.

그는 하나의 눈만을 바라보며 말했다.

"지금 여기와 똑같이 생긴 곳이요. 이 안에 있는 것도 전부 그대로 두겠어요. 당신은요?"

그들 사이로 뜨거운 물이 잔물결을 일으키며 하나의 가슴을 어루만졌다.

"글쎄요."

"한번 해봐요. 눈을 감고, 무엇이 영원한 행복을 가져다줄지 상상해봐요."

"영원이라는 게 뭔지 모르겠어요. 너무 거대해요."

"그럼 더 소소하게. 지금을 상상해봐요. 당신 손으로 잡을 수 있는 걸."

하나는 계속 눈을 감은 채로, 게이신의 몸에서 발산되는 열기가 이끄는 대로 손가락을 그의 얼굴 위에 올렸다. 손가락이 그의 턱을 배회하고 활 모양의 입술을 쓸었다.

"이렇게요?"

"하나…."

게이신은 신음하듯 그녀의 이름을 뱉으며, 그녀의 허리를 감싸안아 자신의 가슴으로 끌어당겼다.

열기가 하나의 가슴을 훑고 두 다리 사이에서 불길처럼 일렁였다.

"당신을 밀어내야 하는데."

"맞아요."

게이신은 하나의 귀 뒤에서부터 어깨까지 키스 자국을 남겼다.

하나는 신음을 흘렸다. 게이신은 하나를 물 밖으로 들어 올려 그녀의 가슴을 입에 물었다. 하나는 게이신의 머리칼 속으로 손가락을 찔러 넣으며 그를 끌어당겼다. 게이신의 혀는 하나가 그로부터 달아나기 위해 내세웠던 주장을 하나씩 지워내고, 그녀의 작은 유륜에다 그와 함께해야 할 이유를 하나둘 써내려갔다.

"케이…."

하나는 마지막 남은 이성을 짜내어 힘겹게 말 비슷하게 뱉었다.

"우리에겐 미래가 없어요."

게이신은 몸을 떼어내며 숨을 거칠게 내쉬었다.

"맞아요."

하나의 목구멍이 죄여왔다. 마음 한구석에서는 게이신이 반박해주기를, 코웃음 치면서 그의 세계에 통용되는 과학 법칙을 들먹이며 그녀의 말이 완전히 틀렸다고 우겨주기를 바랐었다.

게이신이 말했다.

"누구도 내일을 장담할 수 없어요. 계약을 맺든 맹세를 하든 심지어 마법의 문신을 새겨도 누군가와 영원히 함께할 수 있으리라는 보장은 없어요. 같은 세계에 살든 아니든 상관없이. 당신이나 나나 처음 만난 순간부터 애써 부정해왔지만, 우리 둘은 분명 연결되어 있어요, 하나. 형태도 무게도 잴 수 없는 매듭, 서로 멀어지려 애쓸수록 더 단단히 매여오는 매듭으로 묶여 있다고요."

"그럼 그 매듭은 덫이에요. 별에서 온 망령들을 가두려고 만든 그물로 된 새장처럼 아름다운 덫."

료칸 위로 천둥이 우르릉 울렸다.

"비가 오려나 봐요."

하나는 이제야 비가 그녀를 찾아낸 것이 놀라웠다. 비는 붙박이처럼 늘 그녀의 인생을 따라다니며 임무를 상기시켰다.

"안으로 들어가요."

"안 들어가면요? 젖기라도 할까 봐요?"

하나의 뱃속에서 솟구친 웃음이 밖으로 터져 나와, 그녀가 집어삼켰던 모든 고통을 도로 토해냈다. 게이신도 따라 웃었다. 온천물에 떨어진 눈물이 그들을 정화하며 수증기가 되어 피어올랐다. 빗물이 그들의 뺨에 떨어져 어깨로 흘러내렸다. 하나의 피부가 호리시의 파란 물감으로 반짝였다. 그녀는 몸을 가리려 두 손을 황급히 올렸다.

게이신은 하나의 손목을 붙잡아 그녀의 손을 살며시 치웠다.

"내가 말했죠, 하나. 난 당신을 봐요. 당신만."

게이신의 손목에 빗방울이 튀었다. 그의 살갗에 파란 물감으로 새겨진 한 이름이 빛났다.

하나.

하나는 헉하고 숨을 몰아쉬었다.

"이게 어떻게 된…."

게이신은 하나의 팔을 놓아주곤 엄지손가락으로 하나의 이름을 훑었다.

"호리시가 성인 남자의 운명은 문신한 적이 없다고 하더군요. 난 이미 꽤 살았으니, 내 이야기는 결말에서부터 시작하는 게 좋겠다고 생각했나 봐요. 그게 바로 당신 이름이었죠. 당신 이름만 겨우 새겼을 때, 당신이 들어와서 그만두라고 한 거예요."

"왜… 왜 말 안 했어요?"

"말한다고 해서 달라질 건 아무것도 없었으니까요. 끝났어요, 하나. 당신처럼 내 운명도 정해졌어요."

"하지만 그게 무슨 의미예요?"

"당신도 나만큼이나 잘 알 것 같은데. 내 이야기는 당신과의 이 여정에서 끝이 나는 거예요."

"아뇨. 그런 말 하지 말아요. 당신은 당신 세계로 돌아갈 거예요. 집으로 돌아가는 길도 찾을 거고."

"괜찮아요, 하나. 내가 선택한 거예요. 말했잖아요, 누구도 내일을 장담할 수 없다고. 난 지금 이 시간이 고마워요. 망령들을 보고, 풍경소리를 듣고. 잠시뿐이라도 이렇게 당신을 안을 수 있어서. 내 인생 처음으로 머릿속이 의문 아닌 다른 것으로 가득해요. 내 피부엔 정답이 새겨져 있어요."

하나는 게이신의 입으로 입술을 밀어붙이며 그를 한껏 빨아들였다. 몇 시간, 몇 주, 혹은 몇 년이 지났다 한들 하나는 알아차리지 못했을 것이다. 그녀와 게이신의 살갗 사이에는 시간 따위 끼어들 틈이 없었다. 절박함이 모든 공간을 차지해버린 탓이다. 게이신의 입 외에 모든 것이 사라지고, 그의 입술에서 그녀의 입술로 전해지는 떨림만이 남았다. 하나는 그의 갈망을 맛보았고, 그녀를 집어삼킬 듯 덤벼드는 게이신을 보면 그도 마찬가지인 것이 분명했다. 하지만 두 사람의 혀를 한데 묶어두는 다른 무언가도 있었다. 그들의 키스를 달콤쌉쌀하게 만드는 무언의 두려움. 마지막 시간은 거의 언제나 모습을 감추고 찾아와 떠날 때까지 정체를 드러내는 법이 없고, 우리는 그저 그리움에 젖을 뿐 할 수 있는 일이 없다.

하나는 게이신을 만난 그날이 기나긴 이별의 시작임을 이미 알고 있었다. 둘이서 함께 보내는 처음이자 아마도 마지막일 이 밤의 모든 것을 하나는 낱낱이 머릿속에 새겨두었다. 그들은 서로에게 이미 망령이었다.

결말

 게이신은 그들이 어떻게 온천에서 료칸 방으로 왔는지 기억나지 않았다. 그는 오래도록 하나 안에 머무르다, 피로감이 욕정을 압도하자 그제야 하나의 품속으로 행복하게 쓰러졌다. 게이신은 눈을 감은 채 하나의 머리가 가슴에 묵직하게 기대어진 느낌을 즐기다가 그녀의 팔을 쓰다듬으며 물었다.
 "다로 이야기의 결말은 안 알려줄 거예요?"
 제법 잠기운이 묻은 목소리로 하나가 되물었다.
 "왜 알고 싶어요?"
 "이유가 필요해요?"
 "그럼요. 엉뚱한 이유라면 안 돼요."
 그러면서 하나는 가운을 추켜 몸에 두르며 일어나 앉았다.
 "여기서 죽을 거라 생각하고 결말을 알려달라는 거라면…."
 "내가 결말을 알고 싶은 건, 우리 사이에 숨겨진 일이 눈곱만큼도 남지 않았으면 해서예요. 비밀이 없으면 좋겠어요."

하나는 그의 눈을 가만히 들여다보다 다시 그의 가슴에 기대었다. 그의 손을 잡고, 호리시가 그녀의 이름을 새겨놓은 자리에 입을 맞추었다.

"세월이었어요."

"세월?"

"그게 다로의 상자 속에 들어 있었어요. 인간 세계와 바다는 시간이 다르게 흘렀거든요. 마을로 돌아가서 공주에게 받았던 상자를 열었더니 세월에 따라잡혀 늙어버린 거죠."

게이신은 천장을 빤히 올려다보았다.

"만약에 나도 돌아가면 그렇게 되겠군요. 노인이 되는 거예요. 내가 여기서 겪은 일은 단 한 번의 일생으로는 다 못 담을 것 같아요. 여기서는 매 순간 내 몸이 늘려지는 느낌이에요, 내 세계의 전부였던 작은 방에 모든 걸 쑤셔 넣으려다 보니 버겁다고 할까. 너무 깊게 숨쉬거나, 너무 크게 말하거나, 너무 빨리 말했다가는 무너져버릴 것 같은 때가 있어요."

하나는 그의 심장에 대고 속삭였다.

"지금도 그래요?"

"아뇨, 지금은 안 그래요."

게이신은 하나의 정수리에 입을 맞추었다.

"여기 온 후 처음으로, 무너뜨려야 할 벽이 전혀 안 보여요."

도모와 유이는 료칸을 떠나는 게이신과 하나에게 허리 굽혀 절하고 손을 흔들며 작별 인사를 했다. 그들의 몸은 달빛에 투명하게 비치다시피 했다. 게이신은 손을 흔들어 답하며 미소 지었다. 걸음을 뗄 때마다 발이 점점 더 무거워졌다. 버려진 마을에서, 망령이 깃든 료칸에서, 천국의 작은 조각을 발견했다. 그런데 그 모든 걸 뒤에 남겨둔 채 떠나야 한다.

하나가 말했다.

"여기서 조금만 더 가면 야시장이에요."

"멀었으면 좋겠다고 말하면 좀 그런가요?"

하나는 서글픈 미소를 지으며 그를 바라보았다.

"료칸에 계속 있을 수 있었다면 좋았겠죠."

게이신은 그녀의 손에 깍지를 꼈다. 따스하고 보드라운 하나의 손바닥은 냉기를 물리쳐주는 반가운 피난처였다. 게이신은 더 작은 보폭으로, 더 천천히 걷고 싶었다.

"뭐 물어봐도 돼요?"

"그럼요."

"꼭 대답 안 해도 괜찮아요. 그냥 계속 궁금해서요. 내 이야기가 당신으로 끝난다는 건 알겠는데…."

"내 이야기는 어떻게 끝나는지 궁금해요?"

"오래전부터 그 의문이 머릿속을 맴돌았던 것도 싫은데, 입 밖으로 말하니까 훨씬 더 거북하네요. 괜히 물어봤어요. 미안해요."

"미안할 필요 없어요. 당신 손목에 내 이름이 새겨져 있고, 당신 인생은 내 인생에 묶여 있으니까. 하지만 당신 질문에 답해줄 순 없어요."

"괜찮아요…. 이해해요."

"내 이야기가 어떻게 끝나는지는 나도 모르거든요."

"인생 전체가 계획되어 있는 줄 알았는데요?"

"그랬죠. 하지만 정해진 길에서 너무 멀리 벗어난 통에 이젠 내 지도를 전혀 못 알아보겠어요. 변한 건 아무것도 없는데 다른 사람의의 이야기처럼 느껴져요. 남의 길처럼요…."

하나는 손목에 새겨진 보이지 않는 흔적을 어루만지며 말을 맺었다.

"물에 비친 달에서 끝나는 길."

"그게 무슨 뜻이에요?"

"나도 몰라요. 다른 사람들의 길은 아주 명확한데 내 지도엔 이해 못 할 이미지가 있어서 항상 신경 쓰였었죠. 이젠 아무래도 상관없어요."

행상들이 노점 차리는 소리가 하나의 목소리 위로 흘러들었다.

게이신이 한숨을 내쉬었다.

"생각보다 시장이 가깝네요. 그래도 빨리 도착한 만큼 답도 더 빨리 얻을 수 있겠죠."

"도와줄 사람을 찾는 데 시간이 좀 걸릴 거예요. 큰 시장이거든요."

"오히려 잘됐어요. 시쿠인들이 쫓아오면 숨을 데가 있을 테니까."

"야시장에서 시쿠인들을 피해 도망치기는 힘들어요."

"왜요?"

"구름 밑으로 떨어질 수도 있거든요."

야시장

 풀로 뒤덮인 들판의 네 귀퉁이에 집채만 한 닻이 한 개씩 땅바닥에 박혀 있었다. 닻에 묶인 밧줄은 밤하늘 저편으로 사라져 보이지 않았다. 시장이 활기를 띠면서 수런거리는 목소리와 쨍그랑, 철커덩, 하는 소리가 별 하나 없는 하늘로 스며들었다. 게이신은 고개를 들어, 걸쭉한 수프 같은 구름 너머를 보려 눈에 잔뜩 힘을 주었다.
 "저기로 어떻게 올라가요? 애초에 하늘에 어떻게 시장을 여느냐고는 묻지도 않을게요. 설명을 들어도 이해 못 할 것 같으니까."
 "사다리를 타고 올라가요. 그리고 당신이 궁금해 죽겠으면서도 속에만 담아둔 그 의문의 답은 '까마귀들'이고요."
 "까마귀라. 아무렴요."
 알록달록한 사다리들이 하늘에서 펼쳐지더니 들판의 여기저기로 내려앉았다. 사다리에 달린 작은 종들이 미풍에 딸랑이며, 밑에 모여 있는 사람들에게 야시장의 개장을 알렸다. 게이신과 하나는 가장 가까운 사다리로 가서 줄을 섰다.

흔들리는 사다리를 올려다보자 게이신의 손바닥에 식은땀이 났다. 그가 코트에 손을 닦으며 말했다.

"내가 말 안 한 것 같은데, 고소공포증이 있어요."

"나도 높은 데 올라가는 거 싫어해요. 아빠가 그러시더라고요, 내려다보지 말고 사다리만 보라고."

"그러니까 낫던가요?"

"전혀요."

"끝내주네요. 조언 고마워요."

게이신 차례가 왔다. 그는 숨을 크게 들이마시고는 사다리 양쪽을 붙잡고 올라갔다. 밤새도록 노를 젓느라 살갗이 까진 두 손이 얼얼했다. 위로 올라갈수록 바람이 점점 더 거세져, 사다리가 크게 포물선을 그리며 요동쳤다. 게이신은 멈춰 서서 하나가 잘 따라오고 있나 힐끔 내려다보았다.

"계속 올라가요."

그녀가 소리치자 게이신은 고개를 끄덕였다. 손이 파르르 떨리고 축축했다. 사다리에 안전하게 붙어 있는 하나를 보고 마음이 놓이는 것도 잠시, 땅까지 눈에 들어온 탓에 공포감에 휩싸이고 말았다. 게이신은 다음 단을 향해 발을 들어 올렸다. 순간 발이 미끄러지면서 몸의 절반이 사다리 사이로 빠져 허공에 달랑거렸다.

"케이!"

밑에서 하나가 비명을 질렀다.

게이신은 한 팔을 가로대에 감아 몸을 일으키며 "괜… 괜찮아요"

라고 말하고, 용기가 사라질세라 올라가는 속도를 두 배로 올렸다.

꼭대기에 다다르자 어떤 거친 손이 게이신의 손가락을 꽉 붙잡았다. 풍파에 시달려 까칠까칠한 얼굴의 남자가 그를 사다리에서 끌어올려 구름 위에 떠 있는 징검돌에 내려놓았다. 그러고는 "시장에 잘 오셨소" 하고 얼굴을 잔뜩 구기며 함박웃음 지었다.

게이신의 발밑에서 돌이 흔들거렸다. "어… 고맙습니다." 모기 같은 목소리로 답했다.

뒤이어 하나가 올라왔다.

"지난번에 왔을 때보다 훨씬 더 커 보이네요."

게이신은 시장을 둘러보았다. 불빛을 환히 밝히고 뭔지 모를 상품을 파는 노점들이 구름 위에 여러 줄로 쭉 늘어서 있었다. 거룻배들이 손님을 이 노점에서 저 노점으로 실어 날랐다. 배가 지나간 자리에는 구름이 휘돌면서 갈라져 이따금 땅이 설핏 내려다보이기도 했다.

"이쪽이에요." 하나가 징검돌로 깡충 뛰었다. "배를 한 척 구해야겠어요."

뱃고물에 키 큰 여자가 서서 기다란 노를 움켜잡고 있었다. 여자는 노를 이용하여 배를 선창에서 밀어내 '구름 강' 위로 띄웠다. 그녀는 힘들이는 기색 없이 아주 우아하게 노점들 사이로 배를 몰았다. 그 움직임을 음악으로 만든다면 분명 무도곡이 되었을 것이다.

게이신은 사공에게서 눈을 떼고 노점들을 이리저리 둘러보았다. 한 노점 가판대에는 동그랗게 뭉쳐진 빛 덩어리들이 과일 더미처럼 높다랗게 쌓인 채 반짝이고 있었다. 옆 노점은 별들로 가득 찬 병을 팔았다. 그들이 바로 전에 지나간 노점은 아무것도 팔지 않는 것처럼 보였지만, 손님들을 태운 배 여러 척이 몰려 있었다.

게이신이 하나에게 속삭였다.

"내가 지금 뭘 보고 있는 건지 모르겠네요. 대체 이 시장은 뭘 파는 거예요?"

"잃어버린 물건, 발견한 물건, 마음이나 손으로 만든 물건. 이것저것 다양하게 팔아요."

하나는 그렇게 답하며 왼편의 한 노점을 가리켰다. 계단식 선반에 다양한 크기의 소라 껍데기들이 가지런히 줄지어 있었다.

"어렸을 때 저 가게 단골이었어요."

"내가 한번 맞혀볼게요. 바닷소리 듣는 걸 좋아했군요."

하나는 고개를 갸웃했다.

"바다요?"

"소라 껍데기 속에서 들리는 파도 소리 말이에요."

"아, 당신 세계의 소라 껍데기에서는 그런 소리가 나요?"

"여긴 아니에요?"

"여기 소라 껍데기들은 웃긴 얘기를 들려줘요."

하나는 가판대의 맨 위 선반을 가리켰다.

"쟤들이 제일 웃겨요. 한 번은 너무 심하게 웃다가 구름 밑으로 떨어질 뻔했어요."

게이신은 쿡쿡 웃었다.

"정말 보고 싶은데요."

하나는 헛웃음을 짓고는 이맛살을 찌푸렸다.

"내가 떨어지는 걸 보고 싶어요?"

"당신이 즐거워하면서 배꼽 잡고 웃는 모습을 보고 싶어요."

"아… 당신도 그랬으면 좋겠어요."

게이신은 하나의 뺨을 쓰다듬었다.

"그럼 당신 소원은 이미 이루어졌네요."

"어서 오세요."

근처 노점에서 은백색 기모노를 입은 남자가 그들에게 인사했다.

"오늘 밤 물건들이 참 괜찮아요. 한번 보시겠어요?" 그는 우아하게 진열된 상품들을 가리켰다. 은은하게 반짝이는 푸른빛 진주처럼 생긴 구슬들을 꿰어 만든 목걸이와 팔찌였다.

게이신이 하나에게 속삭여 물었다.

"저것들은 뭐예요?"

"저 가게는 기억을 팔아요. 기억 구슬이요."

게이신은 배 너머로 몸을 내밀어 좀 더 자세히 들여다보았다. 구슬은 자그마한 수정 구체로, 그 안은 작은 바다로 가득 차 있었다. 바다의 수평선 위로 해가 돋거나 지고 구름이 끼기도 했다. 상인이 목걸이 하나를 들어 게이신의 귀 가까이 가져갔다. 그러자 수정에 부딪는 파도 소리가 굉장히 크게 울려 퍼졌고, 그는 마치 해변을 걷는 듯한 기분이 들었다.

배가 노점을 지나갈 때 하나는 행상에게 "고마워요" 하고 고개 숙여 인사하고는 게이신을 돌아보며 말했다.

"사람들은 저 안에 기억을 보관해뒀다가 자식들한테 가보처럼 물려줘요. 하지만 기억을 파는 사람들도 있어요. 그러면 저 행상이 그걸 장신구로 바꾸죠."

"왜요?"

"길이 정해져 있는 세계에서는, 자기 것이 될 수 없는 인생을 엿보려면 남의 기억을 보는 수밖에 없으니까요."

그러면서 하나는 배가 한 척도 서 있지 않은 어느 노점을 가리켰다.

"저 가게는 연고랑 물약을 팔아요."

"약국처럼요?"

"비슷해요."

"별로 인기가 없는 것 같네요."

"가격을 감당할 수 있는 사람이 거의 없거든요."

"그런데 어떻게 가게 문을 안 닫고 버티고 있는 거죠?"

"너무 절실해서 가격 따윈 안 따지는 사람 한 명만 잡으면 되니까요. 1년에 한 명한테만 팔아도 수지가 맞는 거예요."

"가고 싶은 가게가 없으신가요?"

사공이 묻자 하나가 답했다.

"배달꾼들을 만나야 해요."

사공은 고개를 갸웃했다.

"배달꾼을요?"

"확인해보고 싶은 소문이 있어서요. 그 소문이 여기 시장에서 시작됐다고 들었거든요."

"모든 소문은 여기서 시작되죠. 그러면 배달꾼을 찾는 게 맞아요. 그치들은 소문이란 소문은 다 꿰고 있으니까."

"잘됐네요."

"하지만 조심해요. 배달꾼들은 장사치들보다 욕심 사납고, 사람 가지고 장난질을 잘하니까."

배달꾼들은 손님들의 물건을 바구니에 싸서 등에다 묶고, 서로의 짐이 단단히 묶였는지 확인해주었다. 준비를 마친 자들은 우물가에 줄을 서서 커다란 양동이를 타고 구름 사이의 구멍으로 내려갔다.

게이신이 궁금한 듯이 쳐다보자 하나가 말했다.

"손님들이 산 물건을 들고 사다리로 내려가려면 힘드니까 집까지 직접 배달해주는 거예요."

"꼭 필요한 서비스네요. 맨손으로 사다리 오르기도 힘들던데."

하나는 둥둥 떠 있는 나무 선창에서 주사위 놀이를 하고 있는 배달꾼 무리에게 다가가 고개 숙여 인사했다.

"안녕하세요."

배달꾼들은 놀음판에서 눈을 들더니 일어나서 답했다. 하나와 가장 가까이 선 배달꾼이 "안녕하세요"라고 인사하자, 그녀의 목에 걸린 두 줄의 파란 구슬들 속에서 백 개의 바다가 달빛을 받아 아롱아롱 반짝였다. "배달 필요하세요? 나카지마 나쓰키라고 해요. 배달 반장이죠."

하나가 말했다.

"다른 일을 도와주셨으면 하는데요, 나카지마 님."

"오?" 나쓰키가 고개를 갸웃했다. "무슨 일을?"

"우리가 어떤 소문을 들었는데…."

"아, 소문" 하고 나쓰키가 피식 웃었다. "그것도 우리가 배달해드리긴 하죠."

배달꾼들이 웃었다.

나쓰키는 두 손으로 허리를 짚으며 물었다.

"어떤 소문을 들으셨을까요? 한두 개가 아닌데."

게이신이 말했다.

"아이가 아닌 아이들이 있다던데요. 들어보셨습니까?"

나쓰키는 기분 상한 듯 받아쳤다.

"들다마다요. 우리가 못 듣는 건 없어요."

하나가 부탁했다.

"그 얘길 해주시겠어요?"

"우리가 해드릴 수 있는 이야기야 넘쳐나죠."

"하지만 공짜는 아니군요."

"아니, 천만에요." 나쓰키는 고개를 저었다. "우리는 모든 정보를 공짜로 드려요. 그 대가로 우리와 게임 한 판만 해주시면 돼요."

게이신이 말했다.

"대신 뭔가를 걸어야겠죠."

게이신과 하나 주위로 배달꾼들이 더 많이 모여들어 수런수런 신나게 숙덕이기 시작했다.

나쓰키는 빙긋 웃었다.

"아무것도 안 걸린 게임은 영 재미가 없어서 말이죠."

게이신이 물었다.

"무슨 게임을 하고, 뭘 걸까요?"

"게임은 단순해요. 주사위 던지기. 재미있는 건 무엇을 거느냐죠.

자, 우리는 기억을 걸고 내기를 한답니다."

"기억이요?"

"걱정 말아요. 아픈 과거를 들춰내고 싶은 게 아니니까. 그런 건 우리도 있을 만큼 있어요. 그저 여러분의 기쁨을 나눠달라는 거예요. 우린 이 시장에서 태어나 여기서 죽어요. 그래서 다른 인생을 알 수가 없죠. 손님들한테 물건을 배달해주면서 구름 밑 세상을 살짝 구경하긴 하는데 그럴 때마다 시장으로 돌아오기가 더 힘들어지기만 하더군요. 당연히 원래 기억은 여러분이 계속 간직하겠지만, 그 복사본은 우리가 갖고서 하고 싶은 대로 할 거예요."

하나가 말했다.

"행복한 기억을 원하시는군요."

"온몸으로 미소 지었던 마지막 기억. 아시겠지만, 기억 구슬을 뽑아내는 건… 좀 지저분할 수 있죠. 필요 이상으로 깊게 파지 않아도 돼요. 치료 비용도 많이 드는 데다, 어쨌든 배달꾼들이 재미 좀 보려는 여흥일 뿐이니까."

나쓰키는 손가락 하나로 목걸이를 비비 꼬며 물었다.

"어떻게, 한 판 하실래요?"

여흥. 그 단어가 게이신의 뱃속을 갉아댔다. 그의 마지막 행복한 기억은 하나의 품에 안겼던 일이었고, 하나의 마지막 기억도 그에 못지않게 은밀할 텐데. 둘 중 누가 배달꾼들을 상대할 것이냐는 중요치 않았다. 하나가 모두의 눈앞에 전시되어 오락거리가 된다고 생각하니 욕지거리가 일고 분노가 목구멍까지 솟구쳐 올라왔다. 그는 주먹을 불끈 쥐며 답했다.

"아뇨."

"좋으실 대로."

나쓰키는 주사위 놀이로 돌아갔다.

하나가 게이신의 팔을 붙잡고 말했다.

"케이, 다른 수가 없어요. 게임을 해야 해요."

"그러다 지면…."

하나는 나쓰키에게 성큼성큼 걸어갔다.

"해요. 게임 할게요."

나쓰키는 빙긋 웃고는 텅 빈 바구니를 쌓아놓은 무더기들 옆에 서 있는 땅딸막한 배달꾼에게 손을 흔들었다.

"다이치! 상자 가져와."

배달꾼은 고개를 끄덕이고 바구니 더미 뒤로 몸을 획 수그렸다. 거기서 조그만 나무 상자를 하나 집어 겨드랑이에 끼고는 나쓰키에게로 냉큼 달려왔다.

"수고했어."

나쓰키는 상자를 받아 들고 하나와 게이신이 볼 수 있도록 몸을 돌려 상자를 열었다. 대리석 무늬가 들어간 호리병 모양의 도자기 술병과, 생선 뼈를 발라내는 데 쓰는 검은 데바 칼이 보였다. 칼 옆에는 낚싯바늘과 낚싯줄 얼레가 하나씩 놓여 있었다.

"누가 게임을 하고, 누가 구슬을 도려낼지 정했어요? 게임에 걸 물건은 먼저 내놓고 시작해야 해요."

게이신은 하나를 힐끔 쳐다보며 물었다.

"도려낸다니요?"

하나는 배달꾼 무리로부터 게이신을 멀리 데려가 소곤거렸다.

"술을 마시면 몸속에서 구슬이 만들어져요. 기억이 간직된 부위에서 만들어질 거예요. 뱃속에 살아 있는 기억도 있고, 피부 바로 밑에 있는 기억도 있어요. 어떤 기억은 더 깊숙이 박혀 있고. 뼛속에서 자라는 구슬도 들어봤어요. 하지만 당신은 신경 쓰지 말아요. 게임은 내가 할 거니까."

"아뇨, 내가 할 거예요."

"케이…."

"다툴 일이 아니에요, 하나. 몸을 째서 열거나 뼈를 깎아야 한다면 당연히 내가 해야죠."

"왜요?"

"안 그래도 힘든 당신을 더 아프게 할 순 없으니까. 더는 그렇게 못해요. 아니 안 해요. 자, 술 이리 줘요, 얼른 끝내버리게."

술이 게이신의 목과 배를 따뜻하게 데웠다. 나쓰키는 한 모금만 마시면 된다고 했지만, 게이신은 두 모금을 벌컥벌컥 들이켰다. 첫 모금은 기억 구슬을 만들기 위함이었고, 두 번째는 생선 칼에 베이는 고통을 마비시키기 위해서였다. 하나를 믿었지만 과연 비명을 지르지 않을지 자신할 수 없었다.

게이신은 술병을 옆에 내려놓고, 한 배달꾼이 구름 위에 펴놓은 돗자리에 드러누웠다. 또 다른 배달꾼이 초롱 두 개를 가져와 주변을 더 환하게 밝혔다. 게이신은 초롱불 속에서 타오르는 불길을 빤히 바라보며 생각했다. 몸속에서 구슬이 만들어지는 느낌이 날까? 손목의 정맥 위에, 호리시가 하나의 이름을 새겨놓은 바로 그 자리에 온기가 살랑이다가 점점 더 커졌다. 게이신은 그곳을 문지르고는 하나를 올려다보았다.

"여기예요. 느낌이 와요."

하나는 데바 칼에 술을 부었다.

"걱정 말아요. 금방 끝낼게요."

게이신은 바구니에서 잘라낸 손잡이를 입에 물고 눈을 감았다.

하나는 초롱불을 게이신의 팔 쪽으로 더 가까이 옮겼다. 숨을 크게 한 번 쉬고 게이신의 살갗을 칼로 그었다.

게이신이 움찔했다. 하나가 말했다.

"구슬이 보여요. 꺼내려면 조금 더 깊이 들어가야 해요."

게이신은 배달꾼들에게 구경거리를 던져주기 싫어 손잡이를 꽉 깨물었다. 이마에 땀이 흘렀다.

하나가 구슬을 꺼내며 말했다.

"됐어요."

게이신은 손잡이를 뱉어내고 숨을 내쉬었다.

"케이?"

"왜요?"

하나는 조그만 바늘에 낚싯줄을 꿰었다.

"그 손잡이, 조금 더 물고 있어야 할 것 같은데요."

게이신은 다시 손잡이를 입에 꽉 물고 눈을 질끈 감으며, 단골 인도네시아 식당의 온기와 그늘로 달아났다. 늘 앉는 테이블에서 설핏한 미소를 지으며 누군가 그를 기다리고 있었다.

라메시는 맥주를 홀짝이며 물었다.

"이번엔 또 뭔가? 아직도 전당포에서 만난 그 여자한테 아무 관심도 없는 척할 텐가?"

게이신은 의자를 빼서 앉았다.

"그건 제가 졌어요."

"별로 기분 나쁜 패배는 아닌 모양인데."

그러면서 라메시는 맥주를 테이블에 내려놓았다.

"맞아요."

게이신은 미소 짓고는 사테를 한 입 먹었다.

"그런데 내가 왜 여기 있는 건가? 다 순조로운 것 같은데."

"순조롭다고요? 퍽이나요. 지금 낚싯바늘이랑 낚싯줄로 몸이 꿰매어지는 중인데요."

"아, 그렇군. 그럼 맥주를 더 주문할까? 아니면 더 독한 걸로?"

게이신은 고개를 저었다.

"그냥 딴생각만 할 수 있으면 좋습니다."

"프랑켄슈타인 수술 때문인가?"

게이신은 한숨을 내쉬었다.

"보나 마나 지게 될 주사위 게임 때문에요. 저는 지독히도 운 없는 인간이라 이런 게임에서 이기는 법이 없어요. 비결 같은 거 없을까요?"

"속임수라도 쓰려고?"

"아뇨. 그런 건 아니에요."

라메시는 어깨를 으쓱했다.

"그럼 나도 해줄 말이 없네."

"아, 교수님. 교수님 없이 제가 뭘 하겠어요?"

"지금 말인가? 아파서 꽥꽥거리고 있겠지" 하며 라메시는 나시고렝을 한 숟가락 떴다.

"교수님한테 하나의 세계를 보여드리고 싶어요. 머리로는 도무지 이해가 안 되는 곳이에요. 아름답고 또…."

게이신은 말을 끊고 맥주병에 맺힌 물방울을 엄지손가락으로 훑었다.

"또?"

"가끔은 무서워요."

"최고의 미스터리는 그렇지. 그러면 하나는 어떤가? 그 여자도 무서운가?"

"제일 무섭죠."

라메시는 눈썹을 휙 치켜올렸다.

"음, 솔직하군. 자네가 이렇게 나올 줄은 몰랐는데 말이야."

"가장 오래된 둘도 없는 가상의 친구에게 솔직하지 않으면 누구에게 솔직하겠어요?"

"그렇다면 자네한테 좋은 소식이 있네. 주사위 게임에서 자네가 이길걸세."

"방금 말씀드렸잖아요, 저는 그런 게임에서 이기는 법이 없다고요."

라메시는 눈알을 굴렸다.

"자네, 이러고도 물리학자라 할 수 있나? 라메시 카슈얍의 우주와 주사위 게임 제2법칙도 못 들어봤나?"

"제가 그날 수업은 빼먹었나 보네요."

"주사위 게임의 승률은 게임에 뭐가 걸렸느냐에 정비례한다는 법칙이지."

라메시는 건배를 위해 맥주병을 들어 올리며 말을 이었다.

"그리고 자네 인생 처음으로, 케이, 죽어도 잃고 싶지 않은 무언가가 생겼잖나."

게이신은 엄지와 검지로 파란 구슬을 집어 들어 그 안의 작은 바다에 해가 지는 광경을 지켜보았다. 그와 하나가 서로의 몸을 알아가며 보낸 시간이 요 조그만 물건에 담겨 있다니, 도무지 상상이 되지 않았다.

나쓰키가 손바닥을 내밀었다.

"게임이 끝날 때까지 제가 구슬을 안전하게 지켜드리죠."

게이신은 마지못해 구슬을 그녀에게 건넸다.

나쓰키는 초롱불에 구슬을 비춰 보며 탄복하더니, 다 안다는 듯 능글맞게 웃으며 게이신과 하나를 차례로 힐끔거렸다.

"꼭 이기셔야겠는걸."

게이신이 물었다.

"이제 어떻게 하면 됩니까?"

나쓰키는 어깨에 가로질러 멘 작은 가방에 구슬을 집어넣었다.

"이제 시작합시다. 게임 규칙은 단순해요. 주사위를 굴려서 숫자의 합이 짝수냐 홀수냐를 맞히면 돼요. 세 판에 두 번 이기면 당신들은 원하는 정보를 얻을 수 있어요. 지면, 답도 구슬도 못 얻고 맨손으로 여길 뜨는 거예요. 여기 있는 다이치가 딜러고요."

게이신과 하나를 둥글게 에워싸고 있던 몇몇 배달꾼들이 환호성을 질렀다. 다이치가 무리에서 빠져나오더니 재킷과 윗도리를 벗고 원의 한복판으로 걸어 들어갔다. 두 팔을 들고 천천히 돌며 근육질의 맨가슴을 보여주었다.

나쓰키가 말했다.

"우리 딜러가 아무것도 안 숨기고 있다는 거 아시겠죠?"

나쓰키는 게이신과 하나에게 육면체 주사위와 대나무 컵을 건네며 살펴보게 했다.

"속임수가 없다는 걸 확실히 해야죠."

게이신은 고개를 끄덕이고 컵과 주사위를 나쓰키에게 돌려주었다.

나쓰키가 "시작합시다" 하며 주사위와 컵을 다이치에게 주었다.

다이치는 주사위를 컵 속으로 떨어뜨리고 흔들었다. 컵을 작은 탁자 위에 엎은 뒤 게이신을 쳐다보았다.

게이신은 컵에서 눈을 떼지 않고 말했다.

"짝수."

다이치가 컵을 들어 올리자 주사위가 보였다.

4와 5.

사람들은 함성을 질렀다. 다이치가 주사위를 모아 컵 속으로 도로 집어넣었다.

게이신이 욕설을 뱉자 하나가 말했다.

"아직 두 번 남았어요."

컵 속에서 주사위들이 짤랑거렸다. 다이치가 컵을 획 엎었다.

게이신은 숨을 들이마시고 어깨를 똑바로 폈다.

"짝수."

6과 2. 하나가 게이신의 손을 꽉 쥐었다.

다이치가 컵을 흔들었다.

게이신의 머릿속에서는 확률, 조합, 순열이 컵 속의 주사위들보다 더 시끄럽게 굴러다녔다.

다이치가 컵을 엎었다. 그러곤 손바닥을 컵 바닥에 얹은 채 게이신의 선택을 기다렸다.

게이신은 "짝수"라고 말했다. 그 단어를 말할 때의 느낌이 좋아서일 뿐, 다른 이유는 없었다. 하나의 세계에서 그의 직감은 계산이나 논리에 얽매이기를 거부하며 자유분방하게 뛰놀았다. 구슬 속에 바다를 쏟아부을 수 있고, 구름 위에 시장이 떠 있는 곳에서 확률이 웬 말인가. 라메시 카슈얍의 우주와 주사위 게임 제2법칙은 그의 편이었다. 그래야만 했다. 게이신은 숨을 죽였다.

다이치가 탁자에서 컵을 들어 올렸다.

3.

게이신의 눈은 또 다른 주사위로 획 날아갔다.

1.

"좋았어!"

게이신은 하나를 번쩍 안아 올려 그녀에게 입을 맞췄다. 사람들이 흩어질 즈음 하나도 그의 입맞춤에 응했다.

"잘했어요." 나쓰키가 가방에서 게이신의 구슬을 꺼내며 말했다.

"축하합니다."

게이신은 하나를 내려놓고 나쓰키에게서 구슬을 받아 주머니에 찔러 넣었다.

"이제 답을 알려주시죠."

"아이가 아닌 아이들에 관해 알고 싶으시다고요."

"그들은 누구고, 어디로 가면 찾을 수 있습니까?"

"여기서는 말 못 해요."

나쓰키는 작은 배 한 척을 가리켰다.

"저기로 가시죠."

나쓰키는 배를 몰아 북적이는 시장에서 멀리 벗어났다. 구름의 가장자리에 닿자 그녀는 노를 끌어당겨 배 안으로 넣고 앉았다.

"소문이 처음 시장에 떠돌 때만 해도 내 목걸이는 훨씬 더 짧았죠. 당시에 여기서 일하던 행상들은 대부분 은퇴했어요. 그 소문은 유독 빨리 퍼졌는데, 흥미진진해서가 아니라, 그걸 들은 사람들이 그 고통을 혼자 간직하고 있을 수가 없어서 그랬던 거예요. 남한테 말해버리고 나면 마음에서 조금 지워지지 않을까 하고 얼른 넘겨줘버렸죠. 뭐 내 경험에 비춰보자면, 그렇게 되지 않았지만요."

하나가 물었다.

"그때 도대체 무슨 소문을 들은 거죠?"

나쓰키는 시장의 밝은 불빛을 물끄러미 바라보며 답했다.

"우리 세계는 질서가 유지되기에 존재하죠. 모두가 자기 의무와 자리를 알고 있어요. 행상은 상품을 팔고, 배달꾼은 그 상품을 실어 나르고, 청소부는 매일 저녁이 끝날 무렵 시장 구석구석을 돌며 치우고 다음 날 밤 장사에 차질이 없도록 만반의 준비를 해요. 아침에 깨어나서 항상 똑같은 날을 맞고, 시간이 더 빨리 가도록 재밋거리를 찾다가 또 잠들죠. 그리고 다시 깨어나서 같은 일을 되풀이해요. 목소리가 쉬어서 호객을 못 하거나, 등이 굽어서 바구니를 못 지게 될 때까지. 그래도 우린 불평하지 않아요. 왜 그럴까요? 고되고 단조로운 생활보다, 심지어 죽음보다 더 끔찍한 게 있다는 걸 알거든요."

게이신이 물었다.

"그게 아이들에 관한 소문과 무슨 상관입니까?"

"우리가 어릴 때부터 배우듯이, 우리 세계의 계급 체계에서 가장 중요한 임무를 수행하는 두 부류가 있어요. 영혼을 모으는 전당포 주인과 그 영혼을 지도로 우리에게 운명을 주입하는 호리시."

나쓰키는 초조하게 어깨 너머로 구름을 쭉 훑어보곤 목소리를 낮추어 속삭였다.

"시쿠인들이 우리한테 숨기고 싶어 하는 사실이 있는데, 가끔은 그들도 실패한다는 거예요."

하나는 뻣뻣하게 굳은 몸으로 물었다.

"실패라니, 무슨 뜻이에요?"

"전당포 주인이 모으는 영혼의 수가 우리 세계에 태어나는 아이들을 못 따라잡을 때가 있다는 거죠. 그런 아이들은 호리시에게 가도 영혼이나 운명을 받지 못해요. 빈 껍데기가 되는 거예요. 영혼 없는 껍데기."

"영혼이 없는…."

하나는 떨리는 입술을 손으로 눌렀다.

게이신은 한 팔로 하나의 어깨를 끌어당겨 안았다.

"그 아이들은 어떻게 됩니까?"

나쓰키가 답했다.

"걔들은 아이들이 아니에요. 괴물이지."

"하지만 왜 난 그런 아이들…" 하다가 하나는 말을 끊었다. "그런 피조물을 여태 못 봤죠? 시쿠인들이 죽였나요?"

"시쿠인들이 그런 친절을 베풀 리 없죠. 소문에는… 생매장된다더 군요."

게이신의 발목에서부터 한기가 솟구쳐 올랐다. 하나가 물었다.

"어디에요?"

"그건 소문의 출처에 물어보셔야죠."

"누군데요?"

"노점 510호 주인이요."

노점 510호

노점 510호 앞에는 여러 단의 선반이 있었고, 그 위에 진열된 바구니, 유리병, 나무 상자에는 저마다 다른 상품들이 담겨 있었다. 색깔별로 나뉜 볼펜들이 플라스틱 꽃다발처럼 유리병 안에 만발해 있었다. 가장 많은 건 파란색이었다. 볼펜 옆에 한 줄로 늘어선 더 작은 유리병들에는 가방 깊숙이 처박혀 보풀이나 묻히고 있을 법한 잡다한 물건들이 들어 있었다. 립스틱, 영수증, 동전. 그 아래 선반의 바구니들에는 안경과 열쇠가 흘러넘칠 듯 산더미처럼 쌓여 있었다. 구름과 가장 가까운 마지막 선반을 차지한 상자들에는 독특한 짝짝이 양말들로 채워져 있었다.

"인정하긴 싫지만," 하고 게이신이 말했다. "립스틱만 빼면, 대학 기말시험 기간에 내 기숙사 방이 딱 이런 꼴이었어요. 차이점이라면, 내 쓰레기들은 바구니에 정리되어 있지 않았다는 정도랄까. 방바닥이 장애물 코스였다니까요."

"놀랄 일도 아니에요. 이 노점에서 파는 건 전부 당신 세계의 물건이니까. 전당포와 라멘 가게가 함께 쓰는 문으로만 당신 세계로 들어갈 수 있는 게 아니에요. 가끔은 갈라진 틈이 생겨요. 당신 세계 사람들이 잃거나 잊어버려서 먼지 낀 구석에 처박힌 물건들이 그 틈으로 떨어져 내리죠."

하나는 작은 무더기에서 금색 신용카드 한 장을 집었다.

"예전에 이걸 수집했었어요. 당신 세계의 책갈피는 참 예뻐요."

게이신은 웃음을 참았다.

"아, 네. 참 예쁘죠. 중성미자 따윈 이제 안 찾아도 되겠어요. 인생 최대의 미스터리가 마침내 풀렸으니까. 세탁기에서 사라져버리는 양말들이 대체 어디로 갔나 했더니 여기 있었군요."

게이신은 유리병에서 동전 하나를 끄집어내 손가락 마디 위로 굴렸다. 색색의 천을 이어 붙인 외투로 몸을 꽁꽁 싸맨 남자가 가판대 뒤에서 나왔다. 외투 허리 언저리에는 회색과 빨간색 줄무늬 넥타이의 아랫부분과 어느 테마 공원의 기념품 티셔츠 소매가 한데 꿰매어져 있었다. 상인은 외투만큼이나 유쾌한 미소를 지으며 허리를 깊이 숙여 인사했다. 그러곤 게이신의 손에 쥐어진 동전을 힐끔 보았다.

"그 상품에 관심 있으세요? 동전이라는 겁니다. 저쪽 세계 사람들이 물건 값을 치를 때 사용하지요. 그리고 손님이 들고 계신 것처럼 구멍이 뚫린 동전들은 행운을 가져다준답니다."

"어… 참… 재미있네요."

게이신이 동전을 유리병에 도로 집어넣자 상인이 말했다.

"아직 진열은 못 했지만 방금 새로 들어온 지갑이 있는데. 한번 보여드릴까요?"

게이신이 말했다.

"고맙지만, 뭘 사러 온 게 아닙니다. 나카지마 씨한테 들었는데, 우리 궁금증을 당신이 풀어줄 수 있을 거라고 해서요."

"나카지마 나쓰키? 그 배달꾼 말이에요?"

"네. 맞습니다."

"나쓰키가 당신들을 이쪽으로 보냈다면, 입 밖으로 꺼내기 곤란한 궁금증인가 보군요."

상인은 노점 뒤편에서 공책을 한 권 가져와 유리병에서 파란 볼펜을 한 자루 뽑더니, 그것들을 게이신에게 건네며 말했다. "여기다 질문을 적어요, 내가 뭘 해줄 수 있는지 볼 테니까."

게이신은 펜을 쥐면서, 그 무게감과 형태가 친숙하면서도 어딘가 낯설게 느껴져 내심 놀랐다. 급하게 수업에 들어가거나 대학 연구실에서 일할 때마다 잊지 말아야 할 일과 떠오르는 아이디어를 갈겨 쓰느라 단 하루도 펜을 손에서 놓은 적이 없었다. 머릿속에 언제나 머물러 있는 의문들이 아침까지 기다리지 못하고 밤마다 귓속에서 재잘거리는 날이 너무 잦다 보니, 침대 옆 테이블에 이가 빠진 머그잔에다 펜 두 자루를 꽂아두곤 했다.

하지만 하나의 세계로 들어온 후로 펜을 잡지 않았고, 오늘 밤 이 펜은 흔하디흔한 필기도구가 아니라 진귀한 예술품처럼 느껴졌다. 게이신은 상인의 공책을 펼쳐 빈 페이지에다 질문을 적었다. 한 획 한 획 의식하며 종이 위로 펜을 움직였다. 필사적으로 도망치며 기묘한 의문들만 계속 추적해온 세계에서 이렇게 펜을 마음껏 놀리는 것도 사치였다. 그는 매 순간을 만끽했다.

상인은 게이신의 글을 훑어보더니 그 페이지를 찢어서 노점에 켜놓은 초롱불에 태웠다. 불을 끄고는 종이가 타고 남은 재를 구름 위에 뿌렸다. 상인은 재를 구름이 전부 삼켰는지 확인한 후 못마땅하다는 듯 말했다.

"댁들을 여기로 보낸 나쓰키한테 좀 따져야겠군. 당분간은 일거리를 주지 말아야겠어."

하나가 말했다.

"도와주실 건가요? 아빠가…."

상인은 한 손을 들어 올렸다.

"그쪽 사정은 알고 싶지 않소. 아는 게 적을수록 좋으니까. 내가 돕는 이유는 딱 한 가지요. 보나 마나 나쓰키가 답을 주지도 못하면서 댁들한테 큰 비용을 받았을 테니까."

상인은 걸상을 빼서 앉고는 등을 구부린 채 종이가 찢어지지 않을까 싶을 만큼 열성적으로 무언가를 썼다. 두 페이지를 찢어서 반으로 접어 하나에게 주었다.

"내가 아는 건 이게 전부요."

"정말 큰 빚을 졌습니다."

"은혜를 갚고 싶거든 여길 떠나서 다시는 돌아오지 마시오. 당신들 이름도 알고 싶지 않소. 내 이름은 알려드리지. 나카노 야스히로. 내 어머니한테 내가 보내서 왔다고 해요."

상인은 유리병에서 동전 한 닢을 꺼내어 게이신의 손 위로 툭하고 던졌다.

"그리고 이거 받아요. 행운이 필요할 테니."

잃어버린 것들의 도서관

하나는 야스히로에게 받은 종잇장들을 꽉 움켜잡은 채 대나무 숲 그늘에 섰다. 주먹에 쥔 종이를 짓구겼다.

"입에 담지 못할 소문이라는 말이 맞네요. 불쌍한 아이들."

"아이가 아니에요, 하나."

"영혼이 없는 건 그들 잘못이 아니에요. 나랑 아빠 탓이지."

"당신이 태어나기 한참 전에, 당신 아버지가 전당포를 맡기도 전에 있었던 일이에요."

"상관없어요. 우리 가문의 치욕인 건 마찬가지니까."

"자초지종은 아직 모르잖아요."

"알 만큼은 알아요. 상인의 할아버지가 배달꾼이었는데, 시쿠인들이 그 사람한테 호리시의 집에서 어떤 꾸러미를 수거해 묻으라고 명령했다잖아요. 그리고 이제는 그 꾸러미란 게 뭐였는지도 알아요."

하나의 목소리가 갈라졌다.

"영혼 없는 아이."
"끔찍한 이야기지만, 모르겠어요, 하나? 이제 단서다운 단서가 생긴 거예요. 그 할아버지가 아이를 어디로 데려갔는지, 땅에 묻힌 아이들의 목소리와 울부짖음이 들린 들판이 어딘지 야스히로의 어머니가 안다잖아요. 바로 거기에 시쿠인들이 당신 어머니를 가둬놨을 거예요. 자기 아이가 못 견디게 그리운 엄마한테 그보다 더 잔인한 벌이 어디 있겠어요?"

잿빛 산허리를 깎아 만든 좁다란 계단을 오르는 동안 구름 뒤로 해가 반짝였다. 비바람에 씻겨 미끄러운 이 사릿길은 꼭꼭 숨겨져 있는 한 마을로 들어가고 나오는 유일한 통로였다. 비탈에 점점이 흩어진 나무문들만이 이곳이 야스히로의 어머니가 태어나 자란 곳임을 알려주고 있었다. 하나는 계단을 따라 쭉 이어져 있는 밧줄에 매달린 채 땅을 내려다보지 않으려 애썼다.
"내가 이런 말을 하게 될 줄은 몰랐는데" 하고 게이신이 말했다. "차라리 야시장의 사다리가 낫네요. 산을 깎아서 집 만들 생각을 누가 했는지 몰라도 어지간히 심심했나 봐요."
"이만하길 다행으로 생각해요."
"이보다 더 나쁠 수가 있어요?"
"비가 내릴 때나 밤에 이 계단을 오른다고 생각해봐요."
"날씨 얘기는 입에 올리지도 말아요." 게이신은 밧줄을 더 꽉 쥐었다. "말했잖아요, 날씨가 날 싫어한다고."
하나는 눈알을 굴렸다.

"나도 말했잖아요, 비가 우리를 졸졸 따라오는 건 나 때문이라고."

"알겠어요. 일단은 물러나죠. 야스히로의 어머니를 찾고 어느 문으로든 안전하게 들어가면 그때 다시 얘기합시다."

두 아이가 하나를 향해 폴짝폴짝 뛰어왔다. 계단이 얼마나 좁고 미끄러운지 알아채지 못했거나 애초에 신경조차 쓰지 않는 눈치였다. 아이들은 하나에게 씩 웃어 보이고는 고개를 숙였다.

앞에 서 있는 이 두 아이 대신 영혼 없는 기괴한 아이들의 환영이 보이는 것만 같았다. 하나는 얼어붙었다. 게이신이 그녀의 마음을 읽었는지 위로하듯 그녀의 어깨를 한 번 꽉 쥐었다. 하나는 눈을 깜박여 환영을 쫓아냈다.

"…안녕. 나카노 히로코라는 분이 어디 사시는지 아니?"

키가 더 작은 아이가 바로 위에 있는 문을 올려다보자, 나이가 더 많아 보이는 아이가 말했다.

"지금은 집에 안 계세요. 낮 동안에는 도서관에 계시거든요."

게이신이 물었다.

"도서관이 어딘데?"

아이들은 계단 맨 꼭대기에 있는 문을 가리켰다.

"저기예요."

비바람에 씻긴 문들이 산의 깎아지른 암벽을 따라 줄지어 달려 있었다. 그중 가장 길고 넓은 문이 도서관 입구였다. 피아노 건반처럼 까맣게 반짝였고, 놋쇠 노커를 제외하고는 세월에 풍화된 흔적이 거의 보이지 않았다. 시커메진 용이 입에 고리를 물고서 방문객들을 기다리고 있었다. 하나는 놋쇠 고리로 문을 톡톡 두 번 때렸다. 문 뒤로 발을 질질 끌며 걷는 소리가 울렸다.

"누구세요?" 문 너머에서 어떤 여자가 답했다.

"안녕하세요. 나카노 히로코 님을 뵈러 왔는데요."

문이 요란스레 삐걱거리며 안쪽으로 열렸다.

"전데요."

문간에 선 여자가 말했다. 그녀의 머리칼은 도서관을 조각해 만든 암벽처럼 잿빛이었고, 그녀의 미소는 하나의 뒷덜미를 비추는 햇빛처럼 따스했다.

하나는 고개 숙여 인사했다.

"나카노 님, 저는 이시카와 하나라고 하고, 이쪽은 제 친구 미나토자키 게이신이에요. 야스히로 씨가 말씀하시길, 어머님이 우리를 도와주실 수 있다고 해서요. 저희는…."

하나는 영혼 없는 아이란 말을 입 밖에 내기가 꺼려져 망설였다.

"무언가를 찾고 있어요."

"뭘 찾고 있는지는 몰라도, 그 '무언가'를 어딘가에 잘못 뒀다면," 하며 히로코는 미소 지었다. "'잃어버린 것들의 도서관'부터 둘러보는 게 좋긴 하지요."

산을 깎아 만든 높다란 석조 서가들이 널찍한 원형 열람실에 햇살처럼 부채꼴로 펼쳐져 있었다. 하나의 할머니네 다실에서보다 훨씬 더 크게 무리 지은 반딧불이들이 서가 위를 빙빙 맴돌며 도서관 통로를 일렁이는 빛으로 물들였다. 하나는 끌로 새긴 자국이 남은 서가를 손으로 훑으며, 먼지투성이 책과 족자의 보관소라기보다는 요새를 더 닮은 이 도서관을 조각하는 데 얼마나 많은 시간과 의지가 필요했을까 상상해보았다.

히로코가 말했다.

"얼굴에 의문이 가득하네요. 이 도서관을 처음 찾는 사람들은 다들 그래요. 대체 어떤 보물이길래 이런 어마어마한 성역에 모셔놓았을까, 그게 궁금한 거죠. 나도 어릴 적 이곳에 처음 발을 들여놓은 순간부터 그 답을 알고 싶었지만, 내 몸에 새겨진 지도는 야시장에서 남편 곁을 지키는 게 내 임무라고 알려주더군요. 그래서 은퇴할 때까지 그 의문을 마음속에만 품고 있어야 했답니다."

하나가 물었다.

"그래서 답을 찾으셨나요?"

"그래요. 이 도서관은 모든 것을 지키는 동시에 아무것도 지키지 않아요. 책은 집필 당시엔 아무런 가치도 없어요. 읽힐 때 비로소 가치가 생기는 거지. 여기 있는 모든 책은 무가치한 동시에 값을 매길 수 없을 만큼 귀중해요. 사람마다 다르겠죠. 난 아직 도서관 장서를 절반도 읽지 못했으니, 내가 서가에서 뽑아 마음에 저장해둔 책들만 진정으로 귀하다고 말할 수 있겠네요."

히로코는 열람실 저쪽의 한 서가를 가리키며 말을 이었다.

"저 구역은 내가 자주 찾는 곳이랍니다. 가능한 모든 결말이 살아 있는 곳이죠. 작가가 어떤 인물의 운명을 바꾸기로 마음먹으면, 이야기는 이곳에서 다른 방향을 모색해요. 지금은 조용하지만, 책들이 깨어나면 어느 결말이 최선인지를 두고 다툰답니다."

"여기서 살라면 살 수 있을 것 같아요."

게이신의 말에 히로코는 싱긋 웃으며 맞장구쳤다.

"동감이에요. 난 이 서가들처럼 이곳 붙박이나 마찬가지죠."

게이신은 서가들을 쭉 훑어보며 물었다.

"그런데 왜 이름이 잃어버린 것들의 도서관입니까?"

"귀한 소장품의 이름을 딴 거예요. 오랜 세월 우리 가족의 야시장 노점에서 기증해온 작은 귀중품들이 이 도서관에 보관되어 있어요. 가끔, 펜이나 동전보다 훨씬 더 귀한 것들이 틈 사이로 떨어져요. 그 물건들을 여기로 가져오죠. 부치지 않은 연애편지, 버려진 이야기, 어린 시절의 일기, 누렇게 변한 엽서들, 빌렸다가 침대 밑에 처박아두고 돌려주지 않은 책. 혹시 관심 있는 물건 있나요? 저쪽 세계의 책은 좀 이상하지만, 대강 훑어볼 만은 해요."

하나가 말했다.

"우리가 찾고 있는 건 책이 아니에요, 나카노 님. 어떤 장소를 찾으려는데 도움을 받을 수 있을까 해서요. 나카노 님의 아버지가 땅 밑에서 아이들이 울부짖는 소리를 들으셨다는 곳이요."

히로코는 손으로 하나의 입을 단단히 막고서 재빨리 주변을 둘러보았다.

"입 다물어요."

히로코는 서가에 거미줄이 쳐지고 먼지가 두껍게 앉은 어두컴컴한 구석으로 그들을 데려갔다.

"이 구역에는 행복한 결말로 끝나는 이야기들이 모여 있어요. 보시다시피, 별로 인기가 없어요. 심지어 반딧불이들도 여긴 안 와요."

게이신이 물었다.

"왜 그런 겁니까?"

"현실 도피를 하려고 이 도서관에 오는 건데 그런 이야기를 보면 질투만 나니까요."

히로코는 텅 빈 통로를 힐끔 바라보았다.

"여기서 얘기하죠."

하나가 말했다.

"되도록이면 그 아이들에 관해 여쭙고 싶지 않지만, 목숨이 걸린 일이라서요."

"어릴 적에 뱉은 말이 늙어서까지 따라올 줄이야. 내 것이 아닌 비밀을 퍼뜨린 죄로 받는 벌이겠죠. 그저 내가 찾았던 그 편지들처럼 되고 싶지 않다는 생각뿐이었는데."

히로코의 눈에 눈물이 글썽였다. 게이신이 물었다.

"무슨 편지요?"

"저쪽 세계에서 부쳐지지 않은, 잃어버린 편지들이었어요. 금방이라도 바스러질 것 같은 눅눅한 상자 안에서 썩어가고 있는 걸 발견했죠. 단어며 감정이며 죄다 썩어서는 곰팡이랑 먼지에 뒤덮여서 쾨쾨한 냄새가 나더군요. 말을 입 밖으로 내지 않고 묵혀두면 그렇게 된답니다. 아무리 아름답다 한들 무슨 소용이겠어요. 시간이 지나면 다 썩어버리는 것을. 내 안에서도 아버지의 비밀이 썩어가고 있었어요. 악취를 풍기면서. 누군가에게 말해야 했어요. 그게 누구라도. 배달꾼의 아들인 친구가 있었는데 그 아이한테 말해주면서 비밀로 하겠다는 맹세까지 받아냈죠. 그런데 그날이 지나기도 전에 시장 사람들 모두 내가 저지른 죄를 알아버렸어요. 그리고 이제 두 사람이 내 수치를 다시 전하러 왔군요. 여기 숨어 있으면 괜찮을 줄 알았는데."

"죄송해요." 하나가 말했다. "나카노 님이 이렇게 힘들어하실 줄 몰랐어요."

"당신들 잘못이 아니에요. 내 탓이지. 들판까지 아버지를 몰래 따라갔었어요. 아버지는 내가 호기심이 너무 많아서 탈이라고 늘 말씀하셨죠. 맞아요. 폐허가 된 그 신사에 숨어서, 시쿠인들이 아버지한테 들꽃 사이에 묻으라고 명령했던 그 '꾸러미'를 봤던 걸 후회하지 않는 날이 단 하루도 없어요."

히로코는 두 손으로 귀를 막고 눈을 질끈 감았다.

"그 아이들… 그 목소리… 땅에서 솟구치던 그 소리가 아직도 생생하게 들려요. 콸콸 흐르는 시냇물보다 더 시끄러웠어."

하나가 물었다.

"그 들판이 어디예요, 나카노 님?"

히로코는 두 손을 양옆으로 내렸다.

"내 말 허투루 듣지 말아요, 거길 찾아봐야 좋을 게 없어요."

"어쩔 수 없어요. 꼭 찾아야 해요."

"이 세계에서 우리의 선택지는 하나뿐이에요, 만족하며 사는 거. 하지만 난 창밖의 세계보다 더 먼 곳을 보고 싶어 하는 고집불통에 욕심쟁이였어요. 아버지 말씀을 거스른 그 실수는 아마 죽는 날까지 날 따라다니겠죠. 그 울부짖음이 머릿속에 계속 맴돌아서 아무리 잊으려 해도 잊히질 않아요. 내 안에서 비밀이 썩어 문드러지든 말든,

그 소리는 무덤까지 따라올 거예요."

 산허리에 깎인 계단에 앉아 게이신은 그저 자신의 발만 바라보고 있었다. 하나를 보고 싶지 않았다. 하나의 부모님을 찾는 여정은 끝을 맞고 말았다. 잃어버리고 끝맺지 못한 것들이 먼지를 뒤집어쓴 채 모여 있는 도서관의 또 다른 소장품이 되어.
 "유감이에요, 하나. 그래도 시도는 했잖아요."
 하나는 계곡을 물끄러미 바라보았다.
 게이신은 그녀의 손을 잡아주려다 마음을 바꾸었다. 그래 봐야 무력감만 커질 뿐이었다. 어떤 말로도 그녀를 위로할 수 없고, 꼭 안아준들 그녀를 안심시킬 수 없었다. 게이신은 주머니에 두 손을 찔러 넣었다. 단단하고 차가운 물건이 손끝을 스쳤다. 그는 야스히로에게 받았던 동전을 꺼냈다. 조금의 행운도 가져다주지 못한 이 물건을 산 아래로 던져버릴까 싶었다. 그래서 동전을 움켜쥐고 어깨 위로 들어 올렸다가, 그걸 좋게 써먹을 방법이 떠올라 멈추었다. 저쪽 세계에서처럼 동전을 계단에 내려놓고 돌렸다. 동전이 빙글빙글 돌며 산 가장자리까지 아슬아슬하게 다가가자 어느덧 생각이 느려지고 시끄러운 속이 잠잠해진 게이신은 옛 친구의 조언을 들을 여유가 생겼다.

 게이신은 혼잡한 인도네시아 식당을 허겁지겁 누비다 종업원과 부딪칠 뻔했다. 그는 숨을 헐떡이며 라메시 맞은편의 의자를 빼서 앉았다.
 "들판을 찾아야 해요."

"들판?" 하며 라메시는 포크를 내려놓았다. "이것 참 별일이군. 어떤 들판 말인가?"

"비밀을 묻는 들판이요."

라메시는 턱을 문질렀다.

"재미있군. 계속해보게."

"그게 어디 있는지 아는 사람이 딱 한 명 있는데, 말해주지 않겠대요. 그래서 지금 막다른 길에 부딪혔어요."

라메시는 가슴 위로 팔짱을 꼈다.

"그 사람이 정확히 뭐라고 하던가?"

"히로코가 이런저런 얘기를 많이 하긴 했죠. 쓸모 있는 내용이 하나도 없어서 탈이지."

"잘됐군."

라메시는 야채카레와 쌀을 숟가락으로 떠서 입에 넣고 천천히 씹었다.

"뭐가 잘됐다는 거예요?"

"자네가 그곳의 위치를 물었을 때 그 사람이 그냥 알려주기 싫다고만 말했다면 이 대화도 여기서 끝이겠지. 이 음식들도 아깝게 버려야 하고. 그런데 '이런저런 얘기를 많이' 했다니, 생각할 거리가 있잖나."

"그랬으면 좋겠지만, 히로코는 들판까지 아버지를 몰래 따라간 게 후회된다는 이야기만 입이 마르도록 했어요."

라메시는 빙긋 웃었다.

"슬슬 진전이 보이는군."

"그래요?"

"히로코가 아버지를 몰래 따라갔다면, 숨기에 좋은 곳이 있었을 테지."

"그랬대요. 어디냐면…."

게이신은 두 눈썹을 치켜올렸다. 자리에서 벌떡 일어나다 맥주병을 엎고 말았다.

"고맙습니다, 라메시 교수님. 여기서부터는 제가 할게요."

라메시는 거의 손도 대지 않은 음식을 아쉬운 듯 바라보며 한숨을 뱉었다.

"천만에. 행운을 비네."

빙글빙글 돌던 동전이 산비탈에서 떨어졌다. 들판의 위치를 알려주지 않겠다는 히로코의 단호한 거절, 그 침묵 속에서 게이신은 그녀의 답을 들었다.

"폐허가 된 신사에 숨었다…. 바로 그거야."

"무슨 소리예요?"

"들판을 찾을 방법을 알겠어요."

"그래요? 어떻게요?"

"히로코가 정확한 위치는 알려주지 않았지만, 고의든 아니든, 거길 찾을 기회를 우리한테 줬어요. 마음 한구석으로는 그 비밀을 자유롭게 풀어주고 싶었나 봐요. 히로코는 들판에 대해서 우리가 몰랐던 세 가지를 알려줬어요. 첫째, 히로코의 아버지가 그 피조물을 묻은 곳 근처에 폐허가 된 신사가 있다는 것. 둘째, 들판이 꽃으로 뒤덮여 있다는 것. 셋째, 가까이에 시냇물이 흐른다는 것. 폐허가 된 신사, 들꽃, 시냇물. 이러면 범위가 상당히 줄어들 거예요."

하나가 벌떡 일어났다.

"지도가 필요해요."

기차역이라기보다는 캠프장 같은 곳에 도착했다. 갖가지 모양의 알록달록한 텐트들이 선로를 따라 이어져 있는데, 그중 몇몇은 웬만한 집채만큼 컸다. 승강장에 모닥불을 피워놓고 요리를 하는 사람들도 있고, 역의 기둥에 매달린 밧줄에 빨래를 너는 사람들도 있었다. 심지어 밭에 채소를 심기도 했다. 텐트 사이를 누비며 술래잡기를 하는 아이들은 키득키득 웃어댔다. 기차 도착 시간을 알려주는 운행표가 텅 비어 있는데 아무도 신경 쓰지 않는 모양이군, 하고 게이신은 생각했다.

하나는 지도를 한 움큼 들고 게이신에게 돌아왔다.

"이게 내가 찾을 수 있는 전부였어요."

게이신은 승강장에 임시로 들어선 마을을 물끄러미 바라보았다.

"이 사람들은 여기서 왜 야영을 하고 있어요?"

"기차를 기다리는 거예요."

게이신은 의문스럽다는 표정을 지었다.

"언제부터요?"

"얼마 전부터."

"배차 간격이 어떻게 되는데요?"

"여긴 도쿄 역이 아니에요. 운행표가 따로 없어요. 도착하면 도착하는 거죠. 어떤 승객은 여기서 기다릴 운명을 타고났고, 어떤 승객은 자기 기차를 보지도 못하고 죽어요."

"그래도 다들 불만 없이 사는 거예요?"

"다른 선택지가 없으니까요. 철도는 항상 같은 자리에 머물지 않아요. 바다 위를 달리는 경우에는 더더욱 그렇죠. 해류가 바뀌면 철로도 떠밀려서 기차가 아주 먼 우회로를 돌게 될 수 있어요. 지도를 볼 수 있는 데를 찾아야겠어요. 어서 가요."

덜 혼잡한 구역으로 자리를 옮기자, 게이신이 입을 열었다.

"좀 이상한 얘기 해도 괜찮아요?"

"바다에서 길을 잃는 기차보다 더 이상한 얘기예요?"

하나는 바닥에 무릎을 꿇고 앉아 지도들을 내려놓았다.

게이신은 히죽 웃었다.

"그렇게 이상한 얘기 말고요. 사실 난 지도를 별로 안 좋아해요."

"왜요?"

"뭐든 다 아는 척, 우리가 모든 걸 이해하고 통제하고 있는 척 느끼려고 이런 걸 만들었구나 싶거든요. 지도는 과학이라기보다 예술에 더 가까워요. 제작자의 의도대로 설계되잖아요. 어떤 건 줄이고, 어떤 건 늘리고, 어떤 장소는 그대로 두고, 어떤 곳은 아예 지워버리고. 한 공간이 끝나고 다른 공간이 시작되는 지점이 실제로 보이기라도 하는 것처럼, 자기 땅이라 우기면서 빨간 줄을 진하게 긋죠. 하지만 경계선은 개념에 불과해요. 우리 머릿속에만 있는 거죠."

하나는 잠자코 있었다. 어떻게 하면 그의 말에 완전하면서도 정중하게 반박할 수 있을까. 경계선은 진짜 존재했다. 가장 건너기 힘든 건 마을과 마을 사이에 그어진 보이지 않는 경계가 아니라 사람들이 자기 주변에 쌓아 올리는 벽이었다. 경계선은 꼭 필요했다. 비밀을 안전하게 지키기 위해서라도.

"그럼 기쁜 소식을 알려줄게요. 우리 지도는 당신 세계의 지도와 조금 달라요."

하나가 바닥에 지도 한 장을 펼치자 텅 빈 면이 나타났다.

"확실히 다르군요" 하며 게이신은 그 옆에 쪼그리고 앉았다. "여기서 뭘 어떻게 찾아요?"

"우리가 아니에요. 지도가 찾아주죠. 정중하게 잘 부탁하면."

"난 지도와 대화를 나눠본 적이 없으니까 당신이 부탁해야겠네요."

하나는 지도의 끄트머리를 반드럽게 폈다.

"부탁드립니다. 들판을 찾아주시겠어요?"

바닥에서 지도가 바르르 떨렸다. 종잇장이 구겨지면서 표면에 초승달 모양의 산맥이 만들어졌다. 지도가 물결치더니 산맥의 안쪽 곡선에 들판이 조각되었다. 하나에게 이 들판이 맞느냐고 묻는 듯 지도가 흔들렸다.

하나가 말했다.

"꽃이 피고, 신사가 있고, 시내가 흐르는 들판이에요."

지도 위의 산들이 물러나면서 종이는 산맥이 나타나기 전처럼 매끈해졌다. 그러곤 스스로 접혀 도로 직사각형이 되었다.

게이신이 말했다.

"다음 지도는 알 거예요."

하나는 다른 지도를 펼치고 똑같은 질문을 던졌다.

지도는 다시 접혔다.

게이신은 엄지손톱을 물어뜯었다.

하나는 세 번째 지도를 펼치고 들판에 관해 물었다. 지도가 모든 단어를 이해할 수 있도록 천천히.

지도는 납작 엎드린 채 미동도 하지 않았다.

하나가 네 번째 지도로 손을 뻗자, 세 번째 지도가 부르르 떨었다. 텅 빈 종이의 양쪽 모서리에서 두 개의 산이 솟아오르더니 그 사이로 계곡이 생겼다. 계곡이 구겨지며 신사가 만들어졌다. 이윽고 계곡의 가운데가 가늘고 길게 찢어지자 그 아래 바닥이 드러났다.

하나는 얼어붙은 채 그 찢어진 부분만 노려보고 있었다.

"케이… 저게 아마…."

"시냇물이에요."

게이신이 하나의 손을 꽉 잡았다.

그의 목소리 위로 기차가 덜커덩거렸다. 텐트들에서 환호성이 터져 나왔다. 승강장에 있는 사람들 중 4분의 1 정도가 허둥지둥 짐을 챙기고 품에 안을 수 없는 것들을 요령 있게 두 손으로 들었다. 한 남자는 불룩한 가방을 양손에 하나씩 들고 어린 딸을 어깨에 태운 채 기차를 향해 달렸다. 화분에 심은 조그만 나무를 가슴에 안은 딸아이는 아버지의 달음질에 맞추어 아래위로 흔들렸다. 텐트를 같이 썼던 몇몇 사람들은 그들을 뒤쫓아가며 손을 흔들어 작별 인사를 했다.

게이신은 소동을 무시하고, 지도 위를 맴도는 기다란 종잇조각에 집중했다. 그 조각은 허공에서 뒤틀리더니 꽃잎 같은 작은 조각들로 갈가리 찢겼다. 그러고는 엷디엷은 청색으로 변한 뒤 지도에 비처럼 쏟아져 내려 종이 계곡에 흩뿌려졌다.

"들꽃…."

지도가 잠잠해졌다. 종잇조각들이 다시 모이고, 눈 깜짝할 새도 없이 지도는 새것처럼 온전해졌다. 계곡이 있었던 곳에 한 단어씩 정성스레 붓글씨가 천천히 쓰여 들판의 위치를 알려주었다.

"우리가 해냈어요!"

게이신이 두 팔로 하나를 와락 껴안은 그때 기차가 역에서 빠져나갔다. 지도 위에 단어가 몇 개 더 나타났다. 하나의 두 눈이 완성된 안내문을 재빨리 훑었다. 게이신의 품 안에서 그녀의 몸이 굳었다.

게이신은 하나를 풀어주며 물었.

"왜 그래요?"

"들판이 어디 있는지 이제 알았는데."

하나는 텅 빈 선로를 우두커니 바라보았다.

"지도가 우리한테 타고 가라고 일러준 기차를 방금 놓쳤네요."

사람들이 임시 거처로 물러나 잠자리에 들자 텐트 마을 전체가 적막해졌다. 모닥불 주위에 옹기종기 모인 무리들 사이에는 아직도 조용한 대화가 오가고 있었다. 그들은 기차가 도착한 흥분을 지칠 줄 모르고 계속 되새기며 같은 이야기를 몇 시간째 반복했다.

하나는 모닥불 주위를 둥글게 에워싼 어느 작은 무리에 끼어 앉아 불길에 손을 녹였다.

"기차가 영영 안 오면 어떡해요?"

게이신이 한 팔로 그녀를 안았다.

"올 거예요. 와야죠. 이제 와서 포기할 순 없어요."

"못 보던 얼굴들인데?"

게이신 옆에 앉은 노인이 말하자 하나가 답했다.

"맞아요."

"잘 오셨소. 나는 오노 아리토모라오. 신참은 바로 티가 난다니까."

노인은 이가 거의 빠지고 없는 잇몸을 드러내며 씩 웃었다.

"허둥지둥하거든. 나도 어머니랑 같이 처음 여기 왔을 땐 그랬지."

"어머니요?"

게이신은 놀란 기색을 숨기려 했지만 실패하고 말았다.

아리토모가 미소 지었다.

"그땐 열두 살이 채 안 된 꼬맹이였지. 여기서 결혼해 가정까지 꾸렸다오. 아내는 10년 전에 기차가 도착해서 아들 녀석이랑 같이 떠났고."

하나가 말했다.

"안타깝네요, 오노 님."

"무엇이 말이오?" 하며 아리토모는 턱을 긁었다. "아내는 자기 길을 떠났고 나도 내 여행 중인데. 아내는 자기 기차가 도착했으니 타야지. 아쉬울 거 하나 없어. 잘 살았으니까. 아들, 남편, 아버지 노릇 다 해보고 말이야. 여기서는 나를 친구로 여기는 사람들이 참 많아. 밭을 일궈서 배고픈 사람들 먹이고, 텐트를 지어서 처음 온 사람들한테 쉴 곳을 마련해줬거든. 뭐가 더 필요하겠소? 목적지에 도착할 수 있느냐는 절대 장담할 수 없지. 약속된 건 여정뿐이야. 기다림은 그 여정의 일부고."

게이신은 천천히 고개를 끄덕였다.

"오노 님은 현명한 분이시군요."

아리토모는 고개를 절레절레 흔들었다.

"여기서 기다리는 사람들은 다 그래. 생각할 시간이 많으니까. 출발지와 목적지 사이의 공간에서 기쁨을 찾는 게 바로 인생이라는 걸 깨닫게 된단 말이지. 내가 가고 싶은 곳에 영영 못 닿을지 몰라도, 인생을 돌이켜보면 단 1초도 괴로움에 시간을 낭비한 적 없다고 자신 있게 말할 수 있소. 행복은 장소에 있는 게 아니라오. 우리가 쉬는 모든 숨에 깃들어 있지. 그러니까 숨을 들이마시고 또 들이마셔야 해."

아리토모의 말은 모닥불보다 더 따스하게 게이신의 몸을 녹이며, 그에게 있는지도 몰랐던 마음속 빈 공간을 찾아 메워주었다.

"오노 님을 뵙게 된 인연이 참 감사하네요."

"인사는 됐소. 이 기차역에 있으면서 온갖 사람들을 만나봤어. 스쳐 지나가는 사람도 있고, 얼마간 머무는 사람도 있고. 아주 잠시라도 인연을 맺은 사람들은 뭔가를 가져가거나 남겨두고 떠나더군. 무례한 인간들은 우리 얼굴에서 웃음을 떼어내 가버리고, 친절한 사람들은 웃음을 되돌려놓고 가지. 남의 행복을 훔쳐서 얻을 수 있는 건 아무것도 없다는 걸 배우게 된다오. 얼마를 훔치든 자기를 위해 쓰지 못할 테니까."

하나는 몸을 웅크리며 게이신의 가슴으로 파고들었다.

"여기서 행복하게 지낼 수 있겠어요? 기차역 승강장의 채소밭이 중성미자와 별만큼이나 당신을 행복하게 만들어줄까요?"

게이신은 엄지손가락으로 하나의 어깨를 쓰다듬었다.

"아리토모처럼 현명한 어른인 척하고 싶지만, 난 여기서 못 살아요."

하나는 "왜요?" 하고 물으며 그를 마주보았다.

"당신과 한 약속을 깨기 싫으니까요. 무슨 수를 써서든 당신 부모님을 찾을 거예요. 들판이 아무리 멀어도, 거기까지 가는 길이 아무리 험난해도, 아무리 많은 시쿠인이 쫓아와도 상관없어요. 당신 부모님을 찾을 거예요."

"저기…."

그들과 같은 텐트에 있는 한 여자가 하나에게 속삭였다. 얼굴은 햇볕에 그을리고 검은 머리를 뒤로 넘겨 느슨하게 틀어 올린 여자였다.

"두 사람 대화를 엿들을 생각은 없었는데."

게이신이 더듬더듬 말했다.

"아… 깨워서 죄송합니다."

"부모님을 찾고 있다고요? 그리고 시쿠인들은 당신들을 찾고 있고?"

하나의 얼굴에서 핏기가 가셨다.

"걱정 말아요. 비밀 지켜줄 테니까. 내 이름은 게이코예요. 시쿠인들하고는 안 친해요. 얼마나 잔인한 족속인지 알거든. 아버지를 놈들한테 잃었어요. 몸이 안 좋아서 야시장 노점에서 잠든 양반을 놈들이 강으로 내몰아 죽여버렸죠."

게이신은 하나에게서 들었던 이야기를 떠올리며 "유감입니다"라고 말했다.

"기차 말고 다른 방법으로도 두 사람이 가려는 곳에 갈 수 있어요."

게이코의 말에 하나가 말했다.

"그래요? 하지만 지도가 알려주기를…."

"이런 방법을 제안할 지도는 없어요. 야시장의 가장 어두컴컴한 구석에서, 제일 간절한 자들끼리만 이야기하는 방법이거든요."

"왜요?" 게이신이 물었다.

"창피하고 망신스럽다나. 하지만 사랑하는 사람의 목숨이 걸려 있는데 체면 따질 일 있어요?"

하나가 말했다.

"맞아요. 여기 있다가 시쿠인들한테 들키는 건 시간문제예요. 기차나 기다리고 있을 여유가 없어요."

게이코는 고개를 끄덕였다.

"금단의 길은 두 사람을 어디로든 데려다줄 거예요. 하지만 쉽지만은 않아요."

"할게요. 언제 떠날 수 있나요?"

"곧이요. 그런데 두 사람이 먼저 해야 할 일이 있어요."

"그게 뭡니까?" 게이신이 물었다.

"술을 마셔야 해요."

술

　첫 잔은 사람이 술을 마시고, 둘째 잔은 술이 술을 마시고, 셋째 잔은 술이 사람을 마신다.

　하나는 이날 저녁에야 비로소 이 옛말을 완전히 이해할 수 있을 것 같았다. 잔을 비우고 턱에서 흘러내리는 사케를 손등으로 닦았다. 승강장과 그곳에 쳐진 모든 텐트가 그녀 주위를 빙빙 돌았다. 게이코가 그녀의 잔을 또 채우려 하자 하나는 손을 휘저어 넷째 병을 물렸다.
　게이코는 마지막 남은 사케를 하나의 잔에 마저 따랐다.
　"미안해요. 어쩔 수 없어요."
　"건배." 게이신은 고개를 뒤로 젖혀 술을 단숨에 꿀꺽 삼켰다. 모닥불 빛을 받아 그의 얼굴에 드리워진 그림자가 춤추듯 어른거렸다.
　하나는 눈을 가늘게 뜬 채, 몽롱한 머릿속에 잔뜩 낀 안개 사이로 펼쳐지는 그림자극을 지켜보았다. 게이신은 괴물들이 가까이 있는 줄도 모르고 모험 중인 주인공이 되어 있었다. 하나는 잔을 비우고 기차역 바닥에 탁 내려놓았다.

게이코는 고개를 끄덕였다.

"이제 가도 돼요."

게이신이 말했다.

"아직 방법을 안 알려주셨잖습니까."

"다음 부분은 더 간단해요. 두 사람은 말하고, 나는 듣기만 하면 돼요. 술이 들어갔으니 속내를 털어놓고 밀담할 말을 고르기가 쉬울 거예요."

하나는 관자놀이를 문질렀다. 게이코의 말이 도무지 이해되지 않는 것이 술 때문인지 뼛속까지 파고든 피로감 때문인지 알 수 없었다. 게이코의 말이 이어졌다.

"소문보다 빨리 움직이는 것도 없죠. 그중 가장 빠른 건 최고의 진실을 담은 소문이고요. 오늘 밤에 두 사람이 퍼뜨릴 소문을 선택해서 그걸 타고 목적지까지 가면 돼요."

게이신은 두 눈을 비볐다.

"미안하지만, 아직 덜 취했나 봐요. 소문을 타고 가라니, 무슨 말인지 이해가 안 되는데."

"이해 못 해도 상관없어요. 하지만 날 믿어요. 야시장에 있는 우리 가족의 노점은 잡다한 장신구만 판 게 아니에요. 우린 탈출구를 알려줬어요. 아버지가 돌아가시기 전에 나한테 방법을 가르쳐주셨죠."

"우리가 어떻게 하면 될까요?"

하나가 게이코에게 적극 다가가 묻자 게이신은 그녀를 모닥불에서 멀리 데려갔다.

"정말 괜찮겠어요? 속임수일지도 몰라요. 게이코가 우리를 시쿠인들한테 팔아넘길 수도 있잖아요."

"당신도 며칠 전엔 생판 남이었어요. 그런데 아직까지 약속을 깨지 않았잖아요."

게이코가 다가와 물었다.

"마음이 바뀌었어요?"

하나는 "아뇨" 하고 답했다.

"그럼 두 사람의 진실을 택해서 떠나요."

선택은 뻔했다. 정신이 말짱했다면 하나는 절대 그 비밀을 내놓는 데 동의하지 않았을 것이다. 하지만 몸속에 들어간 술 때문인지 설득력 있는 것처럼 들렸다. 게이신의 비밀보다 더 빨리 퍼질 소문은 없었다. 게이신은 하나의 손을 잡으며 게이코의 귓속에다 그 비밀을 속삭였다.

난 당신 세계의 사람이 아니에요.

하나는 점점 흐려져가는 자신의 몸을 지켜보았다. 두 발이 가장 먼저 사라졌다. 그다음엔 두 다리가 발목에서부터 조금씩 희미해졌다. 마지막은 두 눈이었고, 눈이 사라지자 어둠만이 남았다.

미나토자키 게이신이라는 남자에 관한 소문

 난 당신 세계의 사람이 아니에요. 한 단어 한 단어 이어질수록 게이신의 몸은 점점 흩어졌다. 그가 게이코의 귓속에 속삭인 진실은 그를 모든 사물의 원료인 우주먼지로 되돌려 허공과 어둠 속에 던져 넣었다. 그의 마음의 입자들은 오직 한 가지 생각에만 매달렸다. 먼지가 돼서도 게이신은 하나에게 꼭 달라붙었고, 하나의 남은 몸 역시 게이신에게서 떨어지지 않았다.

 게이신의 입자들은 여기저기 떠돌다 복부였던 지점에서 다시 모이기 시작했다. 눈이 없어 보이지 않으니 복부가 맞는지는 확신할 수 없었지만. 한 번에 한 원자씩 꿰매어지는 것이 느껴졌고, 눈꺼풀이 생기자 게이신은 눈을 뜨고 형태가 잡혀가는 하나를 지켜보았다.

 하나는 입술이 생겨 말을 할 수 있게 되자마자 물었다.

 "여기가 어디죠?"

 게이신은 주위를 힐끔 둘러보았다. 온갖 물건들이 쑤셔 넣어진 텐트가 그들을 에워싸고 있었다. 담요며 바구니며 냄비며 책들이 무더기로 쌓인 채 모든 공간을 메우고 있었다.

"멀리 온 것 같지는 않아요. 여전히 역 근처인 것 같은데요."

하나는 걸어가서 텐트 덮개를 잡아당겼다. 꿈쩍도 하지 않았다. 더 세게 당겼다.

"안 열려요."

게이신은 천으로 된 텐트 벽을 들어 올리려 해봤지만 텐트와 바닥 사이의 빈틈을 찾을 수 없었다. 벽을 밀어보았다. 그러자 벽이 도로 그를 밀쳐 바닥으로 넘어뜨렸다. 게이신은 일어나서 잡동사니들 사이로 최대한 비집고 들어가 어깨로 텐트를 밀었다. 뼈처럼 단단한 무언가에 부딪혔다. 팔이 아렸다. 게이신은 욱신거리는 어깨를 붙잡으며 비틀비틀 뒷걸음질 쳤다. 욕설을 뱉으며 주먹으로 벽을 때렸다.

"게이코! 게이코! 우릴 내보내줘요."

하나는 게이신을 벽에서 떼어놓았다.

"소용없어요. 덫에 걸린 거예요. 당신 말이 맞았어요. 게이코가 우릴 배신했어요."

"여기에 들어왔으니" 하며 게이신은 바구니 더미를 거칠게 밀쳤다. "나가는 길도 있겠죠."

텐트가 격렬하게 흔들리며 게이신과 하나를 바닥으로 내동댕이쳤다. 하나가 일어서려 하자 게이신은 그녀의 손을 붙잡았다.

"가만히 있어요."

우르릉거리는 소리가 멈추었다. 밝은 빛이 텐트 속으로 쏟아져 들어왔다. 하나는 눈을 가늘게 뜨고 잡동사니 너머를 바라보다 헉하며 벌떡 일어나 말했다.

"덮개가 열렸어요!"

게이신이 외쳤다.

"뛰어요!"

위태롭게 쌓여 있는 책들을 넘어뜨리고 담요와 옷가지를 뛰어넘어 그들은 열려 있는 틈새로 돌진했다. 텐트에서 뛰쳐나가자마자 눈부신 빛이 쏟아져 눈을 가렸다. 게이신이 얼굴에서 손을 떼어내는 순간 하나가 사라져가는 모습이 보였다.

두 번째로 흩어졌을 때는 그의 조각들이 더 빨리 모여들었다. 아니면 느낌만 그런 건지도 몰랐다. 몸이 없으니 시간 감각이 무뎌졌다. 게이신은 눈을 떴다. 그의 앞에 선 하나의 팔다리가 허공에서 저절로 형태를 갖추어가고 있었다.

하나는 갓 생겨난 두 손을 빤히 쳐다보며 손가락을 구부렸다.

"우리한테 무슨 일이 벌어지고 있는 걸까요?"

게이신은 주위를 얼른 둘러보았다. 그들은 희미하게 반짝이는 호수에 에워싸인 육각형 정자 아래 서 있었다. 물속에 보름달이 비쳤다. 게이신은 팔을 뻗었지만, 보이지 않는 벽에 막혀 정자의 나무 틀 너머로는 손가락이 닿지 않았다.

"이것도 덫인가."

하나는 잔잔한 호수를 바라보았다.

"덫 같지는 않아요."

"벗어날 수 없는 곳이 덫이 아니고 뭐겠어요?"

그들 밑의 땅이 움직이면서 호수에 물결이 일었다. 그들은 정자의 기둥을 붙잡았다. 보이지 않는 문이 열려 햇빛을 들인 것처럼 빛이 확 밀려들었다.

하나는 실눈을 뜨고 눈부신 빛을 바라보며 말했다.

"또 이러네."

게이신이 머뭇머뭇 빛 쪽으로 한 발짝 떼자 하나는 "케이, 잠깐만요" 하며 그의 팔을 붙잡았다. "그러면 또 사라질 거예요."

게이신은 빛을 향해 눈을 가늘게 떴다.

"그래야 하는 건지도 몰라요. 당신 말이 맞을지도 모르겠어요. 이게 덫이 아닐 수도 있죠."

"그럼 뭔데요?"

"게이코가 말한 '소문 속을 여행한다'는 게 이런 뜻이라면요?"

"우리가 누군가의 마음속에 있다는 거예요?"

"소문이 다른 사람한테 전해지기 전까지는요."

그러면서 게이신은 하나에게 손을 내밀었다.

"확인하려면 한 가지 방법밖에 없어요."

게이신은 사람의 마음이라는 게 크기도 모양도 가지각색이라는 걸 깨달았다. 찬장만 한 마음이 있는가 하면 열차만큼 기다란 것도 있었다. 몇몇 방은 휑뎅그렁했고, 온갖 잡동사니들이 흘러넘치는 방들도 꽤 많았다. 그중 가장 기묘한 방은 나무 우듬지에 걸터앉아 있었는데, 김이 모락모락 나는 녹차 잔이 바닥 구석구석까지 카펫처럼 깔려 있었다.

게이신은 활 모양으로 굽은 유리로 된 방 안에 서서, 하나의 몸이 온전해지기를 기다렸다. 빛 속으로 뛰어들 때마다 방에서 보내는 시간이 점점 더 짧아졌다. 소문의 속성이 딱 이렇지, 하고 게이신은 생각했다. 한번 생겨난 소문은 퍼지는 속도에 불이 붙는다. 게이신은 이제 막 들어온 방을 둘러보며, 이번엔 좀 더 오래 머물렀으면 하고 바랐다. 별들 사이를 떠도는 구체 같은 모양이었는데, 이 마음이 좋았다.

하나는 넋을 잃고 별자리들을 바라보았다.

"아름답네요."

게이신은 하나의 눈동자 속에 반짝이는 별들을 보며 답했다.

"그래요, 아름답네요."

하나는 투명한 벽에다 손바닥을 누르며 물었다.

"어떤 사람이 이런 마음을 가졌을까요?"

"누군지 몰라도 아주 부러운데요."

"왜요? 당신 마음도 별들로만 가득 차 있을 것 같은데."

"그러면 좋게요. 하지만 안타깝게도, 숫자며 도표가 어질러져 있고 어두침침한 회색 방일 거예요. 의자도 하나 있을 테고. 텅 빈 퍼니언스 과자 봉지도 하나. 아니, 둘 정도 있겠네요."

"퍼니언스? 그게 뭐예요?"

"음, 양파맛 과자인데 알아서 좋을 거 없어요. 중독성이 너무 심하거든요. 난 그거 없으면 일을 못 한다니까요. 일본에 없을까 봐 가방 하나에 그것만 잔뜩 싸 왔어요. 지금 보니, 별걱정을 다 했구나 싶지만."

게이신은 별들을 올려다보며 말을 이었다.

"우리 마음은 텅 비는 게 무서워서 어떻게든 의미 없는 것들로 속을 채우죠. 참 웃겨요."

"조용한 것도 무서워하고요."

구체가 흔들리더니 빛이 수정을 뚫고 들어왔다.

게이신은 하나의 손을 꼭 잡고 빛 속으로 걸어 들어갔다.

어디서 들꽃이 끝나고 하늘이 시작되는지 알 수 없었다. 꽃잎들의 푸른 빛깔이 구름 한 점 없는 지평선과 완벽하게 어우러져 있었다. 가을에 어떻게 꽃이 피느냐고 게이신은 문제 삼지 않았다. 그저 꽃들이 피어 있는 것이 고맙기만 했다.

소문은 들꽃이 가득한 계곡을 따라 이어진 흙길에다 그들을 떨구어놓았다. 어느 농부가 소문을 전할 상대로 자신이 부리는 말밖에 찾지 못한 까닭이었다. 말은 히힝 하고 울고는 꼬리를 획획 휘둘러 소문을 파리처럼 내쳤다. 미나토자키 게이신이라는 남자에게 관심이 없을뿐더러, 그가 어떤 세계에서 왔는지는 더더욱 상관할 바가 아니었다. 코를 간지럽히는 드넓은 들판을 떠나 주인의 농장에 있는 따스한 외양간으로 얼른 돌아가고 싶을 뿐이었다. 소문은 농부와 말 사이의 허공에 뜬 채 잠시 소용돌이치다 바람에 실려 날아갔다.

하나는 턱이 빠지도록 입을 벌렸다.

"드디어 왔어요!"

"신사와 시냇물을 찾으려면 당장 걸어야겠어요. 아주 넓으니까."

"상상했던 것보다 훨씬 더 넓어요. 어디서부터 시작하죠?"

강한 바람이 그들 쪽으로 불어와 들꽃 벌판에 잔물결을 일으켰다. 하나는 고개를 갸웃하며 물었다.

"들었어요?"

바람이 하나의 머리칼을 때려댔다. 하나는 풀린 머리 가닥을 모아 다시 묶었다.

"아무것도 아니에요. 그냥 바람 소리였네요."

산들바람이 게이신의 뺨에 살짝 입을 맞추고, 그의 귓가로 아이들의 웃음소리를 실어 날랐다. 게이신은 걸음을 떼다 말고 우뚝 멈춰섰다.

"하나…."

하나는 그와 눈을 마주쳤다.

"나도 들었어요."

들꽃 밑에서

 인간 세상과 신의 세상 사이의 경계를 표시하는 석조 문들인 신사의 도리이만은 그대로 남아 있었다. 도리이를 지난다는 건 곧 영의 세계로 들어간다는 의미였다. 하지만 문들을 지나고 신사의 폐허 사이로 흐르는 시냇물을 건너는 동안 하나는 그녀가 아는 어떤 신과도 함께하는 느낌이 들지 않았다. 들판은 아름다웠지만, 신사 입구를 넘어서자 숨 막히도록 황량하고 써늘한 기운만 느껴질 따름이었다.
 하나는 두 팔로 가슴을 껴안으며 말했다.
 "여기가 마음에 안 들어요."
 "나도 그래요."
 "이젠 그 소리가 안 들리네요. 우리가 잘못 온 걸까요?"
 "히로코가 묘사한 그대로예요. 여기가 맞아요."
 땅 밑에서 키득거리는 소리가 뭉개져 들려왔다.
 하나는 화들짝 놀랐다.

"저쪽에서 나는 소리예요."

게이신은 들판의 다른 곳보다 엷은 색의 들꽃들이 더 빽빽하게 자라 있는 구역을 가리켰다.

하나는 그 옆에 웅크리고 앉아 땅에다 귀를 댔다.

게이신이 물었다.

"뭐라도 들려요?"

하나는 손가락을 입술에 대고 눈을 감았다. 꽃들 밑에서 급한 발소리가 들렸다.

"뛰어다니는 것 같아요. 뛰면서 노는 소리예요. 히로코는 울부짖는 소리를 들었다고 했잖아요. 그새 뭐가 달라졌을까요?"

게이신은 들꽃들을 빤히 바라보며 답했다.

"여기 위에서는 아무런 답도 못 찾아요. 당신 가방에 삽도 두어 개 챙겨왔으면 좋았을 텐데."

"안 가져왔어요." 하나는 가방 속으로 팔꿈치까지 쑥 집어넣어 살살이 뒤졌다. "하지만 아빠가 우리 정원의 연못 근처 헛간에 삽 두 자루를 두셨거든요."

땅을 파 들어갈수록 아이들의 웃음소리가 점점 더 커졌다. 하나는 더 천천히 파고 싶은 충동과 싸웠다. 들판은 마지막 단서였고, 여기서 아버지나 어머니를 찾지 못하면 어떡해야 할지 막막했다. 그녀는 어딘가 안전한 곳에 있는 부모님을 떠올려보려 했지만, 땅 밑 세상을 상상하기만 해도 그녀와 게이신이 파고 있는 이 구덩이에서 당장 기어 올라가고 싶어졌다.

웃음소리가 뚝 멎었다.

하나는 삽자루를 꽉 쥐며 말했다.

"왜 조용해졌지?"

게이신은 삽을 구덩이 벽에 기대어놓고 뺨을 바닥에 댔다.

"움직이는 소리가 들려요. 아직 저기 사람들이 있긴 한데, 조용해진 건 아무래도… 저쪽에서도 우리 소릴 듣고 있나 봐요."

구덩이 바닥에 서자 더 이상 들판이 보이지 않았다. 위에서는 하늘이 자줏빛과 오렌지빛으로 반짝였다. 이제 곧 구덩이는 밖으로 기어 나가지 못할 만큼 깊어지고, 들판은 흙길로 돌아가는 길을 찾을 수 없을 만큼 어두컴컴해질 터였다. 땅 밑에서 뭐가 기다리고 있든 간에 도망치기엔 이미 늦었다.

하나가 이마에 밴 땀을 닦자 얼굴에 기다란 흙 자국이 남았다. 온 근육이 불타는 듯 화끈거렸지만, 가장 아픈 곳은 까진 손바닥이었다. 블라우스 자락 아래를 잘라서 기다란 천 조각으로 대충 만든 장갑이 당장이라도 풀릴 듯 축 늘어져 있었다.

게이신이 말했다.

"좀 쉬어요."

"괜찮아요."

하나는 통증을 밀어내고 흙을 팠다.

"잠깐만요."

게이신은 바닥에다 삽을 꽂고는 하나의 상한 두 손을 잡아 손바닥에 천을 살살 다시 감아주었다.

"잠깐은 버틸 거예요."

"고마워요."

게이신은 하나의 얼굴에 묻은 흙을 닦아냈다. 그의 손을 감싼 천에서 피가 배어 나왔다.

"케이, 당신 손에서 피가 나요."

"아무것도 아니에요."

"아무것도 아니라니, 피가 나잖아요."

"그냥 살짝 다친 거예요. 전당포에서 당신 발이 베였던 거에 비하면 아무것도 아니에요."

하나는 점점 어두워지는 하늘을 올려다보았다.

"그날이 전생처럼 느껴지네요."

"나한테는 전생이었죠. 전당포 문에 나타났던 그 사람은 이제 내가 아니니까. 생각지도 못한 걸 많이 보고, 듣고, 그리고…."

게이신의 시선이 하나의 얼굴에 머물렀다.

"느꼈거든요. 저 밑에서 뭘 발견하게 될지, 이다음에 또 무슨 일이 벌어질지 알 수 없지만, 이것만 알아둬요, 내가 당신을…."

"그만해요."

"뭘 그만해요?"

"날 좋아한다는 말은 하지 말아요. 그날 밤 료칸에서의 일은 실수였어요. 우리가 서로를 어떻게 느끼든, 그 감정이 아무리 진짜처럼 느껴진대도 환상일 뿐이에요. 당신이 처음 이쪽 세계로 왔을 때 내가 말했잖아요, 여기서는 눈에 보이는 대로 믿으면 안 된다고. 하늘도, 이 들판도, 나도, 당신 눈에 보이는 그대로가 아니에요. 당신이 이제껏 해준 일은 고맙게 생각해요, 정말로. 하지만 언제부턴가 우린 당신과 내가 함께할 수 있을 거라고 제멋대로 믿기 시작했어요. 아니에요. 우린 절대 이어질 수 없어요."

그때 땅에서 갈고리 손톱들이 불쑥 튀어나와 게이신의 다리를 할퀴어댔다. 하나가 비명을 질렀다.

"도망쳐요, 하나!"

짐승 발톱처럼 생긴 손톱들이 게이신의 살갗을 파고들자 그의 얼굴이 일그러졌다.

"도망쳐요!"

하나는 삽을 집어, 굳은 진흙에 뒤덮인 손을 때렸다. 손들은 게이신을 꽉 조이며 땅속으로 끌어당겼다. 하나는 게이신의 어깨에 두 팔을 걸고, 무너져 내리는 구덩이 벽에 두 발을 단단히 디뎠다. 진흙투성이 손들이 하나에게 잡힌 게이신을 더 세게 잡아당겼다.

"안 돼!"

진흙에 숨이 막힌 게이신은 헐떡이며 말했다.

"가요."

하나는 게이신의 상처 난 손을 붙들었다. 그의 살갗이 피로 미끈거려 손을 감싼 천이 풀리기 시작했다.

"꽉 잡아요, 케이!"

게이신은 하나의 눈을 들여다보며 "미안해요"라고 말하고는 그녀의 손을 놓았다.

손들이 허둥지둥 게이신의 머리를 붙잡아 밑으로 끌어당기며 그를 뒤따라 땅속으로 물러났다.

"케이!"

하나는 게이신이 사라진 곳으로 달려들어 흙을 할퀴었다.

"케이!"

하나는 흐느끼다 균형을 잃고 뒤로 쿵 엉덩방아를 찧었다. 두 손에는 진흙이 잔뜩 들러붙어 있었다. 구덩이 위의 하늘이 그녀의 눈물 때문에 희뿌예졌다. 눈물이 뺨을 타고 흘러내려 땅바닥을 적시도록 그녀는 가만히 있었다. 그녀의 삽이 진흙 속으로 사라졌다. 하나는 헉하고 숨을 몰아쉬며 일어나 앉았다. 울퉁불퉁하고 비틀린 손들이 그녀의 허리를 붙잡았다. 그녀 주변의 흙에서 더 많은 손들이 튀어나오더니 하나의 다리와 팔을 꽉 움켜잡고는, 비명을 지르는 그녀를 땅속으로 끌고 들어갔다.

그들은 아이처럼 보였다

아이들이 조용히 키득거리는 소리가 주위에 울렸다. 게이신은 캑캑 흙을 토해내며 더듬더듬 네발로 기어갔다. 눈에서 흙을 닦아내고 눈을 깜박였다. 어둠 속에서 기껏 알아낸 건 이곳이 어떤 굴이나 동굴 속이라는 사실뿐이었다. 몸을 일으켜 세우자 시커먼 형체들이 또렷이 보였다.

게이신은 흐릿한 형체들을 자세히 보려 실눈을 뜨며 물었다.

"여기가 어디죠? 당신들은 누굽니까?"

그의 목소리가 메아리로 답했다. 웃음소리가 뒤따랐다.

게이신이 물었다.

"나한테 원하는 게 뭡니까?"

"우리랑 같이 놀아." 아이들의 목소리가 일제히 답했다. "놀고 싶어."

"놀자고?"

게이신의 시야가 밝아졌다. 어린아이 한 무리가 그를 둥글게 에워싸고 있었다. 아이들이 들고 있는 희미하게 반짝이는 초롱불은 그들의 움푹 들어간 칠흑 같은 눈에 삼켜지고 말았다. 듬성듬성한 검은 머리칼의 기다란 가닥들이, 두피를 다 가려주지 못하고 잿빛 뺨에 찰싹 들러붙어 있었다. 게이신은 휘청이며 뒷걸음질 쳤다.

아이들이 초롱불을 더 높이 들어 올리자 진흙투성이의 짐승 발톱 같은 손톱들이 밝게 비쳤다.

"응. 같이 놀고 싶어."

비명 소리가 어둠을 갈랐다.

게이신은 몸을 획 돌리며 외쳤다.

"하나!"

"케이?"

굴 안에 하나의 목소리가 울려 퍼졌다. 게이신이 황급히 그녀의 목소리를 따라가려 하자 아이들이 그의 팔에 손톱을 푹 찔러 넣으며 그를 가로막았다. 얼음장 같은 손가락들이 게이신의 손끝에서부터 온기를 빼앗아갔다. 게이신은 움찔했다. 그가 시체를 만져본 건 아버지의 손을 잡고 작별 인사를 했을 때뿐이었지만, 생기가 티끌만큼도 남지 않은 이 아이들의 손은 그때보다 훨씬 차갑게 느껴졌다. 아이들은 게이신의 팔을 잡아당기며 말했다.

"우리랑 놀아."

"그… 그래."

게이신은 뼛속으로 스며드는 한기를 애써 무시하며 말했다.

"먼저 내 친구부터 찾고 같이 놀아줄게. 그럼 더 재미있을 거야."

아이들은 서로를 쳐다보다가 다시 게이신을 바라보며 "그럼 더 재미있을 거야" 하고 그의 말투를 흉내 냈다.

"그래, 약속할게. 그러니까 하나한테 데려다줘."

"하나! 하나!"

아이들이 합창하듯 그녀의 이름을 부르며 웃자, 보이지 않는 어둠 속에서 다른 아이들이 키득거렸다.

"하나! 하나!"

저쪽에서 한 무리의 아이들이 하나를 질질 끌고 나타났다.

게이신은 아이들을 뿌리치다 그들의 날카로운 손톱에 팔이 베이는 바람에 꿰맨 상처가 다시 벌어질 뻔했다. 그는 하나에게 달려가 물었다.

"괜찮아요? 다쳤어요?"

"그… 그냥 좀 어지러워요." 하나는 이마를 문질렀다. "떨어지면서 머리를 부딪쳤거든요."

아이들이 말했다.

"우리랑 놀아. 약속했잖아."

게이신이 말했다.

"놀아줄게. 하지만 하나는 지금 못 놀아. 쉬어야 돼. 그리고 물도 마셔야 해. 하나한테 물을 줘."

"물!" 하고 아이들은 키득거렸다. "물에서 놀 거야. 빨리. 약속했잖아. 빨리."

"안 돼. 하나가 다쳤어. 그러니까…."

하나는 왼쪽 발꿈치로 진흙을 푹 밟으며 말했다.

"애들이랑 같이 가요. 어디든 여기보다는 낫겠죠."

게이신은 굴속을 얼마나 오래 걸었는지 시간을 가늠할 수 없었지만, 귀가 먹먹한 걸 보면 계속 밑으로 내려가고 있는 모양이었다. 그는 귀를 뚫으려 침을 꿀꺽 삼켰다.

하나는 그와 나란히 걸으며 말했다.

"내 손을 놓지 말았어야죠, 케이."

"당신은 기회가 있을 때 도망쳤어야죠. 우리 둘 다 고집불통이라는 거 이제는 알잖아요. 이런 일로 다퉈봐야 의미 없다는 데 동의하죠?"

"다투려던 게 아니라 날 생각해줘서 고맙다고 말하려고 했어요. 그치만 이제 정말 그만둬야 해요. 여기서는 눈에 보이는 게 다가 아니라고 말했잖아요. 나도 마찬가지예요."

"자꾸 그렇게 말하는데 솔직히 전혀 이해가 안 돼요. 당신이 정말 당신 말과는 다른 사람이라면 진실을 말해줘요. 그 정도는 나한테 해줄 수 있잖아요. 난 과학자예요, 하나. 눈에 보이고 증명할 수 있는 것만 믿어요. 그리고 지금까지 당신이 나한테 보여준 건, 자기보다 남을 위하고, 강인하고, 용감하고, 사랑하는 사람들에게 헌신하는 모습이에요. 그 반증을 보여주기 전까진 당신 말은 그저 가설일 뿐이죠, 그것도 형편없는 가설."

어두워야 할 굴의 끝에서 빛이 쏟아져 들어왔다.

하나는 눈을 가렸다.

"저거 혹시 햇빛이에요?"

아이들이 뛰쳐나간 굴 밖에는 암석정원이 끝없이 펼쳐져 있었다. 자갈이 깔린 풍경에 가지치기한 나무들, 조각한 덤불, 분수대가 점점이 흩어져 있었다. 널따란 시냇물이 정원 사이를 굽이쳐 흐르며 아치 모양의 다리 밑을 힘차게 지나 바위들 위로 콸콸 흘렀다. 정원 위에서는 태양이 청명한 하늘을 밝혔다.

게이신은 입을 떡 벌린 채 하늘을 올려다보았다.

"이게 가능해요? 계속 내려가고 있었는데, 어떻게 땅 위로 올라왔죠?"

하나는 위에서 떠가는 구름을 보다가 "땅 위가 아니에요"라며 구름을 가리켰다. "봐요."

구름이 움직이자 그 뒤의 하늘이 묽어지고, 그 사이로 동굴의 바위 천장이 보였다.

"우린 아직 지하에 있어요."

하나의 말에 게이신은 힘없는 목소리로 답했다.

"아직 갇혀 있군요."

"아니면 우리가 있어야 할 곳에 있는 걸지도 몰라요. 아이들을 찾고 있었는데, 찾았잖아요. 부모님도 여기 계실 거예요."

한 아이가 게이신의 팔을 잡아당겨 갈고리 같은 손톱으로 그의 손목을 꽉 쥐며 말했다.

"우리랑 놀아. 물에서. 약속했잖아."

"그래, 약속했지" 하며 게이신은 나무로 걸어가 이파리를 한 장 뜯었다. "보트 경주를 하자."

"경주다!" 하는 아이들의 합창이 울렸다.

"경주 규칙이 있어. 각자 이파리 한 장씩 뜯어, 그게 너희 배가 되는 거야. 이파리를 시냇물에 띄운 다음 뒤쫓아 달려가. 절대 이파리를 놓치면 안 돼. 그러면 지는 거야. 알겠어?"

"규칙. 이파리."

아이들은 정원 여기저기로 흩어져 나무에서 이파리를 뜯었다.

하나가 나지막이 말했다.

"무슨 속셈인지 알겠어요."

"먹혀야 할 텐데요."

아이들이 나뭇잎을 들고 돌아왔다. 게이신은 시냇가에 쪼그려 앉아 나뭇잎 배를 수면에 올렸다. 그렇게 배를 붙잡은 채, 아이들이 자리를 잡을 때까지 기다렸다.

"준비됐어?"

아이들이 고개를 끄덕였다.

"출발!" 하며 게이신은 나뭇잎을 시냇물로 떨어뜨렸다.

아이들은 나뭇잎을 손에서 놓고는 시냇물을 타고 떠내려가는 나뭇잎을 뒤쫓아갔다.

게이신이 속삭였다.

"자, 하나, 달려요."

숨바꼭질

게이신과 하나가 암석정원을 질주하자 그들 뒤로 자갈돌이 튀었다. 아이처럼 생긴 피조물들에게서 달아나자는 생각뿐 다른 계획은 없었고, 한 발 한 발 내달릴수록 미지의 세계로 더욱 깊숙이 들어가고 있었다. 그들은 가짜 태양을 향해 달렸다. 땅 밑의 정원에서 오로지 그것만이 친숙하게 느껴졌기 때문이다. 하나는 숨을 헐떡이며 털썩 무릎을 꿇었다.

게이신은 타는 듯 화끈거리는 옆구리를 붙잡으며 말했다.

"일어나요. 조금만 더 가요, 네?"

하나는 힘겹게 몸을 일으켜 달리다가 또 비틀거렸다.

게이신은 얼른 그녀 곁으로 달려갔다.

"괜찮아요?"

"잠깐 숨 좀 돌려야겠어요."

하나의 이마에 구슬땀이 맺혔다. 게이신은 주변을 훑어보았다.

"이렇게 사방이 뚫린 곳에 있으면 안 돼요. 저기서 쉬어요."

그가 산맥처럼 배치된 바위 무더기를 가리키자 하나는 고개를 끄덕이며 일어섰다.

"나를 꽉 잡아요."

그러면서 게이신은 두 팔로 그녀를 안아 들었다.

하나는 가쁜 숨을 내쉬며 바위에 기대었다.

"야스히로한테 아이들 이야기를 들었을 때 각오를 했었는데도 막상 보니까…."

"괴물" 하고 게이신은 그들이 그의 팔에 남긴 상처를 빤히 쳐다보며 말했다. "괴물들이었어요, 하나."

"괴물." 하나는 썩은 음식이라도 씹은 양 말했다.

"어떻게 생겼든 아이들이 아니에요. 그것들 몸에 닿아봤잖아요. …속이 비어 있어요. 죽었다고요."

"알아요. 하지만 우리를 해코지하려던 건 아닌 것 같아요."

"그럼 당신 머리에 난 그 커다란 혹은 뭔데요?"

"그건 우연한 사고였잖아요."

"우리를 할퀴고 굴로 끌고 내려온 건 우연이 아니었어요."

"그들이 괴물이라면, 우리 가족이 임무를 제대로 수행하지 못해서 그렇게 된 거예요."

게이신은 고개를 저었다.

"그 괴물들이 뭔지, 왜 존재하는지, 우리한테 왜 이런 짓을 하는지는 모르겠어요. 하지만 당신 부모님을 찾으려면 그것들로부터 최대한 멀리 달아나야 한다는 건 분명해요."

하나는 고개를 끄덕였다.

"여기서 기다리다가…."

자갈 밟는 소리가 저벅저벅 들렸다.

게이신은 손으로 하나의 입을 꼭 막았다. 발소리가 점점 더 가까워졌다. 게이신의 근육은 잔뜩 긴장한 채 지시를 기다렸다. 싸울지, 달아날지. 발소리가 멈추더니 반대 방향으로 후다닥 멀어지면서 점차 희미해졌다.

"갔어요." 게이신은 어깨에서 힘을 빼며 숨을 내쉬었다. "좀 쉬어요. 오늘 밤에 힘들 테니까. 보통 넓은 정원이 아니라 많이 걸어야 할 거예요."

게이신은 하품을 참았다. 맹렬한 질주를 가능하게 했던 아드레날린은 거의 바닥났고, 지금은 조금 남은 양으로 겨우 눈을 뜨고 있었다.

"내가 망보고 있을게요."

"당신이나 좀 자둬요, 케이. 어서 쉬어요. 난 눈을 못 감겠으니까."

"왜요? 잠이 안 와요?"

"몰라도 돼요."

"고집불통인 나한테 그런 답은 안 통한다는 걸 또 상기시켜줘야겠어요?"

"그럴 필요 없어요. 잊을 틈을 안 주니까."

"그럼 어서요." 게이신은 팔짱을 꼈다. "말해봐요."

하나는 무릎을 가슴으로 끌어당겨 안았다.

"막상 엄마를 만나면 어떤 기분이 들까요? 엄마에 대해 아는 건 아빠랑 할머니에게서 들은 이야기뿐이에요. 그래서 내 머릿속엔 완벽한 모습의 엄마만 있었죠."

"지금은요?"

"모든 걸 엄마 탓으로 돌리게 돼요. 아빠나 하루토나 당신에게 일어난 일들 전부. 우리가 땅 밑에 갇혀 이런… 것들에 둘러싸여 있는 것도 엄마가 자기 생각만 하고 남의 걸 훔쳤기 때문이잖아요."

하나는 돌멩이를 한 개 주워 손에 쥐고 이리저리 굴렸다.

"자, 말했어요. 충분한 이유가 됐어요? 내가 당신이 생각하는 사람이 아니라는 증거 아니에요? 당신은 내가 부모님을 구하기 위해 위험한 모험도 마다하지 않는 효녀인 줄 알지만, 난 엄마를 만나면 밀어낼 생각만 하고 있어요. 여기 아이들, 속이 텅 비고 차가운 게 괴물 같다고 했죠. 그렇다면 나 역시 괴물이에요."

"어머니를 그렇게 생각한다고 비난해줄 사람이 필요하다면, 사람을 잘못 골랐네요. 나도 어머니에 대한 감정이 딱 그러니까. 어머니에게 사랑받을 자격이 있는 사람이 되려고 평생을 아등바등 살았지만, 내가 정말로 원하는 건 그 여자를 직접 만나 나 혼자 이룬 모든 걸 그 얼굴 앞에 들이미는 거예요. 아들 대신 다른 삶을 선택한 것이 실수라는 걸 증명해 보이는 거죠. 우주의 기원을 발견하는 데 열심인 사람처럼 보이지만, 실은 나를 낳아준 여자한테 어떻게든 상처를 주려고 혈안이 되어 있을 뿐이에요."

"정말 잘 어울리는 한 쌍이네요. 바위 뒤에 숨은 두 괴물."

"당신 주장대로라면, 진짜가 아닌 감정을 서로에게 품은 두 괴물이죠."

"진짜가 아니에요."

"당신이 나한테 품고 있는 그 가짜 감정이 뭔지나 들어봅시다."

"진짜가 아닌데 무슨 상관이에요?"

"처음 만났을 때 말했잖아요, 난 호기심이 많다고. 알고 싶어서 그래요. 알아야겠어요."

게이신은 하나의 살갗에서 뿜어져 나오는 열기가 느껴질 만큼 바짝 다가갔다.

"그리고 필사적으로 도망치고 있을 때 느껴지는 감정이야말로 진짜일 확률이 높거든요."

하나는 게이신을 자신의 입술로 잡아당겼다. 게이신은 이것이 하나의 대답임을 이해하며 그녀의 입술로 녹아들었다. 두 사람 사이의 열기가 그들에게 남은 시간 사이로 불타오르면서, 게이신은 그들만의 비극을 통감했다. 무릇 연인의 정은 시간이 흐를수록 더욱 끈끈해지기 마련이지만, 그 시간이라는 것은 오히려 그들을 갈라놓을 뿐이었다. 매 순간 그들은 서로를 따라갈 수 없는 각자의 세계로 도로 끌려가고 있었다. 이 키스도 마찬가지였다. 그들의 입술 사이에는 한 줌의 공기도 새어들 틈이 없었지만, 하나는 이미 아득히 먼 곳에 도착해 있었다.

떠나지 말아요, 게이신은 머릿속으로 외쳤다. 내 곁에 있어요.

"하나?"

바위 뒤에서 어떤 남자의 목소리가 들렸다.

하나는 게이신의 입술에서 떨어졌다.

"하나?"

그 목소리가 좀 더 다급하게 그녀의 이름을 다시 부르자 하나는 일어서려 했다.

게이신은 그녀의 손목을 붙잡으며 속삭였다.

"가만있어요. 함정이에요."

하나는 손을 빼내며 일어섰다.

"괜찮아요, 우리 아빠예요."

게이신은 벌떡 일어났다. 하나의 광대뼈와 고요하면서도 강인한 눈빛을 빼다 박은 초로의 남자가 그를 빤히 쳐다보았다. 고작해야 일곱 살 정도로 보이는 소녀가 갈고리 같은 손가락으로 남자의 손을 잡고 있었다. 다른 아이들과 달리 이 소녀는 검은 머리칼을 깔끔하게 빗어 조그맣게 쪽을 졌는데, 머리칼보다 꽃과 리본이 더 많았다.

하나가 말했다.

"아빠…."

도시오는 숨이 턱 막힌 듯 겨우 말을 뱉었다.

"하나."

소녀가 도시오의 손을 잡아당기고는 그를 올려다보며 키득거렸다.

"내가 그랬잖아요, 아빠. 언니가 여기 숨어 있다고."

좋은 딸

 전당포는 판에 박은 듯이 구석구석 하나의 기억 그대로였다. 유일한 차이라면, 드넓은 암석정원의 한복판에 지어진 이 전당포는 새집처럼 깨끗했다. 아버지가 사라진 날 아침에 보았던 그 아수라장의 흔적은 전혀 없었다.
 도시오는 식탁의 한 자리를 게이신에게 권했다.
 "앉아요."
 "고맙습니다, 이시카와 씨."
 게이신은 충격과 당혹감을 채 지우지 못한 얼굴이었다. 하나는 자신의 얼굴도 똑같을까 궁금했다. 함께 살던 집과 똑같이 생긴 건물 한복판에서 아버지와 함께 앉아 차를 마시다니. 지하에서 이런 일을 겪게 될 줄은 꿈에도 몰랐다.
 도시오가 말했다.
 "하나, 묻고 싶은 게 많겠지만 내가 먼저 물어보마. 왜 여기에 있는 거니?"

"왜 여기에 있냐고요?"

아버지에게 써본 적 없는 말투가 하나의 입에서 튀어나왔다.

"그게 무슨 뜻이에요?"

"말 그대로다. 대체 여기서 뭘 하고 있는 거냐? 오지 말았어야지. 내가 남긴 메시지를 알아들을 줄 알았건만."

"무슨 메시지요?"

"너를 여기로 이끈 바로 그 메시지 말이다."

"아빠는 사라졌지, 전당포는 난장판으로 뒤집혀 있지, 금고에서 없어진 선택도 있지. 제가 어떻게 했어야 돼요?"

"이보다는 더 현명할 줄 알았다."

게이신이 끼어들었다.

"아버님을 찾으려고 하나가 무슨 일을 겪었는지 알기나 하십니까?"

"케이." 하나가 그의 팔에 손을 얹었다. "그만해요."

도시오는 게이신에게로 고개를 돌렸다.

"나는 하나가 이보다는 나은 사람이 되도록 가르치고, 언젠가 전당포를 맡을 수 있도록 훈련하는 데 평생을 바쳤소. 그런데 가장 중요한 가르침을 잊고 여기 와 있잖소."

하나는 찻잔에 비친 자신의 얼굴을 물끄러미 들여다보았다.

"눈에 보이는 게 다가 아니다…"

"내가 전당포를 뒤집어엎고 선택을 훔친 건 시쿠인들의 눈을 돌리기 위해서였다."

게이신이 말했다.

"도둑을 뒤쫓아간 것처럼 보이려고 그러신 거죠."

"맞소."

도시오는 하나에게로 눈을 돌려 말을 이었다.

"하지만 다른 메시지도 남겨뒀다, 감히 말로 옮길 수 없는 메시지."

"문가의 엄마 안경과 차."

하나의 대답에 도시오는 고개를 끄덕였다.

"내가 어디로 갔는지 알려주고 싶었다, 혹시라도…."

하나는 눈을 내리깔았다.

"혹시라도 아빠가 돌아오지 않을 경우에 대비해서."

"널 위험에 빠트릴 생각은 없었다. 네 엄마를 찾는 건 네가 아니라 내가 할 일이야. 전당포에 들어오는 선택의 값을 매기려면 생각과 행동에 감정을 싣지 말아야 한다고 내가 가르쳤지. 네 자신의 결정을 살필 때도 그렇게 할 수 있었으면 하는 마음이었다. 날 찾으러 나서지 말았어야지, 하나. 그냥 날 보내줬어야지."

그의 목소리에 울음기가 배었다.

"하지만 항상 넌 사람들의 영혼을 훔치는 무자비한 도둑보다 욕심 없는 착한 딸에 더 어울리는 아이였지."

"아빠…."

하나는 눈물을 흘렸다.

"미안하다."

도시오는 하나를 꼭 껴안고서 그녀의 머리칼에 대고 흐느꼈다.

"전부 다."

하나의 눈물이 멎었을 때 차는 차갑게 식어 있었다. 그래도 그녀는 온기를 빌리려 두 손으로 찻잔을 감싸 쥐었다. 어머니와의 재회를 생각하기만 해도 속이 꽁꽁 얼어버렸기 때문이다.

"엄마는 어디 있어요?"

도시오는 울어서 부은 눈으로 답했다.

"아이들을 돌보고 있어. 해 질 무렵이면 돌아올 거다."

"그 피조물이… 나를 언니라고 부르던데요."

"아이들은," 도시오는 그 단어를 힘주어 말했다. "너를 아주 잘 알아. 네 엄마가 네 이야기를 자주 해주거든. 엄만 널 잊지 않았다, 하나. 하지만…."

"하지만 뭐예요?"

"다른 것들은 기억을 못 해. 여기서 보낸 세월이 그 사람을 바꿔놓은 거지. 네 엄마는 기억을 더듬어서 이렇게 똑같은 전당포를 지었지만, 그 외에는 기억하는 게 별로 없어. 우리 가족은 기억하는데, 여기로 온 사정은 생각 안 나는 거야. 자기가 선택을 훔쳤다는 것도, 시쿠인들이 전당포에 온 날 신속하고 자비로운 처형에서 여기로의 추방으로 처벌을 바꾼 것도 전혀 몰라."

도시오는 하나를 바라보며 말을 이었다.

"하지만 아마 넌 알겠지. 나와 똑같은 단서를 따라서 여기까지 찾아왔으니. 하루토가 너를 위해서도 시간을 접어줬을 거야."

하루토의 이름이 나오자 하나는 움찔했다. 그녀는 발견되기를 원치 않는 사람을 찾아서 여기까지 왔고, 그 어리석음에 대가를 치른 이가 바로 하루토였다.

도시오가 물었다.

"왜 그러냐? 하루토한테 무슨 일이라도 생긴 거야?"

하나는 찻잔을 꼭 쥐었다.

"손을…."

도시오는 얼굴이 파리해져서 주먹을 불끈 쥐었다.

"어떻게 됐는지 어서 말해, 하나."

"하루토가 날 도와주고 있다는 걸 알고 시쿠인들이 하루토의 손을 부러뜨렸어요."

탁자 위에서 도시오의 두 손이 부들부들 떨렸다.

"다 내 잘못이다. 그 아이한테 가는 게 아니었는데. 그렇게 선하고 너그러운 녀석의 다정한 마음을 이용해먹었어."

게이신이 말했다.

"하루토 자신이 선택한 겁니다. 이시카와 씨한테 큰 빚을 졌다고 하던데요."

도시오는 애써 눈물을 삼켰다.

"빚은 무슨. 난 그저 잘못을 바로잡으려 한 거지. 애초에 일어나지 않을 수도 있었을 일인데…."

하나가 물었다.

"그게 무슨 소리예요?"

마치 몸속이 오그라들고 있는 것처럼 도시오의 가슴이 움푹 들어갔다. 그는 자리에서 일어나 걸음을 떼기 시작했다. 이렇게 기운 없고 늙어 보이는 아버지의 모습을 하나는 본 적이 없었다.

"아빠?"

하나는 일어나 그를 따라갔다.

"나는 그 아이를 저버렸다, 하나."

"어떻게요?"

"한 개의 선택. 한 개의 영혼. 이 단순한 임무를 내가 제대로 수행하지 못했어. 네 엄마가 훔친 선택은 원래… 하루토의 영혼이 되어야 했다."

영혼과 피부

21년 전

 갓 태어난 사내아이의 울음소리가 호리시의 집 안 가득 쩌렁쩌렁 울려 퍼졌다. 그날 아침에는 도시오의 한 달 된 딸도 그렇게 울었었다. 도시오는 하나를 호리시의 탁자에 눕히면서, 그 작디작은 몸에 운명이 새겨질 때 딸의 기분이 어떨지는 눈곱만큼도 생각지 않았었다. 하나가 태어난 순간부터 그의 유일한 관심사는 딸에게 줄 영혼을 구하는 일이었다. 그렇지만 헤아릴 수 없이 많은 바늘 중 첫 번째 바늘에 찔린 어린 딸이 울부짖자, 하나의 고통은 곧 그의 고통이 되었다. 그래서 지금 울고 있는 남자아이의 어머니 역시 괴로우리라는 걸 알았다. 하지만 그녀의 고통이 자신의 고통보다 훨씬 더 크다는 사실 역시 알았다. 그리고 그것은 모두 그의 잘못이었다.

 도시오는 마사코의 발치에 넙죽 엎드려 바닥에 머리를 댔다. 실패의 무게감이 그를 호리시의 다다미로 더 깊숙이 짓눌렀다. 그는 입을 열지 않았다. 그가 잃어버린 '선택', 마사코 아들의 영혼이 되었을 그 '선택'은 어떤 말로도 보상할 수 없었다.

마사코는 앙앙 울어대는 아들을 어르며 말했다.

"일어나요. 내 아들을 보면서 당신이 어떻게 이 아이에게 저주를 내렸는지 말해요. 일어나라니까요!"

도시오는 천천히 일어섰다.

"저… 정말 진심으로 사죄드립니다. 제 아내는 그럴 의도가…."

"당신 아내는 이미 죗값을 치렀어요. 죽었으니까. 그런데 당신은 아니에요. 말해봐요, 하루토의 영혼을 안전하게 지키지 못한 당신은 무슨 벌을 받나요? 난 누구한테 복수하란 말이에요?"

마사코가 흘리는 눈물이 하루토의 얼굴로 뚝뚝 떨어졌다.

"당신들 부녀는 아무 일도 없었던 것처럼 살아가겠지만, 난 당신이 내 아들을 죽였다는 사실을 가슴에 품은 채 여생을 보내야 해요. 당신은 내 전부를 빼앗아 갔어."

마사코는 도시오에게 달려들어 그의 가슴을 주먹으로 쾅쾅 쳤다.

도시오는 마사코의 주먹질을 가만히 받아들였다. 선택을 훔친 건 치요였지만, 그것을 안전하게 지키는 건 그의 책임이었다. 마사코의 주먹보다 더 큰 벌을 받아도 할 말이 없었다.

호리시가 그들에게 다가왔다.

"시간이 됐습니다. 그걸 주시지요."

마사코는 하루토를 와락 끌어안고서 비틀비틀 뒷걸음질 쳤다.

"못 줘. 이 아이는 괴물이 아니야. 내 아들이라고. 애 아빠도 죽고,

이제 나한텐 하루토밖에 없어."

"그건 당신 것이 아닙니다." 호리시는 마사코 쪽으로 더 가까이 움직였다.

마사코는 벽에 부딪혔다.

"안 돼. 오지 마."

도시오가 호리시의 앞을 가로막았다.

"그만두세요. 거짓말쟁이가 되고 싶지 않거든."

호리시는 멈추어 섰다.

"저는 거짓말을 하지 않습니다."

"하루토를 데려간다면 호리시님은 거짓말쟁이가 될 겁니다. 하나를 여기서 집으로 데려갈 때 비가 내렸어요. 그래서 호리시님이 하나 몸에 새겨 넣은 이름을 봤죠. 하루토가 하나의 운명입니다."

마사코는 헉하며 물었다.

"정말이에요, 호리시님?"

"물감이 뭘 쓰는지는 제 뜻대로 되는 부분이 아닙니다. 물감이 제 손을 어느 특정 방향으로 이끄는 이유도 저는 몰라요. 저는 그저 바늘을 잡고 흘러가는 대로 내버려둘 뿐입니다."

호리시는 하루토를 바라보며 말을 이었다.

"그리고 영혼이 없는 걸 수거하지요."

도시오가 말했다.

"제가 하루토에게 영혼을 찾아주겠습니다. 시간을 더 주십시오."

호리시가 말했다.

"모든 선택은 전당포에 맡겨지는 순간 주인이 정해집니다. 한 아이의 영혼을 훔쳐서 다른 아이에게 줄 순 없어요."

도시오의 머릿속에서 온갖 생각이 휘몰아쳤다.

"안 훔쳐도 된다면 어떻습니까?"

마사코는 우는 하루토를 단단히 안았다.

"무슨 소리예요? 영혼을 어디서 얻으려고요?"

"제가 있잖습니까."

도시오는 호리시의 탁자에 드러누워, 건네받은 나뭇조각을 입에 물었다.

"정말 괜찮으시겠습니까?" 호리시가 물었다.

도시오는 고개를 끄덕였다. 혹여 말을 입 밖으로 냈다가 마음이 바뀌기라도 할까 봐 두려웠다.

"통증을 줄일 방법도 있어요. 금방 끝날 작업이 아닙니다."

호리시는 그렇게 말하며 칼날을 갈았다.

도시오는 고개를 저었다. 살갗이 베이는 감각을 처음부터 끝까지 오롯이 느끼고 싶었다. 이것이 하나의 몸에 하루토의 이름이 새겨진 이유라고 그는 확신했다. 하루토는 딸의 운명이었다. 그리고 죄를 저지른 그는 벌을 받아야 했다. 하나가 자기 몸에 새겨진 길에서 벗어나지 않도록 그의 영혼을 내놓는 것이야말로 그의 실수에 걸맞은 벌이리라.

호리시가 말했다.

"마스다 님이 도시오 님의 영혼을 전부 취하지는 않겠다고 하시는군요."

도시오는 나뭇조각을 뱉고 일어나 앉았다.

"네? 왜요? 하루토의 운명을 새기려면 제 몸에서 물감을 마지막 한 방울까지 짜내서 써야죠."

호리시는 칼을 촛불로 데우며 말했다.

"마스다 님은 어머니이기도 해요. 아무리 노했기로서니, 도시오 님의 딸을 나 몰라라 할 순 없는 겁니다. 하나는 이미 어머니를 잃었어요. 마스다 님은 하나의 아버지까지 빼앗고 싶지 않으시답니다."

"하지만…."

"하루토가 문제없이 살아갈 수 있을 만큼, 그리고 도시오 님이 은퇴해서 전당포를 물려줄 때까지 하나를 키울 수 있을 만큼만 취하도록 하지요."

"하루토는 얼마의 시간을 가질 수 있을까요?"

"하루토의 운명은 도시오 님의 운명에 매여 있습니다. 병이나 사고로 목숨이 끊기지 않는다면, 하나와 함께 1년을 보낼 수 있을 겁니다."

"내가 떠난 후에도 하나는 혼자가 아니겠죠…."

"마스다 님에게는 아들이, 하나에게는 남편이 있을 겁니다. 그리고 얼마 동안은 아버지도요."

도시오가 탁자 끄트머리를 붙잡자 호리시가 물었다.

"시작할까요?"

도시오는 재갈을 물고 드러누웠다. 호리시에게 피부를 베일 때 비명을 지르고 싶지 않아 두 눈을 질끈 감았다.

재회

호리시의 칼에 베인 자국은 오래된 지도의 너덜너덜한 가장자리처럼 상처의 윤곽을 드러냈다. 그 상처는 도시오의 등 전체를 뒤덮고 있었다. 하나는 할 말을 잃은 채 상처를 빤히 쳐다보았다. 그녀의 어머니가 자기밖에 모르는 이기적인 사람인 탓에 하루토와 아버지는 살날이 앞으로 1년밖에 남지 않았다.

도시오는 옷의 허리를 다시 맸다.

"하루토는 내게 아무런 빚도 지지 않았다. 내가 그 아이에게 빚을 졌지. 하루토는 예정되어 있던 삶의 작은 파편밖에 갖지 못했어. 내 실수 때문에, 너와 함께 살 세월을 도둑맞은 거야."

하나는 딱딱한 목소리로 말했다.

"아빠 탓이 아니에요. 엄마 탓이죠. 그 사람은 자기 생각밖에 안 했어요. 하루토의 인생만 훔친 게 아니에요. 아빠 인생까지 훔쳤어요."

"네 엄마의 의도는 그게 아니었다."

"의도가 뭐였든 상관없어요. 왜 엄마를 찾으려고 하셨어요, 아빠? 괴물은 괴물들이랑 같이 있어야죠."

"도시오?"

하나 뒤에서 여자 목소리가 들렸다. 하나는 뒤를 돌아보았다. 빛바랜 사진 속에서만 보았던 여자가 그녀 앞에 서 있었다. 하나는 휘청이며 게이신에게로 다가들었다. 그는 하나의 어깨를 꽉 쥐어, 비틀거리는 그녀를 붙잡아 세웠다.

"엄마…."

"도시오?"

치요의 시선이 하나에게서 게이신에게로 휙 돌아갔다.

"무슨 일이야? 이분들은 누구셔?"

도시오가 치요를 방석으로 데려갔다.

"피곤하겠군. 잠시 앉아 있어."

치요는 방석에 앉아 도시오를 올려다보며 미소 지었다.

"손님들이야? 오랫동안 손님이 한 명도 없었는데. 이제 당신이 있으니까 장사가 잘되네."

"손님이 아니야, 치요. 이쪽은 게이신."

게이신이 고개 숙여 인사했다.

"그리고 이 아이는 하나야." 도시오가 다정히 말했다.

치요는 "하나?" 하며 고개를 갸웃했다.

하나는 고개를 숙이지 않으려 어깨를 뒤로 젖히며 답했다.

"네."

치요는 빙긋 웃었다.

"우리 딸이랑 이름이 같군요. 차 좀 드릴까요?"

도시오는 치요 옆에 앉아 그녀의 손을 꼭 잡았다.

"치요… 이 아이가 우리 딸 하나야."

치요는 웃었다.

"제 남편을 용서해줘요. 이 사람이 헷갈렸나 봐요. 우리 딸은 아직 젖먹이 아기인데."

도시오는 그녀의 손을 다시 단단히 잡았다.

"아니야, 치요. 하나는 이제 아기가 아니야. 다 컸어."

"말도 안 돼. 난 하나를 기억해. 내 딸이 누군지는 나도 알아. 하나의 형제자매들한테 다 이야기해줬는걸. 내가 하나를 품에 안고 있다가…."

치요는 도시오의 손을 홱 뿌리치더니 두 팔로 몸통을 감싸안은 채 온몸을 앞뒤로 흔들어댔다.

"하나는 아기야. 당신이 틀렸어. 하나는 아기라고."

그러곤 하나를 가리켰다.

"그리고 넌 거짓말쟁이야. 거짓말쟁이! 내 집에서 나가! 당장 나가라니까!"

도시오는 황급히 하나에게 다가갔다.

"충격을 받아서 저래. 네 엄마한테 내가 다 설명하마."

하나는 고개를 저었다.

"그냥 갈래요. 아빠 말씀이 옳았어요. 여기 온 건 실수였어요."

"아니다. 가지 마라. 지금은 이래도 반드시 널 알아볼 거야. 네 방에서 기다리렴. 내가 네 엄마한테 잘 얘기해서 이해시키마. 부탁이다, 하나. 치요는 여전히 네 엄마야."

 그녀의 방에 돌아온 기분이 묘했다. 익숙해야 할 방 안의 물건들이 낯설게만 느껴졌다. 마치 어머니의 얼굴을 보는 것처럼. 그녀가 찾은 어머니는 머릿속에 저장된 사진 속의 여자인 동시에 낯선 사람이었다. 이곳에 지어진 전당포도 다를 바 없이, 하나의 방은 전당포의 어디에서도 제자리를 찾지 못한 물건들이 머무르는 공간이었다. 하나는 온갖 잡동사니가 넘치도록 담긴 상자들과 책 더미들을 손가락으로 훑으며, 어디에도 속하지 못한 물건들에 친밀감을 느꼈다.
 게이신이 말했다.
 "괜찮아요? 어머니가 당신을 못 알아보셔서 유감이에요."
 "나도 엄마를 못 알아본걸요. 밖에 있는 그 피조물들과 마찬가지예요. 엄마처럼 생겼지만, 엄마가 아니에요. 그 사람이 하루토와 아빠한테 저지른 짓은 절대 용서 못 해요. 괜히 왔어요. 바보같이."
 "부모님을 사랑하고, 또 무사하길 바라는 건 바보가 아니죠."
 "처음부터 한 분만 신경 썼어야 했는데 그러질 않았으니 바보가 맞아요. 아빠는 엄마가 저지른 죄를 처음부터 숨기지 않으셨어요. 그런데 난 엄마가 도둑이라는 걸 알면서도 모른 척했어요. 엄마의 행동을 정당화하면서요. 억울한 처벌을 받았다고, 시쿠인들이 잔인하다고 나 자신을 설득했죠. 아니었어요. 시쿠인들은 지나치게 친절했어요. 엄마는 여기서 잘 살고 있잖아요. 가족도 있고, 집도 있고. 그런데 하루토는 그중 아무것도 갖지 못해요. 그리고 아빠… 우리 아빠는 눈이 멀어서, 거의 남지 않은 시간을 그 여자에게 도둑맞고 있다는 걸 보지 못하고 있어요."

도시오가 파리한 얼굴로 방으로 뛰쳐 들어왔다.

"하나…."

"왜 그러세요?" 하나가 일어섰다.

"아까 널 찾은 그 아이가…."

"그 아이가 왜요?"

"다시 돌아왔다."

게이신이 물었다.

"우리가 위험해진 건가요? 이시카와 씨가 그들을 통제하시는 줄 알았는데요."

"두 사람을 해치러 온 게 아니야. 경고해주러 온 거지. 시쿠인들이 굴에 와 있다고."

게이신과 하나는 전당포 계단을 날듯이 뛰어 내려갔다. 정원에서 도시오를 그들에게 데려왔던 어린 소녀가 치요의 가슴에 기대어 흐느끼고 있었다. 하지만 무언가가 달라졌다. 나이가 더 들어 보였다.

하나는 소녀의 얼굴을 뚫어져라 쳐다보며 물었다.

"아까 그 아이 맞아요? 얘는 열 살 정도 된 것 같은데."

도시오가 답했다.

"여기 아이들한테는 시간이 다르게 흐르거든."

"쉿" 하며 치요는 소녀의 뺨을 쓰다듬고는 곧 빠질 것처럼 대롱거리는 분홍빛 꽃을 쪽머리에 다시 꽂아주었다.

"쉿. 울지 마. 네 오빠들이 널 겁주려고 그런 게 아니야. 오빠들이 도착했다고 알려줘서 고마워. 웬일로 왔을까. 차를 좀 끓여야겠네."

하나가 말했다.

"오빠들? 차? 이게 다 무슨 소리예요?"

도시오가 말했다.

"이러고 있을 시간 없다. 시쿠인들이 오기 전에 어서 떠나야 해."

"됐어요. 거짓말도 비밀도 이젠 지긋지긋해요. 무슨 일인지 듣기 전까지는 여기서 꼼짝도 안 할 거예요."

"쉽게 설명할 수 있는 일이 아니다."

치요가 소녀의 손을 잡으며 말했다.

"시쿠인들은 내 자식들이야."

하나는 얼어붙었다.

"방금 뭐라고 했어요?"

도시오가 말했다.

"이 아이들은 영혼이 없어, 하나. 자라긴 하지만 절대 죽을 수 없지. 시간이 흘러서 신체 부위가 닳으면… 교체해야 해."

"금속 부품으로" 하며 게이신이 도시오의 말을 대신 맺었다.

"내가 찾아왔을 때 치요가 시쿠인에 대해 알게 된 진실을 알려주더구나. 하지만 시쿠인들은 아이들과 달라. 인간이라는 게 어떤 건지 완전히 잊어버렸지. 여기 있다가 시쿠인들한테 들키면 큰일이다. 얼른 가."

"아빠는요?"

도시오는 한 팔로 아내를 끌어안았다.

"난 여기 남을 거다."

"아빠, 제 말 좀 들으세요. 이 여자는… 이 사람은 엄마가 아니에요. 아빠 아내가 아니라고요. 괴물이에요. 놔두고 같이 떠나요."

"넌 모른다, 하나."

"아빠가 여기 계시면 시쿠인들 손에 죽는다는 건 알아요."

"어느 쪽이든 죽기는 마찬가지야. 그렇다면 널 구하다 죽게 해주렴. 내가 돌아갈 인생 따위 없다. 네 엄마가 그랬듯이 나도 선택을 훔쳤으니까. 죽을 때까지 시쿠인들에게 쫓길 거야."

"아니에요. 안 그럴 거예요…."

하나는 말을 끊고는 침을 꿀꺽 삼켰다.

"시쿠인들이 찾고 있는 걸 돌려주면요."

"무슨 소리를 하는 거야?"

"아빠가 훔친 선택을 돌려주면 용서해줄 거예요."

"돌려줄 수가 없어. 그걸 풀어줬거든."

"그래서…."

하나의 눈시울에 눈물이 바르르 떨렸다.

"내가 가져왔어요."

"가져왔다니 무슨 뜻이에요?"

그렇게 말하는 게이신의 목구멍이 죄어왔다.

"내가 말했잖아요, 케이…." 하나는 가방에서 어머니의 안경과 조그만 거울을 꺼내어 게이신에게 내밀며 고개를 숙였다.

이런 식으로 게이신에게 진실을 알릴 계획은 아니었다. 그가 전당포에 나타난 후로 쭉 이날을 상상해왔지만, 지금 그녀 앞에 펼쳐지는 현실은 그 상상과 눈곱만큼도 닮지 않았다. 좀 더 의연할 수 있기를,

그녀가 이럴 수밖에 없는 이유를 적절한 단어로 설명할 수 있기를 바랐었다. 그녀의 추측이 제대로 들어맞은 건, 그녀의 말을 듣고 난 게 이신의 표정뿐이었다. 온기가 싹 달아나버린 그의 눈엔 슬픔과 분노가 어려 있었다.

"…여기서는 눈에 보이는 게 다가 아니라고."

새 한 마리와 버스 한 대

며칠 전

금고에서 어느 새든 고를 수 있었지만, 가장 밝은 빛깔의 새가 도시오의 눈길을 끌었다. 도시오는 천장에 대롱대롱 매달린 사슬에서 그 새장을 떼어내고 문을 열어 새를 조심조심 꺼냈다. 다케다 이즈미의 빛나는 선택이 무슨 일이냐고 묻는 것처럼 머리를 갸웃했다. 도시오는 새를 어깨에 얹었다. 새는 다른 새들과 함께 부르던 노래를 멈추고 초조하게 주위를 두리번거렸다.

도시오는 "걱정 마라" 하며 새의 머리를 쓰다듬었다. "다 잘될 거다." 도시오는 텅 빈 새장을 바닥에 휙 던졌다. 새들이 조용해졌다. 다케다 이즈미의 선택은 도시오의 어깨에 앉은 채 오들오들 떨었다. 도시오는 한 발을 위로 들어 올렸다 새장을 짓밟아 산산이 박살 냈다.

전당포 문의 손잡이를 움켜잡은 채 어깨 너머로 뒤돌아보았다. 하나에게 남긴 아수라장 사이로 유리 파편들이 반짝였다. 하나가 시쿠인들에게 들려줄 이야기, 그가 사라졌다는 사실을 그들에게 들켰을 때 하나를 무죄로 만들어줄 이야기가 완성되었다. 도시오는 숨을 크게 한 번 쉰 뒤, 문손잡이를 돌리고, 문을 당겨 열었다. 문 반대편에서는 어두컴컴한 도쿄 거리가 잠들어 있었다. 도시오는 어깨에 앉은 새를 손가락으로 옮겼다. 그러고는 손을 문밖으로 쭉 내밀어 놓아주었다. 선택은 뒤도 돌아보지 않고 가을 하늘로 날아올랐다.

28년 전, 혹은 그 후

열일곱 살의 이즈미는 버스 정류장에 서서, 준이치로가 일하는 라멘 가게로 가는 버스를 기다리고 있었다. 버스가 도착하려면 아직 몇 분이나 남았고, 길 건너편 가게에서 좋아하는 과자를 사기에는 충분한 시간이었다. 가게 주인의 아들은 인상 좋은 상냥한 남자아이로, 그녀가 들를 때마다 과자를 덤으로 몇 개 더 챙겨주었다. 배가 점점 더 불러올 테니 가게에 갈 수 있는 기회도 앞으로 몇 번 남지 않았다. 그녀의 비밀을 지켜줄 만큼 낙낙한 옷들도 이제 곧 떨어질 터였다. 준이치로에게 아빠가 될 거라고 아직 말해주지 않았지만, 그가 훌륭하게 대처하리라 이즈미는 의심치 않았다. 그는 이즈미를 사랑했고, 이즈미도 그를 사랑했다. 그는 라멘 가게의 견습 요리사로서 할 수 있는 만큼 최선을 다해 작은 가족을 돌볼 것이다.

이즈미는 배를 감싸안으며, 아기를 품에 안으려면 포기해야 할 모든 것을 생각했다. 언젠가는 꽃가게를 열어 버스 요금이나 과자를 살 돈이라도 버는 것이 소망이었다. 한 학교 친구가 그녀의 꿈을 지킬 수 있는 방법을 알려줬었다. 철사 옷걸이 하나만 있으면 된다고.

이즈미는 텅 빈 거리로 흘깃 시선을 던졌다. 그녀의 마음속에서 라멘 가게로 향하는 단 하나의 직선 도로가 두 갈래로 갈라졌다. 한쪽 길에서는, 버스가 떠나버리고 사랑하는 남자도 자궁 속의 아기도 없는 인생이 그녀에게 남았다. 다른 길에서, 그녀는 버스에 올라타 운전사에게 차비를 내고, 힘들거나 행복할 확률이 정확히 반반인 삶으로 향했다. 그녀의 눈에 눈물이 그렁그렁 차올랐다. 이즈미는 몸을 휙 돌려 버스 정류장에서 달아났다.

눈부시도록 새파란 새 한 마리가 그녀를 지나쳐 날아갔다. 이즈미는 자기 발에 걸려 넘어질 뻔했다. 새가 날쌔게 되돌아오더니 이즈미의 주위를 빙글빙글 맴돌았다. 이즈미는 눈을 가렸다. 보도 위로 금속이 쨍그랑 떨어졌다. 눈꺼풀을 반쯤 열고 주위를 둘러보았다. 새는 온데간데없고, 땅바닥에는 딱 준이치로를 만나러 가는 데 드는 버스 요금만큼의 동전들이 햇빛을 받아 반짝이고 있었다. 이즈미는 동전들을 주워 주머니에 찔러 넣었다. 버스 정류장으로 돌아가며 발을 내디딜 때마다 동전이 짤랑거렸다. 그 소리는 행복하면서도 슬픈 노래처럼 들렸다. 버스가 한 대 와서 그녀 앞에 멈추어 섰다. 이즈미는 열린 문을 빤히 쳐다보았다.

운전기사가 "안 타요?"라고 물었다.

"아뇨, 탈게요. 죄송합니다."

이즈미는 허둥지둥 버스에 올라탔다.

그녀는 버스 뒷자리에 앉아 창밖을 내다보았다. 배를 문지르며 방금 한 선택과 영영 열지 못할 꽃가게, 그리고 이제 곧 준이치로와 공유하게 될 비밀을 생각했다. 이즈미는 삐져나온 머리칼 몇 가닥을 귀 뒤로 꽂았다. 아이는 그녀와 준이치로 중 누굴 닮게 될까?

거울 속 그림자

　전당포 바닥에 거울이 산산조각으로 부서지면서, 삐죽삐죽한 진실의 조각들이 사방팔방으로 흩어졌다. 게이신은 파편들을 물끄러미 바라보았다. 하나와의 기묘한 모험이 부서진 유리로 시작되고 끝난다는 사실에 웃음이 날 지경이었다. 두 사람이 만났을 때 하나는 전당포에 흩뿌려진 유리 조각에 발을 베였다. 그리고 지금 그는 가장 날카로운 유리 조각으로 하나에게 등을 찍혔다. 게이신은 자신의 가슴을 내려다보았다. 유리 조각이 삐죽 튀어나와 있을 줄 알았지만, 그것은 심장에 박혀 그가 숨을 쉴 때마다 그의 몸속을 갈가리 찢어발기고 있었다.

　왜 평생 날씨에게 미움받아 왔는지 게이신은 마침내 깨달았다. 처음부터 그를 원치 않은 세계에 살았기 때문이다. 게이신은 치요의 안경을 벗고는 차마 하나를 쳐다보지 못하고 물었다.

　"언제 알았어요?"

"전당포 문을 열고 당신을 본 순간 알았어요. 엄마의 안경이 당신 정체를 보여줬으니까. 내가 본 것 중에 가장 밝은 선택이었죠."

"처음부터 내가 누군지 알았으면서 아무 말도 안 해준 겁니까?"

게이신은 주먹을 그러쥐었다.

"만났을 때 그랬잖아요, 내가 줄 수 있는 답은 거짓말뿐이라고. 하지만 난 당신이 떠날 기회를 충분히 줬어요. 당신을… 밀어내면서."

"그럼 처음부터 날 시쿠인들한테 넘겨줄 계획이었어요? 그런데 왜 그들이 전당포에 나타났을 때 그러지 않았어요? 왜 달아났어요? 뭐 하러 그 고생을 하면서까지 이런 연극을 계속한 겁니까?"

"아빠가 어떻게 되셨는지 몰랐으니까요. 시쿠인들과 거래하는 데 써먹을 수 있는 건 당신뿐이었어요. 사정도 모르고 당신을 그들에게 넘겨줄 순 없잖아요."

"그런데 이젠 알았군요."

하나는 눈을 떨구었다. 도시오가 입을 열었다.

"이게 정말 네가 원하는 거냐, 하나? 너답지 않구나."

"아빠가 항상 제게 원하시던 게 이런 거 아니었어요? 감정을 가둬 놓고 가차 없이 거래하는 사람이 되라면서요. 엄마처럼 마음에 휘둘려서 내 것이 아닌 걸 훔치는 실수를 저지르면 안 된다고 가르치셨잖아요."

"네 감정을 가둬둔 게 맞니? 오늘 네 눈에는 전에 안 보이던 것이 보이더구나. 하루토와 함께 자라면서 너는 단 한 번도 이 남자를 보는 눈빛으로 하루토를 본 적이 없다. 네가 배신하려는 이 남자 말이다."

"내 감정이 어떻든, 내가 누굴 아끼든 상관없어요. 평생 아빠에게 그렇게 배웠어요. 언제나 의무가 최우선이라고."

"주위를 둘러봐, 하나. 여긴 전당포가 아니야. 우리는 우리가 만들어낸 환영 속에 있다. 우리가 이 철창을 짓고 우리만의 간수를 만들어낸 거야. 우리가 멈추면 어떻게 될까 생각해본 적 있니?"

"뭘 멈춘다는 거죠?"

"이 순환의 고리를 말이다. 호리시의 문신과 시쿠인들이 우리 삶을 지배하도록 허락하지 않는다면? 영혼을 수거하는 일을 그만둔다면? 마사코의 품 안에 있던 그 아기는 너와 조금도 다를 게 없었다. 그런데도 우리는 그 아기가 영혼이 없다고⋯ 영혼을 가질 수 없다고 믿었지. 호리시가 아기의 인생을 새겨 넣을 물감이 없었으니까. 우리 세계는 하루토 같은 아기들을 통제할 수 없을까 봐 두려워서 산 채로 묻어버려. 우리와 다르다는 이유로 그 아기들을 생매장해놓고는 그들이 왜 괴물로 변해버릴까 궁금해하지. 그러다 괴물들, 그러니까 우리의 두려움이 자라면⋯."

"돌아와서 우리를 통제하는군요."

"그렇게 악순환이 계속되는 거야. 그러니 다시 물으마. 이게 정말 네가 원하는 거냐?"

도시오의 목소리 위로 문을 탕탕 두드리는 소리가 천둥처럼 울렸다. 치요는 털썩 무릎을 꿇고 손으로 귀를 막았다.

"그들이 왔어. 나를 벌하려고 온 거야. 나를 데려가려고 왔어. 도시오, 당신이랑 헤어지기 싫어. 안 헤어질래⋯."

그러다 치요는 하나를 빤히 쳐다보며 안개 속을 꿰뚫어보려 애쓰

듯 눈을 깜박였다.

"하나. 너구나. 네가 왔어. 정말로 왔구나."

"엄마…."

마음속에 쌓여 있던 둑이 무너져 내리자 하나는 온몸을 부르르 떨었다. 평생의 외로움이 뜨거운 눈물로 터져 나왔다.

문 두드리는 소리가 점점 더 커졌다.

도시오는 달려가 등을 문에 밀어붙였다.

"선택해라, 하나."

"잠깐만" 하며 치요가 카운터에 놓인 칼을 집어 자신의 팔을 벴다. "하나도 진실을 알아야 해."

"그만해요!"

하나의 절규에도 아랑곳없이 치요는 손가락으로 상처를 파고들더니 파란색의 작은 구체를 끄집어냈다. 그 안에 조그만 바다가 반짝였다. 치요는 구슬을 하나의 손에 꼭 쥐여주었다.

"이걸 가져가."

문이 거칠게 흔들렸다. 도시오는 등으로 문을 밀며 말했다.

"선택해, 하나."

"아빠…." 하나는 눈물을 흘렸다. "아빠랑 같이 있을래요."

"나는 신경 쓰지 마라, 하나. 모르겠어? 난 이미 죽었다. 네 엄마가 어디 있는지도 모르고 1년 더 사느니 단 하루라도 네 엄마와 같이 있겠다고 결심했을 때 이미 이 길이 어디서 끝날지 알고 있었어."

치요는 하나를 품에 안으며 말했다.

"우린 우리의 선택을 했단다, 하나. 이젠 네 차례야."

"아뇨, 아닙니다."

게이신이 그렇게 말하자 하나는 눈물이 그렁그렁한 눈으로 그를 돌아보았다.

"무슨…."

"이게 내 선택이에요."

하나는 문 쪽으로 성큼성큼 걸어가는 게이신의 팔을 붙잡았다.

"지금 뭐 하는 거예요?"

"난 여기 있으면 안 되는 사람이에요. 난 누군가의 응어리예요. 누군가 잊고 싶어 하는 실수."

게이신은 하나에게 붙잡힌 팔을 빼낸 뒤 도시오와 치요를 바라보며 말했다.

"하지만 내가 모든 걸 바로잡을 수 있어요."

갈고리 손톱 한 개가 전당포 문을 뚫고 들어와 도시오의 어깨를 찢었다. 도시오는 앞으로 쓰러지며 상처를 붙잡고 신음했다. 치요가 비명을 질렀다. 게이신이 소리쳤다.

"어서요, 하나. 거래를 해요."

하나는 눈물로 흐릿해진 눈으로 문을 향해 힘껏 달렸다.

하나의 선택

앎과 이해 사이에는 강이 흐른다. 오늘 밤, 하나는 환영 속 그녀의 집에서 그 강을 건넜다. 시쿠인들에게 시간이 다르게 흐른다는 사실은 오래전부터 알고 있었지만, 그들이 두드려대는 문과 게이신 사이에 선 지금 이 순간에야 비로소 그 의미를 조금이나마 이해할 것 같았다. 주위에서는 어머니의 비명과 시쿠인들의 새된 소리가 초 단위로 시간을 증발시키고 있었지만, 그녀 마음속 벽 안에서는 시간이 서서히 멈추었다. 이 유예는 위험이나 죽음을 눈앞에 둔 이들에게 주어지는 마지막 친절인 걸까? 혼돈에서 명료함을 가려낼, 혹은 자신의 최후를 받아들일 순간일까? 이 찰나의 영원 속에서 하나는 익숙한 듯 익숙하지 않은 곳에 서 있었다. 카운터 반대편에서 바라보자니, 그녀가 태어나고 자란 전당포가 다르게 보였다.

"오늘 저희 가게를 찾아주셔서 고맙습니다." 거울 속의 하나가 미소 지었다. "곧 알게 되시겠지만, 저희 전당포는 후하지는 않더라도 아주 공정한 감정가를 제시해드린답니다. 어떤 선택을 맡기시겠습니까?"

하나는 헉하고 숨을 들이켜며 한 발짝 물러섰다. 전당포의 새 주인으로서 부닥칠 수 있는 온갖 상황에 어떻게 대처해야 할지 아버지에게 배웠지만, 그녀 자신의 의뢰인이 되는 경우는 거기에 포함되지 않았다.

"아니. 뭔가 잘못됐어. 난… 난 맡길 게 없어."

"저희 서비스가 필요 없으면 여기 계시지도 않겠죠."

하나는 고개를 저었다. "난 아무런 후회도 없어."

하나의 얼굴을 한 여자는 몸을 앞으로 기울이더니 마치 책을 읽듯이 하나의 눈을 들여다보았다. "아. 제가 실수했네요" 하며 그녀는 고개를 숙였다. "교환할 것이 하나도 없으시군요. 죄송합니다."

"사과할 필요 없어. 이해해. 오늘은 전당포 주인으로서 너의 첫날이니까."

카운터 뒤의 여자가 진짜였다면, 하나는 이 상상 속 유예가 끝날 때 비단보로 싼 녹차 상자들을 전부 합친 것보다 더 가치 있는 선택을 할 거라고 그녀에게 말해주었을 것이다. 이토록 귀한 선택을 수거했다면 그녀의 아버지가 무척이나 자랑스러워했을 텐데. 의무를 다하기 위한 선택보다 더 귀중한 건 없었다. 하지만 이 대화는 환상에 불과하기에 하나는 무례를 범하지 않기로 했다.

"맡길 것이 생기면 다시 올게."

"그런 일은 없을 거예요." 또 다른 하나가 훌륭한 영업용 미소를 지으며 말했다.

하나는 이마를 찌푸렸다. "왜?"

"진짜 선택인지 교묘하게 위장된 비겁함인지 확실히 구분되는 결정만이 거래 가치가 있거든요."

"하나!"

거친 목소리가 하나의 생각을 찢고 들어왔다.

하나는 움찔했다. 시간이 제 속도를 되찾아 모든 걸 제 흐름으로 휩쓸어가고 있었다.

게이신이 간청하듯 말했다.

"나를 넘겨요. 너무 늦기 전에."

"맞아요, 케이. 당신은 당신 어머니 인생의 응어리예요."

하나의 목소리 위로 시쿠인들이 소리를 질러댔지만, 그녀의 귀에는 들리지 않았다. 그녀는 눈물을 닦고, 훈련받은 손님 대응 방식대로 어깨를 뒤로 젖혔다. 아까 카운터 반대편에 서 있으면서 그녀 자신의 정체성을 새삼 깨달았다. 그녀는 전당포의 새 주인이었다. 그녀가 할 일은 후회를 모으는 것이지 만드는 것이 아니었다. 하나는 아버지를 힐끔 쳐다보며, 눈물 젖은 눈으로 메시지를 보냈다. 아버지라면 이해하리라 믿었다. 침묵은 항상 그들의 언어였고, 지금이야말로 말 따윈 필요 없었다. 도시오는 고개를 끄덕여 답하며, 눈물 한 방울과 함께 살짝 미소 지었다.

하나는 게이신의 손을 꽉 잡았다.

"하지만 내 인생의 응어리가 되진 않을 거예요."

시쿠인들의 도착을 알려주었던 소녀가 정원에서 굴까지 나 있는 지름길로 하나와 게이신을 안내했다. 하나는 미련에 붙잡힐세라 있는 힘껏 달렸다. 미련은 시쿠인들보다 더 빨리 뒤쫓아오며 하나를 전당포로, 부모님에게로 끌어당기고 있었다. 어머니의 마지막 말이 더 크게 메아리치며, 그녀에게 달리라고 외쳐댔다.

소녀가 어떤 덤불을 옆으로 밀어젖히자 동굴 벽에 뚫린 작은 구멍이 드러났다.

"여기로 들어가면 돼."

"고마워." 하나는 소녀를 끌어안았다. "네 이름도 안 물어봤네."

"내 이름은 하나야."

아이는 하나를 올려다보며 방글방글 웃었다.

"엄마는 우리를 언니 이름으로 불러."

하나와 게이신은 겨우 몸을 세울 정도로 낮고 좁은 어두컴컴한 굴속을 더듬더듬 나아갔다. 하나는 얼굴을 가려주는 어둠이 고마웠다. 감히 게이신의 눈을 바라볼 수가 없었다.

"케이…."

마침내 말할 용기가 생긴 하나가 말했다.

"됐어요, 하나. 그냥 가만있어요."

"몇 번이나 당신한테 사실대로 털어놓으려고 했어요."

"하지만 안 했죠. 우리가 함께한 시간은 전부 거짓이었어요."

"난 당신한테 진심이었어요. 이젠 알겠어요. 처음에 당신을 시쿠인들에게 넘길 작정이었던 건 맞아요. 엄마 안경으로 당신을 처음 봤을 땐 악몽을 끝낼 수 있는 기회로밖에 안 보였으니까. 다케다 이즈미의 선택을 잃어버렸는데, 무슨 기적인지 바로 그 선택이 문으로 걸어 들어온 거예요. 난 손님 다루는 법을 아빠한테 철저히 배웠어요. 손님들을 조종하고… 안심시키고… 전당포에서 내리는 결정이 온전히 자신의 결정이라고 느끼도록 만들도록요. 본능처럼 나도 모르게 그렇게 움직여졌어요."

"헛소리 말아요, 하나."

게이신은 눈물기 어린 떨리는 목소리로 말하며 몸을 휙 돌렸다.

"다 헛소리라는 거 당신도 알잖아요. 그건 본능이 아니었어요, 선택이었지. 당신은 몸에 지도가 새겨져 있어서 스스로 결정을 못 내린다고 자꾸 말하지만, 나를 속이기로 선택한 건 당신 자신의 결정이었어요. 당신은 내내 날 가지고 놀았어요. 당신을 좋아하게 만들고, 당신도 날 좋아한다고 믿게 내버려두면서."

게이신의 말은 주먹보다도 아팠다. 폐 아래, 횡격막 바로 위, 그녀 영혼의 가장 여린 부분이 깃든 그 좁은 지점을 때렸다. 그녀의 눈꺼풀 아래로 눈물이 솟구쳤다.

"나도 당신을 좋아해요, 케이. 계획에도 없었고, 원하지도 않았지만. 당신을 시쿠인들에게 넘겨줘야 한다고 생각하면서도 차마 그럴 수 없었어요. 왜냐하면…."

"왜냐하면 뭡니까, 하나? 내가 썩 좋은 협상 카드가 아니라서? 당신 가족이 시쿠인들의 총애를 되찾지 못할 것 같아서? 아니면 갑자기 겁이라도 나셨나? 귀 열고 잘 듣고 있을 테니, 당신 입에서 거짓말 아닌 말이 나오는 것 좀 들어봅시다."

"당신이 화낼 만해요. 미움받아도 할 말이 없어요. 내가 무슨 말을 해도 용서가 안 되겠지만, 아빠, 엄마 그리고 나 자신의 안전을 위해서 거래하는 대신 당신을 택한 건 거래가 실패할까 봐 두려워서가 아니라 성공하리라 확신했기 때문이라는 것만 알아줘요."

"그게 무슨 소리예요?"

"시쿠인들은 하루토를 살려둔 것과 같은 이유로 날 살려줬을 거예요. 전당포를 운영할 사람도, 우리 세계 사람들을 위해서 영혼을 모을 사람도 나밖에 없으니까. 본보기 삼아 나를 벌하긴 했겠지만 살려뒀을 거예요."

"알면서 왜 나를 넘기지 않았어요?"

"선택으로 가득 찬 금고에서 당신은 유독 눈부셨어요. 당신은 위대한 일을 할 사람인 거예요. 어머니를 위해서도 아니고, 복수를 위해서도 아니에요. 당신 자신을 위해서, 당신이 품고 있는 모든 의문의 답을 찾아 그 답들로 당신 세계를 바꿀 거예요. 당신이 날 믿을 이유는 전혀 없지만, 맹세하는데 무슨 수를 써서라도 당신을 무사히 집으로 돌려보내 줄게요."

텅 빈 인도네시아 식당은 하나와 함께 더듬더듬 나아가고 있는 굴속만큼이나 어두컴컴했다. 이런 분위기는 처음이었다. 게이신은 테이블과 의자를 마구잡이로 거칠게 밀치며 오랜 친구를 찾았다.

"라메시 교수님? 여기 계세요? 라메시 교수님?"

게이신 자신의 목소리가 메아리로 답했다. 그는 엎어진 의자 옆에 풀썩 주저앉아 천장을 향해 외쳤다.

"어디 계세요?"

누군가가 게이신의 어깨를 단단히 잡았다.

"일어나게."

"교수님!" 게이신은 벌떡 일어나 라메시를 와락 껴안았다. "아직 여기 계셨군요."

"그럼 어디에 있겠나? 여기서 살고 있는데, 잊었나?"

게이신은 툭 뱉듯이 말했다.

"그게 무슨 뜻입니까? 내 머릿속이요? 내 기억? 방금 알았는데, 바로 며칠 전까지 제가 새장 속의 반짝이는 새였다는군요."

라메시는 얼굴을 찌푸리며, 지팡이에 묵직하니 몸을 기대었다.

"어리석긴. 그렇다고 변하는 건 아무것도 없네. 자네는 여전히 자네야. 여긴 여전히 자네의 마음속이고. 그리고 제발 불 좀 켜게. 하마터면 벽에 부딪힐 뻔했잖나."

"교수님이 모르셔서 그러는데…."

"뭘 모른단 말인가? 뭐가 진짜고 뭐가 가짠지? 둘의 차이를 나만큼 잘 아는 사람도 없을 텐데. 나는 가상의 인간이지. 자넨 아니고. 나는 자네의 밖에서는 존재할 수 없네. 반면 자네는 굴속에서 죽어라 도망치고 있지."

"하나가 절 속였어요, 교수님. 전부 다 거짓말이었다고요."

"정말 그렇다면, 자네가 여기 들이닥쳐서 테이블이며 의자며 다 엎어버리고 미친 사람처럼 날 외쳐 부르진 않았겠지. 자네는 진실을 보기 싫어서 불을 다 꺼버린 거야."

"무슨 진실이요?"

"불을 켜고 자네 눈으로 직접 보게."

달빛에 물든 들꽃들은 빛을 발하는 것처럼 눈부셨다. 게이신과 하나는 굴에서 기어 나와 들판으로 쓰러졌다. 하나는 땅에 부딪친 머리를 문질렀다.

"괜찮아요?" 게이신은 부드럽게 물었다.

"나한테 예의 차리거나 말 걸지 않아도 돼요. 투명인간 취급해도 괜찮아요."

"여기엔 우리 둘밖에 없으니 그건 좀 어렵겠는데요. 둘이 힘을 합쳐야 좀 더 효율적으로 도망칠 수 있죠. 물론 이론상 그렇다는 겁니다. 내가 틀렸을 수도 있어요."

"내가 당신한테 용서를 받은 건지, 더 미움받고 있는 건지 분간이 안 되네요."

겉으로는 들판을 살피는 척했지만, 게이신은 조금 전 라메시의 요구를 마지못해 들어주었을 때 자신이 어둠 속에 마주했던 것을 떠올렸다.

익숙한 식당의 따스한 불빛이 끝나는 경계선에, 거대한 철창이 그를 에워싸고 있었다. 그가 피난처로 생각했던 곳은 하나의 금고 속에 매달려 있던 것들과 다를 바 없는 새장이었다. 게이신은 입을 떡 벌린 채 라메시의 옆에 섰다.

"처음부터… 이랬습니까?"

라메시의 입술에 슬픈 미소가 어렸다.

"자넨 평생토록 먼발치에서 세상을 관찰했지. 항상 객관적이고, 항상 초연하게. 어머니에게 버림받았을 때 자네는 과학이라는 새장 속에서 살기로 선택했네, 어머니처럼 자네에게 상처를 줄 것이 아무것도 없는 곳에서. 과학 법칙 안에서는 불안 따위 안 느껴도 되니까."

라메시는 창살들 사이에 활짝 열려 있는 새장 문을 가리켰다. 그 너머로 보이는 전당포 문간에 하나가 서 있었다.

"이제 자네는 과학 법칙에 얽매여 있지 않네. 자유라고, 케이. 마음껏 용서하고. 마음껏 미워하고, 마음껏 사랑하게. 자네를 배신했고… 자네 목숨을 구하기 위해 가족을 희생한 여자를."

게이신은 목구멍이 조여왔다. 절대적인 자유는 시쿠인보다 더 무서웠다.

"하나에 대한 자네의 감정은 거짓이 아니었어. 자, 이제 자네도 하나처럼 선택을 해야 하네."

"케이?"

하나의 목소리가 흘러들었다.

"내 말 들었어요?"

"미안해요. 돌아갈 방법을 생각하느라." 그는 거짓말을 했다. "들꽃들이 소문 퍼뜨리기를 좋아한다면 모를까, 여기서 소문을 타고 가기는 힘들겠는데요."

한 시쿠인의 날카로운 목소리가 들판을 갈랐다.

게이신과 하나는 허겁지겁 일어나 서로 등을 맞댔다. 비명들의 합창이 사방에 메아리쳤다.

게이신은 잽싸게 들판을 훑어보았다.

"어디에 있는 거죠?"

"…온 사방에 있어요."

4부

일곱 번 넘어지고 여덟 번 일어난다

종이학

 빗방울이 땅에 떨어지는지 톡톡 하는 소리가 온 사방에 들렸다. 드디어 비가 등장하시는군, 하고 게이신은 생각했다. 그리고 이 절묘한 타이밍에 박수를 보냈다. 그가 시쿠인들에게 갈가리 찢기고 나면 비가 들판에서 그의 피를 씻어내리라. 게이신은 빗물에 흠뻑 젖기를 기다렸다. 작은 종이학 한 마리가 그의 코를 때렸다. 또 한 마리가 그의 왼쪽 어깨를 쳤다. 게이신은 힐끔 위를 올려다보았다. 색색의 종이학들이 먹구름처럼 그의 위를 빙글빙글 맴돌다 비처럼 후드득 들판에 떨어졌다.

 "이게 무슨⋯."

 시쿠인들의 비명이 더 커졌다.

 하나는 땅에서 학 한 마리를 집어 들었다.

 "하루토가 만든 거예요."

 "학들이 여기서 뭘 하는 거죠? 하루토가 왜 학을 보낸 거예요?"

들꽃을 뒤덮은 학들이 움직이기 시작하더니 날개를 퍼덕이며 땅 위로 날아올랐다. 학들이 하나와 게이신에게로 몰려들며 바람을 일으켰다. 정신없이 퍼덕이는 종이 날개들 사이로 아무것도 보이지 않았다. 게이신은 두툼한 커튼처럼 주위를 에워싼 학들이 시쿠인들에게도 똑같은 효과를 불러일으킨다는 사실에 위안을 느꼈다. 눈에 보이지 않는 건 그들도 잡을 수 없을 터였다.

하나가 땅을 가리키며 말했다.

"봐요."

게이신은 밑을 내려다보았다. 그의 두 발이 가장 키 큰 들꽃 위로 떠 있었다. 학들이 점점 더 두텁게 에워싸더니 하나와 게이신을 하늘로 휩쓸어갔다.

게이신은 종이학들을 구름처럼 타고 밤하늘을 떠다니는 데 익숙해지기까지 시간이 좀 걸렸다. 밑에서 학들이 깐닥깐닥 움직이면서 그와 하나의 무게를 차례로 돌아가며 지탱했다. 게이신은 하나를 떠받치는 새들이 더 힘들 거라 짐작했다. 그보다 하나가 더 무거운 짐을 지고 있으니. 부모님을 시쿠인들의 처분에 맡기고 떠나온 사람은 게이신이 아니었다.

"부모님 일은 유감이에요."

"적어도 마지막에는 두 사람이 함께하게 됐잖아요. 두 분이 원했던 것처럼."

"아직 살아 계실지도 몰라요."

하나는 고개를 저었다.

"아니라고 믿을래요. 애도를 잠시 미룬다고 생각해야 이렇게 가만히 앉아 있을 수 있죠. 아직 살아 계신다고 생각하면, 당장 여기서 뛰어내려 다시 굴속을 달려서 두 분을 구하고 싶어질 테니까. 두 분이 돌아가셨다고 믿으면, 당신이 안전해진 뒤에 애도하자 마음먹을 수 있어요."

"하나⋯."

"부모님은 나름의 선택을 하셨고, 나도 선택을 했어요. 두 분은 서로를 택했고, 난 마침내 옳은 일을 하기로 선택한 거예요."

학들이 고도를 낮추자, 깎아지른 벼랑 위에 지어진 종이 집이 시야에 들어왔다. 주름 하나 없이 빳빳한 흰색 종이 지붕과 벽들에 달이 창백한 빛을 드리웠다.

게이신이 물었다.

"왜 우리를 하루토 집으로 데려왔을까요? 하루토는 어머니 집에 숨어 있지 않아요?"

"우리가 감히 여기로 돌아오지 못할 거라는 시쿠인들의 생각을 하루토가 역으로 이용한 거죠."

학들이 땅 위의 허공을 계속 맴돌며 게이신과 하나가 그들의 등에서 뛰어내릴 수 있게 해주었다.

게이신이 말했다.

"하루토가 이 많은 학을 어떻게 접었는지 모르겠네요. 손이 벌써 나았을 리 없는데."

"손을 그렇게 빨리 회복시키는 방법은 딱 한 가지뿐이에요. 하루토가 어리석게 그 방법을 시도한 게 아니었으면 좋겠네요."

"무슨 방법인데요?"

"야시장의 치료 노점이요. 거기는 치료비가… 너무 비싸요."

하루토가 집 밖에 서서 완벽하게 치료된 두 손을 하나에게 흔들었다.

"여행은 어땠어?"

하나는 하루토의 손을 빤히 쳐다보았다.

"설마 거기를…."

"그 설마가 맞아."

하나는 이를 악물었다.

"이 바보야! 그들이 치료비로 뭘 요구했어?"

하루토는 가슴 위로 팔짱을 꼈다.

"내가 상상한 재회는, '우리 목숨을 구해줘서 고마워'라고 네가 말하면 내가 '별말씀을'이라고 답하는 대화로 시작됐는데 말이야."

게이신이 말했다.

"구해줘서 고마워요, 하루토. 진심입니다."

"별말씀을요, 게이신" 하며 하루토는 하나를 돌아보았다. "봤지? 훨씬 더 분위기 좋잖아?"

하나는 물러서지 않았다.

"치료비로 뭘 치렀는지나 말해."

"뭘 치렀든 그건 내 일이야, 네가 상관할 바 아니지."

하루토가 소매에서 종이 한 장을 뽑아 허공으로 던져놓고는 한 손을 그쪽으로 휙 털었다. 그러자 공중에서 종이가 접히더니 나비 한 마리가 되었다.

"심지어 협상으로 몇몇 능력을 개선하기까지 했지."

"하루토…."

"됐어, 하나. 안으로 들어가자."

학 한 마리가 날아와 하루토의 어깨에 앉았다.

"학들한테 듣자 하니, 시쿠인들이 아직 두 사람을 쫓고 있다던데."

게이신과 하나가 굴에서 있었던 일을 들려주는 동안 하루토는 양손의 손가락 끝을 서로 맞대어 삼각형을 만든 채 앉아 있다가 애써 차분한 목소리로 물었다.

"그럼 아저씨는? 아저씨는 어떻게 되셨어?"

하나는 애써 눈물을 삼켰다.

"아빠…."

게이신이 대신 답했다.

"우리가 달아날 수 있게 시쿠인들을 막아주셨습니다. 우리가 떠난 후에 어떻게 됐는지는 잘 모르겠어요."

"그럼 아직 살아 계실 수도 있네."

하루토가 기대에 찬 표정으로 하나를 보자 그녀는 시선을 아래로 피했다. 게이신이 대신 말했다.

"그럴 수도 있죠."

"네 질문에 답해줬으니까, 이젠 네가 내 질문에 답해."

"말했잖아, 뭘 치료비로 냈든 네가 상관할 바 아니라고."

"그럼 어떻게 우리가 있는 곳을 알아냈는지만이라도 말해줘."

하루토는 손바닥을 탁자에 얹었다.

"손을 치료하려고 야시장에 갔을 때 정말 묘한 이야기를 들었어… 다른 세계에서 온 남자가 있다는 소문…."

"소문을 따라갔군요."

"내 학들이 따라갔죠. 그렇게 빠른 소문을 내가 따라잡기엔 벅찼고 기차를 잡아탈 수 있을 것 같지도 않았으니까. 학들을 보내서 두 사람을 추적하게 했어요. 두 사람이 탄 소문은 편도일 듯한 예감이 들더군요."

하나가 말했다.

"덕분에 살았어. 정말 고마워."

"드디어 감사 인사를 듣네."

하나는 아주 살짝 미소를 지어 보였다.

"누릴 수 있을 때 누려."

"이제 어떡할 생각이야?"

"게이신을 집으로 돌려보낼 거야."

"보내고 나면? 시쿠인들이 네 죄를 눈감아줄 리 없잖아."

"아직 거기까지는 생각 안 해봤어."

하나는 두 손을 주머니에 찔러 넣었다. 손가락에 차가운 구체가 스치자 조심스레 꺼내 들었다. 구체 표면에 묻어 있는 어머니의 피를 소매로 닦았다.

하루토는 보석 안의 바다를 가만히 바라보았다.

"기억 구슬이네. 갓 만들어진 것 같은데. 누구의 기억이야?"

"우리 엄마. 달아나기 전에 나한테 주셨어. 이게 진실을 보여줄 거라면서."

"진실?" 하루토는 몸을 앞으로 기울였다. "무슨 진실?"

하나는 구슬을 탁자 한복판에 놓았다. 구슬이 빙글빙글 돌고 빛을 발하며 그 안의 바다를 휘젓기 시작했다. 파도가 일렁이면서 종이 벽에 그림자를 드리웠다. 그림자들이 형태를 이리저리 바꾸며 어둠과 빛으로부터 이야기를 엮어냈다.

이시카와 치요가 훔친 선택

21년 전

치요의 살갗에 새겨진 지도가 빗속에 반짝이며, 전당포의 연못에 비친 그녀의 그림자 위로 살아 움직였다. 치요는 몸에 새겨진 길 하나하나가 어디로 이어지는지 익히 알기에, 눈으로 지도를 더듬어 따라갔다. 하늘이 흐려질 때마다 그녀는 전당포 뒤편의 뜰로 달려갔다. 비를 맞으며 한참 서 있으면 폭풍우가 불어닥쳐 그녀가 잃어버린 길을 드러내 보여주지 않을까 하는 일말의 희망을 품고서.

"치요."

뒤에서 도시오가 걸어와 치요의 머리 위로 외투를 들었다.

"젖었잖아. 이만 들어가자."

"조금만 더 있다가." 치요는 두 손을 내밀어 비를 맞았다.

"어서. 내가 차 끓여줄게."

치요는 남편에게로 고개를 돌려, 그의 살갗에 반짝이는 그의 운명을 바라보았다. 그러다 도시오의 축축한 뺨을 쓰다듬으며, 그녀의 이름으로 이어지는 길을 엄지손가락으로 쭉 따라갔다.

"어떻게 하는 거야? 불만 없이 사는 거. 어떻게 하면 호리시가 새겨준 대로 만족하면서 살 수 있어?"

"미안해."

도시오의 얼굴로 빗물이 줄줄 흘러내려, 치요는 그가 울고 있는 건지 아닌지 분간할 수 없었다.

"뭐가 미안한 건지 모르겠어."

"난 당신 덕분에 행복한데 당신은 그러지 못하니까."

"나도 당신 때문에 행복해, 도시오."

"완전히는 아니지."

그러면서 도시오는 치요를 집 안으로 데려갔다.

치요는 도시오가 잠들기를 기다렸다가 요에서 슬그머니 빠져나가 살금살금 계단을 내려갔다. 신중을 기해 마지막 계단은 밟지 않았다. 밖에서 폭풍우가 윙윙 휘몰아치고 있으니 계단이 삐걱거려도 남편은 듣지 못하겠지만, 어떤 위험도 감수하고 싶지 않았다. 그녀가 왜 한밤중에 전당포 금고를 열어야 하는지 도시오는 이해하지 못할 터였다.

치요는 그날 전당포에 맡겨진 선택을 머리에서 떨쳐버릴 수가 없었다. 그렇게 밝게 빛나는 선택은 처음이었다. 도시오는 만약 그 선택이 이루어졌다면 세계를 바꾸어놓았을 거라고 말했었다. 치요는 요에 누워 도시오의 숨소리에 귀 기울이며, 그 선택을 다시 볼 시간만을 손꼽아 기다렸다.

어둠 속에서 치요의 손가락은 책장 옆면에 움푹 파인 홈을 금방 찾아냈다. 그곳을 누르자 책장이 휙 열렸다.

금고 안의 새들이 노래로 치요를 맞았다. 치요는 문 닫는 것도 잊고 서둘러 금고 안으로 들어갔다. 오른편에 있는 새장 속의 새가 그 어떤 새보다 밝게 빛났다. 치요는 그저 그 새를 더 자세히 볼 심산으로 새장을 고리에서 벗겨냈다. 새는 새장 안을 미친 듯 휘젓고 날아다니다 창살에 쾅 부딪쳤다. 치요는 새를 진정시키려 애썼다.

"널 해치려는 게 아니야. 정말이야."

새가 새장 꼭대기를 들이받자 금고 안의 다른 새들도 짹짹거리며 날뛰기 시작했다.

"안 돼… 제발 조용히 해. 도시오가 깨겠어."

치요는 활짝 열린 금고 문을 힐끔 보고는 새장을 가슴에 껴안고 밖으로 뛰쳐나갔다.

책상에 놓인 새는 잠잠해졌다. 치요는 새장에 덮어놓았던 포장용 비단보를 살며시 들어 올렸다. 새는 빛나는 파란 깃털을 차분히 부리로 다듬었다. 치요가 안경을 벗어 이번 달 장부 위에 얹자, 새가 있던 자리에 술병 하나가 놓여 있었다.

치요는 새장 안으로 손을 집어넣어 병을 조심스레 꺼냈다. 이 병에는 전 주인이 회색 칸막이 사무실 밖의 유혹을 거절한 밤에 마시지 않은 술이 담겨 있었다. 계획과 일정이 있었기에 그녀는 한눈팔지 않기로 마음먹었다. 시간이 흘러 그녀의 회색 근무 공간은 더욱 넓어졌다. 마침내는 건물 맨 꼭대기 층의 유리벽 사무실이 되었다. 꼭대기 층에 가까워질수록 사람들의 초대는 점점 뜸해졌다. 그러다 어느 날부턴 뚝 끊겼다. 그녀는 매일 밤 모두가 집으로 돌아간 후에도 사무실에 앉아 생각했다. 만약 가끔은 쉬어가도 좋다고 믿었다면 어떤 인생을 살았을까? 타인들과 나누었을 대화, 만났을 사람들, 사랑하게 됐을 남자, 그리고 이루었을지도 모를 가정을 상상했다. 아이들에게 어떤 이름을 지어주었을까 하는 생각도 자주 했다. 딸을 위해 고른 이름이 특히 마음에 들었다.

치요는 술병을 뚫어져라 쳐다보며 그 손님에게 부러움을 느꼈다. 후회는 이 세계에서 아무도 갖지 못하는 사치품이었다. 치요는 그 맛이 어떨지 궁금했다. 딱 한 모금만 마시면 아무 모를 거야, 라며 술병을 입술로 갖다 댔다.

"치요?"

도시오가 그녀의 책상으로 다가왔다.

"여기서 뭐 하고 있어?"

치요는 하품을 하며 두 팔을 머리 위로 쭉 뻗었다. 시야 한구석에 유리가 반짝였다. 치요는 눈을 문지른 다음 끔벅였다. 빈 술병이 옆으로 쓰러져 있었다.

"안 돼…."

휘몰아치듯 떠오르는 이미지들에 치요는 헉하고 놀랐다. 술 한 모금이 여러 모금이 되고, 마지막 모금은 그중 가장 길었다.

"이게 뭐야?"

도시오는 병을 집어 들고 안경을 코에 걸쳤다. 그의 손이 떨리더니 불이 붙기라도 한 양 병을 떨어뜨렸다. 바닥에 병이 산산조각으로 깨졌다.

"미안해…."

"치요, 대체 무슨 짓을 한 거야?"

"내가… 내 것이 아닌 걸 훔쳤어."

치요는 배에 손을 대보았다. 말로는 설명할 수 없지만, 그녀에게 허락되지 않았던 길이 그녀 안에 자라고 있는 것이 느껴졌다.

"그리고 이 아이 이름은 하나야."

하나라는 이름의 선택

 구슬 속 조그만 바다의 너울이 잠잠해졌다. 구체는 흐릿해졌지만, 그 주변을 둘러싸고 앉은 세 사람은 여전히 거기서 헤어나지 못하고 있었다. 게이신이 제일 먼저 침묵을 깼다.

"하나….

그는 말하는 법을 잊은 사람처럼 말을 더듬었다.

하나의 두 눈에 눈물이 그렁그렁 차올랐다.

"말도 안 돼."

게이신이 하나의 손을 꽉 쥐자 하나도 그에게 꼭 다가붙었.

하루토가 조용히 말했다.

"이젠 이해가 가."

하나는 고개를 들며 "뭐가?" 하고 물었다.

"왜 네가 이 사람을 택했는지 말이야."

하나는 게이신의 손을 놓았다.

"하루토…."

"둘이서 얘기해요." 게이신이 일어나며 말했다. "난 밖에 있을 테니까 필요하면 불러요."

게이신은 하나의 어깨에 살며시 손을 얹은 뒤 방에서 나갔다.

"너랑 저 사람은 똑같아, 하나."

하루토는 호리시가 그의 팔에 하나의 이름을 새겨 넣은 곳을 손가락으로 살며시 훑었다.

"네 이름이 내 몸에 쓰여 있긴 하지만, 더 위대한 신들이 너랑 게이신의 뼈에다 둘의 운명을 새긴 거지. 너랑 난 인연이 아니었던 거야. 사실, 굳이 네 어머니의 기억을 보지 않아도 알 수 있는 일이었어. 괜히 고집부리면서 인정을 안 하고 있었을 뿐이지. 손을 고치는 값을 잘 정한 것 같네."

"치료비로 뭘 지불했어, 하루토?"

"아무것도. 아직은. 학들이 널 데려오면 치료비를 내겠다고 했거든. 마지막으로 한 번 더 널 보고 싶어서."

하나는 하루토의 소매를 붙잡으며 물었다.

"마지막이라니? 그게 무슨 소리야? 대체 무슨 짓을 한 거야?"

"내가 해야 할 일을 했지. 내 손은 박살 났어. 손을 못 쓰면 난 없느니만 못한 존재야. 목적도 의무도 없는, 망자나 마찬가지지. 치료 노점의 상인이 그러더군, 내 손을 고쳐줄 수는 있지만 비용이 어마어마하다고. 내가 가진 것 중에 귀중한 건 한 가지밖에 없었어. 너에 대한 기억. 네가 떠나고 나면 야시장에 가서 그걸 전부 넘겨줄 거야."

하나의 얼굴에서 핏기가 가셨다.

"그러지 마."

"왜? 호리시가 네 아버지한테서 빼낸 물감으로는 내 인생을 완전히 쓸 수 없었어. 네 아버지가 그러셨다며, 나한테 1년밖에 안 남았다고. 내가 가질 수 없는 걸 욕심내면서 남은 날을 살 순 없어. 나한테 사랑을 못 주겠거든 적어도 평온을 찾게는 해줘."

귀청을 찢는 듯한 소리가 종이 벽을 뚫고 들어왔다.

하루토가 벌떡 일어났다.

"시쿠인들이야."

게이신이 뛰쳐 들어왔다.

"놈들이에요."

"몇이나 돼요?"

하나가 묻자 게이신은 종이 문에 빗장을 걸며 답했다.

"너무 많아요. 어서 떠납시다. 놈들이 벽을 찢고 들어올 거예요."

"내 종이는 생각보다 튼튼해요. 그리고 들어오게 해주면 굳이 벽을 찢지도 않겠죠. 문 열어요, 게이신."

"문을 열어요? 당신 미쳤어요?"

"내가 신호를 주면 저 문으로 도망쳐요."

"무슨 문이요?"

하루토가 벼랑 쪽으로 향해 있는 벽을 가리켰다. 그러자 종이가 찢어지고 접히더니 문이 되었다.

"저 문."

"저 문 뒤에는 30미터 높이 벼랑이 있어요."

"날 믿어요. 두 사람은 안 떨어져요."

하나가 말했다.

"넌 어쩌려고? 우리랑 같이 안 가?"

하루토는 하나를 껴안고 그녀의 정수리에 입을 맞추었다.

"너도 게이신도 이 세계에 있을 사람들이 아니야. 여기서 죽으면 안 돼."

하나는 그의 품에서 물러나며 물었다.

"그게 무슨 말이야?"

"내 마음이 바뀌었단 소리야. 네 이름도 모르고 하루를 더 사느니 널 기억한 채로 죽겠어."

하루토는 문을 당겨 열었다.

일곱 명의 시쿠인이 집 안으로 들이닥쳤다.

"지금이야, 하나!"

하루토는 절벽을 향한 문으로 손목을 획 움직였다. 문이 접히며 열리자 깎아지른 벼랑이 드러났다.

시쿠인들이 하루토에게 다가들자 하나는 비명을 질렀다.

"안 돼!"

게이신은 하나의 허리를 낚아챈 뒤 문밖의 허공으로 몸을 던졌다.

바다처럼 펼쳐진 학들이 추락하는 그들의 몸을 떠받쳤다. 학들은 게이신과 하나를 등에 업은 채 벼랑 끝을 지나 하늘로 날아올랐다. 하나는 학 떼의 가장자리로 허겁지겁 가서 땅을 훑으며 하루토의 집을 찾았다. 종이 집이 흔들리다가 접히기 시작했다. 그 안에서 시쿠인들이 날 선 비명을 질러댔다.

접힐 때마다 점점 쪼그라드는 집을 바라보며 하나가 외쳤다.

"안 돼! 하루토! 무슨 짓을 하고 있는 거야?"

게이신은 하나를 끌어당겼다.

"당신을 지키려는 거잖아요."

집이 접히고 또 접히다 결국엔 텅 빈 벼랑에 종이 집과 그 안에 살았던 남자의 기억만이 남았다. 하나는 온몸을 바르르 떨며 그 광경을 지켜보았다.

물에 비친 천 개의 달

 종이학 한 마리가 하나의 발치를 서성이며 자갈을 쪼아댔다. 하나는 녀석을 집으려 몸을 웅크렸지만, 손에 잡히기도 전에 먼저 날아가버렸다. 종이 날개를 퍼덕이며 하늘로 솟은 학은 다른 학들과 함께 구름 뒤로 사라졌다.
 "가버렸네."
 하나는 하루토의 학들이 데려다준 길을 가만히 바라보았다. 몇 발짝만 더 가면 전당포였지만, 발을 뗄 힘도 의지도 바닥이 났다.
 "하루토도, 이젠 정말 아무도 안 남았어."
 그러자 게이신이 말했다.
 "나랑 같이 가요."
 "뭐라고요?"
 "나랑 같이 내 세계로… 우리 세계로 가요."
 "거긴 내가 있을 곳이 아니에요."

"여기도 아니죠. 하나, 여기에는 당신한테 남은 게 없어요. 평생 시쿠인한테 쫓기면서 살래요?"

"선택의 여지가 없어요."

"선택지는 그 어느 때보다 많아요. 왼쪽이든 오른쪽이든, 위든 아래든 어디든 갈 수 있어요. 누구든 될 수 있고요. 나랑 같이 문밖으로 나가기만 하면 돼요."

"그렇게 단순한 문제가 아니에요."

"뭐 때문에 그래요?"

"그야, 우리가 널 보내주지 않을 테니까!"

길 끝에 선 두 시쿠인의 입에서 날카로운 목소리들이 합창처럼 터져 나왔다.

하나와 게이신이 전당포 안으로 질주하고 시쿠인들은 새된 비명을 더 크게 질러대며 뒤쫓아왔다. 하나는 앞문을 홱 잡아당겨 열었다. 앞이 보이지 않을 정도의 억수 같은 비가 문간으로 들이닥쳐 전당포 바닥을 흠뻑 적셨다.

하나는 휘몰아치는 폭풍우 속에 소리쳤다.

"가요!"

게이신은 빗줄기를 맞으며 하나에게 손을 내밀었다.

"같이 가요."

한 시쿠인의 갈고리 손톱이 하나의 팔을 움켜쥐었다. 게이신이 몸을 던져 시쿠인을 바닥에 쓰러뜨리자, 시쿠인은 그의 얼굴을 할퀴어 뺨을 찢어놓았다.

"케이!"

하나가 게이신에게 달려가며 외치는 소리 위로 문이 쾅 닫혔다. 자물쇠가 찰칵 잠겼다.

하나는 획 돌아보았다. 또 다른 시쿠인이 잠긴 문에서 몸을 돌리며, 마치 냉소라도 짓는 듯 가면을 일그러뜨렸다.

게이신을 상대하던 시쿠인은 그를 홱 뿌리치고, 문을 막고 선 시쿠인 곁으로 갔다. 그들은 나란히 서서 합창하듯 말했다.

"이제 너희가 빠져나갈 길은 없다."

"하지만 내려갈 길은 있지."

하나는 게이신의 손을 붙잡고 전당포 바닥에 고인 빗물 웅덩이로 뛰어들었다.

물 위로 황금빛 달들이 어른거렸다. 하나와 게이신은 달들을 향해 헤엄쳐 올라갔다. 수면을 뚫고 나오자 근처에 고무보트가 떠 있었다. 게이신은 먼저 보트로 기어 올라간 뒤 하나를 끌어 올려 태웠다. 둘은 물 한 방울 젖지 않은 채 보트 위에 나란히 드러누웠다. 게이신은 황금빛 달들이 가득한 하늘을 올려다보았다. 동료로부터 빌렸던 기억 속에서보다 광 검출기들이 수면에 훨씬 더 가까웠다. 슈퍼 가미오칸데의 물탱크에 물이 거의 다 채워져 있어, 발끝으로 서면 유리구에 손이 닿을 듯했다.

"어떻게 여기로 왔죠? 물웅덩이는 당신…" 하다가 게이신은 멈칫했다. "그러니깐 저쪽 세계에 있는 곳들로만 이어지는 줄 알았는데요."

"우리가 뛰어든 웅덩이는 저쪽 세계 것이 아니에요. 이쪽 세계에서 생긴 거죠. 사실 이 작전이 통할지는 자신 없었어요. 그저 안전한 곳으로 데려다 달라는 내 말을 웅덩이가 들어주기만을 바랐죠."

게이신의 눈에 공포가 스쳤다.

"그럼 시쿠인들도 그 웅덩이로 올 수 있어요?"

"그러길 기대해야죠."

"우릴 쫓아오길 기대한다고요? 왜요?"

"더 이상 도망치는 데 질렸으니까요. 당신이 처음 날 여기로 데려왔을 때 내가 그랬잖아요, 여긴 아름다운 덫이라고."

하나는 노를 한 개 잡아 게이신에게 건넸다.

"이제 우리가 이 덫을 이용할 차례예요."

보트 양쪽에서 갈고리 손톱들이 수면을 뚫고 솟아올랐다. 하나는 노로 한 시쿠인을 짓누르며 물 밖으로 나오지 못하게 막았고, 게이신도 자기 쪽 시쿠인을 노로 힘껏 밀쳤다. 시쿠인의 새된 목소리가 물에 뒤섞여 일그러져 들렸다. 수면을 헤치며 올라오려 할 때마다, 두 사람은 그들을 내리눌렀다.

"놈들이 얼마나 버틸까요?"

게이신은 숨을 헐떡이며 시쿠인의 머리를 때렸다. 가면이 갈라지더니 그 밑에서 썩어가고 있는 얼굴이 드러났다. 코가 있어야 할 곳에 뚫린 구멍이 금속 부스러기로 덮여 있었다.

"왜 여태 익사하지 않고 살아 있죠?"

"익사할 수가 없으니까요."

게이신은 도시오에게 들었던 말이 떠올랐다.

"시쿠인은 죽지 않는다… 마모된 부위를 바꿔 끼울 뿐."

"금속 부품으로" 하며 하나는 시쿠인의 어깨를 내리쳤다.

"내가 저번에 얘기한 망치처럼 이놈들도 물에 녹을 거라 기대하고 있다면, 그런 일은 없을 거예요."

게이신은 보트에서 시쿠인을 밀어내며 말을 이었다.

"그전에 우리 팔이 빠져버릴 테니까."

물이 잠잠해졌다. 게이신은 시쿠인이 수면 위로 올라오길 기다리며 노를 머리 위로 치켜들었다.

하나는 보트에 다시 앉으며 노를 옆에 내려놓았다.

"갔어요."

게이신은 고요한 수면을 쭉 훑어보며 물었다.

"정말 갔다고요? 어떻게요?"

"시쿠인들의 시간은 우리와 다르게 흘러요. 금속과 살을 물에 모조리 먹힐 만큼 시간이 지나버린 거예요."

게이신은 탱크 꼭대기의 입구를 향해 보트를 저었다. 하나는 뒤로 기대앉아, 그들이 수면에 남기는 잔물결을 지켜보았다.

"하나."

게이신의 목소리가 너무 부드러워, 하나는 그가 말을 한 건지 한숨을 쉰 건지 분간이 되지 않았다.

하나는 고개를 들며 물었다.

"무슨 말 했어요?"

"그냥 시험 좀 해봤어요."

"뭘 시험해요?"

"내가 아직도 당신 이름을 기억하는지 말이에요. 여기로 돌아오면 혹시나 당신을 잊어버릴까 봐 걱정했었는데 다행히 안 잊었네요."

그러면서 게이신은 미소 지었다.

"전부 다 기억나요."

"당신이 양쪽 세계 모두에 속한 사람이라서 그럴 거예요."

"당신처럼요."

"나처럼…." 하나는 중얼거리며 손으로 팔을 쓸어내렸다. "내가 아직 여기 있네요."

"그리고 보면 우리 둘 다 날씨한테 미움받는 게 맞았나 봐요."

하나는 물에 비친 자신의 얼굴을 빤히 바라보았다.

"하나? 괜찮아요?"

하나는 무겁게 숨을 한 번 내쉬었다.

"시쿠인들은 평생 우리를 쫓아다닐 거예요, 케이. 그게 자기들 의무이고 그것밖에 모르니까."

"해치에 거의 다 왔어요. 이제 안전해요."

하나는 보트 양쪽 끝을 붙잡았다.

"너무 고요해요."

"여긴 산 밑이잖아요. 조용한 게 정상이에요. 안 그러면 오히려 걱정해야 한다고요."

"내가 돌아가면 놈들이 당신은 내버려둘지도 몰라요."

"하나, 관둬요. 그런 생각은 하지도 말아요."

"생각 안 한다고 사실이 변하진 않죠. 놈들이 나한테 무슨 짓을 하든 그건 상관없어요. 내 눈이든 손이든 목숨이든 다 가져가라고 해요. 하지만 당신이 놈들에게 잡히면 나 자신을 절대 용서 못 할 거예요."

"주변을 둘러봐요, 하나. 우린 달아났어요. 이젠 자유라고요."

"그들이 여전히 느껴져요, 케이. 그 소름 끼치는 소리가 아직 귀에 맴돌아요. 놈들은 분명 가까이 있어요. 틀림없어요."

게이신은 노 젓던 손을 멈추고 하나를 품에 안았다. 그녀의 정수리에 입을 맞추며 말했다.

"하나…."

그 순간 물속에서 갈고리 손톱들이 튀어나와 게이신의 팔을 파고들었다. 게이신은 고통에 찬 비명을 질렀다. 상처에서 피가 뿜어져 나왔다. 시쿠인은 보트 위로 올라와 피투성이가 된 게이신의 팔을 움켜잡으며 새된 소리로 외쳤다.

"넌 여기 있으면 안 돼."

"그건 너도 마찬가지야."

하나는 시쿠인에게 달려들어 물속으로 끌고 들어갔다. 게이신이 뭐라 외치기도 전에, 수많은 황금빛 달들의 일렁이는 그림자가 그들을 집어삼켰다.

1년 후

 모든 사랑 이야기는 시작과 끝에 오는 말이 다르다. "반가워, 잘 가." "내 곁에 있어, 가버려." "좋아, 싫어." 대학 2학년 때 게이신이 재키를 만났을 때 그들의 연애는 "사귀자"라는 특별할 것 없는 말로 시작되었다가 넉 달 후 "고마웠어"라는 정중한 인사로 마무리되었다.
 슈퍼 가미오칸데의 물탱크에서 하나가 사라진 지 1년이 지나도록 게이신은 여전히 그들의 처음과 끝을 알아내지 못해 애를 먹고 있었다. 그들 사이의 첫말은 "미안해"로 정하고 싶었다. 그게 가장 안전한 선택이었다. 서로에게 상처를 주고, 또 용서를 구한 적이 워낙 많으니 통계적으로 보면 그 수많은 사과 중 한 번은 우정이 끝나고 말로 설명하기 어려운 관계가 시작된 경계에 있었을 확률이 높았다. 그들의 마지막 말을 정하기는 더 어려웠다. 하나에 대한 마지막 기억은 온통 비명으로 얼룩져 있었다.
 게이신은 차가운 두 손을 코트 주머니 깊숙이 찔러 넣은 채 라멘 가게 밖에 줄을 섰다. 앞에 선 두 명이 와들와들 떨고 있었다. 사람이 더 많으면 좋을 텐데, 하고 그는 생각했다. 기다리는 동안 게이신 곁을 지켜주던 희망은 문 안으로 안내받는 순간 그를 버리고 떠나버렸다. 1년 동안 실망만 쌓였고, 라멘이 싫어졌다. 하지만 시간이 날 때마다 이 가게를 다시 찾았다. 물론 기후현에서 도쿄까지의 여정이 달을 잡으려 애쓰는 것만큼이나 헛된 수고로 느껴지는 날도 있었다. 그런 날이면, 혹시 진짜 게이신은 하나의 세계에 남겨졌고 이 세계의 게이신은 시쿠인이 대신하고 있는 게 아닐까 하는 생각마저 들었다. 돌아가는 기차에 탈 때마다 그는 속이 텅 빈 껍데기처럼 무감각하고 차가워졌다.

생물학이 뭐라 가르치든 간에, 누군가를 진정 살아 있게 하는 건 혈관 속의 피가 아니라 삶의 목적이었다. 목적을 잃어버린 게이신은 자신이 아직도 숨 쉬고 있음에 깜짝 놀랐다. 이것이 인간의 기묘한 점이었다. 살아야 할 이유가 전혀 없을 때도 우리의 일부는 죽기를 거부한다.

일행으로 보이는 세 사람이 배를 채우고 만족한 얼굴로 식당에서 나왔다. 줄을 정리하던 수염 난 직원이 다음 세 명에게 들어오라는 손짓을 보냈다. 게이신은 숨을 들이마시며 두 눈을 감았다. 너덜너덜해진 간절한 기도를 되뇌며 문간을 넘었다. 제발, 제발 있기를.

달그락거리는 그릇과 컵 소리가 게이신이 원치 않는 답을 주었다. 그는 몸을 휙 돌려 도망치듯 빠져나가며, 그를 들여보내준 직원에게 사과했다.

하늘이 열리더니 비가 쏟아져 게이신의 신발과 양말로 스며들었다. 예상한 바였다. 비가 내릴 거라는 일기예보가 있었다. 그래서 일부러 우산을 기후현에 두고 왔다. 흠뻑 젖을 수 있는 더없는 기회를 놓치고 싶지 않았다. 게이신은 기차역까지 가장 멀리 돌아가는 길을 걸으며 소매를 걷어 올렸다. 어쩌면 이번엔 그의 손목에 새겨진 하나의 이름을 발견하고, 하나와의 만남이 그저 꿈이 아니었다는 증거를 찾게 될지도 몰랐다. 그것마저 없다면 그에게 남는 거라곤 1년 치 기차표와 라멘 영수증뿐이었다.

"우산을 챙기라고 했잖나."

라메시는 큼직한 검정 우산으로 비를 피하며 게이신과 나란히 걸었다.

"같이 쓰자고 하고 싶지만 난 여기 진짜로 있는 게 아니라서 말이야."

게이신의 은발 몇 가닥이 축축하니 얼굴에 찰싹 들러붙었다.

"식당에서 만날 때가 더 좋았는데요."

"자네가 그 새장에서 나가기로 선택했으니 이젠 돌아갈 수 없네."

"난 하나를 선택했어요."

게이신은 빗물에 젖은 손목의 텅 빈 자리를 쏘아보았다.

"그런데 하나는 여기 없네요."

"유감이네, 케이. 이 문제만큼은 나도 도와줄 수가 없어."

게이신은 두 손을 주머니에 찔러 넣고 역으로 터벅터벅 걸었다. 물웅덩이가 눈에 띌 때마다 숨을 죽인 채 그 위를 밟고 지나갔다.

"알고 있어요."

언젠가 그의 아버지가 하루를 얼마나 잘 보냈는지 판단할 수 있는 기준이 딱 한 가지 있다고 알려주었다. 미래를 그리는 데 보낸 시간이 얼마이고, 과거를 후회하는 데 보낸 시간이 얼마인가. 그 기준으로 따지자면 게이신은 확실히 끔찍한 하루를 보내고 있었다. 마른기침을 뱉을 때마다, 어쩌자고 비를 맞으며 돌아다녔을까 후회하며 코를 풀었다. 이불을 뒤집어쓰고 몸을 웅크린 채 오들오들 떨었다. 노크 소리에 잠시 통증이 잊혔다. 그는 밤새도록 콜록거리느라 쉬어버린 목소리로 답했다.

"들어와요."

"저녁 가져왔어요."

하나가 쟁반에 담긴 국 한 그릇을 들고 들어와 침대 옆 테이블에 내려놓았다. 맑은국에 두부 조각과 잘게 썬 미역이 둥둥 떠다녔다.

"환자분, 좀 어떠세요?"

게이신은 침대 머리판에 기대앉았다.

"좋아졌어요."

"전혀 좋아진 것 같지 않은데요. 체온 좀 재볼게요."

하나가 디지털 체온계를 그의 겨드랑이에 쓱 끼워 넣었다.

"국 잘 먹을게요."

"많이 드세요. 내가 손수 만든 거랍니다. 직접 포장을 뜯고 끓는 물을 부었죠."

게이신은 키득거리다가 탁한 기침을 캑캑 뱉었다.

높고 날카로운 삐 소리가 울렸다. 하나가 체온계를 빼서 작은 화면을 확인하더니 그의 눈앞으로 들이밀었다.

"몸이 펄펄 끓고 있어요."

게이신은 손을 휘저어 체온계를 밀어내고는 콜록거렸다.

"난 괜찮아요."

하나는 눈알을 굴리고는 해열진통제 두 알을 그의 손에 탁 쥐여주었다.

"이거 먹고 한숨 자요."

게이신은 약을 바닥에 떨어뜨리고 하나의 손을 붙잡았다.

"아뇨, 싫어요."

하나는 축축한 수건으로 그의 이마를 톡톡 두드리며 물었다.

"왜요?"

"깨어나면 당신은 가고 없을 테니까. 지금 이거 꿈이잖아요. 당신을 잃는 것도 싫지만, 계속 잃고 또 잃는 건 최악이에요."

"전에도 내 꿈을 꾼 적 있어요?"

"한두 번이 아니에요. 매번 다른 꿈이지만 항상 똑같이 끝났어요."

게이신은 눈물을 흘렸다.

"당신이 날 떠나는 결말로."

"이번엔 다를지도 몰라요." 하나는 침대 위로 올라와 그의 곁에 누웠다. "내가 안 떠날지도 모르죠."

게이신은 한 팔로 그녀를 끌어안았다.

"이제 서로 거짓말 안 하기로 했잖아요, 기억나요?"

"거짓말 아니에요. 소원이죠. 내가 진짜였으면 좋겠어요."

게이신은 눈물을 그치려 애썼지만, 그럴수록 더 많이 흐를 뿐이었다. 아무리 멈춰달라 부탁해도 꿈속에서조차 눈물은 중력의 법칙만을 따랐다.

"내 소원이 뭔지 알아요? 애도할 수 있었으면 좋겠어요. 그러면 끝낼 수 있을 테니까. 그런데 그럴 수가 없어요. 당신은 죽은 게 아니라, 그냥… 가버린 거니까. 내가 할 수 있는 건 아무것도 없어요."

하나는 그의 가슴에 머리를 기대며 말했다.

"미안해요."

"정말 보고 싶어요, 하나."

"나도 그래요."

게이신은 눈을 감으며 부탁했다.

"이야기 들려줄래요? 내가 잠들 때까지?"

"어떤 이야기 듣고 싶어요?"

"공주가 된 거북이와 어부의 이야기."

게이신은 하나를 더 가까이 끌어당겨 안으며 덧붙여 말했다.

"하지만 이번엔 어부가 공주를 바다에 남겨두고 떠나는 결말은 안 돼요."

"좋아요, 대신에 내 부탁도 한 가지 들어줘요."

"뭐든 다 들어줄게요."

"날 그만 찾아요, 케이. 난 당신의 과거 속에 사는 사람이에요. 식당에서 줄 서는 거야 당신 마음이지만, 과거로 돌아갈 수 있는 문 같은 건 없어요."

마지막 라멘 한 그릇

 눈앞에 놓인 라멘은 이 가게에서 처음 먹었던 모습 그대로였지만, 맛은 전혀 같지 않았다. 가게에 와서 문 뒤의 혼잡한 식당만 발견하는 과정을 2년 동안 반복하다 보니 국물 맛이 시큼하게 변해버린 느낌이었다. 게이신은 구역질이 났지만 국물을 뱉지 않으려 애썼다.
 싸구려 플라스틱 진주 목걸이를 한 여자가 카운터석의 옆 빈 자리에 앉았다. 뒤로 틀어 올린 은발은 당장이라도 풀릴 것 같았다. 빛바랜 셔츠에는 작은 꽃가게 체인의 로고가 찍혀 있었다.
 게이신은 사람들이 중성미자를 참 많이 닮았다고 느꼈다. 셀 수 없이 많은 존재가 눈에 띄지 않게 은밀히 우리를 거쳐가지만, 중성미자를 알아챌 수 있는 건 물 분자와 충돌할 때뿐이다. 이 은발 여성도 그랬다. 셔츠에 붙어 있던 분홍색 이름표가 그의 발치에 달그락하고 떨어지지 않았다면 게이신은 그녀를 알아차리지 못했을 것이다. 그는 이름표를 집어 여자에게 건넸다.

"고마워요" 하고 인사하며 여자는 이름표를 불룩한 핸드백에 쑤셔 넣고는 빙긋 웃었다. "얼굴이 낯설지가 않네요. 여기 자주 와요?"

게이신은 은발 몇 가닥을 뒤로 넘기며 답했다.

"아뇨, 기후현에 살고 있어요."

"기후현이요? 라멘 먹으러 여기까지 오기엔 꽤 먼 거린데. 하지만 이해해요. 도쿄에서 제일 맛있는 집이거든요. 기후현에서 무슨 일을 하는지 물어봐도 될까요?"

게이신은 젓가락을 내려놓으며 답했다.

"산 밑에서 별들을 지켜봅니다."

여자는 눈썹을 치켜올렸다.

"산 밑보다는 꼭대기에서 별을 보는 게 더 쉽지 않아요?"

"그 얘기, 제 상관한테 꼭 전해드릴게요. 그쪽은 무슨 일을 하세요? 잠깐만요, 제가 맞혀볼게요. 꽃가게에서 일하시죠?"

"그걸 어떻게…" 하다가 여자는 셔츠를 힐끔 내려다보고는 쿡쿡 웃었다.

"거기서 일하는 건 괜찮나요?"

"보통은요. 내가 꽃을 좋아하거든요. 꽃을 사는 사람들은 항상 행복하잖아요."

여자는 눈을 가늘게 뜨고 게이신을 쳐다보다가 또 물었다.

"정말 우리 전에 만난 적 없어요?"

"네, 없을 겁니다."

"나이가 들면 머리가 농간을 부린답니다. 아니면 그저 부질없는 기대일 수도 있고요. 제 아들도 지금쯤 당신 또래일 거예요. 하지만… 난… 그러니까 우린… 오래전에 연락이 끊겼어요."
"안타깝네요. 아들이 어머니를 버리면 안 되죠."
여자는 자신의 발을 물끄러미 내려다보았다.
"그 애가 버린 게 아니에요."
게이신은 나지막이 말했다.
"아…. 그렇군요."
여자는 라멘 가게가 통째로 사라져버린 양 혼잣말하듯 중얼거렸다.
"아들을 떠난 건 내 인생 최악의 실수였어요."
"왜 떠나셨는데요?"
"바보들이 좋은 걸 포기하는 것과 같은 이유죠. 자기 손을 보면서 궁금해하는 거예요. 이 손이 비어 있다면 뭘 거머쥘 수 있을까."
여자는 허둥지둥 눈물을 닦았다.
"미안해요. 왜 이런 얘기를 당신한테 하고 있는지 모르겠네요. 너무 낯이 익어서 그만. 꼭 아는 사람 같아서요. 정말 미안합니다. 방해 안 할 테니까 점심 먹어요."
"아드님 생각을 하시나요?"
"늘 하죠. 거리에서 스쳐 지나가진 않았을까, 이런 식당에서 나란히 앉은 적은 없었을까. 가끔은 인파 속에서 그 아이를 발견했다고 무턱대고 믿기도 해요. 어떻게 생겼는지도 모르면서. 외롭고 미련 많은 인생을 살다 보니 진짜 있지도 않은 것들이 눈에 보이더라고요."
게이신은 라멘 그릇을 가만히 들여다보았다. 이 가게에서 먹는 마지막 라멘이라고 생각했다. 줄까지 서서 기다렸다가 실망스러운 라멘 한 그릇 먹고 돌아가는 헛걸음만 2년을 했다. 오늘도 하나를 찾지 못하면 그녀를 떠나보내리라 다짐했었다. 헛된 기대는 시쿠인의 날카로운 손톱보다 더 깊은 상처를 남겼다. 게이신은 뺨에 희미하게 남은 흉터를 만져보았다.

"맞는 말씀이세요."

"미안해요. 라멘이 다 식었겠네요."

"괜찮습니다. 상관없어요."

"하필이면 말동무 없는 주책맞은 여자 옆에 앉다니, 운도 없으셔라. 손님들하고 수다를 너무 많이 떤다고 상사한테 툭하면 혼나거든요. 고양이라도 들여서 집에 가서 떠들라더군요. 이런 나를 잘 참아주고, 인내심이 정말 대단하시네요."

여자는 그에게 미소 지으며 말을 이었다.

"댁 같은 아들이 있는 엄마는 얼마나 좋을까."

"이런 아들을 원하세요?"

"그럼요. 그러면 아주 큰 행운이죠. 모르는 사람도 배려할 줄 아는 다정한 아들을 키우는 게 엄마의 낙이니까. 나는 그런 행복을 알 권리를 포기했고, 그래서 어쩌다 한 번씩 그걸 엿볼 기회가 생길 때마다 얼마나 고마운지 몰라요."

게이신은 손목시계를 확인하고는 일어났다.

"죄송합니다. 전 이만 가보겠습니다. 기차를 타야 해서요. 제가 계산해드릴게요."

여자는 고개를 저었다.

"아니에요, 폐 끼칠 순 없죠."

"계산하게 해주세요. 안 그러면 어머니한테 혼나요."

"그래요? 그럼 고마워요." 여자는 빙긋 웃었다. "조심히 가요."

게이신은 고개 숙여 인사했다.

"즐거운 하루 보내세요, 다케다 씨."

그는 이름표에서 봤던 이름을 불렀다. 어머니의 이름을 부르면 쓸쓸할 줄 알았는데, 막상 입에 올려보니 그렇지 않았다. 시간이 흐르면 달콤하게 느껴질지도 몰랐다.

"나중에 또 뵀으면 좋겠네요."

5년 후

대학, 결혼, 아이. 사람들은 이런 것들이 인생에서 가장 중요한 결정이라고 믿는다. 물론, 그들 모두 틀렸다. 현실에서는 자기도 모르게 하는 선택이 인생행로를 결정하곤 한다. 눈에 띄지 않을 만큼 미미하고 사소해 보여도 그 미세한 각도 변화로 인해 다음 일이 벌어지는 것이다.

게이신의 경우도 그랬다. 즉석 라면 코너에서 그의 시선이 매콤한 돼지고기 맛에서 닭고기 맛으로, 다시 돼지고기 맛으로 돌아간 순간 그의 여생을 규정할 모든 것이 결정되었다. 게이신은 새빨간 라멘 팩을 집어 녹색 플라스틱 바구니에 툭 떨어뜨렸다. 지금은 새로운 맛을 시험할 때가 아니었다. 다음 날 아침 6시에 스위스행 비행기를 타야 하는데 배탈이라도 나면 큰일이었다. 스물네 시간 안에 과학자들과 기자들로 가득 찬 방청석 앞에 서서 지난 반세기를 통틀어 가장 위대한 과학적 발견을 발표해야 했다. 연설을 머릿속으로 연습하는데, 전화벨이 울렸다.
"엄마?"
그가 전화를 받으며 말했다.
"게이신, 비행기 타기 전에 매운 거 먹으면 안 된다." 전화선 반대편에서 다케다 이즈미가 말했다. "연설하기 전에 배탈이라도 나면 어쩌니."
게이신은 미소 지었다.
"걱정 마세요. 안 먹을게요."
"너보다 내가 더 긴장한 것 같아."
"그 분야의 권위자로서 말씀드리는데, 그건 과학적으로 불가능하답니다."
"네가 얼마나 자랑스러운지 모른단다. 사랑해."
"저도 사랑해요. 돌아오면 봬요."
게이신은 전화기를 주머니에 찔러 넣었다. 라면 선반에서 한 발짝 물러나며 두툼한 부츠 굽을 바닥에 탁 내디뎠다. 편의점의 타일 바닥을 밟았다기엔 발밑이 너무 물렁했다. 그가 짓밟은 것이 남의 발이 아니라 제자리에서 벗어난 빵이기를 바랐건만, 날카로운 비명이 그 기대를 산산이 부셔버렸다. 게이신은 몸을 빙 돌리며 대뜸 사과부터 했다.
"오, 이런. 정말 죄송합니다."
"괜찮아요."
하트 모양의 얼굴에서 머리칼을 뒤로 넘겨 한데 묶은 여자가 그에게 미소 지었다.

"익숙하거든요."

"하나…."

게이신은 바구니를 떨어뜨리고 하나를 안아 올리며 흐느꼈다.

"늦어서 미안해요."

하나는 그의 어깨에 얼굴을 묻고 울었다.

게이신은 그녀를 내려놓으며 눈 한 번 깜박이지 않았다. 그 짧은 찰나에 그녀가 사라져버릴까 봐 두려웠다.

"그 라멘 가게에 여러 번 갔는데 전당포가 안 나타나더군요. 그래서 당신 세계에서 있었던 일이 전부 다 꿈이었나 싶더라니까요."

"그랬군요. 전당포는 어차피 못 찾았을 거예요, 내가 거길 부셔버렸거든요."

"뭐라고요? 왜요?"

"내 세계는 망가졌고, 누군가 고쳐야 했어요. 굴속의 아이들을 보고 깨달았죠, 전당포가 선택을 훔칠 필요가 없었다는 걸. 너무 오랫동안 우리 스스로를 속이다 보니 거짓말이 진짜가 되어버린 거예요. 우리가 만들었다는 것도 잊고 거짓 신화 속에 스스로 갇혀버린 거죠. 자유를 누리며 사는 법을 배우는 건 자유 없이 사는 법을 배우는 것 못지않게 어려워요. 하지만 그 작업이 시작됐어요. 아직 갈 길이 멀지만, 많은 사람이 새로운 길을 닦고 있어요. 이젠 내가 없어도 돼요."

"그렇다는 건…."

"난 여기 있을 거예요. 당신이랑 같이."

게이신은 그녀를 끌어당겨 안았다.

"당신이 여기 있다는 게 믿기지가 않아요. 전당포를 없앴다면서 어떻게 여기로 왔어요?"

"빗물은 항상 모아두는 게 좋죠. 언제 필요할지 모르잖아요." 하나는 가방에서 호박색의 작은 병을 꺼냈다. "얼마 안 되는 양이라도 효과는 만점이에요."

하나는 병을 도로 집어넣고 게이신에게 한 손을 뻗었다.

"안녕하세요. 내 이름은 하나예요. 그쪽 이름은 뭐예요?"

게이신은 한쪽 눈썹을 올렸다.

"뭐 하는 거예요?"

"처음부터 다시 시작해보려고요. 죽어라 도망치지 않아도 되는 상황에서 서로를 차츰 알아가면 꽤 재미있을 것 같지 않아요?"

게이신은 웃었고, 동시에 울고 있다는 걸 깨달았다. 눈물이 흘러내리자 가슴이 가벼워졌다. 눈물이 이렇게 무거웠던가, 새삼 놀라웠다.

"그래요. 서로 속이는 것 없이 처음부터 다시 시작합시다."

게이신은 눈물 흘리며 미소 짓고는 하나의 손을 잡고 흔들었다.

"게이신이라고 합니다. 닥터는 닥터지만, 의사는 아니랍니다."

"만나서 반가….'

"하나, 잠깐만요. 다시 생각해보니까, 가끔은 거짓말을 봐주는 게 좋겠어요."

"그래요?"

"소소한 거짓말 있잖아요. 예를 들어, 당신이 나한테 이 옷을 입으니까 뚱뚱해 보이느냐고 묻거나, 내가 당신한테 내 요리가 어떠냐고 물을 때."

하나는 웃음을 터뜨리며 게이신의 뒷덜미에다 두 손을 깍지 걸어 안고는 싱긋 웃었다.

"그래서, 세상은 바꾸셨나요?"

"아직요, 조금만 기다려요." 게이신은 손목시계를 보았다. "약 스물네 시간 후면 세상은 가방의 진정한 용도를 알게 될 겁니다. 그전까지 단 1초도 이 가게에서 낭비하고 싶지 않아요."

"비가 와요."

"새삼스러울 거 있어요?"

게이신은 하나를 밖으로 데리고 나가 폭우 속으로 뛰어들었다.

"우리한테 여기 있지 말라고 날씨가 알려주는 거예요."

"아니면, 처음부터 다른 얘기를 해주려고 했는지도 몰라요."

하나는 빗물이 줄줄 흘러내리는 게이신의 얼굴을 두 손으로 감쌌다. 게이신은 입술을 그녀의 입술 가까이에 대며 물었다.

"어떤 얘기요?"

"우리 둘이 함께해야 한다고 말이에요."

작가의 말

이 책이 여러분의 손안에 있는 건, 새벽 3시에 나를 깨우는 말들을 종이에 인쇄할 가치가 있다고 무턱대고 믿어주신 분들 덕분입니다.

내가 철자를 제대로 익히기도 전부터 써온 모든 글을 좋아해주신 부모님과 할머니, 그리고 우리 가족들.

조금이라도 민망하거나 상투적인 부분이 보이면 탄식을 하며 눈알을 굴려 알려준 나의 아이들.

집에 틀어박혀 글만 쓰고 있는 나를 와인과 음식, 대화로 가득한 저녁으로 불러내준 '패거리'.

이 롤러코스터 같은 작업에 과감히 합승해준 오이에와 미나.

비전과 지혜, 조언으로 이 책을 최상의 모습으로 만들어준 트리샤와 프랭키.

이 이야기에 대한 믿음과 열정을 오히려 내게 전염시켜 내가 사랑하는 일에 의욕을 불태울 수 있게 해준 에이미.

열의와 시간, 재능을 쏟아부어 이 책을 탄생시켜준 펭귄랜덤하우스의 멋진 『워터 문』 팀과 세계 여러 곳의 출판사들.

창의력을 발휘하여 이 책을 멋지게 디자인해준 레지나 플래스와 프리츠 메치.

환상적인 표지로 이 이야기의 영혼을 깊이 있게 포착해준 헤일리 모리스.

이 책에 영감을 준 아름다운 문화에 결례를 범하지 않도록 사려 깊은 통찰로 내용을 신중하게 검토해준 사치코 스즈키.

개들이라 이 책을 읽을 순 없지만, 먹고 싶은 음식을 마음껏 즐기며 후회 없는 삶이란 무엇인가를 가르쳐준 테넌트, 앨피, 웨슬리.

그리고 마지막으로, 내 인생의 절반을 함께했으며, 내가 선택하고 또 선택할 남자.

모두 고맙고, 고맙고 또 고맙습니다.

옮긴이 이영아

서강대학교 영어영문학과를 졸업하고 성균관대학교 사회교육원 전문 번역가 양성 과정을 이수했다. 현재 전문 번역가로 활동하고 있다. 옮긴 책으로 『상황과 이야기』, 『사라진 서점』, 『우주를 삼킨 소년』, 『스티븐 프라이의 그리스 신화』, 『고전 신화 백과』, 『엽란을 날려라』, 『익명의 소녀』, 『익명작가』, 『생통의 심리학』 등이 있다.

워터 문

초판 1쇄 발행 2025년 8월 27일
초판 2쇄 발행 2025년 9월 23일

지은이 서맨사 소토 얌바오
옮긴이 이영아

편집팀장 조은혜 책임편집 이사론
디자인 *studio* weme
마케팅 신동익
제작 ㈜공간코퍼레이션

펴낸이 윤성훈 펴낸곳 클레이하우스㈜
출판등록 2021년 2월 2일 제2021-000015호
주소 경기도 파주시 회동길 363-21, 2층
전화 070-4285-4925 팩스 070-7966-4925 이메일 clayhouse@clayhouse.kr

ISBN 979-11-93235-61-4 (03840)

· 책값은 뒤표지에 있습니다.
· 파본은 구입하신 서점에서 교환해드립니다.
· 이 책은 저작권법에 의하여 보호를 받는 저작물이므로 무단 전재와 복제를 금하며, 이 책 내용의 전부 또는 일부를 이용하시려면 반드시 저작권자와 출판사의 서면 동의를 받아야 합니다.

클레이하우스㈜가 더 나은 책을 펴낼 수 있도록 의견을 남겨주시거나 오타를 신고해주세요.
QR코드에 접속해 독자 설문에 참여해주신 분께 추첨을 통해 선물을 드리겠습니다.